Eva Leigh

Elle est autrice de romance historique. Depuis le succès de son premier roman, *Le cow-boy et la lady*, elle a reçu plusieurs distinctions aux RITA Awards et ses livres figurent régulièrement sur les listes de best-sellers. Elle publie également sous le nom de Zoë Archer.

Le fol espoir de Mlle Seaton

DE LA MÊME AUTRICE AUX ÉDITIONS J'AI LU

Dernière chance

1 – *La cage dorée de Céleste*

Chroniques à l'encre rouge

1 – *L'aristocrate et la roturière*
2 – *Le cœur du scandale*
3 – *Sage mais pas trop...*

Les mystères de Londres

1 – *L'amour au bout de la nuit*
2 – *Une occasion rêvée*
3 – *Le courage d'aimer*

EVA
LEIGH

DERNIÈRE CHANCE – 2

Le fol espoir de Mlle Seaton

Traduit de l'anglais (États-Unis)
par François Delpeuch

J'AI LU

POUR elle

Si vous souhaitez être informée en avant-première
de nos parutions et tout savoir sur vos autrices préférées,
retrouvez-nous ici :

www.jailu.com

Abonnez-vous à notre newsletter
et rejoignez-nous sur Facebook !

Titre original
HOW THE WALLFLOWER WAS WON

Éditeur original
Published by arrangement with Avon Books,

À Zack, qui me soutient constamment,
même quand je pense trop.

Avertissement de l'autrice

Ce roman dépeint un personnage atteint de troubles de la lecture et décrit des souvenirs ainsi que des scènes de maltraitance verbale et physique.

1

Londres, 1818

Être un joueur doué supposait de maîtriser une alchimie complexe mêlant risque, calcul et intuition. Cependant, s'agissant du pari fait par Finn Ransome quatre mois plus tôt, non seulement le risque n'avait *pas* payé, mais il était carrément revenu lui mordre le derrière. Avec des crocs affûtés, de surcroît.

Certes, aider son meilleur ami à éconduire sa sœur lui avait paru une bonne idée. Willa et Dom avaient été terriblement malheureux au cours des semaines précédant leurs noces. Avec l'assistance de son frère cadet, Kieran, Finn leur avait évité ce qu'il considérait comme une affreuse erreur, pour l'un comme pour l'autre… ce qui n'avait nullement empêché le désastre. S'étaient ensuivis l'éloignement de Willa ainsi qu'un épouvantable ultimatum de leur famille, dont les conditions le serraient désormais à la gorge tel un collier de fer.

Toutefois, avant de réfléchir à ce qu'il allait bien pouvoir faire à ce sujet, il lui fallait d'abord survivre à la traversée de cette taverne sinistre située dans la partie la plus mal famée du quartier de

Ratcliff. Même le plus sordide de ses tripots habituels n'aurait pu rivaliser avec ce bouge innommable. Tout en transportant vers sa table trois chopes sévèrement cabossées, remplies d'une bière douteuse, il esquiva quatre bagarres, deux individus affalés sur le sol et un marinier agitant une longue gaffe.

Il évita de justesse la pointe rouillée de l'instrument, qui n'en déchira pas moins son gilet en soie noire. Hélas, son mouvement fit déborder la bière de l'une des chopes, qui éclaboussa le crâne d'un client attablé.

L'air mauvais, celui-ci se leva, dominant Finn d'une bonne tête, ce qui n'était pas un mince exploit. De la bière dégouttant de ses cheveux filasse, le gaillard écarta sa frange trempée de ses yeux pour foudroyer Finn du regard.

— Mes plus sincères excuses, articula ce dernier aussi calmement que possible étant donné l'environnement hostile et le mastodonte empestant l'alcool qui lui faisait face. C'était purement accidentel et je serais plus que disposé à vous offrir une pinte à titre de dédommagement.

— C'est pas ton bla-bla et ta jolie gueule qui vont t'empêcher de recevoir une raclée, gronda le colosse, qui brandit des poings de la taille d'un jambon pour souligner son propos.

— Vous me semblez du genre parieur, répliqua Finn posément. Je me trompe ?

Pris de court, l'autre afficha une expression perplexe.

— Je...

— C'est évident, insista Finn. Vous avez tout de l'homme qui aime provoquer Dame Fortune et la regarder droit dans les yeux. Un homme audacieux et sûr de lui.

Le titan blond se mit à tripoter l'un des boutons de sa veste, qui ne tenait qu'à un fil.

— C'est possible...

— Alors faisons un petit pari, voulez-vous ? proposa Finn sans laisser voir sa peur. Si vous gagnez – ce qui sera le cas, j'en suis sûr –, vous aurez le droit de me réduire en bouillie. En revanche, si c'est *moi* qui gagne, nous en resterons là et nous nous séparerons bons amis. Le pari est des plus modestes et ne saurait vous effrayer, vu votre sagesse et votre vivacité d'esprit.

— Je...

— Parfait !

Finn désigna du menton un client assis seul à l'une des tables bancales. Penché sur sa chope, les yeux injectés de sang, il regardait dans le vide.

— Vous voyez ce gentleman, là-bas ? Je parie qu'il se retrouvera inconscient sur le sol d'ici quinze secondes.

— Hatchet Taylor tient mieux l'alcool que n'importe qui ici présent, répliqua le géant avec un sourire narquois. Il est pas près de bouger de sa chaise !

— Pari tenu, donc.

Finn posa l'une des chopes qu'il transportait sur la table la plus proche – où elle serait bue, à n'en pas douter, mais des sacrifices s'imposaient – et tendit la main.

Le bonhomme le dévisagea avant de cracher dans sa paume et de la lui présenter.

Réprimant un soupir, Finn l'imita et serra la main offerte. Au moins avait-il un mouchoir dans sa poche. Il s'en servit dès que le grand blond tourna les yeux vers le dénommé Hatchet Taylor.

Le pari avait attiré l'attention de plusieurs clients qui avaient suivi l'échange et misèrent à leur tour, la plupart contre Finn, estimant que non seulement il allait perdre, mais qu'un seul coup de poing de son adversaire suffirait ensuite à l'assommer.

Finn sortit sa montre de gousset. Il avait pris la précaution de choisir la moins voyante de sa collection, histoire de ne pas attiser les convoitises de tous les pickpockets entre Soho et ici.

— Les quinze secondes commencent… maintenant ! annonça-t-il.

Avec le géant et la demi-douzaine de curieux qui les entouraient, ils regardèrent Taylor achever de vider sa chope. Cinq secondes s'écoulèrent. Taylor oscilla sur sa chaise. Cinq secondes de plus passèrent.

En dépit du brouhaha, Finn entendit le grand costaud derrière lui faire craquer ses jointures pour se préparer à la « raclée » promise et qui semblait inéluctable. Il réussit toutefois à ne pas trahir sa nervosité et à garder les yeux fixés sur Hatchet.

Ce dernier se leva brusquement, vacilla… mais resta debout.

Il restait trois secondes. Puis deux. Puis une.

Taylor bascula soudain en arrière, entraînant sa chaise dans sa chute.

Un silence suivit, bientôt rompu par les cris de ceux qui avaient parié sur Finn. Les perdants maugréèrent tandis que des pièces changeaient de main.

Jubiler étant toujours malvenu, Finn se contenta d'adresser un signe de tête au géant avant de se diriger vers sa table. Il ne fut toutefois pas étonné lorsque la main du colosse s'abattit sur son épaule. Alors que ce dernier le forçait à se retourner, Finn lui expédia un crochet à la face.

Son poing percuta le menton du gaillard, dont la tête partit sur le côté. Ses yeux papillotèrent sans qu'il parvienne à dissimuler son expression stupéfaite.

Il fit un pas en avant, tomba à genoux, puis s'effondra sur le plancher gluant. Un instant plus tard, un puissant ronflement ébranlait son corps.

Les témoins de la scène demeurèrent bouche bée, leur regard passant de l'homme inconscient à Finn. Tous affichaient la même expression incrédule.

Finn tira sur sa veste, rajusta sa cravate et retourna à sa table.

Son frère Kieran et leur ami Dominic Kilburn l'accueillirent avec un froncement de sourcils.

— Où sont nos boissons ? demanda Kieran en remarquant ses mains vides.

— Si tu as soif, répondit-il en se laissant tomber sur son siège, va commander une bière.

Dom leva les yeux au ciel.

— Vous autres, aristos, n'êtes même pas capables d'aller chercher vos bières au comptoir !

Comme souvent lorsqu'ils se trouvaient dans cette partie de la ville, l'accent cockney de Dom revenait en force, ruinant les leçons d'élocution chèrement apprises après que son père avait fait fortune dans la location d'entrepôts sur les docks.

— J'y vais, ajouta-t-il.

Il se redressa, dominant la table tel un menhir habillé à la dernière mode, puis se dirigea vers le bar au pas de charge.

Finn se tourna vers Kieran, lequel arborait l'irritant sourire béat d'un futur marié. Enfin, il supposait que c'était la cause de la satisfaction répugnante affichée par son frère, vu que lui-même ignorait ce qu'était une union heureuse. Dieu savait qu'il n'en avait jamais été témoin chez ses parents.

— Je vais vomir mon rôti de mouton si tu continues à afficher cet air radieux, grommela-t-il.

— Céleste et moi sommes de nouveau allés à une autre des réceptions de Longbridge, hier, annonça joyeusement son frère. Déguisés, bien sûr. Nous ne sommes pas encore mariés.

— Et une fois de retour à la maison, vous m'avez empêché de dormir durant la moitié de la soirée avec vos cabrioles et vos miaulements.

Bien qu'il soit un animal nocturne et n'ait passé qu'une heure à la maison la veille, ces soixante minutes avaient suffi à pousser Finn à chercher refuge dans une gargote au coin de la rue.

Kieran le gratifia de ce même sourire impénitent que lorsqu'on avait découvert des revues scabreuses sous son matelas.

— L'ultimatum de notre famille stipulait que nous devions nous trouver des promises respectables, rappela-t-il. Que la mienne me donne envie d'écrire une douzaine de volumes d'élégies est un avantage appréciable.

— Le manque de sommeil, lui, est un inconvénient détestable, répliqua Finn, mais je ne saurais te reprocher ton bonheur.

Ses propres chances de dénicher une compagne capable de lui procurer une félicité semblable étaient faibles : si les miracles étaient appelés des miracles, c'était bien parce qu'ils n'arrivaient presque jamais.

Trois chopes atterrirent brutalement sur la table, et Dom se laissa tomber sur sa chaise sans cérémonie. Finn goûta précautionneusement sa bière, espérant que le processus de brassage l'avait débarrassée de la majeure partie de ses impuretés. S'il se sentait à l'aise dans la plupart des tavernes, brasseries et pubs londoniens, depuis les établissements les plus huppés de Mayfair jusqu'aux bouges de Whitechapel, cet établissement anonyme de Ratcliff mettait à rude épreuve ses capacités d'adaptation.

Quand Kieran avait insisté pour qu'ils se retrouvent tous les trois afin de discuter de leurs situations respectives, Dom avait exigé que leur réunion se tienne dans ce lieu qui, semblait-il, n'était qu'à quelques rues du logement où il avait passé les dix-huit premières années de sa vie. La discussion promettant d'être extrêmement déplaisante, peut-être avait-il ressenti le besoin de l'affronter dans un environnement familier. Sachant leur ami doté d'un caractère d'ours mal léché, Finn et Kieran n'avaient eu d'autre choix que d'accepter.

Pour autant, Dom ne paraissait pas dans son assiette. En fait, des trois, c'était Kieran qui semblait le moins perturbé. Ce qui ne l'empêcha pas de leur lancer :

— Vous fichez tout en l'air, tous les deux.

— Va te faire voir, riposta Dom.

— Si charmant que soit le tour pris par cette conversation, intervint Finn, dans quel but, au juste, sommes-nous réunis ici ?

— Dans quatre mois, Céleste va faire de moi le plus heureux des hommes.

Dom maugréa, ayant encore visiblement du mal à admettre que son compagnon de débauche soit sur le point d'épouser sa sœur.

— Toujours est-il, reprit Kieran en se rembrunissant, que vous n'avez plus que huit mois pour vous trouver une épouse. Je vous rappelle qu'à défaut d'être *tous* mariés à cette date aucun de nous ne recevra plus un seul penny de la part de nos parents.

— Nous sommes au fait des clauses de l'ultimatum familial, déclara Finn d'un ton lugubre.

Lui-même n'avait pas besoin de cet argent, le jeu lui assurant des revenus confortables, mais il ne pouvait décemment priver Kieran et Dom de leur allocation. Son frère n'avait guère d'autres moyens de subsistance, et Dom avait connu la pauvreté. Il serait un beau salaud s'il laissait son ami dans la misère et son frère sans ressources.

— Et pourtant, aucun de vous deux n'a fait quoi que ce soit à ce sujet, répliqua Kieran.

Il foudroya Dom du regard.

— Or c'est toi qui as éconduit *notre* sœur, *le jour du mariage*.

— Vous m'y avez tous deux aidé, riposta leur ami.

— Pour notre défense, intervint Finn après s'être demandé s'il allait reprendre une gorgée du breuvage douteux contenu dans sa chope, nous pensions agir dans l'intérêt de Willa.

— Moi aussi, grommela Dom.

Finn avait bel et bien cru, lors de cette horrible journée du printemps dernier, que favoriser la fuite de Dom arrangerait tout le monde. Même s'il était clair que sa sœur et son ami s'aimaient, les six semaines précédant les noces n'avaient été que chamailleries, crises de larmes et tension croissante. Willa était trop entêtée pour rompre les fiançailles. Leurs propres parents étant prisonniers d'une relation conjugale froide et amère, Kieran et Finn avaient pensé éviter un sort semblable à leur sœur en donnant à son fiancé la possibilité de s'enfuir juste avant la cérémonie.

Fort heureusement, Willa n'avait pas porté plainte pour rupture de promesse de mariage. Dom, de son côté, avait accepté de corroborer le mensonge prétendant que c'était Willa qui avait renoncé à leur union. Elle était partie pour le continent peu après.

Finn n'était pas très porté sur les échanges épistolaires – son écriture témoignait de son rapport difficile avec les mots –, mais toutes les lettres qu'il avait adressées à Willa étaient demeurées sans réponse. De toute évidence, elle en voulait à ses frères d'avoir aidé Dom. Finn se rappelait encore sa petite main potelée dans la sienne quand elle avait fait ses premiers pas, ou le poids de son corps menu quand il l'avait soulevée pour qu'elle puisse plonger la main dans le pot à biscuits posé sur l'étagère la plus haute du cellier familial.

Mais pas un mot d'elle depuis son départ. Et ce silence durait depuis des mois.

— Distribuer des blâmes serait vain, dit Finn. Aucun de nous n'est un magicien capable de manipuler le temps. Nous ne pouvons qu'aller de l'avant.

— *Vous deux* devez aller de l'avant, rectifia Kieran. À moins que vous ne considériez que boire du whisky, vous bagarrer et jouer au pharaon est une manière de faire sa cour, aucun de vous n'a seulement essayé de se trouver une fiancée.

Dom gardant le silence, Finn se sentit obligé de se justifier.

— Je n'ai pas le temps de parader dans les salles de bal ni de danser le quadrille avec des débutantes terrifiées.

— En d'autres termes, rétorqua Kieran avec flegme, passer tes journées à dormir et tes nuits à hanter les tripots t'importe plus que la perspective de notre future ruine.

— Voilà qui est savoureux de la part de quelqu'un qui estime que coucher avec des artistes est un enrichissement culturel !

— Sauf que l'une d'elles était une dramaturge, rétorqua Kieran. Or il se trouve que j'écris moi-même des poèmes lyriques, je n'ai donc pas perdu mon temps.

Dom abattit la main sur la table. Les deux frères sursautèrent.

— Si vous avez fini de vous envoyer des piques, je rentre à la maison.

Finn échangea un regard inquiet avec Kieran. Certes, Dom n'avait jamais été d'une jovialité débordante, mais il n'en appréciait pas moins de sillonner la capitale avec les frères Ransome. Depuis ce jour fatal du printemps dernier, cependant, il était devenu de plus en plus morose et ne tolérait aucune compagnie plus d'un quart d'heure.

— Nous devons nous occuper de vous dégoter une promise, décréta Kieran. Et comme nous sommes *tous* responsables de notre situation présente, chacun de nous doit contribuer à en sortir.

Dom le foudroya du regard, mais n'émit aucune objection. Pour sa part, Finn était occupé à se servir de la buée sur sa chope pour tracer des sillons de propreté sur la table crasseuse.

— L'un de vous a-t-il au moins dressé une liste de candidates possibles ? s'enquit Kieran.

Comme les deux autres gardaient le silence, il secoua la tête.

— Vous n'avez même pas commencé à vous intéresser au problème, n'est-ce pas ?

— Si, tempéra Finn. Disons que je suis en train d'élaborer une stratégie.

— Pour quelqu'un qui étoffe considérablement ses revenus grâce au jeu, tu abordes le sujet avec une curieuse désinvolture, commenta Kieran, sarcastique.

— Ce genre de démarche demande du temps.

— Nous n'en avons pas.

Kieran avait souvent pris sa défense quand le mépris de leurs parents à son égard se faisait particulièrement venimeux. Voir la déception dans les yeux de son frère cadet lui donnait envie de se tasser sur sa chaise et de fuir son regard. C'était à peu près la réaction qu'il avait jadis, chaque fois que son père le fustigeait pour ses épouvantables résultats scolaires.

Qu'aurait-il pu répondre à Kieran, alors qu'il ignorait lui-même pourquoi il renâclait tant à se chercher une compagne ? Vingt-neuf années durant, il avait eu une vie libre. À la différence de Kieran qui, avant Céleste, avait eu de nombreuses maîtresses, il était resté seul. Et quand quelqu'un partageait son lit, ce n'était jamais pour longtemps et la relation n'était pas censée durer. C'était plus simple ainsi.

L'évaluation des bénéfices par rapport aux risques l'avait amené à une conclusion : il était plus facile et plus commode d'être sans attache. Quand il avait des besoins charnels, il se trouvait une partenaire d'un soir et reprenait ensuite le cours de sa vie solitaire.

— J'ai une candidate en tête pour Dom, lâcha-t-il tout à trac.

Kieran haussa les sourcils, tandis que leur ami le dévisagcait avec méfiance.

— Ce n'est pas comme au marché de Smithfield, où tu peux décider que tu préfères le mouton au bœuf, le prévint Dom, les yeux étrécis.

— Je n'ai jamais assimilé les femmes à de la viande, s'offusqua Finn, mais, en l'occurrence, je n'étais pas en chasse quand la dame en question a croisé mon chemin.

Kieran leva les yeux au ciel.

— Métaphores insultantes mises à part, qui est l'heureuse élue ?

— Mlle Tabitha Seaton.

Kieran, qui venait d'avaler une gorgée de bière, la recracha sur la table.

— Le bas-bleu qui fait tapisserie dans les bals ?

— Elle-même, confirma Finn.

Il avait fait la connaissance de Mlle Seaton lors d'un bal, quelques mois plus tôt. La rencontre avait été aussi mémorable que brève. Il avait gardé un vif souvenir de sa chevelure acajou, de son menton pointu, de ses pommettes anguleuses et de ses yeux bleu-gris terriblement inquisiteurs. Nullement impressionnée par sa réputation sulfureuse, elle n'avait eu besoin que de quelques mots et d'un regard acéré pour le tailler en pièces et le réduire à un petit tas de soie noire sur le parquet. Elle avait ensuite quitté les lieux avec un livre, préférant visiblement la compagnie de ce dernier à celle de Finn.

— Tu as déjà évoqué cette demoiselle comme possible candidate pour Dom, dit Kieran d'un air effaré, mais je pensais que tu plaisantais.

— Elle semble prometteuse, lâcha Dom avec une ironie grinçante.

— Premièrement, commença Finn en levant le pouce, c'est la fille unique du vicomte Parslow. Dans la mesure où ton père préférerait te voir épouser une aristocrate, elle remplit au moins ce critère.

Dom croisa les bras sur son torse imposant, mais ne contesta pas l'argument. C'était un pur hasard – et même un coup de chance, avait-on pu penser au départ – qui avait poussé un homme du commun tel que Dom et une fille de comte comme Willa à s'éprendre l'un de l'autre.

Naturellement, un semblable coup de foudre n'était pas près de se reproduire, ce qui amenait Finn au point suivant.

— Deuxièmement, poursuivit-il en levant l'index, Mlle Seaton a vingt-six ans.

— Et elle est toujours célibataire, ajouta Kieran avec un hochement de tête entendu.

— Vu ses mœurs de bas-bleu, renchérit Finn, il est peu probable que quelqu'un lui demande un jour sa main. Elle a aussi tendance à se tenir en retrait des pistes de danse, ce qui la place résolument dans la catégorie des filles qui font tapisserie.

— Bref, si je lui proposais le mariage, elle ne me rirait pas au nez, conclut Dom d'une voix morne. Ce qui n'est pas vraiment une raison suffisante pour solliciter un entretien avec son papa. Je ne la connais même pas, pourquoi voudrait-elle s'enchaîner à moi, et moi à elle ? À première vue, nous ne nous ressemblons pas du tout.

— Ce qui m'amène au troisième point, dit Finn en levant le majeur. Willa et toi vous ressembliez *énormément*, voire trop. On aurait dit deux volcans tentant de se partager une seule salle à manger. Même si cela peut être excitant au départ, ce n'est pas une base solide pour bâtir une relation durable.

— Dit celui qui a une expérience considérable en la matière, railla Kieran.

Finn baissa les deux premiers doigts pour adresser un geste obscène à son frère, lequel lui rendit la pareille.

— Mlle Seaton est l'exact opposé de Willa. Elle préfère la compagnie des livres à celle des gens. Elle est froide et n'a rien de passionné. Donne-lui une bibliothèque et elle sera trop heureuse de te laisser mener ta vie comme tu l'entends. Avec elle, aucun risque d'attachement sentimental. Ni de blessure d'amour-propre.

Ce dernier argument parut faire mouche. Dom s'adossa à sa chaise, qui émit des craquements menaçants, et inclina la tête de côté d'un air pensif.

Finn avait gardé cela pour la fin, car c'était le genre de qualité susceptible d'intéresser Dom. Finn avait été témoin de la rupture entre sa sœur et son ami. Quand pesait la menace de nouvelles blessures sentimentales, il était certes rassurant de savoir que l'amour était cette fois-ci évitable, voire exclu d'avance.

— Tu parais décidément bien la connaître, remarqua Dom.

Finn lissa le revers de sa veste.

— J'ai mené ma petite enquête, et le reste n'est que simple déduction logique. J'ai beau être obtus, certaines réalités crèvent les yeux, même les miens.

Son frère ouvrit la bouche comme pour émettre une objection, puis se ravisa.

— Pourquoi ne la courtises-tu pas toi-même ? s'étonna Dom.

Finn s'attendait à cette question.

— De nous deux, tu es le seul à avoir fait des études. Malgré ton physique imposant, tu as décroché plusieurs distinctions universitaires à Oxford, tandis que moi, j'ai juste une place attitrée à la table de pharaon et je serais tout à fait incapable de reconnaître une réussite scolaire quand bien même elle me donnerait un coup de genou dans le ventre. Ce qui ne me qualifie pas comme mari possible.

— « Le fou se croit sage, mais le sage sait qu'il n'est qu'un fou », cita Dom.

— Voilà qui ne fait que confirmer que tu as tout pour être considéré comme un parti acceptable par Mlle Seaton, riposta Finn. Je ne connais cette réplique que parce que j'ai vu une représentation de *Comme il vous plaira*[1] – et encore, je ne m'étais rendu au théâtre que pour y reluquer l'actrice qui jouait Rosalinde en culottes –, alors que toi, tu as lu et étudié cette pièce, et pour des raisons autrement moins lascives.

Dom soupira.

— Je ne peux quand même pas aller tambouriner à la porte de Mlle Seaton et la sommer de me retrouver dehors avec son trousseau.

— Bien sûr que non. Il y a des règles à respecter.

Quoiqu'il s'exprime d'un ton égal, Finn se réjouissait de la capitulation de son ami. L'attention étant centrée sur Dom et Mlle Seaton, cela lui laissait plus de temps pour commencer ses propres recherches. À la seule pensée d'essayer de courtiser une femme, alors qu'il manquait tellement d'atouts, il avait envie de se sauver en courant.

— Je vais trouver quelque événement mondain auquel elle est censée assister et je vous présenterai l'un à l'autre.

— Vu l'impression que tu lui as faite au bal du duc de Greyland, intervint Kieran, elle sera positivement enchantée de te revoir, je n'en doute pas.

— Ce n'était quand même pas horrible à ce point, grommela Finn.

Kieran gloussa.

— Frérot, j'étais à deux doigts d'appeler un garçon d'écurie pour qu'il te ramasse comme du crottin !

— Ma foi, Dom aura l'air d'un prince charmant par comparaison, répliqua Finn.

— Voilà qui augure d'un début prometteur, lâcha leur ami.

1. Comédie de William Shakespeare (1564-1616). *(N.d.T.)*

— Suis-je, oui ou non, un homme qui gagne des sommes conséquentes au jeu ? demanda Finn.

Un silence accueillit sa question.

— Nous sommes bien d'accord, reprit-il. Je sais donc reconnaître une situation gagnante. Croyez-moi, cette solution arrangera tout le monde et sera couronnée de succès.

Il avait mis toute sa force de conviction dans ces paroles. La chance reposait souvent sur une analyse méticuleuse, mais le panache était aussi une condition essentielle de la victoire.

Mlle Tabitha Seaton était l'épouse idéale pour Dom. Certes, les rapprocher l'un de l'autre nécessiterait quelques manœuvres et du doigté, mais il accomplirait cette mission avec la même détermination lucide qu'il mettait dans le jeu. En matière de stratégie et de ruse, il réussissait toujours – bien plus que dans les affaires de cœur.

2

À voir le nombre de regards intrigués ou franchement inquiets que récoltait Tabitha Seaton, c'était à croire que la présence d'une femme devant le *White's* était aussi menaçante que celle d'une tigresse prête à bondir sur quiconque aurait la mauvaise idée de l'approcher de trop près.

Ce qui était ridicule. Tabitha avait beau être omnivore, elle n'était pas cannibale. Du moins pas encore, car à force de s'attirer des coups d'œil réprobateurs, elle commençait sérieusement à envisager de dévorer l'un des gentlemen qui passaient devant elle. Les autres, au moins, comprendraient que sa mission était de la plus haute importance et qu'elle n'avait pas l'intention de s'en laisser détourner.

— Je ne crois pas qu'il ressortira de sitôt, mademoiselle, déclara Olive, sa femme de chambre, d'un air soucieux.

— Cela fait deux heures qu'il est entré dans ce club, rétorqua Tabitha. Combien de temps faut-il donc à un gentleman pour lire son journal et siroter un verre de brandy ?

Si elle savait que c'était là le genre d'activités pratiquées en ces lieux, c'était parce qu'elle avait entendu son père et ses frères en parler. Elle n'en avait évidemment pas une connaissance directe. Ce dont elle avait conscience, en revanche, c'était que les femmes n'étaient pas acceptées au *White's*. La journée étant trop avancée pour aborder sir William Marcroft devant chez lui, elle avait été obligée de le suivre jusqu'à son club. Faire remettre un message au baronnet pour l'informer de sa présence aurait été considéré comme maladroit.

Si elle voulait réussir dans son entreprise, elle devait éviter de donner à sir William la moindre raison de la désapprouver. Pour autant, le meilleur moyen de retenir son attention était encore de l'interpeller dans un endroit relativement public. Après tout, un gentleman n'était pas censé ignorer une dame en pleine rue – du moins l'espérait-elle.

En dépit de sa connaissance approfondie de maints sujets, elle était presque inculte en matière de relations sociales. Ses débuts dans le monde, huit ans auparavant, avaient été sans éclat et solitaires. Elle n'en avait guère été chagrinée à l'époque, sa seule source de réconfort et de joie n'étant pas liée à la bonne société. Et puis il y avait eu cette épouvantable soirée…

Elle réprima une grimace à ce souvenir.

— Mademoiselle, s'écria soudain Olive, je crois que le baronnet sort !

Un homme à la crinière brune caractéristique, striée de gris, émergeait en effet du club. Tabitha carra les épaules. L'heure n'était plus aux doutes, même si ceux-ci lui mordillaient les mollets pour la mettre à terre.

— Bonjour, sir William, lui lança-t-elle alors qu'il descendait les quelques marches de l'établissement.

Il s'immobilisa et la dévisagea – il avait d'impressionnants sourcils blancs.

— Je vous connais, mademoiselle… ?

— Seaton. Mlle Tabitha Seaton. Non, vous ne me connaissez pas personnellement, mais je crois que vous connaissez mon père, le vicomte Parslow.

— Je ne pense pas que votre père serait ravi de vous voir traîner devant le *White's* comme une petite vendeuse.

Elle se sentit rougir, mais ne se laissa pas démonter.

— Quand il s'agit de favoriser la culture et l'instruction, certains sacrifices s'imposent, répliqua-t-elle avant d'enchaîner : Je vous admire beaucoup, ainsi que la Sterling Society.

Sir William haussa les sourcils.

— La monographie collective de la Society portant sur l'application contemporaine des principes pédagogiques de la Sumer antique était tout à fait édifiante, ajouta-t-elle.

Elle l'aurait été encore plus si elle avait inclus des réflexions sur l'éducation des jeunes filles ainsi que sur l'enseignement des enfants en dehors des écoles privées, mais Tabitha préférait garder ce genre de remarques pour elle tant qu'elle n'avait pas atteint son objectif.

Le scepticisme affiché par sir William fit place à un semblant d'intérêt. Il jeta toutefois un regard impatient à la voiture qui venait de s'arrêter devant le club. Un valet en descendit aussitôt pour lui ouvrir la portière.

— Vous m'en voyez flatté, mademoiselle Seaton, assura sir William. Il se trouve cependant que je suis attendu au siège de la Society…

— Raison pour laquelle je vous attendais, sir William.

Elle se serait bien rendue directement au siège de la Sterling Society, si son emplacement n'avait été un secret connu de ses seuls membres. Le groupe étant réputé pour conseiller les membres du Parlement ainsi que d'autres personnalités influentes, si le lieu de ses réunions avait été connu, il aurait été harcelé par le public. Des individus auraient insisté pour que la Society défende leurs intérêts personnels, détournant ainsi l'organisation de son but principal : réfléchir d'un point de vue purement rationnel aux conditions du bien-être général.

Certes, tendre une embuscade à l'un des membres de la Sterling Society devant son club pourrait être considéré comme une manœuvre des moins rationnelles. Toutefois, tant que Tabitha gardait une voix égale et ne trahissait aucun excès d'émotion, elle estimait avoir une chance de faire valoir sa cause.

Elle prit une profonde inspiration, puis déclara :

— J'aimerais devenir membre de la Sterling Society.

Son interlocuteur éclata de rire, puis reprit son sérieux comme Tabitha se contentait de le regarder sans mot dire.

— Vraiment ?

— J'ai d'excellentes références, répondit-elle, avant de se lancer dans le discours qu'elle avait peaufiné des mois durant, dès que son intention de rejoindre la Society avait pris corps. J'ai lu tous les Anciens, y compris Platon, Socrate, Aristote, Pyrrhon d'Élis et d'autres encore, dans le texte grec original, et aussi Cicéron, Plotin, Lucrèce, Théodas de Laodicée et maints auteurs latins. J'ai en outre traduit les *Essais* de Montaigne ainsi que les *Méditations* de Descartes, et j'ai établi un index de l'œuvre de Pascal. Et, bien sûr, j'ai lu tous les ouvrages et articles publiés par la Sterling Society.

Elle avait également étudié Maitreyī, Ghosha, Hypatie d'Alexandrie, Anne Conway et Mary

Wollstonecraft, entre autres, mais vu le penchant de la Society pour les œuvres de penseurs masculins occidentaux, il lui parut plus sage de ne pas le mentionner.

— Auriez-vous eu une gouvernante aux idées radicales ? s'enquit sir William, un peu alarmé.

— L'enseignement de Mlle Elgrave se limitait au dessin et au français. Je l'ai complété par la lecture d'ouvrages appartenant à mon frère aîné, Lawrence, qui est allé à Eton et à Oxford, si bien que j'ai acquis, pour ainsi dire par procuration, la formation qui lui a été dispensée dans ces vénérables institutions.

Elle omit de préciser qu'elle avait également suivi les cours du tuteur de son frère cadet, car cela touchait de trop près à des problèmes personnels dont elle ne discuterait jamais avec sir William. Au vrai, elle n'avait évoqué sa relation avec M. Charles Stokely qu'auprès d'une poignée d'intimes – et encore, elle s'était abstenue d'en révéler les aspects les plus humiliants. Ressasser ce triste épisode ne servirait à rien d'autre qu'à revivre la souffrance et la honte.

Elle observa sir William pour savoir si ses prouesses d'autodidacte l'impressionnaient, mais il continuait à afficher une expression indécise. La meilleure stratégie consistait à aller de l'avant afin de montrer au baronnet qu'elle était éminemment qualifiée pour intégrer la Sterling Society.

— J'ai publié un article, poursuivit-elle, sur les contributions des femmes au développement de la philosophie classique qui est tenu en haute estime par nombre d'experts dans ce domaine.

Elle ne précisa pas que ce papier était signé « T. Holly », combinaison de son deuxième prénom et de l'initiale de son prénom usuel.

Sir William la dévisageait comme si elle s'exprimait dans un dialecte particulièrement abscons.

— Si vous craignez que je me contente de rester dans l'ombre de mes illustres collègues de la Society, ajouta-t-elle tout en fouillant dans son sac, j'ai maintes idées que j'ai hâte de partager avec le groupe.

Elle brandit un cahier relié de cuir.

— Ce carnet contient des théories, des hypothèses et des notes de recherches rassemblées sur ces six derniers mois seulement.

Le calepin regorgeait de feuilles manuscrites, de coupures de presse, de croquis, de diagrammes, et renfermait bel et bien le fruit d'un labeur acharné. Tabitha se sentit fière de le montrer à quelqu'un comme sir William Marcroft.

Car elle l'admirait réellement, de même que la Sterling Society. Bien que le point de vue de ses membres soit quelque peu limité, il n'existait pas une seule organisation ou institution en Angleterre aussi dévouée au développement de l'esprit. Ses publications l'avaient nourrie durant toute son adolescence et incitée à penser qu'elle aussi pourrait consacrer son existence à repousser les limites des connaissances humaines. C'était donc avec un plaisir mêlé de timidité qu'elle présentait ses propres travaux renfermés dans cet humble calepin.

Sir William eut un geste dédaigneux, comme si elle lui tendait un échantillon de broderie enfantine. Le cœur de Tabitha sombra.

— Les femmes ne sont *pas* admises à la Sterling Society, lâcha-t-il. Ce que vous sauriez si vous l'admiriez autant que vous le prétendez.

Il marqua une pause et étrécit les yeux.

— À moins que vous ne vous attendiez qu'on fasse exception pour *vous*.

Elle l'avait espéré, mais cet espoir était sur le point de voler en éclats.

— Je sais bien que tel était le règlement de la Society… jusqu'à présent, répliqua-t-elle en affichant son sourire le plus amical.

Un chauve qui gravissait les marches du *White's* lança à sir William un coup d'œil interrogateur. Il était visiblement décontenancé de voir le baronnet en conversation avec une femme devant l'un des temples des privilèges masculins. Ce dernier le salua d'un bref hochement de tête avant de ramener les yeux sur Tabitha.

— La Sterling Society est une institution *respectable*, mademoiselle Seaton, déclara-t-il d'un ton crispé. Tolérer une femme dans nos rangs serait inconvenant, d'autant que vous n'êtes même pas mariée.

— Pas mariée, répéta Tabitha pensivement. Et si une femme disposant de qualifications comme les miennes avait un mari ?

— Ma foi…, commença sir William en jetant un coup d'œil à la voiture qui l'attendait, disons que ce serait la condition *sine qua non* pour que nous envisagions de discuter de sa candidature.

— Je vois.

— Je suis vraiment en retard, alors si vous voulez bien m'excuser, mademoiselle Seaton.

Il s'inclina brièvement avant de monter précipitamment dans sa voiture, qui s'ébranla aussitôt.

Tabitha demeura un instant immobile tandis que des hommes ne cessaient d'entrer ou de sortir du club. Plutôt que d'endurer leurs regards interloqués ou indignés, désormais insupportables, elle se mit en route, Olive sur les talons. Elle avançait d'un pas pesant alors même qu'elle s'en allait rejoindre l'un de ses endroits préférés. Bien que la bibliothèque Benezra héberge l'une des collections de livres les plus complètes sur une variété étourdissante de sujets et qu'elle soit ouverte à tout le monde, Tabitha n'était pas très pressée de s'y rendre aujourd'hui. Car elle devait admettre, hélas, qu'en dépit de tous ses efforts elle avait échoué.

Plusieurs kilomètres séparaient St James's de Kensington, où se trouvait la Benezra, mais elle avait une préférence pour la marche plutôt que pour la voiture. C'était à pied qu'elle réfléchissait le mieux – ce qui expliquait d'ailleurs qu'elle ait développé une musculature assez peu féminine au niveau des membres inférieurs. Mais avoir des jambes vigoureuses ne la dérangeait pas dans la mesure où c'était la preuve qu'elle pensait énormément.

Pour autant, tandis qu'elle remontait Knightsbridge, dépassait Hyde Park et s'engageait sur Kensington Road, elle ne pensait à rien d'autre qu'à sa rencontre désastreuse avec sir William.

Quand elle atteignit enfin le porche à colonnes de la bibliothèque, elle avait les épaules voûtées et l'impression d'avoir traîné son cœur dans une cage de fer pendant les cinq derniers kilomètres.

Elle gravit le perron, poussa la lourde porte et pénétra dans le vestibule. La Benezra avait été jadis une demeure particulière dont nombre des murs intérieurs avaient été abattus pour accueillir des rangées interminables de livres ponctuées de colonnes destinées à supporter le poids de l'étage supérieur. Beaucoup de gens étudiaient, assis à de longues tables. Tabitha les salua d'un signe de tête tout en se dirigeant vers le bureau de l'accueil.

— Bonjour, dit-elle à Chima Okafor, le bibliothécaire en chef. Tout le monde est là ?

— Les autres t'attendent dans la salle de consultation, dit-il avec l'accent chantant de ceux qui parlaient l'igbo.

Il la dévisagea et elle espéra que son expression ne trahissait pas son accablement.

— Nous allons les rejoindre ? s'enquit-il.

Comme elle acquiesçait, il pria M. Pagett de le remplacer derrière le comptoir. Sa femme de chambre choisit un ouvrage abondamment illustré de sphères célestes et s'assit à l'une des tables de la salle de lecture, ainsi qu'elle en avait l'habitude. Olive était particulièrement fascinée par les constellations.

Trois regards se braquèrent sur Tabitha quand elle entra dans la salle d'étude.

— Voilà une expression bien maussade, commenta Diana Goldstein. N'est-ce pas aussi ton avis, Iris ?

Elle avait posé cette question à la femme assise à côté d'elle.

— J'ai vu des nuages d'orage plus réjouissants, ma chérie, confirma Iris Kemble en pressant la main de Diana.

Aux yeux du monde, Iris, une ancienne gouvernante, et Diana, une veuve qui travaillait chez son père opticien, étaient simplement de bonnes amies qui partageaient un agréable appartement dans Bloomsbury. Cependant, dans le cercle de leurs intimes, elles pouvaient laisser libre cours aux tendres sentiments qu'elles éprouvaient l'une pour l'autre.

— Jamais je ne sortirais en bateau par un temps pareil, ajouta Arjun Singh avec un hochement de tête sinistre.

Matelot indien à la retraite, il s'exprimait avec autorité sur tout ce qui touchait à la navigation.

Chima et lui attendirent que Tabitha se soit assise pour l'imiter.

Aussi succinctement que possible, elle leur rapporta sa conversation avec sir William. À mesure qu'elle parlait, ses amis apparaissaient de plus en plus abattus.

— Pour conclure, dit-elle, il ne m'a pas caché qu'une célibataire n'avait aucune chance d'être admise à la Sterling Society

— Mais..., commença Diana.

Elle paraissait à la fois perplexe et en colère, ce qui, vu son humeur d'ordinaire égale, indiquait combien elle était contrariée.

— Et ton carnet ? Et toutes tes merveilleuses idées... ?

— Cela aurait aussi bien pu être les paroles d'une comptine sans queue ni tête. Sir William n'a rien voulu entendre.

Un silence accablé accueillit son témoignage.

— La Sterling Society doit bientôt être auditionnée par les plus éminents membres du Parlement sur le prochain projet de loi sur l'éducation, leur rappela Chima. Et notamment sur l'opportunité de financer des écoles dans les zones urbaines en développement.

Tabitha avait espéré intégrer la Society afin de pouvoir influer sur la rédaction de cette loi. Celle-ci serait soumise au vote dans trois mois, ce qui ne lui laissait pas beaucoup de temps pour rejoindre la prestigieuse organisation. Il lui fallait néanmoins essayer.

Elle avait donc tenté sa chance... et échoué.

— Je suis terriblement désolée, murmura-t-elle. J'ai trahi votre confiance.

Les autres protestèrent, affirmant qu'elle n'avait rien fait de tel, mais elle savait ce qu'il en était.

Son objectif était de devenir le premier membre féminin de la Society afin de faire entendre sa voix sur le très important projet de loi sur l'éducation. En outre, une fois pleinement acceptée dans cette assemblée de sages, elle pourrait faciliter l'intégration d'autres personnes. Des gens comme Diana, Iris, Arjun et Chima. La Sterling Society étant uniquement composée de chrétiens blancs et riches, elle n'était guère représentative du monde dans son ensemble, et pourtant ses membres inspiraient des décisions qui affectaient quantité de personnes. En tant que fille de vicomte, c'était elle qui, de tous ses amis, était la mieux placée pour entrer dans la prestigieuse institution.

Si elle y avait été acceptée, elle aurait pu montrer aux autres membres l'importance de convoquer *toutes* les opinions dans leurs débats et propositions. Or, sir William avait brisé ce rêve.

— Il a bien dit qu'il pourrait envisager la candidature d'une femme si elle était mariée ? s'enquit Arjun.

— Oui, confirma Tabitha.

— Voilà qui nous exclut d'emblée toutes les deux, déclara Iris avec un sourire ironique.

Quatre paires d'yeux se fixèrent sur Tabitha.

Celle-ci considéra ses amis avec un mélange d'incrédulité et d'inquiétude.

— J'ai fait mes débuts dans le monde il y a huit ans, leur rappela-t-elle, et cela s'est soldé par un désastre. Je m'étonne d'ailleurs qu'il ne serve pas aujourd'hui de contre-exemple dans l'éducation des jeunes filles.

— Tu exagères, répliqua Chima avec indulgence. Une débutante aussi charmante et intelligente que toi a dû avoir une cohorte de soupirants.

— Les qualités appréciées chez une femme entre les murs de la Benezra ne sont pas celles prisées dans la bonne société, répondit-elle d'un air sombre. Et une haute taille ainsi qu'un penchant marqué pour la philosophie et la controverse intellectuelle sont bien les derniers des atouts recherchés chez une future épouse.

Au cours de cette première et unique saison, on ne l'avait jamais invitée à danser. Pas une fois. Elle n'était pas de ce monde-là et n'en ferait jamais partie – ce qui l'avait blessée, quoique légèrement.

Le coup le plus douloureux lui avait été infligé par quelqu'un qui était aussi marginal qu'elle. Naïvement, elle avait cru qu'elle possédait assez d'attraits pour que Charles la considère comme la partenaire idéale. Or, là encore, elle s'était lourdement trompée.

Elle ravala le nœud qui s'était logé dans sa gorge. Le moment était mal choisi pour afficher des émotions inopportunes. Les humiliations du passé n'en avaient pas moins une nature singulière : on pouvait continuer à vivre sa vie en étant convaincu qu'elles n'avaient aucun pouvoir sur soi, et pourtant il suffisait d'un mot pour qu'on soit de nouveau plongé dans les pires moments de son existence.

— L'Angleterre est le pays le plus ridicule de la terre, décréta Arjun, ce qui lui valut des hochements de tête approbateurs. Et son climat est détestable. Mais mon épouse et mes enfants y sont très attachés, et j'avoue apprécier la compagnie des habitués de la Benezra.

Des sourires chaleureux s'échangèrent autour de la table. Ici, entre les murs de la bibliothèque de Leonidas Benezra, on pouvait trouver compréhension et fraternité, alors que tant d'autres lieux n'offraient ni l'un ni l'autre.

— Comme tu nous le dis souvent, Tabitha, murmura Iris, tu es capable de grandes choses. Nous sommes tous certains que tu trouveras une solution.

La boule dans la gorge de Tabitha diminua notablement. Elle regarda ses amis assis autour de la table. Diana avait une connaissance étendue des textes de la philosophie hébraïque. Iris traitait dans ses écrits de l'éthique de la science. Le domaine d'étude d'Arjun était la gouvernance dans le cadre de l'expansionnisme anglais et Chima se concentrait sur le riche héritage culturel et philosophique du peuple igbo.

Elle-même était passionnée par les mesures à prendre pour diversifier les points de vue dans les travaux académiques. En tant que fille de vicomte, elle jouissait de privilèges dont peu de ses amis disposaient et jugeait impératif de les utiliser pour permettre à d'autres voix de se faire entendre.

Le chemin qui s'offrait à elle était clair. Elle redressa l'échine, alors même que l'angoisse lui nouait le ventre. Mais ce n'était qu'une émotion, or, que lui avaient apporté les émotions jusqu'à présent, sinon du malheur ? Elle allait enfermer peur et incertitude dans un coffre plombé, décida-t-elle, et tracer sa route.

— J'ai pris une décision qui va rendre ma mère très heureuse, déclara-t-elle en se levant, aussitôt imitée par Chima et Arjun. Je vais enfin me trouver un mari.

3

— Je me sens aussi à ma place dans ce genre d'endroit qu'un homme riche dans un hospice, maugréa Finn alors que Dom et lui se tenaient dans l'un des angles de la salle de bal du comte de Blakemere.

Une multitude de lustres pendaient du plafond voûté, jetant mille feux sur les dames couvertes de bijoux et leurs distingués cavaliers. Autant de personnages éminemment respectables que Finn s'ingéniait d'ordinaire à éviter. Ce n'étaient, çà et là, que courbettes et révérences accompagnées de bavardages mondains – décorum pompeux masquant des mobiles mercantiles.

— On sert des breuvages plus costauds dans les hospices, rétorqua Dom en considérant sa coupe de punch d'un air dégoûté. De quoi diable est composée cette mixture ?

— De limonade et de larmes de vierges.

La soirée aurait été autrement plus agréable s'il avait pu la passer dans l'un de ses tripots préférés : là-bas, au moins, il connaissait la plupart des habitués et personne ne le regardait avec une méfiance à peine dissimulée. Les joueurs savaient que *tout le monde* portait en soi le germe de la malhonnêteté et il y avait une forme de liberté à évoluer dans un milieu où nul ne cherchait à cacher qu'il était là pour voler son prochain.

Finn, pour sa part, ne trichait jamais. Il n'en avait pas besoin.

Il ne pouvait cependant reprocher aux aristocrates présents leur suspicion. Après tout, Kieran, Dom et lui se faisaient plutôt rares dans les réunions mondaines, et les quelques fois où ils s'y étaient rendus, cela avait dégénéré en beuveries et comportements inappropriés. Il y avait eu un bal, par exemple, où son frère et lui s'étaient mis au défi de chiper le plus de fleurs possible dans les coiffures des dames. Il se rappelait aussi – bien que le whisky ait quelque peu effacé ses souvenirs – un soir où il avait poursuivi Dom dans des escaliers recouverts de tapis d'Axminster.

Kieran avait eu la chance, ou la jugeote, de trouver Céleste Kilburn pour redorer son blason. Finn aurait peut-être pu demander à la fiancée de son frère d'opérer le même miracle pour lui, mais il avait été trop préoccupé par le rapprochement entre Dom et Tabitha Seaton pour présenter sa requête. Quoi qu'il en soit, il se retrouvait ce soir au bal du comte et de la comtesse de Blakemere dans l'espoir d'y recroiser Mlle Seaton.

— Je ne sais même pas à quoi ressemble cette fille, grommela Dom comme s'il avait suivi le cours de ses pensées. Comment veux-tu que je la reconnaisse ?

— Je ne suis pas sûr qu'elle soit déjà arrivée, murmura Finn en parcourant la salle du regard.

Il ne voyait nulle part la tête de la très grande Mlle Seaton émerger de la foule ni n'apercevait sa silhouette solitaire à l'écart, comme si elle analysait son environnement pour déterminer s'il en valait la peine.

— Le majordome a-t-il annoncé Mlle Tabitha Seaton ? s'enquit Finn auprès d'un serveur qui passait.

Il en profita pour déposer sa coupe de punch sur le plateau du domestique et prendre une flûte de vin pétillant. Ce dernier était étonnamment bon, cela étant, le comte et la comtesse avaient la réputation d'être des hôtes remarquables.

Dom rendit également au serveur sa coupe de punch et attrapa deux flûtes qu'il vida coup sur coup.

— Oui, monsieur, répondit le domestique. Elle est arrivée il y a une demi-heure, mais j'avoue ne pas l'avoir revue depuis.

Finn déposa un shilling sur le plateau du serviteur qui s'inclina, empocha la pièce et s'éloigna.

— Ici mais pas là, résuma pensivement Finn.

— Elle est peut-être aux toilettes ? suggéra Dom.

— Espérons qu'elle n'aura pas eu besoin de s'y retirer durant une demi-heure entière. Non, elle est quelque part dans cette maison… mais où ?

Le peu qu'il savait de Mlle Seaton aurait pu tenir dans un dé à coudre. Il se souvenait toutefois que, lors de leur première et unique rencontre, elle avait un livre à la main, indice d'un engouement des plus modérés pour les bals.

— Je crois avoir une bonne idée de l'endroit où elle pourrait se cacher, confia-t-il à Dom. Attends-moi ici. Si mon intuition ne me trompe pas, je serai de retour sous peu avec la demoiselle.

— Tu m'abandonnes ? lâcha Dom d'un air presque affolé.

— Tout va bien se passer, le rassura Finn.

— Et si… on me demande de danser ?

— Dis-toi juste que c'est comme une bagarre de taverne, en un peu moins violent.

Finn flanqua un coup de poing fraternel dans l'épaule de son ami et tourna les talons. Il contourna la piste de danse et s'engagea dans un couloir. Il ne ralentit le pas qu'en passant devant le salon de jeu, mais ne se permit qu'un coup d'œil plein de regret à l'intérieur avant de poursuivre son chemin. Il doutait de toute façon que les mises y soient suffisantes.

Bien qu'il n'ait jamais visité la demeure des Blakemere, il lui semblait raisonnable de supposer que l'endroit qu'il cherchait était au rez-de-chaussée. Au détour d'un couloir, il se retrouva derrière deux jeunes femmes – une brune et une blonde. Elles s'éventaient tout en discutant à voix basse de gens qu'il ne connaissait pas et de sujets qui lui étaient indifférents.

— J'aurais juré avoir vu lady Georgette danser par deux fois avec M. Devaney, déclarait la blonde avec excitation.

— Impossible ! décréta sa compagne.

Elle portait une couronne de diamants qui aurait fait une jolie mise.

— M. Devaney ne vaut que deux mille par an, ajouta-t-elle.

— Et lady Georgette n'accorderait pas un regard en dessous de quatre mille.

À la grande surprise de Finn, les deux jeunes femmes franchirent une porte à double battant qui ouvrait précisément sur la pièce qu'il recherchait. Il les suivit à distance respectueuse.

Elles s'arrêtèrent brusquement.

— Mais ce n'est pas le salon de repos des dames ! s'exclama la blonde.

— Non, c'est la *bibliothèque*, ajouta son amie avec dégoût.

De fait, c'était bel et bien une bibliothèque, et des plus remarquables – pour qui aimait ce genre d'endroit, du moins. La pièce était remplie d'étagères abondamment garnies et contenait tellement d'ouvrages que ceux-ci étaient empilés un peu partout, sur les sièges comme sur les tables. À l'évidence, le comte et la comtesse appréciaient leurs livres.

Quoique ce soit justement là qu'il comptait se rendre, Finn se sentit soudain mal à l'aise. Bien que pris d'une envie folle de tourner les talons pour s'enfuir à toutes jambes, il se força à demeurer immobile et à respirer lentement. Ce n'étaient que des livres, après tout, des objets inanimés qui ne pouvaient le blesser de leur propre chef.

Comme les jeunes femmes lui coulaient des regards intrigués, il feignit de s'intéresser aux volumes sur les étagères.

— Ah, murmura-t-il, un rare exemplaire de la première édition du traité de Wilhelm Schnitzel sur les systèmes de drainage !

Cela dut suffire à dissuader ces dames de s'intéresser à lui, car elles se détournèrent aussitôt. Ce qui lui convenait fort bien, la seule raison de sa présence ici étant son unique occupante.

Car *elle* était là.

Son pouls s'emballa – sans doute de triomphe. Que son instinct ne l'ait pas trompé était la seule explication à l'espèce d'exaltation qu'il éprouva en revoyant la jeune femme

Elle se tenait près d'une table, le nez plongé dans le livre qu'elle tenait à la main.

— Qui est-ce ? s'enquit la blonde en s'avançant dans la pièce avec sa compagne.

— Mlle Seaton, je crois ? répondit la tête couronnée.

Celle qui était l'objet de leur curiosité leva un regard alarmé, visiblement prise de court.

— Oh… Je pensais que… Eh bien… Bonsoir.

Les deux femmes s'approchèrent de Mlle Seaton. Finn les imita discrètement tout en faisant semblant d'examiner les ouvrages alignés sur les étagères.

L'attention de Mlle Seaton étant fixée sur ses interlocutrices, il avait la possibilité de l'étudier sans se montrer grossier.

Ses cheveux sombres étaient relevés en un chignon sévère dont ne dépassait aucune boucle destinée à adoucir son visage anguleux. Son menton était fendu d'une petite fossette dont Finn ne se souvenait pas et ses yeux d'un bleu-gris orageux étaient emplis d'appréhension. Finn ne se rappelait pas non plus qu'elle avait une bouche plutôt fascinante, très pulpeuse.

Qu'éprouverait-il s'il l'embrassait ? Ses lèvres se révéleraient-elles douces et accommodantes ou autoritaires et exigeantes ?

Et pourquoi diable se posait-il ce genre de questions ?

Comme si la jeune femme était consciente de la direction prise par ses pensées, son regard se braqua soudain sur lui.

Une flèche brûlante traversa Finn de la tête aux pieds.

Elle arrondit les yeux. L'avait-elle ressenti, elle aussi, ce brusque sursaut intime, aussi violent qu'incongru ? Impossible. C'était le genre de sensations que les poètes évoquent, mais que jamais personne n'éprouve dans la vraie vie. En tout cas, pas lui. Et encore moins en présence de quelqu'un d'aussi différent de lui que Tabitha Seaton !

— Ce doit être un livre bien licencieux que vous êtes en train de lire, mademoiselle Seaton, lâcha la brune en gloussant. Regarde-la essayer de nous le cacher, Harriet.

Mlle Seaton maintenait l'ouvrage plaqué contre sa poitrine, comme si elle cherchait en effet à dissimuler son contenu aux deux curieuses.

Peut-être le bas-bleu avait-il été surpris en pleine lecture d'un ouvrage leste. Voilà qui était aussi fascinant qu'inattendu.

— Quel pourrait bien être ce livre selon toi, Flora ? demanda la blonde.

Les deux amies se penchèrent pour tenter d'en déchiffrer le titre.

— Rien d'intéressant, assura Mlle Seaton d'une voix agréablement rauque qui chatouilla la nuque de Finn.

Elle referma vivement le livre et le glissa parmi les ouvrages semblables qui encombraient la table, espérant sûrement qu'il serait impossible à identifier.

Finn, lui, le repéra sur-le-champ.

La jeune femme s'écarta de la table, sans doute pour détourner l'attention des deux autres. La manœuvre eut l'effet escompté : Harriet et Flora gardèrent les yeux rivés sur elle.

Il n'en restait pas moins que, si elles parvenaient à identifier le mystérieux volume, cela risquait d'être désastreux pour Mlle Seaton. Finn avait beau ne fréquenter que très peu la bonne société, il la connaissait suffisamment pour savoir quels ravages une rumeur malveillante pouvait causer. Si Mlle Seaton était bel et bien en train de lire un roman érotique dans la bibliothèque du comte et de la comtesse pendant un bal, ce serait catastrophique pour sa réputation.

Les jeunes femmes avançaient sur elle, telles des louves acculant leur proie.

— Était-ce un roman osé ? s'enquit Flora d'une voix caressante. Vous pouvez nous le dire. Nous vous promettons de ne pas le répéter. N'est-ce pas, Harriet ?

— Promis, confirma l'intéressée sans une once de sincérité.

— C'est étrange, intervint Finn, attirant l'attention des trois femmes.

Il vint se planter devant la table et, tout en indiquant la porte pour y diriger le regard des deux amies, il s'empara de l'ouvrage que consultait Mlle Seaton et le cacha dans son dos.

— Je jurerais avoir vu lady Georgette sur le point de danser une *troisième* fois avec M. Devaney, lâcha-t-il.

Les jeunes ladies émirent un hoquet de stupeur avant d'échanger un regard.

— Il faut absolument aller voir cela ! s'écria Harriet.

Flora et elle quittèrent la bibliothèque sans un regard en arrière, laissant Finn seul avec Tabitha Seaton.

Dès qu'elles eurent franchi le seuil, Finn sortit le volume de derrière son dos. Était-ce l'une des histoires scabreuses de la Dame de Qualité Douteuse, dont il avait entendu Kieran chanter les louanges ? Ou peut-être un ouvrage similaire agrémenté d'illustrations coquines ? Il espérait en tout cas que le livre comportait des images licencieuses.

Il adressa à Mlle Seaton un sourire entendu. Celui ci vacilla quand il découvrit le frontispice. Il le lut une première fois, mais sa méthode habituelle consistant à deviner le sens des mots par leur contexte s'avéra infructueuse. Une deuxième tentative n'eut pas plus de résultat. Il essaya de prononcer le titre dans sa tête, sans succès là encore.

Il jeta un regard perplexe à la jeune femme. Ce n'était vraiment pas le genre de secret croustillant qu'il anticipait.

— Ce n'est pas tous les jours qu'on tombe sur un exemplaire de la première édition de la *Physica* de Hildegarde de Bingen, expliqua-t-elle avec un frémissement d'excitation dans la voix. Et les Blakemere le laissent traîner comme si c'était aussi courant que *Les Excès de l'amour* de Haywood !

— J'avoue en être un peu chamboulé moi-même.

Il lui tendit le volume. Les doigts de Tabitha Seaton effleurèrent les siens quand elle s'en empara. Les gants de la jeune femme se trouvant sur la table, c'était sa peau nue qu'il avait frôlée. Quelque chose fusa le long de son bras et s'enroula autour de sa poitrine bien plus longtemps qu'il ne l'aurait cru possible pour une sensation aussi mineure.

— Seriez-vous également bibliophile ? s'enquit-elle avec un sourire plein d'espoir.

— Je ne suis pas un grand lecteur, dut-il admettre.

Le sourire de Mlle Seaton s'évanouit. Finn regretta presque de lui avoir dit la vérité, tant il avait été charmé par l'expression qui avait illuminé ses traits. Mais bon, il avait l'habitude de voir ce genre de déception sur le visage de la plupart des gens.

Avec précaution, et à contrecœur, Tabitha Seaton reposa le livre sur la table, non sans l'avoir gratifié d'un dernier regard mélancolique qui n'était pas sans évoquer celui d'une femme quittant à regret son amant.

— À moins de redouter que Harriet et Flora ne soient collectionneuses d'éditions rares, pourquoi ne pas leur avoir montré ce que vous lisiez ? demanda-t-il sans la quitter des yeux.

— Les jeunes filles invitées à ce genre d'événements mondains sont censées y trouver des partis dignes d'elles. Être découverte dans la bibliothèque de nos hôtes en train de compulser le traité de médecine naturelle d'une abbesse allemande du Moyen Âge n'aurait guère servi mes intérêts, surtout vu la réputation qui est déjà la mienne.

Elle avait prononcé ces derniers mots avec un soupçon d'amertume.

Peut-être ladite réputation avait-elle un rapport avec son célibat prolongé, et expliquait-elle sa présence ici même, dans la bibliothèque, à l'écart de la salle de bal.

— Mais je vous remercie pour votre galante intervention, ajouta-t-elle. Si l'on apprenait mes accointances avec Hildegarde, les portes du mariage me seraient définitivement fermées.

Elle plissa les paupières.

— Nous nous connaissons, n'est-ce pas ?

— Finn Ransome, répondit-il en inclinant le buste.

Elle hocha lentement la tête.

— Nous nous sommes croisés à une soirée similaire, précisa-t-il. Et vous aviez évoqué le fait d'apporter un livre à ce genre de rassemblements mondains.

— Cela me ressemble, dit-elle avec un sourire ironique.

Sa bouche mobile le fascinait, si bien qu'il ne parvenait pas à en détacher les yeux.

— J'ai quand même fait l'effort de ne pas en apporter à ce bal-ci, reprit-elle, mais dès le premier coup d'œil à la piste de danse, j'ai regretté ma décision.

— Les regrets sont monnaie courante aux bals, déclara-t-il avec flegme.

— Ils coulent autant à flots que le vin pétillant, renchérit-elle.

— Mais ils laissent un goût plus amer.

Ses iris étaient semés de paillettes couleur de sous-bois, nota Finn. Et ses propres yeux devaient lui paraître tout aussi captivants, songea-t-il, car elle soutint son regard un long moment.

Il se secoua mentalement. Que les bibliothèques soient pour elle des sanctuaires indiquait assez que cette conversation ne menait nulle part.

Les étagères autour de lui continuaient de lui apparaître menaçantes. Par chance, il maîtrisait l'art du bluff et réussit à ne pas laisser transparaître son malaise.

La jeune femme, à l'inverse, contemplait les rangées d'ouvrages comme si elle rentrait chez elle après un long voyage. De la musique et des rires leur parvinrent de la salle de bal et son expression heureuse fut remplacée par un air de sombre résignation.

— Les soupirants n'abondent pas dans les bibliothèques, n'est-ce pas ? murmura-t-elle.

— Si je me fie à mon expérience – assez limitée, il est vrai –, élégants et dandys se pavanent plutôt sur les pistes de danse. Mais, je le répète, je ne suis pas un expert en la matière.

Si en revanche elle désirait connaître ses pensées sur la meilleure stratégie dans les jeux de hasard, il avait amplement de quoi satisfaire sa curiosité.

Le mot « soupirants », qu'elle venait de prononcer, retint cependant son attention.

— C'est votre objectif ? s'enquit-il d'un ton détaché, histoire de ne pas laisser deviner combien sa réponse avait d'importance. Trouver un soupirant ?

— Oui, admit-elle, avant de froncer les sourcils. Mais les jeunes dames bien élevées ne sont pas censées être aussi directes que moi.

— La franchise vaut mieux que l'hypocrisie, répliqua-t-il.

Il avait du mal à garder une voix égale. Elle cherchait activement un parti, comme il l'avait espéré !

— À l'évidence, vous en savez encore moins que moi sur la bonne société si c'est ce que vous pensez, déclara-t-elle, pince-sans-rire.

Il sentit un sourire lui monter aux lèvres, mais s'empressa de le réprimer. Il avait un but, tout comme Mlle Seaton, et par chance c'était peu ou prou le même.

— Si c'est un soupirant que vous cherchez, permettez-moi de vous aider à le trouver.

Elle haussa les sourcils - de très jolis sourcils, expressifs et finement arqués.

— Nous avions pourtant convenu, me semble-t-il, que les bons partis se dénichaient rarement dans les bibliothèques.

Leurs regards se croisèrent de nouveau et une sensation ardente et vive se déploya dans le ventre de Finn. Tabitha Seaton s'humecta la lèvre inférieure.

Une lèvre également charmante. Les *deux* lèvres l'étaient, en fait.

Et pourtant, ces mêmes lèvres avaient articulé un mot latin voilà peu, et devaient fréquemment prononcer des termes et évoquer des concepts qui dépassaient largement ses facultés de compréhension. Il l'avait déjà déçue en avouant qu'il ne lisait pas. Inutile d'ajouter d'autres froncements de sourcils méprisants à la longue liste de ceux dont on l'avait gratifié depuis l'enfance.

— Je vous en prie, dit-il en montrant la porte. Venez avec moi.

Elle ouvrit la bouche comme si elle avait l'intention de lui demander plus de détails, puis se ravisa et garda le silence.

Après avoir récupéré ses gants et les avoir enfilés, elle le précéda hors de la pièce. L'air afflua dans les poumons de Finn dès qu'il eut quitté la bibliothèque.

Il indiqua à la jeune femme la direction de la salle de bal.

— Faut-il vraiment que nous retournions là-bas ? s'enquit-elle, méfiante.

— Cela me ravit aussi peu que vous, mais c'est malheureusement nécessaire.

Il lui offrit son bras, qu'elle considéra un instant. Une tension étrange ébranla Finn avant qu'elle pose délicatement la main sur sa manche. Et bien qu'elle appuie à peine sur son bras, cette tension continua à vibrer en lui telle la corde d'un luth sous les doigts d'une instrumentiste.

Elle baissa les yeux sur ses propres doigts et sa respiration s'accéléra tandis que ses joues rosissaient. Puis elle prit une profonde inspiration, comme pour raffermir sa détermination.

Il aurait dû l'imiter, songea-t-il en l'entraînant vers la salle de bal. Dès qu'ils pénétrèrent dans la pièce bondée, la main de la jeune femme se crispa sur sa manche. Ce fut imperceptible, pourtant il le remarqua.

Tabitha Seaton regarda les danseurs d'un œil prudent, mais sa prudence laissa place à de la perplexité quand elle s'aperçut que Finn lui faisait longer la piste. Vers Dom.

Son ami se tenait là où il l'avait laissé, foudroyant du regard quiconque passait près de lui.

— J'ai rarement vu une expression aussi intimidante, chuchota Mlle Seaton alors qu'ils s'approchaient de Dom. Dieu merci, ce n'est pas à cet homme que vous comptez me présenter…

— Eh bien, à vrai dire…

Finn s'arrêta devant Dom, qui le fixa d'un regard aussi expressif que celui d'une statue.

— Mademoiselle Tabitha Seaton, puis-je vous présenter M. Dominic Kilburn, excellent parti s'il en est ?

La jeune femme parut surprise, mais se ressaisit aussitôt et gratifia Dom d'une révérence à laquelle ce dernier répondit par une brève inclinaison du buste.

— M. Kilburn est le fils et héritier du magnat des entrepôts Edward Kilburn, expliqua Finn. La fortune qui doit lui revenir est conséquente. Tu as bien encore toutes tes dents, Dom, n'est-ce pas ?

L'intéressé se contenta d'un vague grognement en guise de réponse.

— Seriez-vous en train de faire la réclame de M. Kilburn ? s'étonna Mlle Seaton. Comme on en voit dans les journaux pour des boissons gazeuses ?

Finn faillit sourire.

— L'équivoque est un luxe qu'aucun de nous ne peut se permettre, rétorqua-t-il. Dom et vous êtes en quête d'un conjoint, alors à quoi bon prétendre que le mariage n'est pas votre objectif commun ? Et, à mon avis, vous êtes faits l'un pour l'autre.

Il souligna son propos en désignant tour à tour un Dom plus morose que jamais et une Mlle Seaton ouvertement sceptique.

Celle-ci jeta un coup d'œil à Finn, qui crut voir passer comme l'ombre d'un regret sur ses traits – mais sans doute se trompait-il.

— Nous n'allons quand même pas nous lancer d'emblée dans la publication des bans, remarqua-t-elle. Je ne sais rien de M. Kilburn et il ne me connaît pas non plus.

Dom émit un grommellement approbateur. D'ailleurs, maintenant que Finn y songeait, son ami n'avait pas dit un mot depuis qu'il avait été présenté à Mlle Seaton. Ce n'était guère prometteur, mais comme Dom n'avait pas pris la fuite non plus, il restait un espoir.

— Des alliances royales se sont fondées sur moins que ça, rappela Finn.

— Et Dieu sait que je n'ai rien d'un prince, ajouta Dom, sortant enfin de son mutisme.

Tabitha Seaton ne paraissait toujours pas convaincue. Finn en conclut qu'il devait commencer à abattre ses atouts.

— Cela dit, quel prince peut se vanter d'avoir obtenu plusieurs récompenses universitaires à Oxford ?

Le doute se dissipa quelque peu dans le regard de la jeune femme.

— Est-ce vrai, monsieur Kilburn ?

— Un article que j'ai écrit sur *La Reine des fées* de Spenser a en effet reçu un prix, admit Dom d'un ton bourru. De même qu'un essai sur la méthode baconienne.

Finn ignorait à peu près tout de Spenser et le seul Bacon qui lui était familier était celui qu'on lui servait au petit déjeuner.

— Vous voyez ! s'exclama-t-il triomphalement. Vous êtes faits pour vous entendre.

Mais son ami et la jeune femme semblaient toujours indécis. Il lui fallait agir.

— Après-demain, une foire doit avoir lieu sur Parliament Hill, dit-il d'un ton encourageant. Vous voyez où c'est, mademoiselle Seaton ?

— Oui, dans Hampstead Heath. C'est l'un des plus beaux points de vue sur Londres.

— Pourquoi ne pas y aller ensemble, Dom et vous ? suggéra-t-il. Cela vous donnera l'occasion de mieux vous connaître.

Un silence tendu accueillit sa suggestion. Bon, très bien. Encore un effort, donc.

— Je vous accompagnerai, précisa-t-il. Vous vous sentirez plus à l'aise si nous sommes trois.

Il vivait la nuit et n'était pas du genre à fréquenter les foires. Par ailleurs, les tripots ne proposant pas de jeux de pêche aux pommes ou de lancer d'anneaux, il n'avait pratiquement aucune expérience de ce genre de divertissements. Il était néanmoins prêt à faire une exception si cela permettait de favoriser un rapprochement entre Dom et Mlle Seaton.

Voyant la jeune femme sur le point de refuser, il sentit son ventre se nouer d'appréhension. Or, à son grand étonnement, elle répondit :

— C'est envisageable.

Ce n'était pas un cri d'enthousiasme, mais il s'en contenterait. Il se tourna vers Dom, qui persistait à ressembler à une variété de chêne particulièrement taciturne.

— Soit, lâcha-t-il enfin.

— Excellent ! s'exclama Finn. Rendez-vous donc devant l'entrée de la foire. Disons à 13 heures, mademoiselle Seaton ?

— Ce sera la première fois que je me rendrai dans une foire, avoua-t-elle, à la fois perplexe et intéressée.

Finn cilla.

— Moi aussi, admit-il.

— Vous croyez que les gens s'en apercevront ? demanda-t-elle.

— Je ne pense pas.

Pourquoi éprouvait-il autant de plaisir à l'idée de l'accompagner dans cette découverte ?

— À moins que nous n'y commettions quelque épouvantable impair, ajouta-t-il.

— Vu que je lis en plein bal, lui rappela-t-elle, il est tout à fait possible que je fasse quelque chose d'inapproprié. Je n'imagine pas quelle bévue vous pourriez vous-même commettre.

— Les foires sont censées comporter des stands de jeux, or je suis connu pour provoquer mes adversaires si je sens que cela peut m'assurer la victoire, expliqua Finn gravement.

— Je vous propose un marché, dit-elle.

Il n'eut pas besoin de se pencher pour l'entendre, ce qui n'était pas le cas avec la plupart des dames.

— Nous veillerons l'un sur l'autre. Si vous commencez à provoquer un concurrent lors de la course en sac, je dirai : « Cervantès. »

— Et si je vous surprends à abuser de votre érudition, je vous lancerai ce signal.

Il toussa une fois avant de se frotter le menton.

Elle hocha solennellement la tête, mais il y avait une lueur amusée dans son regard.

— C'est entendu.

Dom lâcha un nouveau grognement que Finn décida de considérer comme un assentiment, puis détourna les yeux. Apparemment, l'entretien était clos.

Comme Finn se tournait vers Mlle Seaton pour conclure leur discussion par une agréable banalité, leurs regards se croisèrent et ses pensées s'éparpillèrent.

Bien qu'il soit grand, il n'avait aucun mal à plonger les yeux dans ceux de la jeune femme : ils étaient presque au même niveau que les siens.

À l'évidence, c'était la raison pour laquelle il ne cessait de les contempler, et de s'y perdre.

— Je…

Elle s'interrompit, une ride se creusa entre ses sourcils, comme si elle était soudain incapable de penser.

Un silence suivit, puis un autre.

— Messieurs, murmura-t-elle enfin, avant de les gratifier d'une brève révérence.

Fort heureusement, Finn n'avait pas oublié toutes les leçons de savoir-vivre reçues dans l'enfance et se souvint à temps qu'il était censé s'incliner devant une dame qui le quittait – ce qu'il fit, aussitôt imité par Dom, avant que Mlle Seaton s'éloigne.

À la différence des autres jeunes femmes, qui glissaient sur le sol tels des pétales à la surface d'un étang, elle marchait d'un pas vif et décidé, comme si elle était trop occupée pour perdre son temps à se déplacer telle une fleur sur l'eau. Un peu plus grande que la plupart des femmes et même que certains hommes, il était difficile de ne pas la remarquer. Finalement, elle disparut dans la foule.

Finn battit des paupières.

— Un cigare sur la terrasse ? proposa-t-il à Dom.

— Seigneur, oui ! acquiesça son ami.

Peu après, ils se retrouvèrent train de souffler la fumée de leur cigare dans l'air frais de cette soirée d'automne. Une poignée de gentlemen en habits et de dames enveloppées dans un châle étaient dispersés le long de la façade, et le murmure indistinct de leurs badinages dérivait jusqu'aux deux jeunes gens.

Finn tira avec force sur son cigare. Jamais il ne s'était autant attardé à un bal. Il trouvait les tripots tellement plus agréables – le cliquetis mat des dés sur le tapis, les allées et venues des serveurs distribuant des boissons autrement plus fortes que du punch ou du vin pétillant, les cris et les lamentations des joueurs qui perdaient et gagnaient tour à tour des fortunes...

— Elle me regardait comme si j'allais la manger toute crue, maugréa Dom.

— Il faut reconnaître que tu as une allure assez intimidante, fit remarquer Finn. Mais elle ne tardera pas à découvrir tes facettes les plus charmantes et sera ravie d'accepter ta demande en mariage.

— Je ne vois pas pourquoi ce serait à *moi* de la courtiser, lâcha Dom en exhalant un épais nuage de fumée. Tu ferais un aussi bon parti que moi.

— Je l'ai trouvée dans une *bibliothèque*, Dom, rétorqua Finn. En train de *lire*.

— Ah, fit Dom.

Finn eut un sourire penaud et remercia le Seigneur de lui avoir donné pour ami quelqu'un qui le comprenait à demi-mot. Selon les termes de l'ultimatum de son père, il allait devoir se trouver lui-même une épouse dans les huit mois à venir. Mais quand ce serait fait, il serait lié pour la vie à une personne qui finirait par le regarder avec dégoût au petit déjeuner. C'était ce qui arriverait avec Mlle Seaton, et sans doute plus vite encore qu'avec une autre.

— Tandis que toi, ajouta-t-il, tu regorges de connaissances qui la fascineront, même si tu maintiens cette culture sous le boisseau.

— À mon arrivée à Oxford, je me suis dit que j'allais essayer de m'adapter aux aristos. C'était ce que souhaitait mon papa. J'ai donc étudié comme un fou. Et gagné tous ces fichus prix.

Il haussa l'une de ses épaules massives.

— Peine perdue : on me regardait toujours comme si j'avais vidé mon pot de chambre dans le foyer des étudiants de troisième année. Après ça, je n'ai plus vu l'intérêt de faire étalage de mes capacités intellectuelles.

— Ah, le snobisme révoltant des jeunes nobles, marmonna Finn. Au nom de mes semblables, je te prie d'accepter nos excuses.

— Sois content, je ne t'en veux pas de descendre d'une famille d'aristos dégénérés, répliqua Dom, pince-sans-rire.

— Nous ne pouvons pas tous avoir la chance de Kieran dans notre quête d'une épouse, déclara Finn. Au jeu de la vie, nous n'avons d'autre choix que de jouer avec les cartes qui nous ont été données.

Dom grogna. Finn ne lui en voulut pas de cette réponse laconique. Il était douloureusement évident que Kieran était fou amoureux de la sœur de Dom, et réciproquement, mais c'était là une rareté. Leurs propres parents, par exemple, se supportaient à peine.

Dans son milieu, le mariage était davantage une alliance fondée sur des intérêts communs que l'union bienheureuse de deux cœurs. Lui-même ne s'y résignait que contraint et forcé par une menace financière... Et pourtant, il lui était plus facile de songer aux perspectives matrimoniales de Dom qu'aux siennes.

En tout cas, quelle que soit sa future épouse, il était exclu qu'elle ne vive que pour les plaisirs intellectuels, telle Mlle Seaton. Il ne serait jamais le genre d'homme dont elle devait rêver, et se lier l'un à l'autre jusqu'à la fin de leurs jours serait une erreur monumentale.

4

Deux jours plus tard, Tabitha descendait d'une voiture au pied de Parliament Hill. Une brise agita les rubans de son chapeau et plaqua le tissu de sa redingote contre son corps – et le vent ne ferait que forcir dans la montée de la colline, lieu si réputé pour ses bourrasques qu'on venait de tout Londres pour jouer au cerf-volant.

— C'est une bataille perdue d'avance, lança Tabitha à sa femme de chambre qui s'efforçait de donner à son manteau une allure plus décente.

— Je ne peux pas m'en empêcher, mademoiselle, répliqua Olive. Sortir avec des gentlemen ne vous arrive pas très souvent et votre mère me congédierait sur-le-champ si elle apprenait que votre tenue n'était pas à la hauteur de l'événement.

— J'imagine, convint la jeune femme en soupirant.

Elle n'en avait pas moins été passablement étonnée de voir le visage de ses parents s'éclairer quand elle leur avait annoncé qu'elle comptait se rendre à la fête foraine avec pas moins de *deux* partis potentiels. Cela étant, ils avaient sans doute perdu tout espoir de voir un jour leur fille attirer l'attention de jeunes gens.

À proprement parler, Finn Ransome n'était pas un soupirant. Il s'était plutôt proposé de jouer les intermédiaires entre Dominic Kilburn et elle, ce qui tombait bien, car M. Kilburn était, au physique, l'un des spécimens masculins les plus intimidants qu'elle ait jamais rencontrés.

S'il fallait juger un homme à son apparence, alors M. Ransome était indubitablement l'un des hommes les plus séduisants qu'elle connaisse. Le physique ne disait toutefois pas grand-chose du caractère d'une personne. Elle avait connu bien des gens réputés séduisants qui cachaient un cœur retors et méchant, tandis que d'autres, qu'on remarquait à peine tant ils semblaient banals, recelaient des trésors de gentillesse, de générosité et de créativité. Mais même sachant cela, elle devait admettre que Finn Ransome possédait un charme exceptionnel. Bien qu'agnostique, elle en serait presque venue à attribuer une cause divine à l'existence même d'un être aussi éblouissant.

Il avait le cheveu noir et l'œil sombre, un nez fort et cependant élégant, une bouche pleine, des traits ciselés et une mâchoire dont la ligne aurait affolé les sculpteurs antiques. Sans doute ne ménageait-il pas ses efforts pour entretenir son physique, car il remplissait admirablement sa veste. Une telle carrure jointe à un ventre aussi plat était rare. Et elle ne prétendrait pas ne pas avoir remarqué ses cuisses musclées sous le tissu blanc de ses culottes.

Et même si les apparences étaient trompeuses, il ne l'en avait pas moins protégée de la curiosité malveillante de Harriet et de Flora. Il ne la connaissait pas, ne lui devait rien, et pourtant il s'était assuré de priver les deux intrigantes de tout ce qui aurait pu leur servir à ternir sa réputation.

Mais c'était cela, un gentleman, n'est-ce pas ? Se montrer courtois avec les jeunes femmes.

Elle n'était tout simplement pas habituée à fréquenter ce genre de célibataire. Ce qui expliquait sans doute qu'elle se soit sentie aussi attirée par lui et que sa proximité l'ait autant troublée.

— Mademoiselle, il est considéré comme de bon ton pour une dame de faire attendre un gentleman, murmura Olive, l'arrachant à ses pensées, mais il serait peut-être malavisé d'être *trop* en retard.

Tabitha eut un sourire en coin.

— Est-ce une façon de me dire que je ne suis pas le genre de femme que les messieurs seraient disposés à attendre ?

— Bien sûr que non ! protesta Olive en rougissant. M. Kilburn et M. Ransome seront plus qu'heureux de patienter un peu pour avoir le plaisir de passer du temps avec vous, mademoiselle.

— Ta remarque est pertinente, concéda Tabitha.

À son réveil, ce matin, elle s'était regardée dans le miroir et avait tenté de se juger objectivement. Elle manquait clairement de ces rondeurs et de cette douceur dans les traits que les mâles de son milieu semblaient tant priser chez le sexe opposé. Et puis, elle était d'une taille inhabituelle, ce qui semblait aussi un défaut rédhibitoire pour la plupart des hommes.

Elle ne se berçait pas d'illusions sur sa capacité à séduire. Sentiments et tendres penchants étaient pour les autres. Sa vie à elle était celle de l'esprit et elle ne voulait ni ne pouvait se laisser guider par un maître aussi fantasque que les sentiments. Du reste, on ne pouvait regretter ce qu'on n'avait jamais connu, et tout était beaucoup plus simple et plus logique dans l'existence qu'elle s'était choisie.

Bien que ni M. Kilburn ni M. Ransome ne s'en soient ouverts à elle au bal, elle avait deviné comme une urgence dans le désir du premier de se trouver une épouse.

Ma foi, elle avait un objectif, elle aussi. Et elle ne pouvait se permettre d'échouer.

Ayant cela en tête, elle écarta doucement Olive, qui continuait à tripoter sa redingote, et entreprit de gravir la colline. La rumeur de la foire lui parvenait, portée par le vent – de la musique jouée sur des crincrins campagnards plutôt que sur des violons de prix et des rires bien moins distingués qu'au bal –, ainsi que des odeurs de friture, de cidre épicé et d'animaux. Des gens de tous milieux se dirigeaient en foule vers le champ de foire ; Olive et elle se joignirent à eux.

Elle repéra M. Ransome et M. Kilburn avant qu'ils l'aient vue. Et si son ventre se crispa à la vue de l'imposant M. Kilburn, son cœur se mit à battre quand ses yeux se posèrent sur M. Ransome. Il portait une veste bleu nuit à col de velours noir sur un gilet gris ardoise fermé par deux rangées de boutons. Ses culottes gris tourterelle disparaissaient dans de hautes bottes cirées. Le bord de son haut-de-forme jetait une ombre sur son visage, mais le soleil éclairait suffisamment ses traits pour qu'elle en ait le souffle coupé.

Les apparences ne comptent pas. Elles importaient d'autant moins ici qu'elle était censée s'intéresser à M. Kilburn et non à M. Ransome. *Le paysage intérieur, voilà l'essentiel.*

Les deux hommes discutaient et ce que dit M. Ransome amena M. Kilburn à retrousser légèrement le coin de sa bouche, ce qui, supposait-elle, se rapprochait le plus d'un franc sourire chez lui.

Cette minuscule démonstration d'émotion cessa sitôt que M. Kilburn la vit. Il poussa son compagnon du coude et la désigna du menton.

Elle déglutit lorsque le regard de M. Ransome croisa le sien. Bien qu'elle soit encore loin, et que la foule les sépare, elle eut l'impression d'être transpercée par ces yeux sombres. Comme au bal. Ce soir-là, en se couchant, elle avait fini par se convaincre que la fascination qu'il exerçait sur elle était due au fait qu'elle n'était pas accoutumée à côtoyer des célibataires.

Ce qui ne l'empêchait pas de *sentir* ce même regard, scrutateur et vif, peser en cet instant sur elle.

Elle trébucha.

Tu es ici pour une raison précise, et cette raison, ce n'est pas lui.

Elle se remit en marche avec détermination et les rejoignit.

Après les courbettes et révérences de rigueur, ils échangèrent des salutations polies. M. Kilburn se contenta d'un vague grommellement, tandis que M. Ransome la regardait comme s'il craignait qu'elle ne tourne les talons et ne s'enfuie d'un instant à l'autre.

— Prête à visiter votre première foire, mademoiselle Seaton ? s'enquit-il.

Elle avait plus ou moins pensé que le souvenir qu'elle avait de sa voix était exagéré, et qu'en fait cette dernière était semblable à celle de n'importe quel homme ; il n'en était malheureusement rien : il avait une voix grave et vibrante qui lui évoquait le genre d'ombres propices aux plus folles incartades. Ce côté obscur de l'existence ne l'avait jamais vraiment attirée… jusqu'à aujourd'hui.

— Tout ce que j'en connais me vient de mes lectures, répondit-elle.

— N'ayez pas peur.

— Je n'ai pas peur, lui assura-t-elle. J'éprouve juste de la curiosité.

— La curiosité est une qualité précieuse, approuva-t-il avec un hochement de tête. Sans elle, l'humanité n'aurait jamais su que de vieilles vignes pouvaient donner d'excellents vins.

— Voilà qui sonne étrangement comme un aphorisme.

— Si tel est le cas, c'est purement fortuit.

Elle étudia cet homme qui paraissait aussi lisse qu'un galet poli, mais semblait renfermer une personnalité autrement plus substantielle.

— J'ai l'impression que rien de ce que vous faites n'est fortuit.

— Déformation professionnelle, je suppose.

— Et vous exercez quelle profession ?

— Je doute que cela vous intéresse, répondit-il d'un ton détaché. Surtout dans un endroit pareil et qui propose tant d'objets d'étude fascinants. Je parie que vous seriez capable d'écrire plusieurs volumes sur la signification sociale des fêtes et des foires.

— Les prestidigitateurs sont experts dans l'art de la distraction, répliqua-t-elle. Ils dirigent votre attention ailleurs afin de la détourner de la mécanique de leurs tours. Et vous, monsieur Ransome, êtes justement en train d'exhiber un foulard de couleur vive pour que je ne vous voie pas cacher un lapin dans un chapeau.

Il tressaillit, avant de se ressaisir.

— Et que pourrais-je bien vouloir vous cacher, mademoiselle Seaton ?

— Voilà qui exigerait une étude plus poussée – mais je suis une intellectuelle tenace, monsieur Ransome. Et rien ne m'intrigue plus que de m'entendre dire que je *ne devrais pas* me préoccuper de telle ou telle chose.

— Stimulée par l'adversité ?

— Pourquoi pas ? Des écoles philosophiques ont été fondées sur l'affirmation de la volonté.

Il la considéra avec un mélange de réserve et de curiosité. Mais son regard n'exprimait ni dégoût ni dérision. Il lui semblait même y discerner une lueur d'admiration.

Elle en eut des papillons dans le ventre. Il était si rare qu'on lui témoigne du respect en dehors de son cercle d'amis de la Benezra.

— Allons-y, lança M. Kilburn en pivotant pour franchir les grilles de la foire.

M. Ransome émit un petit gloussement forcé.

— Je crois que Dom a hâte de profiter des divertissements de la fête foraine.

— Il a tout de l'homme qui ne vit que pour ces petits plaisirs, commenta Tabitha avec flegme.

— C'était le cas naguère, murmura M. Ransome en se rembrunissant.

Puis il plaqua de nouveau un sourire sur son visage.

— L'attrait de Dom pour les attractions ne durera pas. Il sera ensuite ravi de vous escorter d'un stand à l'autre. En attendant, permettez-moi de lui servir de piètre substitut.

Il lui offrit son bras.

Elle n'avait pas vraiment le choix et pourtant, elle hésita, comme si le toucher de nouveau outrepassait certaines limites.

C'était pourtant ridicule. Ils étaient réunis par les circonstances et ses réactions étaient sans doute attribuables à sa proximité inédite avec un jeune homme célibataire.

Elle posa donc la main sur son avant-bras. Elle mit sur le compte d'un esprit trop actif – on lui en avait suffisamment fait le reproche – la brusque tension qui la traversa. Et si elle crut entendre M. Ransome inspirer brièvement, elle ne put en être certaine vu le bruit ambiant.

Talonnés par Olive, ils se retrouvèrent bientôt sur le champ de foire. La décoration, de saison, consistait en des guirlandes d'épis de blé et des piles de calebasses disposées près de nombreux stands. Toute une variété de jeux était proposée aux visiteurs, du lancer d'anneaux sur bouteilles jusqu'à la pêche aux pommes en passant par le tir à l'arc miniature. Des marchands ambulants vendaient des tourtes sucrées et salées, des saucisses et des noix grillées servis dans des cônes en papier. Des braiments attirèrent leur attention sur la petite piste où tournaient des enfants perchés sur des ânes. Tabitha sourit à la vue des couronnes d'asters ornant les oreilles des animaux.

— Ils doivent aimer ça, déclara M. Ransome. Qu'on les fasse beaux, même si ça ne dure pas.

— La beauté est une tyrannie éphémère, observa Tabitha distraitement.

— Peut-être, concéda son compagnon, mais au moins eux peuvent manger leurs ornements. Les diamants sont franchement durs à mâcher. Vous croyez vraiment que la beauté est une tyrannie éphémère ?

— C'est ce que dit Socrate.

— Mais vous, qu'en pensez-vous ? Vous estimez vraiment la beauté aussi temporaire que tyrannique ?

Tabitha fronça les sourcils, surprise.

— Vous souhaitez sincèrement connaître mon opinion ?

— Bien sûr. Je veux dire qu'elle nous intéresse tous les deux, M. Kilburn et moi-même, s'empressa-t-il de préciser.

Elle contempla le large dos de M. Kilburn, qui les précédait d'une douzaine de mètres.

— La beauté peut être un miroir aux alouettes qui nous inspire des croyances erronées et nous pousse à des actes inconsidérés. Sa brièveté même contribue à son pouvoir. Nous sommes tentés d'en profiter avant qu'elle se fane, ce qui nous conduit parfois à des catastrophes.

M. Ransome haussa un sourcil.

Tabitha sentit comme une coulée de plomb se répandre en elle. Elle aurait dû s'en douter : ses amis de la bibliothèque Benezra avaient beau s'intéresser réellement à ses opinions et les considérer avec sérieux, les gens comme eux étaient rares. Quand elle osait exprimer sa pensée en dehors de ce cercle d'érudits bienveillants – et surtout devant un auditoire masculin –, ses propos étaient accueillis avec incrédulité, voire dérision. On ne pouvait admettre qu'une personne de son sexe soit capable de développer un raisonnement complexe. Et que Dieu lui pardonne, pas question d'émettre des idées qui ne soient pas résolument optimistes ! Ne lui avait-on pas répété maintes fois que personne n'appréciait les femmes qui n'étaient pas joie et consolation pour l'âme masculine ?

— La beauté est effectivement traîtresse, admit M. Ransome au bout d'un moment. Tant de choses dans la vie peuvent nous blesser si nous ne nous méfions pas. Et nous laisser des cicatrices durables.

Tabitha le dévisagea. Elle ne s'attendait guère que Finn Ransome lui tienne de pareils propos. De quelles blessures était-il lui-même affligé ?

— Et ces cicatrices nous enlaidissent, murmura-t-elle, qu'elles soient visibles ou non.

— Ou nous rendent plus forts et encore plus merveilleux, répliqua-t-il doucement.

Leurs regards se croisèrent et la jeune femme fut de nouveau captivée par les profondeurs ténébreuses des yeux de Finn. Elle les avait trouvés froids au premier abord, mais ils rayonnaient maintenant d'une chaleur enveloppante.

— Hé ! lança M. Kilburn par-dessus son épaule. Je vais avoir l'air d'un fichu crétin à jouer tout seul au lancer d'anneaux !

Il se dirigea vers le stand en question.

M. Ransome fit la grimace, puis se força à rire.

— Un sacré gai luron, ce Dom !

« Si on peut appeler ainsi un ours mal léché », songea-t-elle. Mais elle était injuste : elle connaissait à peine M. Kilburn et devait au moins lui accorder le bénéfice du doute avant de le juger.

— Une petite partie de lancer d'anneaux ? proposa M. Ransome avec un entrain un peu artificiel. J'avoue ne pas y avoir joué depuis l'enfance.

— Je me suis renseignée sur ce genre d'attractions foraines. Pour mieux comprendre la nature des espaces publics ainsi que la nécessité du jeu dans le contexte d'une société structurée par des normes.

— Nous avons tous besoin d'un soupçon de jeu dans notre vie.

Il marchait d'un bon pas tout en parlant et elle appréciait qu'il ne soit pas de ceux qui traînaillent, mais adoptent une démarche décidée.

— Sinon nous risquerions d'exploser comme l'un de ces nouveaux moteurs à vapeur quand ils surchauffent.

Qu'un gentleman aussi élégant et décontracté que M. Ransome éprouve le moindre intérêt pour les progrès du génie mécanique était inattendu. Mais la vie était pleine de surprises. Finn Ransome l'était, en tout cas.

Ils rejoignirent M. Kilburn devant le stand. M. Ransome déposa trois pièces dans la paume de la propriétaire de l'attraction. Celle-ci tendit quatre anneaux en bois à chacun des deux hommes, puis le même nombre à Tabitha.

— Essayez, l'encouragea Finn Ransome comme elle considérait les anneaux d'un air hésitant. Après la théorie, la pratique !

Tabitha s'empara des anneaux qu'on lui tendait et se tint face à la rangée de bouteilles qui s'alignaient sur une planche, à trois mètres du comptoir. Les petits bouquets colorés qui remplissaient un panier à proximité étaient sans doute destinés à récompenser quiconque serait assez habile pour enfiler ses anneaux sur le col des bouteilles.

Tabitha examina les anneaux en bois, en tâta la texture rugueuse. Combien de personnes avant elle les avaient tenus, pleins d'ardeur et d'excitation, souhaitant peut-être impressionner l'élu de leur cœur ou juste se prouver à eux-mêmes qu'ils étaient capables de réussir ? Et si cette réussite était si importante, comment réagissait-on en cas d'échec ? Peut-être en s'accrochant à une vision optimiste du monde où les petits désagréments ne révélaient pas la nature foncièrement décevante du réel…

— Ce n'est rien de plus qu'une distraction, lui rappela M. Ransome avec un sourire en coin. Profitez-en sans trop réfléchir.

Elle fronça le nez.

— Cela me paraît difficile.

— J'y arrive très bien pour ma part, assura-t-il d'un ton léger, vu que je n'ai jamais eu à lutter contre un excès d'intelligence.

Comment pouvait-on dire une chose pareille ? Ce genre de remarque lui était tellement étrangère que Tabitha en demeura momentanément interdite.

Elle jeta un coup d'œil à M. Kilburn, qui se tenait de l'autre côté de M. Ransome. Son expression avait à peine changé lorsque son ami avait évoqué avec tant de désinvolture ses prétendues déficiences intellectuelles. Elle s'attendait qu'il les réfute vigoureusement, mais il n'en fit rien et lança sans plus attendre son anneau. Il grommela quand celui-ci manqua sa cible.

Détendu, M. Ransome tenta sa chance à son tour. Ce jeu n'exigeait aucune prouesse physique, mais il n'en mit pas moins dans son geste une grâce et une aisance qui fascinèrent la jeune femme.

Son anneau plana jusqu'à la bouteille visée et tourna plusieurs fois autour du col avant de glisser le long de la paroi en verre.

— Vous avez réussi ! s'exclama Tabitha.

— La clé de la réussite est dans l'absence de réflexion. À vous, à présent.

Lancer un anneau en bois en direction d'une cible lui semblait assez peu naturel, elle ne fut donc pas surprise que le projectile retombe dans l'herbe loin de la bouteille. Elle n'en éprouva pas moins un pincement de déception. Elle avait eu l'espoir d'être douée à ce jeu, même si elle ne l'avait encore jamais pratiqué.

— Désirez-vous un conseil ? s'enquit M. Ransome. Vous pouvez répondre « non », je ne m'en formaliserai pas.

— Votre avis est le bienvenu, répondit-elle.

Elle aimait qu'il lui ait donné le choix.

— Concentrez-vous sur le col de la bouteille plutôt que sur l'anneau. Cela devrait vous aider. Et n'oubliez pas de respirer.

Elle suivit ses recommandations, gardant son attention sur sa cible et expirant au moment du lancer.

Cette fois, l'anneau heurta la bouteille.

— Excellent ! dit-il en la couvant d'un regard chaleureux.

Elle sentit ses joues la brûler – sans doute parce qu'elle estimait ne pas mériter ses félicitations.

— Je n'ai pas réussi à accrocher le col de la bouteille, objecta-t-elle.

— Certes, mais vous avez progressé, ce que je considère comme une victoire en soi.

Son admiration dénoua dans l'instant la tension qui lui crispait le corps. Ce fut d'autant plus efficace qu'elle n'aurait jamais eu autant d'indulgence envers elle-même.

Manifestement, cette bienveillance lui était naturelle, car, loin de s'y attarder, il se tourna vers son ami pour le défier.

— Je parie un souverain que tu vas louper les trois prochains lancers !

— Pari tenu, répliqua M. Kilburn.

Tabitha ne put retenir un sursaut à l'énoncé de la somme.

Les deux hommes se serrèrent la main et le colosse reporta son attention sur les bouteilles. Il étrécit les yeux, se tint en équilibre sur la pointe des pieds, le corps tourné de côté. La jeune femme retint son souffle quand il effectua le premier lancer.

L'anneau glissa sur la cible.

M. Kilburn décocha un sourire suffisant à son ami, qui ne parut pas impressionné.

— Encore deux coups, lui rappela-t-il.

Au grand désarroi de Tabitha, les deux lancers suivants se conclurent par le tintement victorieux des anneaux coulissant sur la bouteille.

M. Kilburn afficha un sourire féroce en tendant la main à M. Ransome, qui y déposa la pièce d'or promise.

— Tu as l'air plutôt réjoui pour quelqu'un qui vient de perdre un souverain, remarqua M. Kilburn.

— C'est la première fois que tu souris depuis des mois, répliqua M. Ransome.

Le sourire de son ami disparut et il s'éloigna du stand au pas de charge au moment où la foraine lui apportait sa récompense. Perplexe, elle le suivit du regard, puis se tourna vers Tabitha et M. Ransome.

— Vous le voulez à sa place ? s'enquit-elle en leur tendant le bouquet.

Tabitha accepta et, après en avoir humé un instant le parfum, elle se pencha pour l'offrir à un petit garçon qui s'accrochait à la main de son père.

Il tendait la main vers le bouquet quand son père l'arrêta.

— Les fleurs, c'est pour les filles, Freddie.

Le visage du garçon se décomposa.

— Oh, mais les fleurs sont devenues du dernier chic pour les gentlemen les plus raffinés, intervint M. Ransome. N'est-ce pas, mademoiselle Seaton ?

— Absolument, acquiesça-t-elle. Hier encore, j'ai vu Wellington en personne se rendre à un rendez-vous avec lord Liverpool avec une brassée de pieds-d'alouette.

Le visage du petit garçon s'éclaira et, sur un hochement de tête réticent de son père, il se saisit du bouquet qu'il brandit fièrement en s'éloignant du stand.

— Nous venons de créer le prochain Brummell, murmura Tabitha.

— Alors nous ferions bien d'investir au plus vite dans l'horticulture, déclara M. Ransome.

D'un geste négligent, il lança ses anneaux restants et les enfila l'un après l'autre sur le col des bouteilles.

— Cela semble si facile, à vous voir, ne put-elle s'empêcher de remarquer.

— Comme je vous le disais, le truc, c'est de ne pas trop réfléchir. Merci, madame, ajouta-t-il comme la foraine lui tendait sa récompense.

Tabitha eut un mouvement de recul quand il lui offrit le petit bouquet.

— Mademoiselle Seaton.

Elle hésita. Elle était venue à la foire pour mieux connaître M. Kilburn – pas M. Ransome – et dans l'espoir que ce serait M. Kilburn qui la courtiserait. M. Ransome n'était pour elle qu'une connaissance. N'est-ce pas ?

Si elle prenait le bouquet, cela lui ferait un souvenir de lui, un objet à contempler pour se rappeler les reflets du soleil dans sa chevelure d'ébène, ses yeux fascinants, sa gentillesse inattendue.

Sauf que ce genre de lien affectif était dangereux, non seulement en soi, mais parce qu'il risquait de la détourner de son objectif premier.

— Vous êtes un gentleman d'un indiscutable raffinement, déclara-t-elle d'une voix qu'elle s'efforça de garder égale. En conséquence, ces fleurs devraient rester en votre possession.

Elle en prit plusieurs dans le bouquet et, après avoir ôté une épingle de ses cheveux, entreprit de les fixer au revers de la veste de M. Ransome.

Il baissa la tête pour la regarder faire, rapprochant son visage du sien. Son souffle tiède lui effleura les joues et ses doigts devinrent si gauches et fébriles qu'elle dut retirer ses gants pour achever sa tâche.

Lorsqu'elle leva la tête, elle croisa son regard sombre qui soutint un instant le sien, avant de glisser jusqu'à ses lèvres. Et de s'y attarder.

Il cessa de respirer, tout comme elle.

Les pensées de Tabitha lui échappèrent, désertant son cerveau où ne demeura bientôt plus qu'un magma torride et bouillonnant.

L'un des ânes se mit à braire et ce son peu harmonieux la ramena sur terre. Elle recula d'un pas, aussitôt imitée par Finn Ransome, dont l'expression intense s'adoucit. Tapotant le revers de sa veste, il la gratifia d'un sourire éblouissant.

— Me voilà un véritable arbitre des élégances, déclara-t-il avec une emphase comique. Je regrette seulement que vous n'ayez vous-même un tel trophée… Ah, ceci devrait faire l'affaire !

Il prit ce qu'il restait des fleurs du bouquet et les glissa sous le ruban du chapeau de Tabitha.

Elle eut un aperçu de son poignet et remarqua qu'en dépit de son calme apparent son pouls battait à toute allure – à l'instar du sien.

Bon sang. Si elle gardait ces fichues fleurs, elle risquait fort de commencer à éprouver des *sentiments* pour lui. Or, c'était bien la dernière chose qu'elle souhaitait. Les sentiments étaient un danger et c'était bien pour cela qu'elle tenait à les éviter.

— Et si nous poursuivions notre visite ? suggéra-t-elle.

Sans attendre qu'il lui offre son bras, elle tourna les talons.

5

Finn était venu à cette foire dans un but bien précis or, jusqu'à présent, sa mission se soldait par un beau gâchis. Évidemment, que Dom ait l'air d'assister à ses propres funérailles l'aidait d'autant moins dans sa tâche que celle-ci consistait à le rendre intéressant, sinon séduisant, aux yeux de Mlle Seaton.

Il rattrapa la jeune femme en quelques enjambées, et s'efforça de ne pas lui laisser voir que, un instant plus tôt, il avait eu une envie folle de l'attirer à lui et de goûter à ses lèvres. Étaient-elles douces ou piquantes ? Il était prêt à parier que ce serait un peu des deux, et il gagnait presque toujours ses paris.

Il s'efforça de respirer lentement pour retrouver son calme. Peu importait l'exceptionnelle perspicacité de la jeune femme, qui avait su le percer à jour comme bien peu en étaient capables. Peu importait également de connaître la raison de cette soudaine réserve dans son regard. Quand bien même c'était cette réserve en elle qui l'attirait, lui donnait envie de découvrir chaque facette de sa personnalité.

— M. Kilburn se montre un tantinet morose aujourd'hui, commenta-t-il en suivant des yeux son ami qui fonçait vers un stand où l'on vendait du cidre. Je peux cependant vous assurer que c'est le meilleur des hommes. Constant...

« Jusqu'à l'excès », ajouta Finn en silence, du moins à en juger par l'humeur noire dont il ne s'était pas départi depuis qu'il avait fait faux bond à Willa.

— ... généreux et, dans ses bons jours, d'une compagnie réellement agréable.

Mlle Seaton considéra Dom d'un air dubitatif, avant de reporter son attention sur Finn. Il se retint à grand-peine de s'agiter sous son regard pénétrant.

Elle continua à le scruter comme si elle voyait plus profondément en lui que n'importe qui d'autre, Kieran inclus.

Il n'était pas certain d'aimer cela. D'autant que ça le perturbait bel et bien.

Peut-être que vanter le caractère de Dom n'était pas la bonne tactique.

— On ne pourrait rêver d'un homme ayant un avenir plus prometteur, reprit-il. La Kilburn & Company lui assure un revenu excessivement confortable, si bien que son épouse ne manquera de rien en termes de confort matériel. Je crois que la famille a par ailleurs acheté récemment un domaine dans le Shropshire et qu'elle a l'intention d'agrandir encore son patrimoine. La sœur de Dom n'est autre que Mlle Céleste Kilburn, l'une des jeunes filles les plus estimées de la bonne société. Elle est d'ailleurs fiancée à mon frère cadet, alliance qui, si vous valorisez la lignée, ne manque pas de poids. Après tout, il est le fils du comte de Wingrave.

— Tout comme vous, souligna Mlle Seaton.

— Euh, oui, admit-il, un peu décontenancé. M. Kilburn, pour en revenir à lui…

— … semble extrêmement réticent à se fiancer à qui que ce soit.

Durant le bref laps de temps qu'avait duré cet échange, Dom avait acheté et englouti son cidre. Il abattit sa chope vide sur le comptoir du stand et s'éclipsa comme s'il avait une meute à ses trousses.

Satané Dom. Il n'arrangeait rien en se comportant comme un rustre.

Finn acheta à son tour deux chopes de cidre et en tendit une à Mlle Seaton. Tandis qu'ils dégustaient le breuvage pétillant, elle l'observa sans ciller par-dessus le rebord de sa chope, l'air interrogateur.

Bon sang. Il aurait pu user de faux-fuyants et de demi-vérités, mais il n'était pas homme à tromper son prochain par des dérobades. Du reste, si quelqu'un était capable d'éventer ce genre de subterfuges, c'était bien elle.

— Il y a eu un… incident, lâcha-t-il finalement.

Il se tourna et contempla la vue spectaculaire sur Highgate, attraction principale de Parliament Hill. Mlle Seaton l'imita. Il sentait cependant son attention fixée sur lui plutôt que sur la flèche de St Paul qui s'élevait au-dessus des toits.

— Rien qui risque d'entacher votre réputation, s'empressa-t-il de préciser. Mais ça n'en a pas moins précipité les choses. Je vous passe les détails de cette affaire. Sachez juste qu'elle a eu pour conséquence que Dom, mon frère Kieran et moi-même avons été sommés par nos familles de nous trouver une épouse respectable dans un délai de douze mois si nous ne voulions pas perdre leur soutien financier. Je ne suis pas personnellement concerné par cette menace, puisque je dispose d'une autre source de revenus, mais je ne veux pas que Kieran et Dom se retrouvent sans le sou par ma faute.

— L'ultimatum est sévère ! commenta Tabitha.

— Catastrophique serait sans doute plus proche de la réalité. D'autant qu'il nous a été signifié voilà quatre mois déjà.

— Ce qui vous laisse huit mois pour vous dénicher une épouse.

Elle contempla la cité de Londres qui, par cette journée claire et venteuse, se dressait dans toute sa crasseuse gloire industrielle. Il fut un temps où Finn avait envisagé d'ouvrir un café pour gentlemen. Quand il en avait parlé à son père, celui-ci l'avait chassé de son bureau en riant. Et tandis qu'il se dirigeait vers la porte, il lui avait lancé que l'ambition était réservée aux hommes ayant une cervelle en état de fonctionnement, ce qui n'était pas son cas.

Ses parents avaient veillé à ce que leurs fils ne manquent de rien – sur le plan financier, en tout cas –, afin qu'ils ne soient pas obligés de chercher du travail. Du moins le genre de travail qui s'effectue dans la journée.

Quant à ses aspirations personnelles, ses opinions ou même les possibilités qui pouvaient s'offrir à lui, il avait appris à n'en parler à personne, pas même à Dom et à Kieran. Pour la bonne raison qu'il semblait ridicule de courir après un rêve qu'on ne pouvait réaliser, et même s'il savait qu'il pouvait compter sur son frère et sur son ami pour le soutenir en toutes circonstances, il ne voulait pas les entendre lui conseiller de tempérer ses ambitions.

— Mon frère, comme je l'ai dit, a d'ores et déjà trouvé sa promise, poursuivit-il. C'est maintenant le tour de M. Kilburn.

— Vous-même êtes déjà fiancé ? s'enquit Mlle Seaton sans détour.

— Non.

— *Pas encore*, rectifia-t-elle. Mais vous allez devoir vous fiancer aussi, à un moment donné.

— À un moment donné, oui, concéda-t-il. Je suis un homme singulier ayant des habitudes singulières, et celles-ci ne changeront pas si j'en viens à me marier, or peu de femmes sauraient les tolérer.

— Et quelles sont ces habitudes ? demanda-t-elle.

— Cela n'a pas d'importance.

Certaines femmes auraient pu ne pas lui tenir rigueur de n'être pas un érudit et de n'avoir aucune chance de le devenir, mais ce ne serait certes pas le cas de Tabitha Seaton. Et puis, il avait déjà convenu avec Dom qu'il l'aiderait à trouver un terrain d'entente avec la jeune femme, de sorte que discuter avec elle de ses propres perspectives matrimoniales était une perte de temps pour tout le monde.

Il feignit de s'intéresser à un étang dont la surface miroitante était plissée par le vent.

— Pour l'instant, je m'emploie exclusivement à trouver une épouse à Dom.

— Je vois, fit-elle.

— Et vous devez admettre qu'il est nécessaire de procéder rapidement.

— Je n'ai pas une grande expérience des bals, reconnut-elle, mais j'ai quand même l'impression qu'il est peu fréquent de s'y voir présenter un soupirant comme vous l'avez fait avec M. Kilburn, telle une maîtresse de maison offrant à ses invités le rôti de Noël.

Finn ricana.

— Dom serait contrarié d'être comparé à un morceau de viande, même si je l'ai souvent traité de bovin. Je vous ai choquée en vous exposant aussi franchement nos motivations ?

— Je préfère la franchise, même blessante, à l'hypocrisie, qui peut l'être encore plus, répondit-elle.

Il soupira de soulagement.

— Bien. Tant mieux. Voudriez-vous… ?

Quelque chose attira soudain le regard de Mlle Seaton, qui se redressa et fronça les sourcils. Sans laisser à Finn le temps de finir sa phrase, elle se dirigea vers l'un des stands. Au-dessus de la guérite était accroché un panneau qui disait : « Pouvez-vous battre l'homme le plus instruit de Grande-Bretagne ? Un penny pour tester votre culture. » À côté, une enseigne montrait une silhouette masculine, présentée comme M. Smythe, juchée sur une pile de livres.

Voilà un défi qu'il ne risquait pas de relever, songea Finn.

Le temps qu'il la rejoigne, Mlle Seaton était déjà en pourparlers avec un homme entre deux âges à l'estomac rebondi.

— Je ne peux pas accepter votre argent, mademoiselle, disait-il d'un air suffisant. Ce serait le jeter par les fenêtres.

— Laissez-moi donc dépenser mon argent comme je l'entends, répliqua-t-elle en brandissant un penny qui scintilla au soleil.

Comme Smythe affichait une expression dubitative, Finn intervint :

— Mais peut-être avez-vous peur qu'elle *vous* batte.

L'homme le plus instruit de Grande-Bretagne eut un gloussement condescendant et prit l'argent de la jeune femme pour le déposer d'un geste emphatique sur le comptoir.

— Vos plaintes et réclamations tomberont dans l'oreille d'un sourd après votre défaite, sachez-le, la prévint Smythe.

— Je ne piperai mot, lui promit-elle sur un ton serein.

Smythe souleva un imposant ouvrage qu'il déposa sur le comptoir. Finn dut s'y reprendre à plusieurs fois pour en déchiffrer le titre au dos : *Précis complet de la civilisation occidentale*.

— Nous sommes censés terminer les citations et nommer leur auteur, je présume, dit Tabitha Seaton en tapotant l'épais volume.

— Exactement, mademoiselle. Choisissez n'importe quelle citation au hasard et je me fais fort de vous la réciter intégralement. Quant à vous, monsieur, ajouta Smythe à l'adresse de Finn, vous serez notre juge et vérifierez que nous ne nous trompons pas.

Une goutte de sueur roula le long du dos de ce dernier.

— Je vous laisse vérifier vous-même, dit-il. Je sais que la dame se conduira honorablement.

Cette réponse parut satisfaire le forain, qui approuva d'un hochement de tête. Mlle Seaton l'imita.

— Honneur aux dames, enchaîna Smythe avec galanterie.

La jeune femme entama donc les hostilités, sans même compulser le gros recueil.

— « Les amis qui ne se montrent point tels dans le malheur…

— … amis de nom, mais point en réalité », termina Smythe avec un sourire faraud. Euripide.

Il poussa le livre vers la jeune femme.

— Vous pouvez vérifier.

— Ce ne sera pas nécessaire, répliqua-t-elle d'une voix neutre. C'est la citation exacte. Et elle est bien d'Euripide.

— Évidemment, se rengorgea le bonhomme.

Finn s'abstenait de toute réaction émotionnelle quand il jouait. Il voyait cela comme une transaction et peu importaient les vantardises ou les provocations de ses adversaires. Cependant, l'assurance pleine de morgue affichée par Smythe lui portait sur les nerfs. Pour quelque obscure raison, il lui semblait *vital* que Tabitha l'emporte sur ce fanfaron.

— À votre tour, monsieur, lança-t-il froidement.

Sans se départir de son air supérieur, le forain ouvrit le livre apparemment au hasard et posa le doigt au bas de la page. Puis il chaussa une paire de bésicles et lut :

— « Les plaisirs, comme les coquelicots dans les prés...

— ... se fanent quand vous les cueillez. » Robert Burns, extrait de *Tam o' Shanter*.

Le cœur de Finn bondit de joie dans sa poitrine comme le sourire méprisant de Smythe s'évanouissait. Il se retint de presser la main de Mlle Seaton pour l'encourager, mais bon sang, elle était impressionnante.

La jeune femme enchaîna aussitôt :

— « La censure est la taxe... »

Le forain fronça les sourcils avant de lever les yeux au ciel, comme s'il s'attendait à en voir tomber la réponse telle une fiente d'oiseau.

— « ... que le public prélève sur les hommes éminents », finit-il par dire lentement. Swift.

L'homme le plus instruit de Grande-Bretagne essuya son front humide de sa manche.

— Correct, confirma Mlle Seaton. C'est extrait de ses *Pensées sur divers sujets* de 1711.

L'air renfrogné, Smythe feuilleta fébrilement son livre, puis afficha un sourire mauvais.

— « Un homme sage est au-dessus de...

— ... toutes les injures qu'on lui peut dire ; et la grande réponse qu'on doit faire aux outrages, c'est la modération et la patience. » Molière, dans *Le Bourgeois gentilhomme*.

Finn gloussa : non seulement Tabitha avait répondu du tac au tac, mais dans la langue même de l'auteur cité ! Elle lui adressa un petit sourire de triomphe, tandis que Smythe la foudroyait du regard.

Finn n'avait cure du forain, mais les prouesses de Mlle Seaton ne lui en procuraient pas moins une intense satisfaction. Voilà quelqu'un qui l'avait ouvertement sous-estimée et pourtant elle n'avait pas battu en retraite. Elle avait confiance en elle et ne s'en laissait pas conter, ce qui, en un sens, était une forme de rébellion.

— Au tour de ce gaillard de montrer l'étendue de ses connaissances, lui rappela-t-il.

Une fois de plus, elle négligea le gros volume posé sur le comptoir et posa les mains sur les hanches pour déclamer :

— « Un sage n'a point à rougir... »

Smythe rougit, répéta plusieurs fois ces mots d'une voix de plus en plus tendue. Puis, bombant soudain le torse, il lâcha :

— « Un sage n'a point à rougir de se montrer indulgent. »

Finn regarda Mlle Seaton, qui affichait une expression neutre.

Smythe eut un rire crispé.

— Ce n'est pas demain la veille qu'on pourra me prendre en défaut, mademoiselle, sachez-le.

— Sachez que ce n'est pas demain la veille qu'on pourra me berner sur les classiques, monsieur. La citation exacte est : « Un sage n'a point à rougir d'apprendre chaque jour. » Et elle est tirée de l'*Antigone* de Sophocle. Désirez-vous que je vous la cite dans sa langue d'origine, en grec ancien ?

— Je crois que vous venez de perdre la manche, déclara Finn en voyant le forain se rembrunir de plus belle.

L'homme le plus instruit de Grande-Bretagne plongea la main dans une cassette métallique et en sortit un penny qu'il plaqua sur le comptoir, à côté de la pièce de Mlle Seaton. Puis il attrapa un panneau de bois portant la mention « Absent », le suspendit à un crochet et, sa cassette sous le bras, quitta précipitamment son stand.

— Bien joué, lança Finn à la jeune femme qui glissait les deux pennies dans son réticule. Vous avez parié sur votre intelligence et empoché la mise !

— Sans fausse modestie, je n'en espérais pas moins, avoua-t-elle avec un charmant petit sourire. Hypatie d'Alexandrie sait que j'ai voué ma vie à l'érudition. Et que je n'ai pas limité mes lectures aux seuls auteurs occidentaux, mais tenté au contraire de les élargir à des philosophes d'autres cultures, et de l'autre sexe aussi. J'espère que cela me sera compté comme un avantage pour…

Elle s'interrompit abruptement.

— Pour ? répéta-t-il en lui emboîtant le pas comme elle s'écartait du stand.

Ils avaient perdu Dom de vue, mais la bonne de Mlle Seaton continuait à les accompagner à distance respectueuse.

— Vous vous rappelez le soir de notre première rencontre, au bal du duc et de la duchesse de Greyland ?

— Je pourrais difficilement l'oublier, répliqua-t-il d'un ton ironique. Vous m'avez dit, je crois : « Je crois que vous trouverez ma compagnie aussi insipide que la vôtre le sera pour moi. »

Elle eut la grâce de tressaillir.

— Les mondanités ne sont pas mon fort, admit-elle. Ma grossièreté mise à part, vous vous souvenez peut-être que je vous ai demandé si vous connaissiez sir William Marcroft ainsi que la Sterling Society.

— Jamais entendu parler de l'un ni de l'autre.

— La Sterling Society est le cercle de réflexion le plus remarquable et le plus influent d'Angleterre. Et, ajouta-t-elle après avoir repris son souffle, j'ai l'intention d'y entrer.

Finn trouvait cela tout à fait cohérent. Cependant, si admirable soit-elle, la nature même de son ambition prouvait qu'il était bien le dernier homme à prétendre la courtiser.

Il sentit son estomac se contracter, sans doute parce qu'il avait sauté le petit déjeuner.

— Vu la maestria avec laquelle vous avez remis à sa place ce vantard de Smythe, je ne vois pas ce qui pourrait vous empêcher d'atteindre cet objectif.

— Vraiment ? dit-elle, sincèrement étonnée.

— Vraiment, confirma-t-il.

Elle parut stupéfaite. De toute évidence, elle avait croisé quantité de gens qui, comme Smythe, commettaient la grossière erreur de la sous-estimer.

À cette pensée, Finn sentit un frisson de colère courir le long de son échine.

Mlle Seaton s'arrêta devant l'étal d'un marchand ambulant pour y acheter des beignets. Elle tendit ensuite le sac ouvert à Finn, qui se servit volontiers.

Ils dégustèrent les pâtisseries dans un silence amical… et tout frémissant d'une tension sous-jacente.

Finn ne cessait de regarder la bouche de Tabitha Seaton, se demandant quel pouvait être son goût. Et quand, tout en s'époussetant les lèvres, il leva les yeux, il découvrit que la jeune femme fixait ses doigts.

Elle cilla et parut se ressaisir.

Et il songea qu'il serait bien inspiré de l'imiter.

— Quand j'ai abordé... je veux dire, rencontré sir William la semaine dernière, dit-elle, il a déclaré que la Sterling Society n'admettrait jamais de femme célibataire.

Finn fronça les sourcils.

— Pourquoi ne pas rechercher un cénacle plus accueillant ?

— Parce que, répondit-elle avec un soupir agacé, les cercles de réflexion ne sont pas légion, et que la Sterling Society se trouve être l'un des plus influents. Si j'arrive à y entrer, eh bien...

Elle s'interrompit, secoua la tête.

— Sachez seulement qu'il est crucial pour moi d'en être membre.

— D'où votre propre besoin de vous dénicher rapidement un mari...

— Exactement. Tout comme vous et M. Kilburn, je suis aux abois.

— Sauf que Dom et vous avez déjà trouvé la solution à vos problèmes respectifs, répliqua-t-il d'un ton égal. Il ne reste plus qu'à lui remettre la main dessus...

En dépit de la haute taille de Finn, et de la silhouette imposante de son ami, ce dernier demeurait difficile à repérer dans la cohue. Néanmoins, même si tout Londres semblait s'être donné rendez-vous sur Parliament Hill, il doutait que Dom ait pris la fuite. Ou se pouvait-il qu'il l'ait laissé seul avec la fascinante et cependant inaccessible Mlle Seaton ?

Il observa à la dérobée cette femme déterminée et incroyablement intelligente. Une bonne partie de lui la craignait – par bien des aspects, elle était son exact opposé –, mais du diable si elle ne le séduisait pas ! C'était insensé pour quantité de raisons, le fait qu'il ait annoncé à Dom qu'elle lui était réservée n'étant pas la moindre. Revenir sur cela ferait de lui un goujat de premier ordre. Il n'avait déjà pas de quoi être fier d'avoir encouragé son ami à éconduire Willa. Il avait encore un arrière-goût amer dans la bouche quand il repensait à cette matinée du printemps dernier.

En outre, si la performance de Mlle Seaton face à Smythe avait prouvé une chose, c'était qu'il ne serait jamais l'égal, intellectuellement parlant, de la jeune femme.

Il avait fini par s'accoutumer à l'agacement de ses professeurs et s'estimait quasi immunisé contre les remarques méprisantes dont ses parents et son frère aîné l'accablaient encore à l'occasion. En revanche, l'idée de voir un jour la déception ternir le regard vif de Tabitha Seaton lui répugnait.

6

— Je suis sûr que Dom est quelque part dans le coin, déclara Finn Ransome d'un air peu convaincu.

Près de lui, Tabitha parcourut la foule du regard à la recherche de M. Kilburn, mais elle n'était pas très concentrée sur sa tâche. Elle était bien trop fascinée par le grand jeune homme mince qui se tenait à côté d'elle. Certes, en plus d'être beau et viril, il ne l'avait pas tancée quand elle lui avait annoncé son intention de rejoindre la Sterling Society. Il ne lui avait pas fait remarquer qu'il était inconvenant pour une femme d'être membre d'une organisation vouée au développement de l'intellect et n'avait pas paru choqué qu'elle ne cherche à se marier que pour obtenir le droit d'entrer dans cette institution. De surcroît, il n'avait pas été avare d'encouragements dans son duel contre ce Malvolio de M. Smythe.

Quel homme singulier. Singulier et… captivant. Du moins pour quiconque pouvait être séduit par une belle allure, de la perspicacité et une rafraîchissante absence de préjugés.

Elle était quant à elle trop rationnelle et lucide pour être ce genre de personne. Mais si elle l'avait été… alors Finn Ransome aurait assurément pu susciter en elle des émotions qu'elle ne souhaitait pas éprouver. Du reste, il ne s'était pas présenté comme un éventuel parti, alors même qu'il lui fallait également se marier.

— Oh, mais n'est-ce pas Tabitha ? s'exclama une voix féminine. Quelle délicieuse coïncidence !

La jeune femme réprima une grimace tant cette exclamation sonnait faux. Elle se tourna pour faire face à Diana et à Iris qui émergeaient de la foule. Les deux amies affichèrent la même expression intriguée tandis qu'elles examinaient M. Ransome comme s'il était un taureau primé proposé pour des saillies.

— C'est charmant de se croiser à l'improviste, dit Iris.

Diana lui donna un coup de coude, et elle ajouta :

— Tu ne nous présentes pas ton ami, Tabitha ?

Si M. Ransome avait perçu l'hypocrisie d'Iris et de Diana, il n'en laissa rien paraître.

— M. Finn Ransome, dit Tabitha, je vous présente Mlle Iris Kemble et Mlle Diana Goldstein.

— Mesdames, les salua M. Ransome avec une élégante courbette qui fit rougir Iris. C'est un honneur.

— Et où se trouve l'autre gentleman ? s'enquit Diana.

Tabitha se retint à grand-peine de secouer la tête. À la place, elle lâcha le sac de beignets, dont le contenu se répandit sur le sol tels les derniers vestiges de sa dignité.

— Dieu que je suis maladroite ! Monsieur Ransome, auriez-vous la gentillesse… ?

— Naturellement, répondit-il.

Il s'inclina et retourna vers le stand de pâtisseries.

Il était à peine hors de portée de voix qu'Iris s'exclamait :

— Bravo, Tabitha ! Il a la tête et la silhouette d'un ange déchu, mais ses manières sont irréprochables.

— Avec un soupçon de malice dans le regard, ajouta Diana. De quoi rendre le devoir conjugal des plus... délectables !

— Ce n'est pas M. Ransome qui est censé me courtiser, répliqua Tabitha. M. Kilburn s'est absenté, mais il ne devrait pas tarder à revenir.

Du moins l'espérait-elle, car c'était pour que ses amies puissent jauger l'ami de M. Ransome et lui donner leur avis à son sujet qu'elles avaient organisé cette rencontre « fortuite ».

Diana claqua de la langue.

— Tu es sûre que c'est une bonne idée ? Cette histoire de mariage ? Cela me paraît une mesure un peu extrême. Rien que les implications financières...

— Elles m'ont bel et bien traversé l'esprit, la coupa Tabitha. J'y perdrai mon indépendance financière ainsi que ma liberté de mouvement. Mais c'est un modeste prix à payer pour devenir membre de la Sterling Society. Pense à tout ce que ce petit sacrifice nous rapportera !

— Dis-nous-en davantage sur M. Kilburn, la pressa Iris.

— Je sais juste que la fortune de son père vient de la location d'entrepôts sur le fleuve. Avant, je crois que tous deux travaillaient sur les quais.

Diana se rembrunit.

— C'est un univers bien différent du tien.

— Ce qui n'est pas plus mal, rétorqua Tabitha avec un soupir dégoûté. La bonne société est un milieu étouffant. Elle l'était déjà il y a huit ans, quand j'ai fait mes débuts, et cela n'a pas changé. Tout le monde se ressemble, a reçu la même éducation, professe les mêmes opinions et rejette quiconque s'écarte de cette voie toute tracée.

— C'est donc pour toi un avantage, s'enquit Iris avec curiosité, qu'il ait des origines modestes ?

— Absolument, confirma Tabitha avec assurance.

— C'était aussi le cas de M. Stokely, lui rappela Diana.

— Diana ! s'exclama Iris en voyant Tabitha tiquer.

Diana parut contrite, aussi Tabitha s'empressa-t-elle de la rassurer :

— Ce n'est pas grave. Je ne pense pratiquement plus à Charles.

Ce qui était un mensonge. Même maintenant, huit ans après, le souvenir de Charles s'insinuait parfois dans son esprit, tel un malandrin venu lui dérober sa sérénité. La plupart du temps, elle parvenait à oublier cette horrible soirée. D'autres fois, la honte revenait en force, menaçant de l'étouffer – comme en cet instant, où elle avait l'impression qu'un paquet de cailloux lui obstruait la gorge.

Elle s'était ingéniée à enfermer le souvenir de cette soirée dans une boîte qu'elle n'ouvrait jamais et dont elle refusait de reconnaître l'existence. Mais ce qu'elle y avait cadenassé continuait d'en gratter le couvercle, tel un vivant enterré par mégarde, et aux heures les plus solitaires, l'écho de ce moment d'égarement résonnait en elle.

Elle s'était montrée d'une naïveté confondante à l'époque. Comment avait-elle pu croire un instant que quelqu'un, même le précepteur de son petit frère, puisse vouloir d'elle ?

Charles était jeune dans le métier et n'avait que quelques années de plus qu'elle. Son sérieux et sa rigueur l'avaient séduite – et aussi, pour être honnête, le fait qu'elle le trouvait fort beau avec ses lunettes.

Ils avaient noué une amitié au cours de conversations philosophiques qui se poursuivaient jusque tard dans la nuit. Elle en était venue à attendre avec impatience la fin du dîner, et le moment où Charles et elle pourraient s'asseoir dans un coin du salon et parler de tout et de rien.

Quand elle dut se rendre à des réceptions pour faire – ou plutôt rater – ses débuts dans le monde, ces conversations lui avaient été d'un grand réconfort. Charles et elle discutaient ensemble du snobisme de la haute société, de son hypocrisie et de son inutilité. Et alors que tous les jeunes gens lui tournaient le dos, elle avait le sentiment que Charles, lui, la *voyait*. Et l'appréciait.

Elle se croyait amoureuse de lui. Et avait espéré que ce serait réciproque. Mais tout cela n'était qu'un mirage qui l'entraînait sur un terrain dangereux.

Cependant, au lieu que ce soit dans des sables mouvants ou des marais, c'était dans la bibliothèque de ses parents que ses espoirs s'étaient enlisés. Elle y avait suivi Charles un soir, alors qu'il allait y chercher un livre dont ils avaient discuté.

Enhardie par la certitude qu'il partageait ses sentiments, elle l'avait embrassé.

Il l'avait repoussée avant de s'essuyer la bouche d'un revers de manche, comme si le contact de ses lèvres lui répugnait.

Diana et Iris savaient déjà tout cela, mais elles ignoraient la suite.

— Vous me décevez, mademoiselle Seaton, avait-il déclaré. Vous avez laissé vos émotions vous gouverner.

— Je pensais que vous éprouviez des sentiments pour moi, avait-elle dit d'une voix étranglée.

— Ce qui prouve votre aveuglement. Si vous aviez usé de logique et de raison, vous auriez compris votre erreur et vous ne vous seriez pas abaissée à un tel débordement. Voilà pourquoi, du reste, je suis réticent lorsqu'il s'agit d'encourager les femmes à étudier.

— Mais je vous aime ! s'était-elle écriée plaintivement. Vous ne m'aimez donc pas un peu vous-même ?

— Quoi que vous éprouviez, avait-il rétorqué, ce n'est qu'une illusion entretenue par des attentes débridées. Si vous aviez appris à maîtriser vos émotions, peut-être y aurait-il eu une possibilité pour nous deux. En l'occurrence, vous ne m'inspirez que de la pitié.

Si le rejet de Charles l'avait blessée, sa réprimande consternée lui avait été encore plus douloureuse. Ils n'avaient plus échangé ensuite que des banalités polies. Peu après, il avait démissionné pour devenir le précepteur des fils d'une marquise.

Dans les mois qui avaient suivi le départ de Charles, elle n'avait eu de liens avec le monde extérieur que par l'entremise des livres. Quand sa mère avait fini par lui suggérer, en termes prudents, de poursuivre sa passion pour la lecture dans une bibliothèque publique, elle avait hésité. Puis elle avait appris l'existence de la Benezra, ce qui l'avait sauvée de la réclusion.

Pendant près de huit ans, elle avait ainsi partagé son temps entre la maison de ses parents et la Benezra. Et ne s'était plus jamais autorisée à éprouver le moindre attachement sentimental.

Si elle n'avait eu besoin d'un conjoint pour intégrer la Sterling Society, elle n'aurait même pas envisagé de se marier. Pourquoi s'exposer à des émotions potentiellement douloureuses et au chaos qui les accompagnait ?

Mais les mariages de raison étaient loin d'être rares. Il n'y avait aucune chance qu'elle développe des sentiments pour M. Kilburn, pas plus que lui-même ne semblait disposé à en éprouver pour elle, ce qui faisait de lui le prétendant idéal.

Bien plus que Finn Ransome.

Ce dernier n'en continuait pas moins de hanter ses pensées, tel un problème philosophique particulièrement ardu. Parce qu'il existait une terrible possibilité qu'elle *apprécie* Finn Ransome, et *cela*, elle ne pouvait se le permettre.

— De toute façon, reprit-elle, c'est pour M. Kilburn que je suis venue à cette foire. Nous n'avons encore rien décidé et nous ne sommes pas sur le point de convoler.

— Cette histoire ne me convainc guère, avoua Iris, soucieuse.

— Ma foi, lâcha Diana, si M. Kilburn, ne convient pas, M. Ransome me paraît un excellent deuxième choix.

— Il ne m'a fait aucune proposition en ce sens, objecta Tabitha.

Ce qui valait mieux. Son sourire était dévastateur et, quand elle croisait son regard sombre et y lisait l'admiration qu'il éprouvait pour elle, des papillonnements suspects lui agitaient le ventre.

Désormais, si elle avait un brin de bon sens, elle garderait ses distances avec lui. Or, à part lors de cette soirée catastrophique qui remontait tout de même à huit ans, elle avait toujours fait preuve de bon sens.

L'objet de ses pensées fendait à cet instant la foule dans leur direction. Il avançait d'un pas sûr, l'air résolu et concentré, ce qui, commençait-elle à comprendre, était caractéristique de sa manière d'appréhender la vie. Il prêtait attention à tout, ne négligeait aucun détail.

Et le regard qu'il avait posé sur ses lèvres avait été encore plus attentif et intense.

Son estomac tressaillit de nouveau.

— Je vous rapporte des friandises, annonça-t-il en brandissant un sachet en papier.

— Un vrai chevalier servant, commenta Diana dans un soupir tandis que Tabitha récupérait ledit sachet.

— Un peu en retard tout de même, dit-il avec un sourire contrit. On dirait qu'une bonne partie de la capitale s'est soudain aperçue qu'elle ne pouvait se passer plus longtemps de promenade à dos d'âne ni de pêche aux pommes.

De fait, la foule avait encore grossi. Le temps était exceptionnellement clément pour un début d'automne, la brise fraîche sans être coupante et le ciel d'un bleu angélique. Mais apparemment, M. Ransome avait raison : la plupart des Londoniens avaient, semblait-il, décidé de s'agglutiner sur Parliament Hill.

— Ça va, Iris ? demanda Tabitha.

Son amie était toute pâle, elle avait les lèvres décolorées et, en dépit du vent, le visage humide de transpiration.

— Très bien, marmonna Iris.

— Je peux aller vous chercher de la limonade, proposa M. Ransome. Nous allons trouver un endroit où vous pourrez vous asseoir et reprendre votre souffle.

— Une foule aussi dense la perturbe, expliqua Diana en prenant la main de sa compagne. Veux-tu que nous rentrions, ma chérie ?

Quoique inquiète pour Iris, Tabitha ne put s'empêcher d'observer discrètement Finn Ransome. Si, jusqu'à présent, il n'avait pas deviné la nature exacte des relations entre les deux femmes, ce dernier échange avait dû éclairer sa lanterne. Allait-il montrer de la réprobation ? Du dégoût ?

— Je vais vous précéder pour dégager un chemin, mademoiselle Kemble, déclara-t-il d'un ton ferme.

Diana lui adressa un regard reconnaissant avant d'enrouler un bras autour des épaules d'Iris. Les trois femmes lui emboîtèrent le pas.

Ils franchirent bientôt l'enceinte du champ de foire et descendirent la colline. Lorsqu'ils eurent atteint la rue, M. Ransome héla un fiacre. Dès que celui-ci vint se ranger devant eux, il aida Iris à y monter, puis Diana, avant de lancer une pièce au cocher en le priant de conduire ces dames où elles le désiraient.

Il avait accompli le tout avec efficacité et une surprenante sollicitude.

En un mot, il s'était montré adorable.

— Merci pour votre gentillesse, lui dit Diana en se penchant par la fenêtre de la portière.

Iris tendit le cou par-dessus l'épaule de son amie.

— Désolée d'avoir gâché votre après-midi.

— Tout ce qui compte, c'est que tu ailles mieux, assura Tabitha.

— Les foules sont assommantes, déclara Finn Ransome. Je suis sûr qu'un peu de repos, de calme et les bons soins de Mlle Goldstein vous remettront sur pied.

Les deux amies lui sourirent avant qu'il toque contre le flanc du véhicule. L'attelage s'ébranla. Une fois qu'il eut disparu au détour d'un virage, M. Ransome se tourna vers Tabitha.

— Avez-vous reçu l'approbation que vous attendiez de vos amies ?

Elle n'essaya même pas de feindre de ne pas comprendre.

— Pas vraiment, étant donné que mon soupirant potentiel a joué les filles de l'air. Cela dit, elles vous ont plutôt apprécié, ne put-elle s'empêcher d'ajouter.

Il haussa les épaules comme s'il s'estimait à peine digne du compliment.

— Il faut que nous retrouvions Dom.

Non, ce n'était absolument *pas* un petit pincement de déception qu'elle ressentait. Et passer plus de temps avec Finn Ransome ne l'intéressait pas. C'était Dominic Kilburn, son objectif.

Il lui offrit son bras, qu'elle accepta. Ce geste ne signifiait rien, sinon qu'il était bien élevé, et elle pouvait se montrer aussi indifférente à son endroit qu'il paraissait l'être avec elle. Ce qui ne l'empêcha pas de remarquer qu'il avait de longues foulées souples parfaitement accordées aux siennes et que son corps respirait l'énergie et la détermination.

Elle continua à l'observer subrepticement, notant l'attention incessante et soutenue qu'il accordait à son environnement. Elle ne pouvait qu'admirer cette concentration, et si elle éprouvait l'envie presque irrépressible d'en apprendre davantage sur lui, c'était uniquement parce que l'érudite en elle avait soif de connaissances. Y compris s'agissant d'hommes aussi séduisants que mystérieux.

Une fois de retour dans l'enceinte du champ de foire, ils balayèrent la foule du regard.

— Je crois que c'est lui, là-bas ! s'exclama-t-elle en désignant un jeu de mailloche.

Des hommes de tout âge faisaient la queue devant l'engin pour frapper l'extrémité de son levier avec une masse et tenter ainsi de propulser le curseur le long du poteau vertical jusqu'à la cloche se trouvant au sommet.

Ils arrivèrent devant le jeu de force au moment où le gaillard râblé qui se trouvait devant M. Kilburn échouait d'un cheveu à actionner la cloche. Dépité, le bonhomme jeta la masse sur le sol avant de s'éloigner d'un pas furieux, suivi d'une femme qui déclarait que tous ces jeux étaient truqués.

M. Kilburn jeta un coup d'œil à son ami et à Tabitha, ôta sa veste, et la tendit sans mot dire à M. Ransome. *Bonté divine.* En manches de chemise, la musculature de M. Kilburn semblait presque monstrueuse.

Tabitha serra malgré elle le bras de Finn Ransome – il était solide, quoique sans excès. Quelle allure avait-il en bras de chemise ? ne put-elle s'empêcher de se demander. Le tissu serait-il tendu ou lâche sur son corps ? Elle devinait déjà, à la façon dont son gilet le moulait, qu'il avait le torse en forme de triangle renversé, les épaules larges et la taille étroite.

L'étude de l'anatomie devenait soudain beaucoup plus intéressante. La sienne, par exemple, semblait affectée d'un phénomène curieux, puisque, en dépit de la brise, penser au corps de Finn Ransome suffisait à la réchauffer de l'intérieur.

Les apparences ne comptent pas. Dans le cas contraire, elle ferait mieux de reluquer M. Kilburn plutôt que M. Ransome. Et elle devait impérativement cesser de l'imaginer à différents stades de déshabillage.

M. Kilburn se frotta les mains avant de ramasser la masse. Il coula un regard en coin à son ami.

— Prêt à parier sur le résultat, ce coup-ci ? s'enquit-il avec un sourire carnassier.

— Mon ami, *personne* ne serait assez stupide pour parier contre toi à ce jeu-là, répliqua M. Ransome

M. Kilburn hocha la tête, admettant implicitement qu'il était un colosse égaré parmi les hommes. Puis il se retourna vers la colonne et souleva la masse au-dessus de sa tête sous les regards ébahis de la foule. Même le forain ne put que béer de stupeur en voyant les muscles de M. Kilburn se tendre.

Pour une raison qui leur appartenait, les mâles aimaient tester leur force physique et en faire étalage. C'était un témoignage de leur supériorité, un avertissement lancé aux autres hommes et une incitation adressée aux femmes pour les convaincre de leurs qualités de reproducteurs.

Théoriquement, M. Kilburn était censé devenir *son* compagnon. Son conjoint pour la vie. S'il désirait lui montrer qu'il était apte à cette fonction, il aurait aussi bien pu s'épargner cette démonstration de force.

— Votre esprit tourne plus vite qu'une machine à vapeur, lui chuchota M. Ransome à l'oreille. Admirons simplement la performance de Dom, voulez-vous ? Voilà un moment que le besoin d'activité le démange.

Il mit ses mains en porte-voix.

— Vas-y, Dom ! Explose-nous cette cloche !

Soit. Il lui fallait donc encourager également son promis.

— Bravo, euh, M. Kilburn !

Elle était consciente que cela manquait un peu de conviction, mais elle n'avait guère l'habitude d'inciter des hommes à frapper des objets.

Avec un grognement, M. Kilburn abattit la masse sur le levier en bois commandant l'éjection du curseur. Celui-ci remonta d'un coup la tringle en acier fixée à la colonne avant de heurter la cloche avec un tintement clair et net qui souleva l'enthousiasme du public. M. Ransome coinça deux doigts dans sa bouche pour produire un sifflement suraigu tandis que Tabitha frappait dans ses mains.

Qu'auraient pensé ses amis de la Benezra en la voyant applaudir une démonstration de force aussi primaire ?

Au lieu de saluer l'audience, M. Kilburn reprit sa jaquette des mains de son ami sans mot dire et, une fois rhabillé, écarta d'un geste négligent la peluche que lui tendait le forain, le visage de marbre.

— Vous allez essayer, vous aussi ? demanda Tabitha à M. Ransome, qui considérait son ami d'un air soucieux.

— Seigneur, non ! s'écria-t-il en riant. Je laisse ce genre de prouesse aux Goliath comme Dom.

— Tu écrases des géants aux tables de jeu, grommela M. Kilburn.

— La Chance n'est pas un géant, répliqua Finn. Pour gagner ses faveurs, il faut danser et non se battre. Et je suis un excellent danseur.

Tabitha n'en doutait pas. Mais tout cet échange ne l'intriguait pas moins. Si elle avait bien suivi, M. Ransome était un joueur régulier, et doué. Comme elle ne connaissait personne qui s'adonne aux jeux de hasard, des tas de questions lui vinrent aussitôt à l'esprit. Mais avant qu'elle puisse les lui poser, M. Ransome déclara :

— Si divertissante qu'ait été cette escapade, une deuxième sortie s'impose, histoire de vous donner une autre occasion de mieux vous connaître l'un l'autre.

Il avait fixé sur M. Kilburn un regard appuyé afin qu'il sache qu'il ne lui avait pas échappé que celui-ci les avait fuis la majeure partie de l'après-midi.

— Vous n'avez même pas eu la possibilité de discuter de vos centres d'intérêt respectifs en matière de culture.

M. Kilburn accueillit le reproche implicite d'un air contrit.

— Je suis désolé, mademoiselle Seaton. Peut-être pourrons-nous parler philosophie une prochaine fois. Vous me livrerez votre pensée sur la critique de Descartes par Leibniz.

— Volontiers, répondit-elle avec reconnaissance.

Si résignée soit-elle à accepter M. Kilburn comme parti potentiel, le fait qu'ils aient à peine échangé une parole l'avait perturbée. Après tout, il s'agissait de se lier pour la vie à un quasi-inconnu.

— J'aurais beaucoup à dire sur la théorie de la substance.

— Voilà un sujet de conversation qui me paraît idéal pour un dîner en tête à tête, après une soirée au théâtre, déclara M. Ransome. Dans trois jours, le Théâtre Impérial propose un programme fort intéressant, dont la représentation de l'une des plus fameuses burlettas de lady Marwood.

— Vous serez présent, vous aussi ? s'enquit Tabitha.

Elle s'était efforcée de prendre un air dégagé, mais il lui semblait normal qu'il les accompagne, ne serait-ce que pour arrondir les angles avec M. Kilburn, et aussi parce que, en un sens, elle pouvait le considérer comme un ami.

Oui, c'étaient les seules raisons pour lesquelles elle souhaitait qu'il vienne avec eux au théâtre.

— Assurément, mademoiselle Seaton, répondit-il en inclinant le buste.

— Je serai heureuse d'être des vôtres.

C'était un tantinet exagéré : elle n'avait pas particulièrement hâte de passer plus de temps avec M. Kilburn. Elle le *devait*, voilà tout. Et elle était d'autant plus motivée qu'elle allait rarement au théâtre et connaissait mal le répertoire contemporain. Enrichir sa culture quand on voulait intégrer la Sterling Society ne pouvait qu'être bénéfique.

Ce serait aussi l'occasion de voir M. Ransome dans ses plus beaux atours – non que ce soit sa motivation première, bien sûr.

— Dom ? interrogea ce dernier.

M. Kilburn observa une pause d'une longueur presque insultante.

— Pourquoi pas ? lâcha-t-il enfin.

— Merveilleux, grinça M. Ransome, avant d'ajouter à l'adresse de Tabitha : Je présage une soirée charmante, mademoiselle Seaton. Dom et moi avons hâte de vous revoir.

À quel point était-ce vrai ? Encore quelques minutes plus tôt, elle aurait juré que M. Kilburn supportait à peine sa présence. Quant à Finn Ransome, il n'était venu que pour s'assurer que son ami et elle ne passeraient par leur temps à se regarder en chiens de faïence tout en se demandant si oui ou non ils devraient convoler.

Elle n'avait qu'une connaissance limitée des mœurs de la haute société, mais elle n'en était pas moins certaine que cet arrangement avec M. Ransome – et, dans une certaine mesure, avec M. Kilburn – était fort original.

Mais bon, ses pairs la prenaient pour une originale. Sa manière de trouver un mari le serait tout autant.

Originale ou non, elle disposait de peu de temps. La Sterling Society serait consultée sous peu sur le prochain projet de loi sur l'éducation, il lui faudrait donc en être membre avant cette échéance. Dénicher un conjoint devenait par conséquent chaque jour plus urgent. Mais qui serait l'heureux élu ? Et pourquoi était-ce Finn Ransome qu'elle imaginait devant l'autel ?

7

— Je suis tellement contente que vous ayez accepté de porter la robe bleue, mademoiselle, murmura Olive tandis que sa maîtresse et elle montaient les marches du Théâtre Impérial. Elle met vos yeux en valeur et fera sûrement effet sur ces messieurs.

— Tout de même, cette teinte n'est-elle pas un peu trop vive ? s'enquit Tabitha en jetant un coup d'œil inquiet à sa toilette.

Depuis qu'elle avait quitté M. Ransome et M. Kilburn à la foire, trois jours plus tôt, elle n'avait cessé de se préoccuper de frivolités telles que la façon dont elle se coifferait pour aller au théâtre, et si oui ou non elle appliquerait du fard sur ses lèvres et ses joues.

— Je ne voudrais pas qu'on me prenne pour une courtisane, ajouta-t-elle alors qu'elles gravissaient un autre escalier pour rejoindre la loge de la famille de M. Ransome.

— Cela ne risque pas d'arriver, mademoiselle.

Tabitha jeta un coup d'œil ironique à sa bonne. Les courtisanes étant censées être très séduisantes, qu'on ne puisse pas la confondre avec l'une d'entre elles était un brin vexant. Ne pouvait-elle au moins se prévaloir d'un *certain* charme ?

Olive n'en avait pas moins fait de son mieux avec le matériau brut qu'elle avait sous la main, et c'était fort réussi. Tabitha avait toutefois un peu de mal à ne pas se sentir dans la peau du vilain petit canard perdu parmi les cygnes tandis qu'elle se joignait à la foule élégante qui se pressait dans le théâtre. Mais, après tout, ne venait-on pas là moins pour voir que pour être vu ?

À cette pensée, elle sentit son anxiété monter d'un cran. Elle n'aimait pas qu'on la regarde, qu'on l'épie, qu'on la scrute. Et, le plus souvent, qu'on la condamne puisqu'elle semblait n'être jamais à la hauteur des attentes de ses pairs. Charles et elle s'en étaient moqués jadis, et avaient fini par convenir que le système de valeurs de la bonne société était foncièrement vicié. Ce qui, au final, n'avait pas empêché le précepteur de son frère de la rejeter à son tour.

Mais l'opinion des uns et des autres importait d'autant moins que son admission à la Sterling Society était en jeu. Restait cependant à connaître celle que M. Ransome et M. Kilburn auraient d'elle ce soir...

Elles atteignirent enfin la loge des Ransome. Les épais rideaux de velours étaient écartés, si bien que Tabitha put jeter un regard à l'intérieur. L'endroit était luxueux et son cœur se mit à bondir comme un cabri quand elle avisa Finn assis, seul, près de la rambarde.

Le spectacle n'ayant pas encore commencé, le niveau sonore était élevé dans le théâtre, pourtant M. Ransome se leva dès qu'elle pénétra dans la loge, comme s'il avait deviné sa présence.

Il se tourna vers elle, modèle d'élégance ténébreuse en habit noir et culottes blanches qui mettaient remarquablement en valeur sa silhouette.

Bonté divine ! Elle était *plus* qu'heureuse de le revoir.

Il la parcourut d'un regard si chaleureux qu'il en était presque palpable. Et si elle se fiait à la lueur admirative au fond de ses yeux, les efforts consentis en matière de toilette en valaient la peine. Elle sentit ses joues la brûler – sans doute à cause de la chaleur ambiante. Elle ouvrit son éventail pour se rafraîchir, quoique sans grand effet.

Ces retrouvailles avaient au moins le mérite de la distraire un peu de l'anxiété qui la rongeait.

— Apparemment, nous allons devoir nous passer de la présence de M. Kilburn, nota-t-elle tandis que M. Ransome l'escortait jusqu'au siège voisin du sien.

Embrassant la salle du regard, elle éprouva la même appréhension que lors de ses débuts, mais la présence de M. Finn à ses côtés la rassurait un peu. Il était si bel homme qu'il attirerait davantage l'attention qu'elle.

Une poignée de spectateurs la considérèrent néanmoins avec perplexité, comme s'ils essayaient de la remettre sans y parvenir. Elle les salua d'un hochement de tête poli qui dut désamorcer leur curiosité, car ils détournèrent presque aussitôt les yeux.

Même parée de ses plus beaux atours, elle suscitait si peu d'intérêt que c'en était presque comique. Sans doute en aurait-elle plaisanté avec Charles. Mais elle préféra repousser ses souvenirs dans les tréfonds de sa mémoire et les y enfermer à double tour.

— Dom n'est pas vraiment réputé pour sa ponctualité, dit M. Ransome sur un ton aigre-doux.

Était-ce son imagination ? Cette tension à la commissure de ses lèvres, l'étincelle dure qui s'était allumée un instant dans ses yeux ?

— Vous préférez que nous reportions cette sortie ? hasarda-t-elle.

Il pencha la tête de côté en fronçant les sourcils.

— Non, ce soir est parfait.

— C'est juste que..., reprit-elle en lissant ses jupes, j'ai l'impression que quelque chose vous contrarie.

— Eh bien...

L'espace d'un instant, il parut presque mal à l'aise. Puis son visage reprit son expression habituelle.

— Cela m'ennuierait que Dom rate le premier numéro. C'est un chat qui accomplit les tours les plus étonnants dont, notamment, marcher sur une corde raide. J'ignorais que les chats pouvaient être dressés à faire autre chose que nous tourner le dos avec dédain quand nous les appelons. Sir Salmon a accompli des miracles avec le sien.

— À moins que ce chat ne veuille simplement nous faire *croire* qu'il a été dressé, alors que c'est *nous* qu'il a dressés à ne rien attendre de lui.

— Sans doute, acquiesça le jeune homme, visiblement soulagé de ne pas avoir à expliquer les raisons de son anxiété.

Ils reportèrent leur attention sur la salle qui se remplissait à vue d'œil.

— Une partie du plaisir qu'on éprouve au théâtre vient du spectacle offert par le public.

— Pour ma part, je préférerais ne pas faire partie dudit spectacle, avoua Tabitha.

— Vous aimez mieux observer qu'être observée, murmura-t-il. Tout comme moi. Cela a l'air de vous surprendre ? ajouta-t-il comme elle haussait les sourcils.

— Je pensais que les hommes séduisants aimaient être admirés.

Il eut un sourire d'autant plus éblouissant qu'il semblait spontané.

— Vous me trouvez séduisant ?

En dépit de sa détermination à rester impassible, Tabitha se sentit de nouveau rougir.

— Il existe des critères physiques définissant la beauté, critères que vous remplissez. En toute objectivité, bien sûr.

— Bien sûr. En toute objectivité.

Si une partie d'elle-même avait envie de fuir la loge pour aller se perdre dans la nuit, une autre rêvait d'effleurer du bout des doigts la fossette qui venait de se creuser au coin de la bouche de Finn Ransome.

Elle s'efforça de réprimer l'un et l'autre de ces élans.

— Vous préférez ne pas attirer l'attention ? s'étonna-t-elle.

— Cela ne m'a jamais rien apporté de bon, répondit-il.

Son sourire se fit amer et son regard s'obscurcit.

Qu'est-ce que cela voulait dire ? À la foire, il avait admis qu'il avait été mêlé à un petit scandale, mais y avait-il dans son passé d'autres zones d'ombre susceptibles de lui inspirer du regret ? Et pourquoi tenait-elle à le savoir ?

Avant qu'elle puisse l'interroger à ce sujet, il déclara avec une gaieté forcée :

— Je dois avouer que je raffole des spectacles qu'on donne ici. Vous me croiserez à l'Impérial au moins une fois par semaine.

Ah, un détournement de conversation caractérisé ! C'était curieux qu'il n'aime pas lire et apprécie autant le théâtre. L'un l'attirait manifestement davantage que l'autre, et elle se demandait pourquoi.

Elle remisa cette information dans un coin de son esprit, comme on garde par-devers soi la lettre d'un soupirant.

Sauf que M. Ransome n'est pas ton soupirant.

— Ma famille possède une loge attitrée au Royal Opera, dit-elle, mais je ne m'y rends que très rarement.

— Vous n'aimez pas le théâtre ?

— Je préfère les textes plus didactiques.

— Une bonne histoire peut vous transporter, fit-il remarquer. Vous arracher à vous-même, vous emporter au-delà des limites de votre propre expérience – ou, plus précisément, vous amener à comprendre son caractère universel. Même une fiction a ce pouvoir-là.

Cet enthousiasme était assez inattendu.

— Quels sont vos sujets préférés ? Des thèmes guerriers, je suppose ?

Il eut un geste désinvolte.

— Les hommes et leurs conflits présentent peu d'intérêt. Brandir une épée en hurlant qu'on est un héros, c'est d'un ennui.

— L'héroïsme à une échelle plus modeste, alors ? proposa-t-elle.

— Donnez-moi plutôt un bon personnage sous-estimé qui parvient à triompher de ses détracteurs, répondit-il, les yeux brillants. Cendrillon, le prince Hal…

— Je vais devoir lire leur histoire.

Elle s'abstint de préciser que cela lui permettrait de mieux le connaître. Il ne cessait de la surprendre, ce qui la laissait indécise et la déstabilisait – mais n'était cependant pas déplaisant. Loin de là. Elle avait l'impression d'avoir enfourché un cerf-volant et d'être emportée dans des virevoltes qui lui donnaient le vertige.

Au milieu du brouhaha, leurs regards se croisèrent et demeurèrent rivés l'un à l'autre. Une tension passa entre eux, qui la fit frissonner.

Non, non et non.

Il était hors de question qu'elle s'intéresse à lui. Si elle s'était entichée d'un homme, jadis, elle était plus avisée désormais, moins vulnérable.

— Vous croyez que M. Kilburn va rater le début du spectacle ? s'enquit-elle, histoire de rompre le charme et de se rappeler pourquoi elle était là.

M. Ransome sortit sa montre de gousset, la consulta un peu longuement, avant de se renfrogner.

— Il est encore plus en retard que d'habitude. Mais il va arriver, ajouta-t-il, sans doute plus pour lui-même que pour Tabitha.

Lorsque le remarquable sir Salmon apparut sur la scène, M. Kilburn n'avait toujours pas donné signe de vie. Après que le chat, prétendument dressé, eut recueilli un tonnerre d'applaudissements, plusieurs numéros de danse lui succédèrent, puis une saynète dans laquelle un meunier écossais courroucé tentait de réduire en poussière le cake desséché de son épouse.

Tout cela retint l'attention de Tabitha, captivée malgré elle par cette débauche de grâce, de bouffonnerie et de cocasserie mêlées. Peut-être certains trouveraient-ils ces spectacles indignes d'eux, mais franchement, *pourquoi* s'était-elle refusé ce plaisir ?

À un moment, M. Ransome salua une facétie d'un rire grave qui résonna jusque dans le ventre de Tabitha.

Penché en avant, il suivait les numéros d'un air à la fois pénétré et captivé. C'était fascinant de le voir ainsi, presque trop pris par ce qui se passait sur la scène pour songer à garder l'expression détachée qui lui était coutumière. À croire qu'un être fervent et passionné se cachait derrière la façade froide et réservée.

Que se passerait-il s'il révélait le feu qui semblait couver en lui ? Elle avait très envie de voir cela.

Il la surprit en train de l'observer et, avant qu'elle détourne la tête, elle vit vaciller une flamme sauvage dans les profondeurs sombres de ses yeux.

Personne ne l'avait jamais regardée ainsi. Cela étant, c'était peut-être juste un reflet des feux de la rampe. Elle attendit qu'il reporte son attention sur la scène pour étudier discrètement son profil.

Elle pressa la main sur son estomac, mais celui-ci palpitait toujours.

Elle priait pour que M. Kilburn arrive enfin, parce qu'elle avait besoin d'être un peu distraite de la présence obsédante de Finn Ransome.

Bon sang de bois, Dom !

Finn *comptait* sur son ami. Chaque moment en tête à tête avec Tabitha Seaton était une torture. Il avait trop d'expérience pour trahir son émoi, mais à l'intérieur, il était tour à tour brûlant et transi, et bien trop conscient de chacun des mouvements de la jeune femme, du moindre de ses soupirs.

Il l'observa du coin de l'œil pendant qu'elle regardait le spectacle. Elle laissait parfois échapper un petit rire un peu surpris, comme si elle ne s'attendait pas à apprécier autant ces facéties. Puis elle portait délicatement la main à sa bouche, comme pour réprimer son rire, et la simple vue de ses doigts sur ses lèvres suffisait à le jeter dans les pires transes. Il devait être excité par le spectacle pour réagir de manière aussi disproportionnée.

Où diable Dom était-il passé ? Plus vite il arriverait et plus vite il pourrait se concentrer sur son rôle d'entremetteur.

Sa poitrine se serra à cette pensée. Il s'efforça d'ignorer cette sensation.

Il sentit soudain un choc à l'arrière de la tête, et cela, il ne pouvait l'ignorer, d'autant qu'un deuxième projectile lui heurta de nouveau le crâne avant de retomber sur le sol. Se penchant pour le ramasser, il découvrit qu'il s'agissait d'une noisette.

Il se retournait pour envoyer au diable le sale gosse qui lui avait joué ce tour, quand il vit le visage de Dom entre les plis du rideau au fond de la loge. Il s'apprêtait à lui demander ce qui l'avait retenu, mais son ami secoua la tête pour lui intimer le silence.

— Si vous voulez bien m'excuser un moment, mademoiselle Seaton.

— Je vous en prie, répondit-elle sans détacher ses yeux de la scène.

Sa bonne paraissait elle aussi trop captivée par le spectacle pour avoir remarqué quoi que ce soit.

Finn se leva et alla retrouver son ami. Ce dernier arpentait le couloir en affichant une expression accablée.

— Désolé de t'avoir lancé des noisettes, marmonna-t-il.

— C'est toujours mieux que des noix de coco, répliqua Finn.

Des milliers de questions se bousculaient dans sa tête, mais il attendit. S'il exigeait des réponses, il y avait de fortes chances pour que Dom se ferme comme une huître et prenne la poudre d'escampette.

Quelques personnes déambulaient dans le couloir. Dom ignora leurs coups d'œil intrigués.

— Je ne peux pas, grogna-t-il enfin.

— Tu ne peux pas quoi ? demanda Finn, qui connaissait déjà la réponse.

— Ce n'est pas elle, répondit Dom à voix basse. Elle est très bien et j'ai essayé...

— Non, tu n'as pas essayé, objecta Finn. Pas vraiment.

— Je me suis comporté comme un rustre, admit Dom en se passant la main dans les cheveux. Jamais je n'aurais dû accepter ces sorties. Je ne suis pas prêt... Pas encore.

— Il nous reste moins de huit mois, lui rappela Finn. Et si au terme de ces huit mois nous ne sommes pas mariés...

— J'ai bien conscience de ce qui s'ensuivra, repartit Dom en s'adossant au mur. J'ai juste besoin d'un peu plus de temps.

— Je doute que Mlle Seaton soit disposée à t'accorder un délai.

De fait, elle paraissait plutôt pressée d'intégrer ce cercle de réflexion dont elle lui avait parlé.

— Seigneur, qu'elle ne m'attende surtout pas ! rétorqua Dom avec véhémence. Tu peux... tu peux lui transmettre mes excuses ? Lui assurer que tout est ma faute et non la sienne ?

Finn faillit lui rétorquer de s'en charger lui-même, d'autant que Tabitha Seaton méritait mieux qu'une rebuffade par personne interposée, mais la douleur dans le regard de son ami l'incita à tenir sa langue.

— Je vais voir ce que je peux faire, dit-il.

Soulagé, Dom se voûta encore davantage.

— Merci. Tu es un vrai ami.

— Ou un imbécile, répliqua Finn.

C'était la deuxième fois qu'il aidait Dom à fuir une femme. Ce qui était pour le moins ironique, vu que ce dernier n'avait peur de rien quand il s'agissait d'affronter un pub rempli de malabars assoiffés de sang.

Il ne comprendrait sans doute jamais le bonhomme. Ce qui était… triste.

— Certainement pas, protesta Dom en jetant un coup d'œil inquiet vers la loge où se trouvait la jeune femme, qui ignorait encore tout de la défection de son fiancé potentiel.

— File, lui lança Finn. Va chercher la consolation au fond d'une bouteille ou ailleurs.

— Le problème, c'est que je ne la trouve nulle part. Bonsoir, Finn.

— Bonsoir, Dom.

Finn regagna la loge, le cœur battant. Comment était-il censé annoncer la nouvelle à Mlle Seaton ? Et comment pourrait-elle ne pas en être blessée ? Et pourquoi le rejet dont elle venait d'être victime le peinait-il autant ?

Il fallait *faire* quelque chose, mais quoi ? Et comment ménager les sentiments de cette jeune femme ? Car il ne tolérerait pas qu'elle souffre s'il pouvait l'éviter.

8

Dès que M. Ransome quitta la loge, Tabitha sut ce qu'il se passait. En dépit du tapage des acteurs et des rires du public, elle entendit le jeune homme parler à voix basse dans le couloir à quelqu'un qui lui répondait par des grognements. Elle avait beau ne pas comprendre ce qu'ils disaient, elle se targuait d'avoir un minimum d'intelligence et devinait sans peine quel était le sujet de cette conversation.

Quand M. Ransome revint, quelques minutes plus tard, elle le sentit crispé. Il s'assit près d'elle et s'efforça d'afficher un sourire nonchalant, mais des plis encadraient ses lèvres et ses yeux étaient plissés.

Il ouvrit la bouche pour parler, la referma.

— C'était M. Kilburn, n'est-ce pas ? chuchota-t-elle finalement.

— Oui, admit-il dans un souffle. Maudit Dom.

Elle regardait la scène sans la voir.

— Inutile de se voiler la face : il ne veut pas me courtiser.

— Il ne veut courtiser *personne*, siffla Finn Ransome. Et il ne peut avoir la femme qu'il désire.

Elle se tourna vers lui.

— C'était voué à l'échec, déclara-t-elle à voix basse. Vous en aviez conscience ? Que cette tentative de nous rapprocher était une erreur ?

— Si je l'avais pensé, répondit-il d'un air sombre, je ne vous aurais pas proposé mes services…

— D'entremetteur ?

Le voyant sursauter, elle se pinça l'arête du nez.

— Pardonnez-moi. J'ai autant besoin de me marier que M. Kilburn et pour des raisons tout aussi peu romantiques que les siennes. Je suppose qu'il était vain de ma part d'espérer obtenir plus de résultats sur le marché du mariage aujourd'hui qu'autrefois. C'est juste que…

Elle déglutit avec peine.

— Devenir membre de la Sterling Society est très important pour moi, et le plus vite sera le mieux. Mais je ne suis plus de la première jeunesse et trouver aussi vite un conjoint relèverait du miracle.

Reconnaître son échec, c'était comme apposer une marque au fer rouge sur son cœur, une marque indélébile. Elle allait devoir affronter Iris, Diana, Arjun et Chima, et leur annoncer qu'elle leur avait fait défaut. Fermant les yeux, elle pria pour ne pas pleurer, d'autant que le spectacle déchaînait des tempêtes de rire dans la salle. Cette hilarité lui donnait l'impression que la terre entière se moquait d'elle.

Comment avait-elle pu croire qu'elle dénicherait un homme prêt à l'épouser ? Elle n'avait donc pas encore compris que les gens comme elle – les *femmes* comme elle – ne plairaient jamais ? Ni aux hommes de son milieu ni à personne d'autre ?

Et le fait qu'elle en soit blessée prouvait qu'elle n'avait pas retenu la leçon que Charles lui avait infligée.

— Je pense..., murmura Finn, le front plissé comme s'il réfléchissait à une énigme, je pense avoir peut-être une solution.

Tabitha ravala ses larmes. Se laisser aller à ses émotions ne servirait à rien. Elle devrait au contraire se montrer rationnelle.

— Je vous écoute, dit-elle.

— Vous avez besoin de vous marier pour atteindre votre objectif, déclara-t-il d'un ton posé. J'ai moi-même besoin d'une épouse pour éviter à mon frère et à Dom de sombrer dans la misère. Il me semble que la solution s'impose d'elle-même.

Elle le dévisagea.

— Êtes-vous en train de suggérer que vous pourriez... ?

Le souffle coupé, elle ne put achever sa phrase. L'idée de M. Ransome était absolument extravagante, totalement stupéfiante.

Et complètement *excitante*.

Sauf que... Non, l'excitation ne pouvait entrer dans l'équation.

— Vous épouser, oui.

Dans sa voix plutôt égale vibrait comme un frémissement d'anticipation qu'il parvint cependant à réprimer.

— Accordez-moi votre main, mademoiselle Seaton.

— Vous auriez pu vous déclarer plus tôt, répliqua-t-elle de son ton le plus mesuré. Vous en avez eu amplement la possibilité. Pourquoi vous décider maintenant ?

— Je croyais que nous n'étions pas faits l'un pour l'autre, avoua-t-il.

Elle ne put s'empêcher de tiquer.

— Je vois.

— Parce que vous m'êtes bien supérieure, s'empressa-t-il de préciser. Ce serait une mésalliance… intellectuelle.

Elle accueillit cette notion étrange d'un froncement de sourcils. Il se hâta d'enchaîner :

— Je le pense toujours, mais nous sommes utiles l'un à l'autre. Et cela peut nous aider à surmonter nos différences.

— Ça se tient, admit-elle.

Elle appréciait son approche rationnelle du problème – alors même qu'elle se sentait tout sauf rationnelle. Oui, c'était effectivement une solution envisageable à leurs problèmes respectifs.

— Il faut que les bans soient lus durant trois dimanches consécutifs, poursuivit-il. De sorte que nous pourrions parvenir tous deux à nos fins dès le début du mois prochain.

Elle aurait préféré se marier plus tôt, afin d'être certaine d'intégrer la Sterling Society avant la discussion du projet de loi sur l'éducation, mais une dispense de bans était difficile à obtenir, et le coût en était exorbitant. Elle n'avait donc d'autre choix que d'attendre le délai de trois semaines.

D'ici là, cependant, elle aurait de quoi s'occuper.

— Naturellement, ajouta Finn Ransome, notre mariage serait une conjonction d'intérêts et non une affaire de sentiments, mais ni vous ni moi n'avons besoin de nous embarrasser de ce genre de choses, n'est-ce pas, mademoiselle Seaton ?

— Tabitha, rectifia-t-elle en s'efforçant de se montrer détachée elle aussi. Si nous devons nous marier, autant m'appeler par mon prénom.

— Tabitha, répéta-t-il, et cela sonnait comme une promesse. Moi, c'est Finn.

— Finn, murmura-t-elle.

L'appeler par son prénom, c'était comme recevoir la clé qui ouvrait un passage secret.

— Avant de conclure cet accord, il y a une chose que vous devez savoir, reprit-elle.

— Je vous écoute.

Elle releva le menton et déclara :

— Toute union conjugale que je contracterai sera forcément dictée par les circonstances. Je ne suis pas…

Elle s'interrompit pour prendre une profonde inspiration.

— Je ne suis pas le genre de personne à m'investir émotionnellement.

— Je vois, murmura-t-il, songeur.

Cette précision l'avait peut-être dissuadé d'aller plus loin, mais elle lui devait la vérité.

— Si je me marie, continua-t-elle avec détermination, je ne serai pas une épouse débordante de tendres sentiments. Les sentiments ne sont pas mon fort et je trouve plus simple de m'en passer. Évidemment, je n'attends pas non plus de vous que vous me témoigniez un attachement ardent et passionné. Notre union sera un arrangement mutuellement profitable – rien de plus.

Il se carra dans son siège, le regard pensif.

Elle retint son souffle. Allait-il revenir sur sa proposition, maintenant qu'elle avait exposé ses exigences ? La plupart des gens avaient besoin d'affection, sinon d'amour, de la part de leur conjoint. Or c'était là quelque chose qu'elle ne pouvait lui donner. Depuis sa mésaventure avec Charles, elle s'était ingéniée à se couper de ses émotions, et cela ne changerait pas avec Finn Ransome.

— J'aurais mauvaise conscience à m'engager, reprit-elle, sans avoir été parfaitement claire avec vous sur ce sujet. Je ne veux pas que vous ayez ensuite l'impression d'avoir été trompé. J'ai beau avoir impérativement besoin d'un mari, vous méritez mieux que des demi-vérités.

— Votre franchise est louable.

Il garda ensuite le silence et Tabitha se demanda ce que cela signifiait.

— Est-ce que ce sera un vrai mariage ? s'enquit-il d'un ton posé.

Elle soutint calmement son regard alors même que son cœur lui martelait les côtes. Certes, il fallait considérer la question du devoir conjugal. L'idée de partager l'intimité de Finn n'en était pas moins alarmante… et grisante.

— Que désirez-vous vous-même ?

— Le libertinage était plutôt la spécialité de mon frère, répondit-il sans la quitter des yeux. Pour ma part, je n'ai jamais compris l'intérêt de passer d'un lit à l'autre, et ce n'est pas le mariage qui me fera changer d'avis.

Elle poussa un soupir de soulagement qui la surprit elle-même.

— Les liaisons sans lendemain ne m'attirent pas non plus, dit-elle.

— Alors nous sommes d'accord. Sur ce point, en tout cas. Et pour être tout à fait franc, je tiens à vous informer que, en dépit de la confortable pension que me verse ma famille, je tire la majeure partie de mes revenus du jeu.

— C'est là une façon aléatoire de gagner sa vie.

Le goût pour les jeux de hasard était largement répandu dans la bonne société, fruit de l'oisiveté et d'une incompétence générale, or Finn n'avait rien d'un oisif ni d'un incompétent, semblait-il.

— Voilà des années, je me suis découvert un certain talent pour ce genre d'activités, expliqua-t-il, et je suis heureux de pouvoir me dire que je dois mon toit, mes habits et ma nourriture à mes efforts plutôt qu'à la fortune de mon père.

Tabitha tourna les yeux vers le public, qui regardait maintenant une burletta. Les centaines de visages étaient autant de miroirs reflétant les émotions jouées sur la scène. Elle serra et desserra les mains, comme si elle pouvait extraire le bon choix de l'air ambiant. C'était une énorme décision qu'elle s'apprêtait à prendre, réalisait-elle maintenant qu'elle y était confrontée. D'autant que ce n'était pas à n'importe qui qu'elle allait se lier, mais à *Finn Ransome*...

— J'apprécie votre honnêteté, dit-elle finalement.

— Sauf qu'elle risque de compromettre ma demande en mariage, commenta-t-il d'un air sombre.

— Maintes alliances sont fondées sur le mensonge. Or nous nous montrons d'emblée francs l'un avec l'autre, ce qui, selon moi, est de bon augure pour notre union.

La surprise se peignit brièvement sur les traits de Finn.

— Donc, vous acceptez de m'épouser ?

— Et vous, vous désirez encore m'épouser, sachant que ce serait simplement un mariage de convenance ?

Il marqua une nouvelle pause, comme pour réfléchir à la situation et en évaluer tous les éléments. Son silence se prolongeant, Tabitha prit conscience qu'elle avait les mains crispées et préféra attribuer cette tension à l'importance de l'enjeu plutôt qu'à la crainte d'essuyer une rebuffade.

— Pour être franc, dit-il enfin, c'est un soulagement.

Elle sursauta. Ce n'était pas la réponse qu'elle attendait.

— Vraiment ?

— Eh bien…

Il leva les yeux, comme si les mots qu'il cherchait virevoltaient autour du lustre, et son front se plissa.

— Si j'excelle en matière de jeu, c'est parce que les émotions n'y ont aucune place. Si je m'assieds aux tables de jeu en me montrant pondéré et logique, sans prendre les choses personnellement, je termine généralement les poches pleines.

— Et vous avez cette même approche en dehors des cercles de jeu, supputa-t-elle.

— C'est celle qui me convient.

Il tourna vers elle un regard scrutateur, aigu et pénétrant – un regard sous lequel elle ressentit une curieuse sensation de chaleur.

— De même que votre approche vous convient.

Elle opina.

— Il semblerait donc qu'en dépit de vos inquiétudes initiales nous soyons faits pour nous entendre.

— On dirait, en effet.

Ils se dévisagèrent longuement. Elle devait le reconnaître, elle aimait qu'il aborde le sujet du mariage de manière aussi neutre et raisonnable, sans y mêler ces sentiments qui rendaient possibles déceptions et blessures d'amour-propre.

Et pourtant… plus ils se regardaient, plus elle avait conscience de sa personne. Son corps, son visage, l'énergie virile qui émanait de lui. L'indubitable lueur d'intelligence qui brillait dans ses prunelles – une intelligence qui allait au-delà du savoir académique et touchait à une forme d'entendement plus complexe. Plus séduisante.

Et c'était cet homme qui allait devenir son *mari*.

Un frisson lui parcourut l'échine.

Une salve d'applaudissements la fit sursauter. Étonnamment, elle avait totalement oublié la présence des centaines de personnes qui les entouraient.

Finn tressaillit lui aussi et cilla, comme s'il venait d'être libéré de l'emprise d'un charme.

Elle allait devoir se montrer très prudente. Ces huit dernières années, elle avait réussi avec maestria à préserver son cœur. C'était comme un livre rarement lu qu'elle aurait remisé sur une étagère en hauteur où il prendrait la poussière. Les pages ne sauraient en être froissées si personne ne s'en emparait pour le feuilleter d'une main désinvolte.

Oui, elle pouvait y arriver. Elle pouvait épouser Finn Ransome et remplir les attentes minimales exigées d'une épouse. Devoir conjugal inclus.

Elle fixa la bouche de Finn du regard.

C'était une bouche exceptionnelle, large et pleine, avec une lèvre inférieure particulièrement voluptueuse qui appelait la dent. À moins que ce ne soit *lui* qui, des deux, aimerait le plus mordiller. Les couples se grignotaient-ils la bouche comme des gâteaux secs ?

Elle eut la chair de poule en imaginant Finn Ransome lui mordiller le cou, puis apaiser de la langue le feu de ses morsures.

Seigneur, d'où lui venaient ces pensées ? Plus elle passait de temps avec cet homme, plus elles lui envahissaient l'esprit. Et comme elles étaient loin d'être désagréables, elle s'abstint de les chasser. Elles se fixaient sur sa peau tels des papillons enflammés, la réchauffant et faisant courir des frissons sur son corps tout entier.

— J'irai parler à votre père demain, dit-il.

Sa voix était si rauque que Tabitha se demanda s'il n'avait pas deviné la nature licencieuse de ses pensées. Et si lui-même n'entretenait pas des pensées tout aussi charnelles.

À court de mots, elle lui décocha un sourire tranquille, comme si son existence n'était pas sur le point de connaître une transformation radicale.

Une transformation qui, pressentait-elle, allait la changer irrévocablement sans qu'elle ait la moindre idée du résultat.

9

— Tabitha ? répéta lord Parslow en scrutant Finn par-dessus le plateau de son bureau.

— Oui, confirma celui-ci.

— Vous me demandez la main de Tabitha ? dit le vicomte en fronçant les sourcils.

— Vous avez peut-être d'autres filles, répliqua Finn, qui s'appuyait sur des années de pratique du jeu pour dissimuler l'irritation que lui inspirait l'incrédulité du père de la jeune femme. Mais ce ne sont pas elles que je souhaite épouser. Seule Tabitha m'intéresse.

— C'est... extraordinaire, balbutia lord Parslow.

Il s'adossa à son siège et dévisagea Finn comme s'il ne comprenait pas qu'un loup en costume de ville puisse être assis en face de lui.

À l'évidence, il avait abandonné tout espoir de marier sa fille. Ce qui se comprenait, vu que Tabitha avait vingt-six ans et que personne n'avait jamais demandé sa main. Pour autant, la surprise que manifestait lord Parslow mettait Finn en colère. Cet homme estimait donc sa fille à ce point dénuée d'attraits ?

— Nous pouvons publier les bans dès ce dimanche-ci, proposa Finn d'un ton sec.

— C'est aller un peu vite en besogne.

— Vous n'y voyez pas d'objection, j'imagine, rétorqua Finn d'un ton sans réplique.

— Aucune, confirma lord Parslow en hâte. Entamons donc les démarches officielles sans plus attendre. Mon avoué peut vous trouver une maison – à moins que vous ne préfériez loger ici même, auquel cas nous vous ferons aménager une suite.

Son débit était de plus en plus précipité, comme s'il redoutait que la moindre réticence de sa part amène Finn à changer d'avis.

Les parents, apparemment, n'avaient qu'une vague notion de la valeur de leurs enfants. Non, il était injuste. Simon, son frère aîné, n'avait jamais été méprisé par leurs parents, ne serait-ce que parce qu'il était l'héritier du titre et qu'en tant que tel il avait droit à plus de considération que Kieran et lui n'en avaient jamais obtenue. Finn n'était même pas une solution de remplacement acceptable aux yeux de son père, ainsi que ce dernier le lui avait souvent rappelé. Mais comme Alice, l'épouse de Simon, attendait désormais un enfant, sa crainte de voir le titre échoir par accident entre les mains de Finn diminuait de jour en jour. Dieu merci.

— Je nous trouverai une demeure, déclara Finn, interrompant le bavardage nerveux du vicomte.

— Ah, bien. Très bien.

— J'ai donc votre permission d'épouser votre fille, énonça-t-il sur le ton du constat.

Il se leva et tendit la main à lord Parslow, qui se leva à son tour et la lui serra, son pâle visage aristocratique fendu d'un sourire de soulagement.

— Vous enverrez les documents nécessaires à mon homme d'affaires, ajouta Finn.

De fait, il avait dû engager quelqu'un pour gérer ses revenus tant il lui arrivait parfois de gagner gros au jeu. Sans mener une vie dissipée, il suivait un chemin assez inhabituel dans son milieu et il tenait à s'assurer que Tabitha ne pâtisse pas, financièrement et légalement parlant, d'une éventuelle erreur de sa part.

— Nous devrions rejoindre ces dames, suggéra-t-il.

Quand il s'était présenté, en fin de matinée, il avait à peine vu la jeune femme. Elle était avec sa mère dans le salon où on l'avait introduit, mais ils n'avaient eu le temps d'échanger que quelques phrases polies avant que le valet le conduise dans le bureau du vicomte.

— Lady Parslow sera tellement contente, déclara le vicomte, débordant de jovialité maintenant qu'un accord avait été scellé.

Finn se contenta de gratifier son futur beau-père d'un sourire poli. Ce que la mère de Tabitha pensait du mariage de sa fille lui importait bien moins que ce que la jeune femme ressentait à l'idée d'être son épouse.

Doux Jésus. Lui, un mari ? C'était un rôle qu'il n'avait jamais envisagé avant de recevoir l'ultimatum de sa famille, quatre mois plus tôt, et même là, les choses lui étaient apparues de la manière la plus abstraite qui soit. Or voici que cela devenait une réalité.

Serait-il un bon mari ? Il ferait son possible pour que Tabitha ne manque de rien. Quant à savoir s'il finirait par la décevoir, seul l'avenir le dirait. Le mieux qu'il puisse faire était d'empêcher le plus longtemps possible que cela n'arrive – quand bien même ce serait inévitable. Il était prêt à parier n'importe quoi là-dessus.

Au moins étaient-ils tombés d'accord sur les modalités de leur union. Chacun était utile à l'autre et n'attendait rien de plus. Ce qui en soi aurait dû être rassurant.

Pourtant, anxiété et nervosité ne cessaient de le harceler, et il savait très bien pourquoi.

Ils quittèrent le bureau du vicomte et rejoignirent le salon où Tabitha et sa mère les attendaient. Les murmures des deux femmes leur parvinrent dans le corridor, et on percevait une légère tension derrière le bavardage en apparence anodin.

Tabitha et la vicomtesse tournèrent la tête d'un même mouvement quand ils pénétrèrent dans la pièce. Toutes deux arboraient la même expression soucieuse qui accentuait leur ressemblance. Cependant, quoiqu'elle ait transmis à sa fille la couleur et la forme de ses yeux, lady Parslow n'avait pas le regard intelligent et pénétrant de Tabitha, et Finn doutait que la vicomtesse émette jamais une opinion qui le bouleverserait par sa profondeur.

— Je viens d'être accueilli dans la famille, annonça-t-il.

Ce qui n'était pas entièrement vrai, car le vicomte avait beau être soulagé de marier sa fille, Finn n'en avait pas moins noté son coup d'œil inquisiteur, lord Parslow ayant probablement du mal à comprendre pourquoi un homme d'une inculture assumée désirait épouser un bas-bleu comme sa fille.

Sans doute, songea Finn avec aigreur, le vicomte le prenait-il pour un chasseur de dot uniquement intéressé par l'argent. Et même si, de fait, son union avec Tabitha était dictée par les circonstances, laisser son futur beau-père croire que seule la cupidité motivait son désir d'épouser sa fille était dur à avaler.

Tandis que les deux femmes se levaient du sofa et que lady Parslow saluait la nouvelle avec enthousiasme, Finn se dirigea droit vers Tabitha, lui prit les mains et la couva d'un regard affectueux. Ce n'était pas uniquement pour ses parents qu'il se comportait ainsi.

Il sentait quelque chose dans sa poitrine, comme une jeune pousse dont la croissance se renforçait et gagnait en vigueur à chaque moment qui passait. Et plus il regardait la jeune femme, plus cette pousse s'épanouissait.

Non – ils s'étaient accordés sur les conditions de cette union : pas de sentiments ni d'émotions. Il n'allait quand même pas revenir sur cette promesse avant qu'ils aient officialisé leurs fiançailles !

Cela étant, il était passé maître dans l'art de dissimuler ses pensées derrière un masque indéchiffrable. Il saurait donc ne pas trahir ce qui pouvait ou non se développer et croître au fond de lui.

Tabitha le regardait avec un mélange de soulagement et de gratitude, ignorant visiblement les sentiments aussi inopportuns que singuliers qui l'agitaient. Comme il l'avait espéré.

— Tout est réglé ? chuchota-t-elle alors que ses parents arrosaient l'événement avec du sherry. Il n'a pas fait de difficultés ?

— Nul marin n'aurait pu rêver navigation plus fluide, répondit-il sans évoquer l'incrédulité de son père. Et vous-même, avec votre mère ?

Elle jeta un coup d'œil à la vicomtesse, qui en était déjà à son deuxième verre de sherry, et fronça le nez, agacée.

— C'était à croire que j'avais publié un traité définitif sur l'ontologie tellement elle était fière. Comme si la seule façon de réussir sa vie pour une fille était, aux yeux de sa mère, d'« attraper un mari », pour reprendre son expression.

— Quand vous aurez publié ce traité définitif sur l'ontologie, je serai le premier à lancer un bal pour fêter ça, lui promit-il.

Il allait devoir demander à Kieran de lui lire quelques ouvrages sur le sujet, du moins dès qu'il saurait ce qu'était l'« ontologie ».

Tabitha lui sourit et la pousse en lui produisit aussitôt de nouvelles feuilles.

— Votre père m'a proposé de nous installer ici, dit-il en s'efforçant de se concentrer sur la discussion en cours.

— J'espère que vous avez refusé, répliqua-t-elle avec inquiétude.

— Tout à fait.

— Dieu soit loué ! dit-elle en souriant de nouveau.

Décidément, il aimait beaucoup la voir heureuse. Et il devait bien exister d'autres moyens de faire son bonheur... sauf qu'ils étaient censés se témoigner mutuellement politesse et respect, sans rien attendre de plus l'un de l'autre. Ce qui les unissait était un simple accord sans possibilité de développer une relation plus profonde.

Comme il l'avait souhaité.

Ce qui ne l'empêchait pas d'être comme réchauffé de l'intérieur quand elle le regardait ainsi, avec un plaisir sincère, et même s'il savait qu'un jour ce plaisir disparaîtrait, il se consolait en songeant que la chance, de toute façon, ne durait jamais. Le truc était de savoir quand cesser d'y croire.

Une semaine plus tard, Finn se tenait avec Kieran et Céleste dans un coin du salon de Wingrave House.

Après avoir félicité du bout des lèvres leur fils de s'être trouvé une fiancée, ses parents avaient insisté pour organiser une petite réception. Finn avait toutefois l'impression qu'il s'agissait surtout de montrer à leurs amis et à leurs relations que leur rejeton si décevant avait finalement réussi à obtenir la main d'une femme qui n'était pas une actrice.

— Ils n'ont pas l'air si heureux que ça, remarqua-t-il alors que le comte plaisantait avec l'archevêque et sa femme.

De l'autre côté de la pièce, la comtesse devisait avec un quatuor de matrones.

— C'est déjà beau qu'ils aient organisé ce pince-fesses, murmura Kieran, mais le mieux aurait été qu'ils te fourrent une liasse de billets dans la main avant de retourner vaquer à leurs occupations.

— Je pensais qu'ils seraient soulagés que vous ayez cédé à leur ultimatum, avoua Céleste.

— Quand je lui ai annoncé la nouvelle, mon père m'a dit : « Mets-lui vite la corde au cou, avant qu'elle regrette d'avoir accepté d'épouser un faible d'esprit. »

Sa future belle-sœur tiqua, et son frère ricana, parce qu'il savait mieux que quiconque quelles humiliations leurs parents lui avaient déjà fait subir par le passé.

— Jusqu'à présent, j'ai réussi à limiter les relations de Tabitha avec eux, reprit Finn, mais Dieu sait ce qu'il se passera à Noël.

— Et si vous inauguriez une nouvelle tradition, Tabitha et toi ? suggéra Kieran. Désormais, toutes vos vacances se dérouleront dans la plus stricte intimité. Je crois me souvenir qu'Oliver Longbridge possède sur une petite île écossaise un domaine qu'il serait sans doute disposé à te louer.

— Intéressant, dit Finn tout en cherchant Tabitha du regard, ainsi qu'il le faisait toutes les cinq minutes depuis le début de la réception.

Elle était alors en train de discuter avec Mlle Kemble et Mlle Goldstein ainsi qu'avec un natif des Indes orientales et un homme noir aux airs d'érudit. S'il se fiait à son visage animé, elle devait leur parler de la pile de livres qu'il lui avait offerte juste avant la réception.

Il s'était rendu la veille dans une librairie avec une liste d'ouvrages que Mlle Goldstein lui avait recommandés quand il lui avait demandé de l'aider à trouver un cadeau de fiançailles pour Tabitha. Au moment de régler, le libraire avait émis un commentaire sur chacun des livres et Finn l'avait écouté avec attention, au cas où Tabitha désirerait en parler avec lui. Il n'en avait pas moins été chamboulé de se retrouver au milieu de tant de livres.

Il avait été toutefois récompensé de ses efforts par le sourire radieux de Tabitha ; c'était à croire qu'il venait de lui offrir un morceau de ciel ! Leur mariage était certes de convenance, mais un modeste présent n'allait sûrement pas remettre en cause les termes de leur accord.

Il songea qu'il ferait peut-être bien de rester près d'elle. Après tout, ils étaient censés s'être entichés l'un de l'autre, vu la brièveté de leurs fiançailles.

Il n'éprouva aucune réticence à la rejoindre, son pas se faisant même plus léger à mesure que la distance entre eux s'amenuisait. Elle lui sourit, et il eut l'impression de s'alléger encore davantage.

Il se tint près d'elle tandis qu'elle lui présentait ses amis. Il s'inclina devant les deux demoiselles qu'il connaissait déjà, avant de serrer la main de l'Africain – Chima Okafor – ainsi que celle d'Arjun Singh, l'Indien.

— Nous nous sommes tous rencontrés à la bibliothèque Benezra, lui expliqua-t-elle.

— Je suppose donc que vous y avez passé de longues heures ensemble, dit-il.

— En effet, confirma M. Okafor. Je suis d'ailleurs sur le point de confier un double de la clé à Mlle Seaton, ainsi elle n'aura plus besoin d'attendre que je lui ouvre la porte le matin et pourra y rester aussi tard qu'elle le désire le soir.

— En tant qu'amis, intervint M. Singh, nous vous serions cependant tous très reconnaissants de l'emmener le plus souvent possible en sortie, loin de la bibliothèque.

— Serais-tu fatigué de me voir, Arjun ? s'exclama Tabitha en feignant l'indignation.

— Notre affection pour toi est inaltérable, assura M. Singh, l'œil pétillant de malice, mais il y a un vaste monde en dehors des pages des livres. Un monde auquel M. Ransome sera peut-être plus en mesure que nous de t'initier.

Mlle Goldstein haussa un sourcil.

— Tu en appelles à l'autorité d'un mari sur son épouse ?

— Aurais-je droit à quelque indulgence si je précise que cet accès d'autorité procède d'un attachement profond doublé de respect pour notre amie ? s'enquit M. Singh.

— Pas la moindre, riposta Mlle Kemble.

— Je crois qu'il serait dans ton intérêt de te retirer séance tenante de la lice, lui conseilla Tabitha en riant.

M. Singh leva les mains en signe de reddition.

— Madame, je me rends.

Finn sourit. Il était clair que Tabitha avait un cercle d'amis dévoués et il était soulagé de constater qu'elle ne vivait pas en recluse. Néanmoins, vu son assiduité à la bibliothèque, il pourrait s'estimer heureux s'il la voyait dans la journée, et cela d'autant plus que, pour sa part, il vivait surtout la nuit.

Certes, ils n'avaient pas *besoin* de se voir, pas vraiment, mais cela ne l'empêchait pas d'espérer que leurs chemins se croiseraient de temps en temps.

Il se tourna vers elle.

— Si je vous propose de recevoir vos amis dans notre futur foyer, auriez-vous l'amabilité de me suivre ?

— Seulement si vous me promettez de commander plein de gâteaux chez *Catton's* pour l'occasion.

— Pour vos amis ou pour vous-même ?

— Ce qu'il y a de bien avec les gâteaux de chez *Catton's*, c'est qu'ils sont appréciés par tout le monde, répliqua-t-elle, mutine.

— Marché conclu, donc.

Il lui offrit son bras, qu'elle accepta sans hésiter. Ce simple geste, si poli soit-il, lui arracha un tressaillement, comme s'il ne s'était toujours pas accoutumé au contact de la jeune femme.

Et elle au sien, s'il se fiait à la brève inspiration qu'il l'entendit prendre.

Levant les yeux, il nota que les amis de Tabitha les observaient avec intérêt. Tout comme Kieran et Céleste.

— J'ai l'impression d'être l'un de ces spécimens conservés dans un bocal en verre au muséum, dit-il, suffisamment bas pour n'être entendu que de la jeune femme.

— Alors filons avant que la dissection commence, murmura-t-elle.

Tabitha parut un peu perplexe lorsqu'il l'entraîna hors de la pièce, puis le long d'un corridor. Ils débouchèrent sur une terrasse avant de s'engager dans le jardin. Il régnait une fraîcheur annonciatrice de l'automne qui incitait plutôt à rester à l'intérieur.

— Je pensais que vous alliez me présenter aux amis de votre famille, avoua-t-elle, surprise.

— Jamais je ne vous soumettrais à une pareille corvée. Le baron Corborn ferait le compte du nombre de faisans qu'il a massacrés lors de sa dernière partie de chasse et lady Hurst exigerait que vous la complimentiez de la manière la plus exhaustive qui soit.

— Merci de m'avoir évité ces épreuves, murmura Tabitha en souriant.

— En fait, j'ai réalisé que nous nous connaissions fort peu et cela m'ennuierait que vous ayez l'impression d'épouser un étranger.

Elle hocha pensivement la tête.

— J'adore les nouveaux sujets d'étude.

— Je doute d'être aussi captivant que l'un de vos manuels, lâcha-t-il en riant, mais vous pouvez me considérer comme un livre ouvert.

Ils déambulaient entre les buissons ornementaux qui avaient perdu leurs fleurs et sous des arbres dont le feuillage prenait des teintes mordorées. En dépit des efforts des jardiniers, quelques feuilles sèches gisaient sur le gravier des allées tels des soldats tombés au champ d'honneur.

Finn avait une conscience aiguë de la présence de Tabitha à ses côtés : de la pression de ses doigts sur son bras, des petites mèches qui frisottaient sur sa nuque, de sa robe qui frôlait ses bottes. Elle s'arrêtait de temps à autre pour examiner une fleur fanée ou éprouver sous sa main la texture cassante d'une feuille morte.

Sa façon de regarder le monde le fascinait. Elle semblait vouloir étudier tout ce qui existait sur cette terre.

— J'ai écrit à la Sterling Society, dit-elle, rompant le silence, pour informer ses membres que je suis sur le point de me marier.

— Et donc en mesure d'intégrer leurs rangs.

Plissant le front, elle répondit d'un air contrarié :

— Pas exactement. Sir William Marcroft avait précisé que ma candidature ne serait envisagée qu'*après* mon mariage.

— Dans quelques semaines à peine, donc, dit Finn.

Il s'abstint néanmoins de toute réaction aussi inepte que lui tapoter la main, par exemple, ce genre de geste n'ayant jamais réconforté personne.

— C'est juste que…

Elle poussa un soupir crispé.

— J'ai hâte que tout soit réglé pour que je puisse au plus vite intégrer la Sterling Society.

— Vous avez une bonne raison d'être aussi pressée, j'imagine.

Elle hésita, l'air de se demander si elle devait le mettre dans la confidence. Il n'aurait pas dû s'en soucier, sauf que… obtenir sa confiance lui semblait soudain d'une importance vitale. Cela ne faisait pas partie de leur accord, mais, pour lui, c'était tout comme.

— Un vote doit avoir lieu bientôt, lâcha-t-elle.

Il relâcha son souffle, secrètement soulagé.

— Un vote important ?

— Pour moi, oui. Le Parlement pourrait décider de constituer une enveloppe budgétaire pour la création d'écoles supplémentaires dans les zones urbaines.

— Cela me paraît sensé. Les villes ne cessent de s'étendre et il faut bien que les enfants disposent de lieux d'apprentissage.

Elle parut heureuse qu'il comprenne et soit d'accord avec elle.

— La Sterling Society sera consultée à ce sujet par plusieurs membres éminents du Parlement. Mais elle est composée d'un éventail relativement… limité de personnes. Des hommes qui ont un point de vue assez restreint sur le monde.

— Et vous aimeriez élargir leurs perspectives.

— Je pourrais être à l'initiative d'un changement considérable de cette institution. C'est du moins ce que j'espère, s'empressa-t-elle d'ajouter. En tout cas, il est crucial qu'une voix nouvelle soit entendue sur un projet de loi aussi important.

— D'où la nécessité de convoler dans les plus brefs délais.

Elle lui coula un regard prudent.

— Vous devez me trouver bien naïve, ou radicale, pour nourrir une telle ambition.

— Je connais tant de nos pairs qui souhaitent que les choses demeurent telles qu'elles sont. Nous avons tout à gagner à conserver les barrières de classe. Quant à vouloir les abattre, c'est là un projet…

Elle l'observait d'un air circonspect.

— … que je trouve admirable, acheva-t-il.

— Vraiment ?

— Oui, vraiment.

L'inquiétude quitta son regard et elle se détendit. À l'évidence, elle s'était attendue à des critiques de sa part. Il était content d'avoir déjoué ses attentes. D'autant qu'il trouvait fascinante sa façon de s'investir tout entière dans la poursuite de cet objectif.

— À quel point dois-je prendre au sérieux la requête de M. Singh ? s'enquit-il, changeant de sujet. De vous éloigner le plus possible de la bibliothèque ?

— J'avoue considérer un peu la Benezra comme un second foyer. Ou plutôt, c'est bel et bien mon foyer, tandis que la demeure de mes parents est simplement l'endroit où je dors, où je mange et où j'échange à l'occasion avec ma famille. Et il n'est pas faux d'affirmer que je passe la plupart de mon temps à lire et à écrire sur ce que je viens de lire.

Finn n'aurait pu imaginer quelqu'un de plus différent de lui. Toutefois, dans la mesure où leur mariage n'était pas l'union de deux âmes sœurs, ce ne serait peut-être pas un tel désastre.

— Nous savons déjà que vous n'étiez jamais allée à une fête foraine avant notre sortie sur Parliament Hill. J'espère que l'expérience n'a pas été trop déplaisante.

— Pas du tout, assura-t-elle sans hésiter. En fait, c'était plutôt agréable de *faire* quelque chose au lieu de simplement lire des ouvrages sur le sujet – même si je me suis révélée une piètre lanceuse d'anneaux.

— Vous avez battu l'homme le plus instruit de Grande-Bretagne, lui rappela-t-il.

Elle pinça les lèvres et il secoua la tête.

— Pas de fausse modestie, reprit-il. Si j'avais réussi un exploit pareil, je m'empresserais d'aller le crier sur tous les toits.

— Merci, souffla-t-elle, mais vous êtes un homme et quand un homme se vante de ses succès, tout le monde salue son *assurance*. Si une femme s'y risque, on lui reproche sa *vanité*.

— Je n'avais pas réfléchi à cela, avoua-t-il. Mais vous parlez d'expérience et je ne me permettrais pas de dire quoi que ce soit.

Elle le gratifia d'un petit sourire qui lui monta immédiatement à la tête, telle une fragrance rare.

Il s'arrêta pour ramasser un gland qu'il lui tendit. Elle l'examina soigneusement, le tournant entre ses doigts, avant de le glisser dans sa manche.

— Si vous aviez la possibilité de visiter n'importe quel endroit de la capitale, lequel choisiriez-vous ? demanda-t-il.

Une ride se creusa entre ses sourcils.

— Je... je ne sais pas. J'ai fini par créer une sorte d'ornière entre ma maison et la Benezra.

Il rangea cette information dans un coin de son esprit. Il n'avait certes pas le goût de Kieran pour parcourir la capitale en long et en large, mais il était un célibataire pourvu de revenus confortables et n'hésitait jamais à tirer parti de cet avantage.

— Et vous ? s'enquit-elle. Vous m'avez confié que la majeure partie de vos moyens de subsistance provenaient du jeu.

— C'est le cas, oui.

Elle n'avait soulevé aucune objection sur le coup, mais après réflexion, peut-être s'était-elle rendu compte qu'elle n'appréciait pas d'avoir un mari qui devait sa fortune au hasard. Même si, en l'occurrence, ce n'était pas tant le hasard que son expérience qui lui assurait presque toujours de sortir des tripots avec plus d'argent qu'il n'en avait en y entrant.

Elle se contenta de hocher la tête, à son grand soulagement.

— Cette activité ne requiert pas tout votre temps, j'imagine.

— Oh, je consacre un certain nombre d'heures aux occupations habituelles des gentlemen ! répondit-il d'un ton détaché. Je vais à la salle de boxe, je fréquente les tavernes avec mon frère et Dom, et je me rends au théâtre.

— C'est... surprenant, commenta-t-elle alors qu'ils s'immobilisaient pour regarder un écureuil détaler sur une branche. Vous êtes si fin, j'aurais pensé que ce genre d'occupations finirait par vous lasser.

Il la dévisagea en fronçant les sourcils. Elle devait parler de quelqu'un d'autre.

— Il n'y a rien de *mal* dans ces passe-temps, enchaîna-t-elle, mais un homme comme vous pourrait se consacrer à tant d'autres activités. C'est vraiment dommage de laisser votre esprit en jachère.

— Croyez-moi, rétorqua-t-il avec flegme, je ne suis bon qu'à passer le temps.

— Il n'y a pas quelque chose ? insista-t-elle. Pas le moindre semblant d'objectif, pas la plus petite étincelle de rêve ? Je ne suis pas une joueuse professionnelle, mais je parie que vous nourrissez quelque ambition cachée.

Malgré sa longue pratique du bluff, il se sentit rougir. Il n'en avait parlé à personne, ni à Kieran, ni à Dom, ni même à Willa. Et voilà que cette femme qui le connaissait à peine devinait ce qu'il avait soigneusement dissimulé, y compris à lui-même parfois, parce qu'il n'osait espérer que quelqu'un comme lui puisse accomplir quoi que ce soit dans sa vie.

— Il y a bien quelque chose..., s'entendit-il répondre. Mais c'est une idée absurde. Et je n'y pense pas tant que ça.

— Je n'en serais pas moins honorée de la connaître, dit-elle doucement.

— Ma foi, il m'arrive...

Dire ces mots-là était un défi. À mesure qu'il les articulait, il avait l'impression qu'ils voulaient retourner dans sa gorge.

— ... de songer à ouvrir mon propre cercle de jeu. Un projet absurde, comme je vous le disais.

— Pas s'il vous tient à cœur, répliqua-t-elle d'un ton égal.

Ce fut sa manière de parler, directe et posée, qui le fit réfléchir. Si elle avait montré un excès de curiosité ou d'enthousiasme, il aurait pu reléguer ces marques d'intérêt dans la catégorie des encouragements aussi condescendants que bien intentionnés. Or, elle semblait tout à fait sérieuse.

— Vous le pensez vraiment ? demanda-t-il.

— Vous avez une expérience considérable de ce genre d'endroits, vous devez donc savoir ce qui conditionne leur réussite. Et comme vous n'avez rien d'une personne superficielle, vous avez certainement conscience des difficultés d'un tel projet.

L'espoir et l'excitation rugirent en lui, mais il savait combien ces émotions étaient illusoires.

— Il existe déjà tellement de cercles de jeu à Londres. À quoi bon en ouvrir un de plus ?

— Pour la simple et bonne raison que ce serait le *vôtre,* lui rappela-t-elle. Et cela suffirait à faire la différence.

Il ne sut quoi répondre, ébahi qu'il était par la confiance de Tabitha. Si cette femme, qui était la personne la plus intelligente qu'il ait jamais rencontrée, le croyait capable d'accomplir un projet de cette ampleur... peut-être n'était-ce pas un rêve insensé, finalement.

À moins que ses capacités de dissimulation, longuement peaufinées, n'aient réussi à la berner et qu'elle ignore toujours qui il était vraiment.

La clarté pâle du soleil soulignait son profil anguleux, son menton pointu offrant un contraste saisissant avec ses lèvres pulpeuses. C'était une femme d'une grande vivacité, et plus il la connaissait, plus il avait envie d'en apprendre davantage sur elle. Tâche énorme, qui demanderait une vie entière et ne lui permettrait sans doute pas d'appréhender toutes les facettes de sa personnalité.

Il contempla de nouveau la bouche de Tabitha. Elle pinça les lèvres en observant un sansonnet qui voletait au-dessus de leurs têtes et une flèche de désir brûlant le traversa, lui coupant le souffle.

Ils se mariaient pour des raisons de convenance, pas de passion. Et pourtant... son attirance pour Tabitha allait croissant, son corps ne cessant de lui poser des questions auxquelles il ne devrait pas répondre. Alors même qu'il en rêvait.

Il avait dû trahir son émoi d'une manière ou d'une autre, car elle se tourna vers lui. Elle écarquilla brièvement les yeux et, quoi qu'elle ait vu, elle dut être consternée. Sauf que non. La surprise dans son regard se transforma en autre chose, de plus ardent. Et le désir qui venait d'ébranler Finn en fut immédiatement attisé.

Elle regarda par-dessus son épaule, en direction de la maison, puis observa les alentours.

— Sommes-nous à l'abri des regards indiscrets ?

— Il fait trop froid pour que les invités aient envie de se risquer dehors, répondit-il.

— Et les domestiques ?

— Les jardiniers ont reçu pour consigne de se faire discrets au cas où des invités sortiraient. Quant aux autres membres du personnel...

Il examina les fenêtres qui donnaient sur le jardin.

— Je n'en vois aucun en train de nous épier. De toute façon, ils craignent trop le majordome et la gouvernante pour s'attarder près des fenêtres.

Tabitha lui prit alors la main et l'entraîna vers une charmille recouverte d'un feuillage encore dense.

— Asseyez-vous là, lui ordonna-t-elle en indiquant un banc de pierre.

Ces manières autoritaires intriguèrent Finn. Et achevèrent de l'exciter.

Il obtempéra et Tabitha se tint devant lui. Instinctivement, il écarta les jambes pour qu'elle puisse se glisser entre elles. Le désir l'embrasa quand la robe de Tabitha frôla ses bottes et ses cuisses gainées de daim.

— Vous, vous avez une idée derrière la tête, murmura-t-il.

Elle prit une profonde inspiration avant de poser les mains sur ses épaules. L'estomac de Finn se contracta, mais il se força à dompter son désir. Quelles que soient les intentions de la jeune femme, c'était à elle de prendre l'initiative.

— J'aimerais vous embrasser, dit-elle, si vous le permettez. Puisque nous allons bientôt être unis au plein sens du terme, autant nous habituer dès maintenant à être intimes l'un avec l'autre.

Ces paroles un peu guindées mais directes allèrent droit au cœur de Finn.

— Excellente idée, approuva-t-il. Et si je peux me permettre...

Quand il posa la main sur sa taille, elle prit une brève inspiration. Lui aussi, à vrai dire, car il ne portait pas de gants, et découvrir ainsi la forme de sa silhouette lui semblait incroyable. Il en avait déjà eu un aperçu sur Parliament Hill, quand le vent avait plaqué ses vêtements contre son corps, mais en éprouver la chaleur sous sa main était une tout autre expérience.

— Vous le pouvez, acquiesça-t-elle dans un souffle.

— Rapprochez-vous un peu, lui suggéra-t-il d'une voix rauque.

Et quand il l'attira à lui, elle se laissa faire. Elle respirait plus vite, et ce mélange de nervosité et d'excitation qu'il percevait en elle se communiquait à lui.

Bien qu'il soit assis et elle debout, il était assez grand pour ne pas avoir à trop pencher la tête en arrière.

Après l'avoir dévisagé un bref instant, elle posa sa bouche sur la sienne.

Il se tint immobile, malgré son envie folle de réclamer ses lèvres. Elle prit son temps, effleurant sa bouche d'une commissure à l'autre comme pour en apprendre la forme. Quand elle lécha doucement sa lèvre inférieure, puis approfondit son baiser, Finn eut l'impression que son corps revenait à la vie au sortir d'une période d'hibernation.

Il s'ouvrit à la jeune femme, lui donnant libre accès à sa bouche. Elle en profita pour frôler sa langue de la sienne, avec une sensualité enivrante. Il répondait à chacune de ses caresses, se gorgeant d'elle comme si c'était la seule nourriture dont il ait jamais eu besoin. Son désir d'elle était de plus en plus impérieux, s'imposant avec une force quasi aveugle qui l'ébranlait de la tête aux pieds.

Les mains de Tabitha glissèrent jusqu'à sa nuque, puis plongèrent dans ses cheveux. Elle lui inclina la tête dans une position qui facilitait son baiser.

Elle s'enhardissait à vue d'œil, et il était prêt à lui donner tout ce qu'elle désirait, en priant pour que ce soit lui qu'elle désire.

Elle laissa échapper un gémissement qui la fit se ressaisir. S'écartant légèrement, elle baissa les yeux sur lui, ses pupilles étaient sombres et dilatées.

— Je pensais..., commença-t-elle, j'ai toujours cru que les plus grands plaisirs étaient d'ordre intellectuel. Que les sensations corporelles étaient certes agréables, mais qu'elles ne sauraient rivaliser avec les plaisirs de l'esprit. Je viens de recevoir la preuve du contraire.

— Pourquoi n'êtes-vous donc pas harcelée par une meute de soupirants ? demanda-t-il d'une voix hachée.

Elle eut un sourire triste.

— Vous êtes le seul à avoir jamais voulu de moi.

— Le monde est rempli d'idiots, déclara-t-il avec véhémence. Et les jeunes gens de la bonne société tiennent le haut du pavé.

Elle repoussa les cheveux de son front et, l'espace d'un instant, il crut qu'elle allait l'embrasser de nouveau. Mais à son grand regret, elle se redressa et recula.

— Nous ferions mieux de retourner à la réception.

— Dites-moi quelque chose.

Elle inclina la tête de côté.

— Quoi ?

— N'importe quoi. De préférence la théorie la plus austère et la plus impénétrable de toute l'histoire de la philosophie.

— Pourquoi ?

Il soutint son regard.

— Parce que j'ai besoin de recouvrer un semblant de dignité avant d'aller retrouver une assemblée mixte, surtout si ma mère en fait partie.

— Je... *Oh !*

Il tiqua lorsqu'elle jeta un coup d'œil à son entrejambe.

— S'il vous plaît, regardez ailleurs ou nous risquons d'être encore là demain matin.

— Bon, eh bien... peut-être qu'une discussion sur le stoïcisme serait appropriée.

Deux taches d'un rose délicieux fleurirent sur les joues de Tabitha, qui fixa obstinément la voûte de la tonnelle. La savoir aussi troublée que lui était un réconfort et n'en était pas un.

— Bien que la philosophie stoïcienne ait ses racines en Grèce, commença-t-elle, la plupart des penseurs que nous étudions aujourd'hui sont liés à Rome, en particulier l'empereur Marc Aurèle, l'homme politique et dramaturge Sénèque et l'ancien esclave Épictète. C'est d'ailleurs lui qui a dit : « Plus grande est la difficulté, plus on tire de gloire à la surmonter. Les navigateurs les plus talentueux ont gagné leur réputation à braver orages et tempêtes. » Ce qui est en soi un excellent résumé du stoïcisme, car cette citation nous montre que les principes de l'éthique…

— Ça va mieux, grommela Finn.

Il avait commis une grave erreur. Au vrai, s'il avait prêté l'oreille au discours de Tabitha, son sexe n'aurait fait que durcir davantage. Cependant, tandis qu'elle débitait son laïus, il avait préféré se concentrer sur des souvenirs extrêmement peu érotiques, telle l'énorme bouchée de tourte au mouton pourrie que Kieran l'avait jadis défié de manger. Il avait relevé le pari, ce qui lui avait valu, en sus de la livre mise en jeu, de passer le reste de la nuit et la journée du lendemain aux toilettes.

Le rappel de cette épreuve eut l'effet escompté : il pouvait désormais se tenir debout sans exhiber une érection agressive. Il présenta son bras à Tabitha et, tandis qu'ils retournaient à la maison, il lui apparut clairement que cette femme qu'il allait épouser était bien plus complexe qu'il ne l'avait supposé. Et que la sous-estimer avait été une grossière erreur.

Ils avaient conclu un *accord*. Il ne saurait y avoir ni sentiments ni attachement entre eux. Et ce n'était pas plus mal, car s'ils devenaient plus proches, Tabitha finirait par s'apercevoir combien il était déficient.

Elle en serait déçue et lui-même en serait dévasté. Il devait donc tout faire pour que cela n'arrive pas.

10

Des esprits plus sagaces que Tabitha avaient écrit et réfléchi sur la nature subjective du temps, mais elle aurait été bien en peine d'expliquer comment il pouvait tout à la fois se traîner et filer à toute allure. Les réflexions théoriques, c'était bel et bon, mais elle commençait à comprendre que rien ne surpassait l'expérience concrète.

Durant les trois semaines qui suivirent, les bans furent lus, et Finn et elle passèrent plus de temps ensemble. Il l'emmena chez *Catton's*, ils se promenèrent dans un joli tilbury qu'il avait acheté en prévision des noces et allèrent à Hyde Park. S'ils firent tout ce que faisaient ordinairement les fiancés, elle nota cependant que Finn s'efforçait de lui proposer des activités qu'elle n'avait encore jamais pratiquées.

Il se montrait constamment et scrupuleusement poli. Jamais ils n'abordaient de sujets un tant soit peu profonds et ils n'évoquaient donc pas leurs rêves, leurs espoirs ni rien de vraiment significatif. Ils se montraient toujours amicaux et cordiaux, et rien de plus.

Et… ils ne s'étaient pas embrassés de nouveau. En était-elle soulagée ou déçue ?

Soulagée, parce que leur unique baiser avait semé le chaos en elle. Elle se surprenait désormais à regarder dans le vide, perdue dans le souvenir de la bouche de Finn sur la sienne, du frôlement de leurs langues, du brasier qui l'avait consumée.

Elle avait terriblement envie de recommencer. Finn s'était montré tellement encourageant et il avait semblé apprécier vraiment ce baiser. Ç'avait été comme s'il voulait la dévorer, et qu'elle voulait l'être.

Elle avait suggéré qu'ils s'embrassent parce que cela lui semblait logique de commencer à s'habituer physiquement l'un à l'autre. Au mieux, espérait-elle, ce serait une expérience agréable. Au pire, elle découvrirait qu'elle était capable de supporter une telle intimité.

Mais ç'avait été plus que cela. Infiniment plus. Et extrêmement dangereux aussi. Leur accord stipulait que leur mariage était une union de convenance. Si elle s'entichait de Finn, elle se condamnait à souffrir, d'autant qu'il avait accepté ces conditions sans hésiter.

S'attacher à lui équivaudrait à rompre leur accord, et elle ne pouvait se le permettre. Se protéger était primordial.

De toute façon, il n'y avait pas de place dans sa vie pour les sentiments. Sitôt mariée, elle presserait sir William de l'admettre à la Sterling Society. Et elle pourrait enfin commencer à travailler vraiment.

— Le grand moment est arrivé, chantonna sa mère en entrant dans sa chambre alors qu'Olive finissait de boutonner sa robe de mariée. Regarde comme tu es ravissante !

Elle s'arrêta près de sa fille et toutes deux étudièrent son reflet dans la psyché.

La robe était d'un joli bleu-vert et les manches de même que le corsage étaient rebrodés de fils d'argent. Des brillants ornaient les cheveux de Tabitha, attachés en un chignon haut.

Elle s'examina avec une curiosité un peu distante, comme si elle s'apprêtait à monter sur scène pour jouer le rôle d'une future mariée et qu'elle avait revêtu le costume de son personnage.

Sauf qu'elle allait bel et bien se marier. Tout cela était réel. Même si le couple qu'elle formerait avec Finn n'était pas conventionnel, elle allait vraiment l'épouser, et plus elle se contemplait dans la glace, plus son cœur s'emballait. Elle s'étonnait presque que sa mère ne le voie pas battre sous la soie de son corsage.

— Quand il te verra remonter la travée jusqu'à l'autel, il s'estimera le plus chanceux des hommes, assura la vicomtesse tout en bataillant avec le fermoir de son collier de perles.

— Moi aussi, j'ai de la chance, répliqua Tabitha avec sincérité.

Il n'y avait pas beaucoup d'hommes de son milieu qui auraient accepté d'épouser une érudite, surtout si ses ambitions excédaient le cadre domestique.

Au vrai, ils étaient *tous deux* gagnants dans cette union. Elle ferait mieux de se le rappeler au lieu de rêvasser d'yeux sombres et intelligents et de baisers torrides.

— Allons-y, dit sa mère en la guidant vers la porte. Il nous attend à St George.

Le trajet jusqu'à l'église se déroula dans une espèce de brouillard, en partie à cause du voile que la vicomtesse lui avait imposé – en partie seulement, car même sans voile, Tabitha avait l'impression d'évoluer dans une sorte de rêve éveillé. Elle n'avait aucune raison d'être nerveuse, et pourtant elle avait la bouche sèche et entendait à peine les voix de ses parents tant le sang lui rugissait aux oreilles.

Une fois à destination, on l'aida à descendre de voiture, puis elle se retrouva en train de remonter l'allée centrale de l'église au bras de son père. Les amis et les membres de la famille suivaient les pas chancelants qui la menaient vers Finn, lequel se tenait devant l'autel en compagnie du prêtre et de son frère. La ressemblance entre les deux frères était évidente, mais elle n'avait d'yeux que pour Finn, qu'elle trouvait d'une beauté renversante dans sa veste bordeaux et son gilet ardoise. Il la couva d'un regard tendre tandis que, son bouquet tremblant dans sa main, tous deux échangeaient leurs vœux.

Ils se promirent amour, réconfort, respect et soutien mutuel en toutes circonstances. Ils jurèrent d'être fidèles l'un à l'autre jusqu'à ce que la mort les sépare.

Ces paroles lui semblaient étranges, artificielles. En particulier celles sur l'amour. Il ne pouvait y avoir d'amour entre eux. Cela faisait partie de leur accord. Elle n'en éprouva pas moins une sorte de frémissement quand elle jura d'aimer Finn et qu'il l'imita.

Puis ils échangèrent les anneaux et Finn la gratifia d'un doux baiser sur les lèvres.

— Me voilà le mari de la femme la plus instruite de Grande-Bretagne, lui murmura-t-il à l'oreille.

Elle s'esclaffa – comme il devait l'avoir escompté, car il lui adressa un regard où brillait une lueur de complicité.

Elle riait toujours quand ils remontèrent l'allée. La mère de Finn semblait offensée par cette démonstration d'hilarité à une noce, mais Tabitha le remarqua à peine.

Son rire s'évanouit quand elle prit conscience de ce qui venait de se passer.

Elle était désormais mariée. À Finn Ransome.

Le repas de mariage chez ses parents passa comme dans un songe, les heures se succédant à toute allure, comme bousculées par l'approche du moment où Finn et elle grimperaient dans une voiture pour se rendre dans une auberge de Blackheath. Ils avaient prévu d'y passer la nuit, avant de rentrer à Londres pour s'installer dans leur nouvelle maison de Chelsea.

Sans être tapageuse, l'atmosphère dans la maison de ses parents était assez bruyante et agitée pour lui ébranler les nerfs. Des invités – elle en connaissait la plupart, mais pas tous – ne cessaient de se presser autour d'eux pour les féliciter et où qu'elle se tourne surgissaient des myriades de visages. Nombre de ces gens n'étaient venus que pour profiter du buffet et jouir du privilège d'assister à une réception chez le vicomte Parslow. Quelque part au milieu de ce chaos se trouvaient Diana, Iris, Arjun et sa famille, ainsi que Chima et sa fiancée.

— Vous réussissez à supporter tout cela ? s'enquit Finn dans un moment de tranquillité relative, alors qu'ils s'étaient réfugiés dans un coin du salon.

— Autant qu'il est possible, répondit-elle. Les gens n'arrêtent pas de m'adresser des clins d'œil. J'ai envie de leur demander s'ils ont le rhume des foins et de leur proposer mon mouchoir.

Il eut un sourire en coin.

— Ce n'est pas la saison du pollen. Mais ce doit être le moment des fines allusions, vu que j'ai moi-même été gratifié de maints coups de coude dans les côtes et de regards entendus. Nous aurons l'occasion de nous remettre de cette épreuve sur la route de Blackheath.

— Tels des soldats battant en retraite.

— Je suis prêt à agiter le drapeau blanc si vous l'êtes, répliqua-t-il. Nous y allons ?

La présence de Finn à ses côtés l'avait jusqu'à présent réconfortée, mais ces dernières paroles firent voler en éclats ce semblant de sérénité. La prochaine étape de sa vie – celle de femme mariée – était sur le point de commencer. Elle avait beau se répéter encore et encore que cette union était un mariage de convenance, son cœur ne parvenait pas à y croire. Et son corps insistait pour réagir à la proximité de Finn.

C'était déconcertant… et effrayant. Cette maîtrise d'elle-même dont elle était si fière s'évaporait en présence de Finn.

Après avoir demandé à un domestique de faire avancer leur voiture, Finn glissa la main de Tabitha au creux de son coude.

— Prête à dire adieu à la maison de votre enfance ?

— Ce n'est qu'un au revoir, se sentit-elle obligée de souligner. Nous sommes censés déjeuner ici vendredi.

— Au temps pour le geste symbolique, rétorqua-t-il.

— Je ne donne pas trop dans ce genre de fantaisies.

Elle s'abstint toutefois de lui révéler qu'elle avait dissimulé dans l'un de ses gants le gland qu'il lui avait donné afin qu'il reste en contact avec son pouls qui battait à son poignet.

Ils gagnèrent l'entrée, accompagnés par une turbulente escorte. La mère de Tabitha cessa de se tamponner les yeux le temps d'étreindre sa fille et de lui souhaiter un bon voyage, tandis que son père serrait la main de son mari.

Voyant celui-ci parcourir la foule des yeux, Tabitha devina qu'il cherchait ses parents. Le comte et la comtesse n'avaient même pas fait une apparition. Elle crut lire une certaine résignation dans son regard. Mais il se ressaisit si vite qu'elle n'en aurait pas juré. Son visage s'illumina quand son frère sortit du groupe et lui donna une bourrade dans le dos.

— N'oublie pas que c'est mal élevé de voler des voitures pendant sa lune de miel, lui lança Kieran Ransome.

— Cela fait des lustres que je ne fais plus cela, repartit Finn.

Tabitha arrondit les yeux.

— Vous avez vraiment volé une voiture ?

— On ne peut pas vraiment parler de vol, répondit-il avec un geste désinvolte. Et cela remonte à des années.

— Mais…

Elle se tut en avisant Dominic Kilburn qui se frayait un chemin vers eux. C'était la première fois qu'elle le revoyait depuis Parliament Hill et son expression était toujours aussi fermée lorsqu'il s'inclina devant elle.

— Cela n'avait aucun rapport avec vous, mademoiselle Seaton, déclara-t-il, solennel.

— Je ne l'ai pas mal pris, monsieur Kilburn, dit-elle, sincère.

Les démons qu'il combattait étaient uniquement les siens.

— Finn, reprit Dominic Kilburn en tendant la main à son ami.

— Essaie d'être indulgent avec toi-même, lui lança ce dernier d'un ton bourru en la lui serrant en retour.

M. Kilburn se renfrogna, comme si cette idée le déconcertait. Il grommela vaguement avant de tourner les talons.

— Prête à filer ? chuchota Finn à l'oreille de Tabitha.

— Oui !

— Merci à tous pour votre présence et vos bons vœux, dit-il à l'assistance. À bientôt.

Avant que quiconque puisse les retenir, Finn franchit le seuil de la maison avec Tabitha. Des invités sortirent pour les saluer tandis qu'il aidait la jeune femme à monter dans la voiture. Elle fut immensément soulagée lorsqu'il s'installa près d'elle et frappa au plafond pour donner le signal du départ.

— Je ne crains pas les foules comme Iris, dit-elle alors que l'attelage s'ébranlait, mais je dois reconnaître que j'ai un certain manque de pratique de la conversation avec autant de gens.

— C'est bel et bien épuisant, acquiesça-t-il.

Dans le silence qui suivit, ils se laissèrent bercer par le roulis de la voiture. Tabitha s'efforçait encore d'appréhender le fait qu'elle était désormais mariée, mais la notion persistait à lui échapper et elle finit par chercher un semblant de rationalité en dressant mentalement le catalogue de sa bibliothèque personnelle.

Près d'elle, Finn rayonnait d'une douce chaleur qui se communiquait à son propre corps. C'était… agréable d'avoir quelqu'un à ses côtés. Elle avait beau apprécier la compagnie de ses amis de la Benezra, ils avaient tous des proches. Diana avait Iris, Chima était fiancé et Arjun était dévoué à Sarah, son épouse. D'une certaine façon, elle était seule depuis longtemps. Et la proximité de Finn lui servait d'ancrage au milieu de ce qui avait été une journée tumultueuse et éprouvante.

Lasse, elle laissa aller sa tête contre l'épaule de Finn, et se raidit soudain.

— C'est bon, murmura-t-il. La journée a été longue, et si vous êtes comme moi, vous n'avez guère dormi cette nuit.

— Je n'arrêtais pas d'imaginer tout ce qui pouvait aller de travers, reconnut-elle. Que j'aurais le hoquet en pleine cérémonie, que le prêtre serait ivre et qu'au lieu de procéder au mariage il essaierait de nous baptiser avec le whisky de sa flasque secrète.

— Ce n'est pas le prêtre qui avait une flasque, avoua Finn en sortant une petite bouteille plate de la poche intérieure de sa veste. Kieran m'a donné ceci avant la cérémonie, mais je n'y ai pas encore touché.

Il dévissa le bouchon et lui tendit la flasque.

— Quelques gouttes pour sceller notre accord mutuellement avantageux ?

Elle prit la flasque d'une main hésitante et en huma le contenu. Une odeur âcre et tourbeuse lui monta aux narines.

— C'est quel alcool ?

— Du whisky, mais pas le meilleur qui soit, hélas.

— Je n'ai jamais bu de whisky, avoua-t-elle.

Cette journée et la nuit à venir seraient celles des premières fois.

Elle porta le goulot à ses lèvres et renversa la tête. Le liquide emplit sa bouche de sa saveur âpre et végétale. Quand il atteignit le fond de sa gorge, elle toussa, les yeux humides et la bouche en feu.

— Doucement, lui conseilla Finn. Inspirez, prenez une gorgée – une *petite* gorgée – et expirez après avoir avalé.

Elle suivit ses instructions et cela se passa beaucoup mieux, la brûlure se transformant en une chaleur diffuse qui se déploya dans sa poitrine et dans son ventre.

Elle rendit le flacon à Finn, qui but à petits coups, preuve qu'il avait l'habitude de ce genre de contenant.

— J'en veux bien encore un peu, dit-elle comme il glissait la flasque dans sa poche.

— Vous avez mangé au repas de mariage ?

— Une tranche de cake et...

Elle fronça les sourcils.

— Rien d'autre.

Il tapota sa poche.

— Je suppose que vous connaissez vos limites, mais je préférerais ne pas avoir à vous porter dans l'auberge au risque de passer pour un méchant d'opéra ayant drogué et enlevé l'héroïne pour lui infliger les derniers outrages.

— C'est le genre d'histoire que j'ai manqué en ne fréquentant pas les théâtres ? s'enquit-elle en se carrant contre le dossier de la banquette. Cela a l'air plutôt palpitant.

Il rit tout bas.

— Si vous y tenez, je peux demander à l'aubergiste de me prêter une cape noire et un chapeau à plumes, histoire de ressembler vraiment à un méchant. Cela dit, ajouta-t-il en retrouvant son sérieux, jamais je ne vous infligerai les derniers outrages. Ni ce soir ni jamais.

— C'est...

Elle déglutit et s'intéressa soudain aux coutures de la banquette.

— ... fort aimable à vous.

Un silence tendu suivit. Finn et elle se dévisageaient comme s'ils venaient soudain de prendre conscience de ce qui les attendait ce soir.

Le mieux serait d'aborder le sujet posément et rationnellement, comme n'importe quel autre sujet présentant un certain intérêt à ses yeux. Rien n'était en mesure de l'effrayer ni même de l'intimider dès lors qu'elle le considérait avec calme et détachement.

— Nous allons donc consommer cette union, déclara-t-elle d'une voix à peu près ferme. N'est-ce pas ? ajouta-t-elle avec un peu moins d'assurance.

L'habitacle tangua quand Finn alla s'asseoir sur la banquette opposée. Les avant-bras posés sur les cuisses, il la fixa d'un regard intense et grave.

— Que savez-vous des rapports sexuels ? demanda-t-il.

Elle se sentit rougir.

— Je… J'ai lu quelques textes à ce sujet.

— Les *Mémoires de Fanny Hill* ? Des ouvrages de la Dame de Qualité Douteuse ?

— Les *Sonnets luxurieux* de l'Arétin, confessa-t-elle. Ils sont accompagnés de… euh, d'illustrations très explicites.

Il haussa les sourcils.

— D'illustrations, dites-vous ?

Il secoua la tête.

— Nous reparlerons plus tard de ce livre. Donc, vous savez ce qui se passe quand deux personnes couchent ensemble ?

— Oui, confirma-t-elle. Enfin… un peu. Certaines parties de l'anatomie de l'un vont dans certaines parties de l'anatomie de l'autre.

— Avec du plaisir à la clé, précisa-t-il.

Elle n'arrivait pas à croire qu'elle avait cette conversation avec un homme – sauf que cet homme était *son mari* et que si deux personnes avaient le droit de parler de sexe, c'étaient quand même, au premier chef, un mari et son épouse.

— Pour l'homme, dit-elle.

Une fois, en sortant de la Benezra, elle avait entendu deux vendeuses discuter des rapports charnels. Tabitha avait cru pouvoir en déduire que, quoique excitants, ces derniers ne les satisfaisaient pas complètement.

— Pour *tout le monde*, corrigea-t-il. Si on procède correctement.

Il faisait extrêmement *chaud* soudain et Tabitha regretta que Finn ait rangé la flasque, car elle aurait bien bu quelque chose – n'importe quoi en fait.

— Et vous savez... euh, procéder correctement ?

Des flammes s'allumèrent dans le regard de Finn, dont la chaleur l'embrasa aux endroits les plus secrets de son corps. Puis il parut se ressaisir et les étouffa délibérément.

— Il paraît, répondit-il.

— Voilà qui est... encourageant.

Elle n'aimait pas ressentir de la gêne, ni avouer, même à demi-mot, ses éventuelles lacunes dans certains domaines. Rassemblant son courage, elle leva le menton et regarda Finn droit dans les yeux.

— J'ai déjà eu des orgasmes, vous savez.

— Vraiment ?

En dépit de son expression sereine, le feu s'était rallumé dans son regard, comme s'il ne pouvait maîtriser les réactions qu'elle lui inspirait.

Elle n'avait plus le choix, maintenant, il fallait aller jusqu'au bout.

— Cela m'arrive quand je suis dans mon bain. Et certains soirs, avant que je m'endorme. Le matin également, avant l'arrivée d'Olive.

Elle n'en avait jamais parlé à personne et n'aurait su dire si c'était la peur, la honte ou l'excitation qui affolait son pouls en cet instant.

— Vous avez plutôt aimé ça, à vous entendre.

— C'était agréable, admit-elle d'un ton guindé, avant d'ajouter dans la foulée : Et vous, cela vous arrive aussi ? Je veux dire, seul.

— Presque tous les jours, répondit-il d'une voix étonnamment rauque.

— Ah.

Un flot de chaleur l'envahit tandis qu'elle l'imaginait en train de se caresser dans son bain ou étendu nu sur son lit.

— Je ferai de mon mieux pour que ce soit plus qu'« agréable », dit-il lentement. Ce mariage a beau être de convenance, je ne veux pas que nos nuits vous soient une épreuve.

— Je vous en remercie.

L'atmosphère dans la voiture était presque suffocante et Tabitha avait du mal à respirer. Cette conversation aurait dû rester cantonnée aux conditions de leur accord, or elle ne cessait de déraper et d'échapper à son contrôle. Il y avait quelque chose d'irrépressible dans l'attirance qu'elle ressentait pour Finn – et le plus alarmant était sans doute que cette attirance risquait fort d'être réciproque.

— Est-ce ainsi que les époux discutent ordinairement ? s'enquit-elle pour essayer de se donner une contenance.

— Peu importe ce que font les autres. Seul compte ce que *nous* faisons ensemble.

Elle plaqua la main sur son ventre frémissant. La nuit tomberait-elle jamais ? Et la craignait-elle ou l'attendait-elle au contraire avec impatience ?

Elle l'ignorait et ne pouvait que tâtonner dans les ténèbres.

11

Finn savait à quoi ressemblait la peur. Il en avait été assez souvent le témoin aux tables de jeu, quand ses adversaires s'efforçaient d'afficher une expression neutre, mais ne pouvaient s'empêcher de tiquer lorsqu'ils recevaient une mauvaise carte ou de pincer légèrement les lèvres alors qu'ils feignaient un sourire confiant.

Il lui était également arrivé de voir la bouche d'un joueur s'incurver involontairement lorsqu'il était content de sa main ou ses doigts tambouriner sur le tapis comme pour hâter les paris, afin de gagner gros.

Sa jeune épouse ferait une piètre joueuse : toutes ses émotions se lisaient sur son visage – appréhension, inquiétude, impatience. Elle avait beau s'efforcer d'arborer une impassibilité de façade, son malaise devenait évident à mesure qu'ils se rapprochaient du terme de leur voyage.

Bien qu'il lui ait promis que leur première fois serait agréable, en réalité… il avait lui-même une peur bleue.

Car il *tenait* à ce que Tabitha apprécie. Il avait trop souvent entendu le récit de nuits de noces où la jeune mariée demeurait tétanisée sous les coups de boutoir de son époux, qui prenait son plaisir sans se soucier de la satisfaire.

Ce serait différent entre Tabitha et lui.

La tension allait toutefois croissant à mesure qu'ils approchaient de Blackheath. Quand enfin la voiture arriva en vue de l'élégante auberge de brique rouge, Finn aurait juré que la jeune femme était en lévitation au-dessus de la banquette.

— J'ai une surprise pour vous, annonça-t-il quand le véhicule s'immobilisa.

— Qu'est-ce que c'est ? demanda-t-elle.

— Je ne suis pas un érudit, répondit-il en sortant de la voiture avant de lui tendre la main, mais il me semble que, par définition, une surprise cesse d'en être une quand elle est connue à l'avance.

— Vous êtes une canaille, répliqua-t-elle en s'emparant de sa main.

— Il paraît, oui.

Une femme en tablier, aux joues roses et rebondies, un trousseau de clés suspendu à la taille, sortit pour les accueillir. Elle se présenta comme étant Mme Kemp tandis que ses deux fils aidaient leur valet à transporter leurs bagages à l'intérieur.

— Madame, monsieur, félicitations pour votre mariage, dit un homme de couleur quand ils pénétrèrent dans l'auberge.

Il leur tendit à chacun une chope en terre cuite.

— Je suis Josiah Kemp et je vous souhaite la bienvenue.

Finn et Tabitha goûtèrent le breuvage et échangèrent un sourire en reconnaissant les saveurs capiteuses du vin chaud.

— Désirez-vous voir votre chambre ? s'enquit Mme Kemp.

— On m'a dit que votre auberge s'enorgueillissait d'une *particularité remarquable*, dit Finn.

M. Kemp accueillit la requête avec un grand sourire.

— Par ici, je vous prie !

L'aubergiste les précéda dans un corridor qui passait devant une salle imposante, où voyageurs et gens du cru étaient attablés à des tables en bois ciré. Remarquant les épaules et le dos rigides de Tabitha, Finn fut soudain inquiet. Il espérait de tout cœur qu'elle allait apprécier sa surprise.

M. Kemp s'arrêta près d'une porte et invita les jeunes époux à en franchir le seuil. Après avoir lancé un coup d'œil intrigué à Finn, Tabitha pénétra dans la pièce, où il la suivit.

Elle eut un hoquet de stupeur et tourna sur elle-même, l'air ébahie.

— Oh, mon Dieu !

La salle était remplie d'étagères et accueillait plusieurs fauteuils garnis de plaids. Elle n'était pas très grande, mais proposait suffisamment de volumes pour combler les envies de lecture de n'importe quel voyageur.

— Il n'y a pas beaucoup d'auberges qui peuvent se vanter d'avoir une bibliothèque, déclara Finn en essayant de masquer sa nervosité. Mais je me suis assuré que c'était le cas de celle-ci.

Tabitha continuait à pivoter sur elle-même avec de grands yeux émerveillés. Ses épaules n'étaient plus raides et elle semblait au comble du bonheur. Il se félicita intérieurement de son initiative.

— C'est fantastique ! s'exclama-t-elle.

— Tous ces livres sont à moi, leur apprit M. Kemp. J'ai été marin durant de nombreuses années et j'ai toujours emporté de quoi lire avec moi. Je n'ai cessé depuis d'agrandir ma collection.

Tabitha s'approcha d'une étagère, dont elle tira plusieurs volumes.

— *L'Abbaye de Northanger* et *Persuasion*. *Frankenstein ou le Prométhée moderne*.

— Celui-ci est une acquisition récente, précisa l'aubergiste. Sur ce, je vous laisse en profiter.

Une fois M. Kemp parti, Finn dévisagea Tabitha en s'efforçant de dissimuler le doute qui continuait à le tenailler.

— Cela vous plaît vraiment ?

— Oh, Finn !

Elle le rejoignit et, après avoir jeté un coup d'œil à la porte, elle lui caressa la joue.

— C'est comme un second chez-moi.

Il se permit enfin d'éprouver un réel soulagement. Non seulement il avait réussi à trouver ce qui pourrait lui plaire, mais elle ne lui reprochait pas d'avoir contrevenu une fois de plus aux conditions de leur accord. Il avait beau essayer de rester poli et indifférent, il ne pouvait s'empêcher de vouloir lui faire plaisir, de vouloir qu'elle soit heureuse. De vouloir… des choses qu'il n'avait pas le droit de vouloir. Et qu'il voulait quand même.

Finn attendit dans la salle commune que Tabitha fasse un brin de toilette, puis il se lava à son tour. Cela fait, ils descendirent souper.

— Désirez vous manger dans un salon privé ? s'enquit M. Kemp. Ou partagerez-vous votre repas avec les autres voyageurs ?

Finn consulta la jeune femme du regard. Elle semblait de nouveau un peu tendue. Appréhendait-elle leur nuit de noces ? Dîner seule avec lui risquait en ce cas d'accroître son malaise, ce qu'il ne voulait surtout pas.

— La salle commune sera très bien, répondit-il à l'aubergiste.

Il nota que les lèvres de Tabitha étaient un peu moins pincées et en conclut qu'il avait pris la bonne décision.

M. Kemp les conduisit jusqu'à une alcôve confortable, dans un coin de la pièce, si bien qu'ils disposaient d'une certaine intimité sans être totalement isolés.

— Le menu est limité, leur expliqua l'aubergiste, mais il est de qualité, je vous le garantis. Mon épouse fait une excellente tourte au faisan et au potiron, et nous avons également de l'agneau rôti avec des pommes de terre et des légumes du jardin.

— La tourte me paraît tentante, déclara Tabitha. Et je prendrai aussi une bière, s'il vous plaît.

— Je me sens moralement obligé de choisir l'agneau, dit Finn. Et une bière pour moi également, je vous prie.

M. Kemp s'inclina et s'éloigna d'un pas rapide.

— Moralement obligé ? répéta Tabitha en haussant les sourcils.

— Au restaurant, quand on a le choix, deux personnes ne peuvent prendre le même plat, expliqua-t-il. C'est contraire à la règle.

— Pas à la mienne, rétorqua-t-elle en riant.

— C'est toujours ainsi que nous procédons, Kieran et moi, précisa Finn. Et cela depuis l'enfance. Chacun peut ensuite goûter le plat de l'autre et tout le monde y trouve son compte. Sauf que, ajouta-t-il pensivement, c'est devenu une compétition entre nous pour savoir qui commandera le meilleur plat. Et quand c'est lui qui gagne, il devient insupportable et vante son choix jusqu'à la fin du repas.

— Ce n'est pourtant pas lui qui a cuisiné le plat en question, objecta-t-elle.

— Ce genre de considération ne saurait l'empêcher de louer sa supériorité.

Elle s'esclaffa de nouveau, un petit rire de gorge chaud et vibrant. Bon sang, il pourrait passer sa vie à provoquer ce rire !

— Les frères sont souvent ridicules, dit-elle en secouant la tête. Tout est prétexte à compétition. Mes propres frères se battaient sans cesse pour savoir lequel était plus grand que l'autre. Ils en sont venus à se suspendre aux arbres dans l'espoir de gagner quelques centimètres ! Tout cela pour qu'au final ce soit moi la plus grande de nous trois, conclut-elle avec un sourire narquois.

— J'espère que vous le leur rappelez à la moindre occasion.

Son sourire se fit mélancolique.

— Encore faudrait-il que j'aie avec eux des rapports suffisamment chaleureux pour les taquiner.

Finn se raidit.

— Ils se montrent cruels avec vous ?

— Non, pas du tout. Au contraire, ils sont courtois et respectueux, comme si j'étais une vague connaissance. Quand nous nous croisons, nous échangeons des mondanités et chacun poursuit son chemin. En vérité, reprit-elle dans un soupir, je ne me suis jamais vraiment adaptée à ma famille. Et j'ai renoncé à tout espoir qu'ils m'acceptent telle que je suis.

Elle paraissait résignée, pourtant Finn sentit son cœur se serrer de compassion.

— En dehors de Kieran et de Willa, ma sœur, je suis convaincu que si je venais à disparaître de la surface de la terre, ma famille ne s'en apercevrait même pas. Mon père continuerait à me verser ma pension et à m'envoyer le même cadeau tous les ans, à savoir une écritoire.

C'était une blessure intime – trop intime – à avouer, et cependant, dans le refuge douillet de l'alcôve qui leur donnait l'impression d'être seuls au monde, il ne trouvait pas si terrible de lui laisser voir cette petite faille dans son armure.

Il s'attendait qu'elle lui assure qu'il se trompait, que ses relations avec ses parents ne pouvaient être aussi dégradées. Mais non : elle se contenta de le regarder avec compassion, avant de glisser la main sur la table pour nouer ses doigts aux siens.

Ce simple geste le toucha en plein cœur, de sorte qu'il était maintenant partagé entre le désir de libérer sa main pour la ramener contre sa poitrine, et l'envie de maintenir ce lien avec la jeune femme aussi longtemps que possible.

Cela ne dura malheureusement pas. Dès que M. Kemp revint en compagnie de l'un de ses fils avec leur dîner, Tabitha le lâcha. Finn faillit se pencher pour reprendre sa main tant son contact lui manquait déjà, mais il se contenta de sourire poliment à l'aubergiste et à son fils. De délicieux fumets ne tardèrent pas à envahir l'alcôve.

— Je vous souhaite un excellent appétit, déclara M. Kemp avant de s'éclipser.

Tabitha se pencha sur sa tourte pour étudier les ornements en pâte.

— C'est très malin. On dirait un panier de pique-nique. Peut-être, ajouta-t-elle les yeux brillants, ai-je gagné un dîner ?

Elle était absolument adorable avec ses joues rosies par la vapeur qui montait des assiettes et ses yeux gris qui pétillaient. Finn fut pris d'une envie folle de l'embrasser. Au diable la nourriture, c'était d'*elle* qu'il avait faim !

S'efforçant de reprendre le contrôle de ses émotions, il reporta son attention sur son propre plat.

— J'admets que votre tourte a l'avantage de la présentation sur mon humble agneau aux légumes, mais c'est la dégustation qui tranchera.

— Nous userons de notre capacité supérieure de discernement pour déterminer le vainqueur, renchérit-elle.

Dans un silence attentif, chacun goûta une bouchée de son plat respectif. Puis Finn découpa un morceau d'agneau qu'il déposa sur l'assiette de Tabitha avec une pomme de terre, tandis que celle-ci transférait sur la sienne une part de sa tourte. Toujours dans le plus parfait silence, chacun goûta au plat de l'autre.

Il y avait une sorte de familiarité réconfortante dans ce petit rituel. Ce qui n'empêcha pas Finn de reluquer la bouche de la jeune femme pendant qu'elle mastiquait et de prêter l'oreille aux petits soupirs de plaisir qu'elle émettait en mangeant et qui ressemblaient de manière troublante aux petits bruits qu'elle pourrait laisser échapper pendant l'amour.

Une fois de plus, il s'imagina l'étreindre. Avant qu'ils s'embrassent dans le jardin de ses parents, il aurait pu la soupçonner d'être froide et réservée, et de considérer l'acte sexuel comme une espèce de corvée biologique. Mais il y avait eu ce baiser… et il savait désormais qu'elle était ardente, enthousiaste et réactive.

Son corps se raidit tandis que son pouls s'emballait. Il avait envie d'elle, avec une voracité qu'il n'avait encore jamais éprouvée, et qui l'ébranlait jusqu'au tréfonds de son être.

Il s'était promis de lui rendre l'amour charnel plus qu'agréable, mais pouvait-il lui donner du plaisir sans y perdre son cœur ?

Ce qu'il *ne pouvait pas* faire pour l'instant, c'était se pencher par-dessus la table, saisir Tabitha par la nuque et réclamer sa bouche avec ferveur.

Il fallait qu'il se concentre sur autre chose, n'importe quoi. Songeant à son plat, il dut reconnaître que la cuisine de Mme Kemp était aussi délicieuse que son mari l'avait annoncé et que cela valait autant pour l'agneau que pour le savoureux mélange de potiron et de faisan.

— Il me semble que les deux plats doivent être déclarés ex aequo, madame, dit-il en soupirant. Hélas.

— Pourquoi « hélas » ?

— Parce que je comptais beaucoup sur une récompense en cas de victoire du mien, avoua-t-il avec une étourderie qu'il se reprocha aussitôt.

Elle rougit.

— Et à quelle récompense pensiez-vous ? demanda-t-elle dans un souffle. Le genre de récompense qu'un jeune marié pourrait exiger de son épouse pendant leur nuit de noces ?

Il ne sut quoi répondre de crainte de révéler l'intensité de son désir – et de risquer de l'effaroucher. Ce qu'il voulait d'elle allait bien au-delà de l'enjeu de ce pari. Et à moins qu'elle ne veuille la même chose…

— Tout se passe bien ? s'enquit M. Kemp en se matérialisant soudain près de leur table.

— À merveille, s'entendit-il répondre.

Tabitha sourit et hocha la tête, sans toutefois le quitter des yeux, comme si elle désirait ardemment une réponse de sa part. Comme si elle le désirait, *lui*.

C'était là une pensée excitante. Et intimidante. Car il était prêt à lui prodiguer tous les plaisirs qu'elle pourrait lui réclamer.

— Vous êtes bientôt prête ? s'enquit Finn à travers la porte de leur chambre. Les autres clients commencent à me regarder de travers, comme si j'avais l'intention de leur voler leur chambre.

— Encore cinq minutes, répondit Tabitha d'une voix étouffée par le battant.

Il se retint d'arpenter le corridor tandis qu'elle achevait de se changer pour la nuit. Ils avaient terminé leur dîner sans plus évoquer les récompenses que les jeunes mariés pouvaient réclamer au soir de leurs noces.

Dieu merci, les autres clients n'avaient pas crié des encouragements à Finn alors qu'il emmenait son épouse à l'étage. Un seul commentaire égrillard aurait sans doute poussé Tabitha à quitter l'auberge en courant.

Il attendait donc qu'elle ait fini de se préparer pour leur première nuit ensemble. Mme Kemp l'avait aidée à se déshabiller, mais elle était sortie pour la laisser enfiler sa chemise de nuit. Il s'imagina le corps mince de Tabitha se glissant dans une petite chose vaporeuse…

Son sexe se mit aussitôt au garde-à-vous et il se força à examiner les gravures botaniques accrochées au mur pour se calmer. Il risquait de l'effrayer s'il déboulait dans la chambre avec une érection d'étalon en rut.

Il inspira profondément à plusieurs reprises, mais cela n'apaisa nullement ses ardeurs. L'excitation lui raidissait les muscles. Peut-être avoir autant envie de la jeune femme contrevenait-il à leur accord, mais la faim qu'il avait d'elle le tenait solidement et devenait plus insistante à chaque seconde.

La porte de la chambre s'ouvrit enfin.

Tabitha passa la tête dans l'entrebâillement, les joues colorées et les cheveux cascadant librement sur ses épaules.

— Entrez, dit-elle.

Il frotta discrètement ses paumes sur ses culottes avant de pénétrer dans la pièce. Il jeta à peine un coup d'œil au feu qui couvait dans la cheminée et au meuble de toilette finement ouvragé. Son regard se porta directement sur le grand lit, puis sur Tabitha qui refermait la porte.

Les flammes accrochaient des reflets dansants à sa chevelure acajou et soulignaient les plis du peignoir blanc dans lequel elle était enveloppée. À la seule vue de ses pieds nus dépassant de sous sa chemise de nuit, un élan surprenant de pure concupiscence le traversa. Quoiqu'il apprécie l'anatomie féminine dans son ensemble, il n'avait jamais trouvé les pieds de quiconque érotiques – jusqu'à ce soir.

Elle replia les orteils, trahissant sa nervosité. Le regard de Finn remonta le long de son corps, s'attarda brièvement sur les renflements jumeaux de ses seins, avant de s'apercevoir qu'elle l'observait avec circonspection. Il nota alors qu'elle frissonnait.

— Vous avez froid, remarqua-t-il en fronçant les sourcils.

Il se dirigea vers la cheminée que flanquaient deux fauteuils, s'assit dans l'un d'eux et fit signe à Tabitha de le rejoindre.

Elle s'approcha à pas lents et fit mine de s'installer dans l'autre fauteuil.

— Pas là, dit-il.

— Où alors ?

Il se tapota les cuisses.

Elle écarquilla les yeux.

— Je croyais que s'asseoir sur les genoux de quelqu'un était réservé aux enfants.

— Je pense que vous allez trouver cette position plutôt adulte.

Elle parut en douter, mais s'exécuta néanmoins. Il ravala un grognement quand son corps à peine vêtu se pressa contre le sien. Pas question de l'affoler alors qu'elle donnait l'impression d'être prête à bondir comme s'il risquait de prendre feu à tout moment.

— Nouez les bras autour de mon cou, dit-il.

Après lui avoir coulé un regard hésitant, elle fit ce qu'il lui demandait. Sa modeste poitrine remua sous l'étoffe légère, mais au lieu de prendre ses seins au creux de ses paumes, comme il en rêvait, il posa une main sur sa hanche et l'autre sous son genou, mettant dans son geste toute la délicatesse dont il était capable.

Ce que la jeune femme lui inspirait n'avait en revanche rien de délicat. Tabitha était toute de satin tiède sous ses doigts, et ses rondeurs exquises contre son corps plus ferme et plus dur ne faisaient que renforcer encore la tension de ses membres. Seigneur, elle semblait faite pour lui !

— Suis-je supposée faire quelque chose dans cette position ? risqua-t-elle.

— Vous pouvez appuyer la tête sur mon épaule, lui suggéra-t-il, et elle s'exécuta aussitôt. Continuer à respirer serait aussi préférable.

Elle poussa un long soupir et se détendit sensiblement. Ses cheveux frôlaient la joue de Finn, crinière soyeuse dont s'échappait une fragrance citronnée, et une nouvelle flèche de désir le traversa.

— La journée a été exceptionnellement longue, reprit-il le plus calmement possible. Nous avons dû parader devant des tas de gens, mais ce moment-ci est à nous deux.

— Je n'y suis pas habituée, murmura-t-elle. À être l'objet d'une telle attention. Non que ma famille ne me témoigne aucune attention. Simplement, comme je l'ai dit, les miens n'ont jamais su sur quel pied danser avec moi. J'ai eu droit à tellement de regards perplexes, comme s'ils avaient attendu quelqu'un d'autre et devaient finalement se contenter de ma personne.

— Je parie que c'était là un sentiment partagé.

Elle laissa échapper un petit rire qui le ravit.

— Ce n'est pas entièrement leur faute. Je n'ai jamais compris pourquoi ils voulaient entretenir une *conversation* au cours des repas, alors que lire est tellement plus agréable.

— Vous serez libre d'apporter des livres à table chaque fois qu'il vous plaira.

— Le mieux, dans les livres, c'est d'avoir quelqu'un avec qui en parler, dit-elle, un sourire dans la voix.

Finn se raidit. Un jour, Tabitha découvrirait la vérité sur lui. D'ici là, il lui donnerait tout ce qu'il pourrait et, espérait-il, parviendrait ainsi à retarder l'inévitable.

Lentement, très lentement, il commença à lui caresser le genou. Le tissu de sa chemise de nuit était si fin qu'il avait l'impression de toucher sa peau nue. En même temps, il faisait courir doucement sa main sur sa taille, qui se creusa souplement sous sa paume quand Tabitha se pencha vers lui.

— C'est agréable, chuchota-t-elle.

— Depuis notre baiser dans le jardin, dit-il d'une voix rocailleuse, je rêve de vous toucher. Je vous revoyais sans cesse dans vos robes sages et je ne pensais qu'au grain de votre peau, à la douceur qu'elle aurait sous mes doigts.

— Vous êtes bien le seul à voir de la douceur en moi. Je me trouve personnellement pleine d'angles et de côtés pointus.

Il esquissa un sourire.

— Délectable géométrie.

Il tendit la main vers le bas de sa chemise de nuit.

— Je peux ?

— Je vous en prie.

Il se considérait comme un homme raffiné. Sans être un libertin comme Kieran, il avait goûté à bien des plaisirs de la vie. Or rien dans son expérience ne pouvait se comparer au contact des longues jambes nues de Tabitha. Le souffle court, il fit remonter sa main vers sa cuisse.

Tabitha frémit, mais ne s'écarta pas.

— Voilà des heures que nous nous sommes embrassés pour sceller notre union, dit-il à mi-voix. Et encore était-ce un baiser bien chaste. Depuis, je n'ai qu'une envie : vous goûter de nouveau.

Il effleura des lèvres la joue de Tabitha et émit un grondement de plaisir quand elle tourna la tête pour poser sa bouche sur la sienne. Leur baiser s'approfondit très vite dès lors que Tabitha s'ouvrit à lui. Elle avait un goût fruité et sucré dû à la bière consommée au dîner, mais ce fut sa saveur propre qui donna le vertige à Finn et fit durcir davantage son sexe, et plus encore quand la jeune femme glissa les doigts dans ses cheveux.

Leur baiser se faisant plus ardent, elle commença à se tortiller sur ses genoux et à presser sa poitrine contre son torse. La main de Finn rampa plus haut sur sa cuisse, tandis que son autre main se refermait sur un sein.

Tabitha sursauta en étouffant un petit cri contre sa bouche et se plaqua plus étroitement contre lui. Avec un murmure d'approbation, il caressa la pointe dressée de son sein, puis la pinça doucement, lui arrachant un gémissement.

L'intérieur de sa cuisse était d'une douceur inouïe, nota-t-il, juste avant qu'il atteigne enfin son sexe moite et chaud. En réponse, elle inspira brièvement avant d'ouvrir les jambes.

Il veilla à ne pas précipiter les choses, fit courir doucement son doigt entre les replis de sa féminité avant de l'insérer en elle.

— Bon sang ! grommela-t-il en la découvrant brûlante.

Il avait vu juste : elle réagissait bel et bien à ses caresses, et la tenir dans ses bras était une expérience merveilleuse. Qu'il soit capable d'exacerber ainsi sa passion attisait son propre désir.

Il chercha le petit bourgeon dur et entreprit de le masser du pouce. Elle gémit de nouveau. Toute pensée le déserta tandis qu'il caressait son sexe trempé sans cesser de pétrir son sein ou d'en taquiner la pointe. Tout en continuant à solliciter son clitoris, il glissa de nouveau un doigt en elle. Sentir ses muscles intimes l'agripper comme pour le retenir le bouleversait. C'était comme s'ils partageaient un secret.

Elle s'agita contre lui, et il s'immobilisa.

— Assez ? s'enquit-il d'une voix rauque.

— Bon sang, non ! répondit-elle. Continuez !

Il reprit sa bouche avec fièvre alors que son doigt allait et venait en elle. Elle était incroyablement étroite et chaude, et son propre sexe palpitait de désir. Elle écarta davantage les cuisses et, pour la préparer à l'accueillir, il introduisit un deuxième doigt dans sa fente. Elle se cabra en réponse.

— Baisse les yeux, murmura-t-il. Regarde ce que je suis en train de te faire et vois comme tu es insatiable.

Elle obéit et gémit de nouveau. La tête au creux de l'épaule de Finn, elle souffla :

— Je ne sais pas ce qui m'arrive.

— Tu cherches à atteindre le plaisir, mon ange. Laisse-le venir à toi. Empale-toi sur mes doigts, fais-toi jouir.

Il n'en revenait pas de s'entendre parler ainsi. C'était à croire que Tabitha libérait ce qu'il y avait de sombre et de primitif en lui.

— C'est grossier, souffla-t-elle.

— Il n'empêche que tu te laisses aller.

Et en effet, elle était déchaînée, ondulait des hanches sans la moindre retenue en laissant échapper des cris inarticulés. Qu'il soit capable de lui donner autant de plaisir le stupéfiait.

— Dieu que j'aime te voir ainsi, gronda-t-il en lui en mordillant le cou.

— Finn… je…

— Oui, mon ange. Jouis sans crainte. Tu es en sécurité dans mes bras.

Ses muscles intimes étreignirent ses doigts avec force et se mirent à palpiter tandis que l'extase raidissait son corps entier. Lui-même était tout près de jouir dans ses culottes, mais peu lui importait s'il pouvait la sentir trembler contre lui et entendre ses cris de volupté.

Il voulait plus. Plus de cette femme incroyablement courageuse qui s'ouvrait complètement à lui dans toute son intrépide vulnérabilité. Jamais personne ne s'était offert ainsi, avec un tel abandon, ni ne lui avait témoigné une pareille confiance. C'était là un cadeau infiniment précieux, qu'il chérirait jusqu'à la fin de ses jours.

Ce ne fut que lorsqu'elle s'effondra contre lui qu'il cessa de la stimuler.

Son corps était encore secoué de spasmes lorsqu'il lui prit doucement le menton et tourna son visage vers le sien pour l'embrasser.

Dieu tout-puissant, il venait de vivre l'expérience sexuelle la plus intense de sa vie et il n'était même pas dévêtu !

— Voilà quelque chose dont ne parlait pas l'Arétin, souffla-t-elle.

— On en apprend tous les jours, répliqua-t-il, flatté.

— Sauf que toi, tu as l'air de déjà tout savoir.

— Non, pas tout, mon ange.

Il fit courir son doigt sur sa joue, ému jusqu'au tréfonds de son âme par sa confiance.

— Je crains de me consumer lorsque je serai en toi, mais je ne le saurai pas tant que je n'aurai pas essayé.

Elle avait les joues en feu et le regard voilé, pourtant elle parvint à sourire.

— Je suis toujours d'accord pour enrichir mes connaissances, dit-elle, avant de déposer une pluie de baisers le long de sa mâchoire. Emmène-moi au lit.

12

Tabitha ne se considérait pas comme un petit être fragile. Elle était plus grande que la plupart des femmes et il était fréquent qu'elle puisse regarder les hommes dans les yeux sans avoir à lever la tête. Elle n'en eut pas moins l'impression d'être menue et délicate quand Finn la souleva dans ses bras et se dirigea vers le lit.

Il avait eu une bonne idée, car elle n'était pas sûre que ses jambes la soutiennent.

Si elle s'était montrée fort téméraire en lui demandant d'aller au lit, dès qu'il l'eut déposée sur le matelas, elle se couvrit les yeux de ses mains.

Elle sentit qu'il s'asseyait près d'elle.

— Pas besoin de te cacher, ma douce.

— J'ai tellement honte.

Son impétuosité, sa quête frénétique de volupté comme si rien d'autre ne comptait, ses baisers voraces, ses seins pressés contre ses mains… Si elle avait aimé les orgasmes qu'elle se procurait dans la solitude de sa chambre, jamais elle n'avait été aussi débridée dans la recherche de son plaisir.

Les caresses expertes de Finn y étaient bien sûr pour beaucoup. Il semblait savoir exactement ce qu'elle cherchait, alors qu'elle l'ignorait… C'était à croire qu'il la connaissait mieux qu'elle-même !

— La honte est l'instrument dont se servent nos oppresseurs pour mieux nous dominer en nous incitant à nous contrôler nous-mêmes.

Elle le regarda entre ses doigts.

— Qui a dit ça ? Mary Wollstonecraft ? William Godwin ?

— Finn Ransome.

Il lui décocha un sourire canaille éblouissant de sensualité et, incroyablement, elle se sentit de nouveau excitée. Comment pouvait-elle en redemander après ce qu'elle venait de vivre ?

Posant les mains de part et d'autre de sa tête, il se pencha et fit courir ses lèvres sur ses joues et l'arête de son nez.

— Nous pouvons en rester là pour cette nuit si tu préfères, chuchota-t-il.

Ses lèvres effleurèrent les siennes et elle ne put s'empêcher de soulever la tête pour capturer sa bouche. Il y avait quelque chose chez cet homme qui parvenait à contourner ses défenses, à se glisser sous la cuirasse qui protégeait son cœur.

À cette pensée, une pointe d'inquiétude se logea en elle, mais il approfondit leur baiser et son anxiété s'évapora comme neige au soleil.

— C'est un oui ? s'enquit-il.

— C'est un oui, confirma-t-elle.

Elle affronterait les conséquences plus tard. Pour l'heure… elle avait juste envie de lui. Elle agrippa ses larges épaules, s'y accrocha comme à une planche de salut.

Il lui caressa le visage, puis le cou, son pouce s'attarda au creux de sa gorge, faisant naître des petits frissons de plaisir. Sans cesser de l'embrasser, il fit courir ses mains le long de ses bras et prit ses seins en coupe.

— Tu me bouleverses, murmura-t-il.

— Nous nous bouleversons mutuellement, réussit-elle à articuler alors que les lèvres de Finn suivaient la ligne de son cou.

Il s'immobilisa soudain et poussa un soupir de frustration.

— Il faut enlever ça, dit-il en montrant sa chemise de nuit.

— Je crois en l'égalité entre les sexes, répliqua-t-elle, et elle s'attaqua d'autorité aux boutons de son gilet.

Ces mots téméraires, et son geste qui l'était plus encore, la firent rougir, mais elle s'efforça d'adopter le point de vue de Finn et se promit qu'elle ne laisserait jamais personne la rendre honteuse de ses désirs.

— À vos ordres, madame Ransome, dit-il en souriant.

Il commença par ôter sa veste. Regardant ses doigts, Tabitha songea que c'étaient là des doigts habiles, habitués à tenir des cartes et à manipuler dés et jetons, et encore plus doués pour lui prodiguer du plaisir.

Il se releva pour se débarrasser de son gilet et le regard de Tabitha fut irrésistiblement attiré par le renflement qui tendait le devant de ses culottes. Ses bottes furent rapidement ôtées, bientôt rejointes par sa chemise.

— Doux Jésus ! souffla-t-elle en découvrant son torse nu.

Elle avait toujours pensé que statues et peintures offraient une image trop parfaite du corps masculin. Aucun homme n'avait des bras aussi musclés, des pectoraux aussi saillants, ni un ventre aussi plat.

Or c'était le cas de son mari.

— Bonté divine, balbutia-t-elle en désignant son corps d'une perfection sidérante. Je… ? Qu'est-ce que tu… ?

Il esquissa un sourire.

— J'ai beau adorer t'écouter parler, que tu restes sans voix me récompense largement des heures passées à suer et à souffrir à la salle de boxe.

Elle chercha une repartie aussi vive que spirituelle, sans succès.

— Je continue ? demanda-t-il.

Elle hocha la tête.

Il déboutonna sa braguette, libérant son sexe.

Les illustrations du texte de l'Arétin ainsi que les statues admirées au musée l'avaient préparée à voir un pénis, mais aucune image, ni aucun bronze, ni aucun marbre n'auraient pu se comparer à ce… à cette… virilité.

Elle lui jeta un regard affolé.

— C'est impossible, murmura-t-elle.

— Tu es sans doute la personne la mieux placée pour savoir que rien n'est impossible.

Comme elle demeurait bouche bée, il reprit d'un ton apaisant :

— Nous allons veiller à ce que ton corps soit prêt à me recevoir. Je serai aussi doux que possible. Mais je comprends que tu aies peur.

— Je n'ai pas peur, protesta-t-elle. Enfin, pas vraiment. Je pense juste à l'aspect purement… mécanique de la chose.

— Ah, fit-il en se débarrassant de ses culottes, c'est bien là le problème.

Elle eut un aperçu de ses longues jambes vigoureuses et, quand il se retourna pour ôter son sous-vêtement, de ses fesses délicieusement fermes. Il s'allongea près d'elle et s'appuya sur un coude.

— Tu as employé le verbe « penser », reprit-il en lui caressant la hanche. Laisse ton cerveau au repos pour cette nuit, et contente-toi de ressentir.

— Je ne peux pas couper le flux de mes pensées comme je fermerais une vanne.

— Je peux peut-être t'y aider.

Il s'inclina sur elle et prit sa bouche avec passion. Elle se cramponna à lui, ses hanches ondulant déjà en réponse aux caresses de sa langue.

— Je te veux nue, ma chérie, chuchota-t-il.

— Moi aussi.

Ensemble, ils entreprirent de lui enlever chemise de nuit et peignoir, et elle se retrouva dans le plus simple appareil. Sous son regard brûlant, elle n'éprouva aucune honte. Mais déjà il promenait ses lèvres sur son cou, lentement, langoureusement, puis il descendit plus bas, et les referma sur la pointe d'un sein, qu'il lécha habilement tout en taquinant de la main celle de l'autre.

Étouffant un cri, elle creusa les reins pour s'offrir davantage à ses caresses. Ses paupières ne tardèrent pas se fermer sous l'assaut des sensations, mais elle se força à les rouvrir pour regarder Finn lécher et sucer ses seins.

Elle tressaillit quand il glissa la main entre ses cuisses, et murmura son nom en gémissant lorsqu'il inséra un doigt en elle, puis un autre, avant de les faire coulisser doucement.

Des bruits incohérents lui échappaient. Elle peinait à croire qu'ils sortent de sa bouche, mais elle était incapable de les retenir. D'autant que Finn continuait de la gratifier de caresses affolantes qui la laissaient pantelante, les yeux remplis d'étoiles.

La jouissance l'emporta, tempétueuse, lui arrachant un long cri vibrant.

— Finn, hoqueta-t-elle. Seigneur, Finn…

Sa bouche se posa sur la sienne, avide, telle celle d'un homme assoiffé s'abreuvant à une source.

— Je te veux, dit-il d'une voix gutturale. Veux-tu de moi ?

— Oui, Finn. Oui !

Se positionnant souplement au-dessus d'elle, il prit appui sur ses avant-bras. Les jambes de Tabitha s'écartèrent spontanément pour le recevoir. Elle éprouva un bref instant de panique et se raidit en sentant son sexe à l'orée du sien. Il avait beau l'avoir préparée, elle craignait qu'il ne soit trop imposant. Serait-ce douloureux ? Et si elle se révélait incapable de l'accueillir en elle et que leur mariage en soit compromis ? Et si… ?

— Cesse de penser, chuchota-t-il. Contente-toi de ressentir. Et respire avec moi.

Leurs regards s'aimantèrent et ils exhalèrent ensemble. Tandis que leurs haleines se mêlaient, Finn commença à la pénétrer avec précaution.

Il était nettement plus volumineux que ses deux doigts et elle grimaça malgré elle.

— Je te fais mal ? s'enquit-il, l'air tendu.

— Non, ça va, le rassura-t-elle.

Elle trouvait étrange d'articuler des mots alors qu'il était en elle, pourtant elle continua :

— J'apprends. J'apprends à m'habituer à toi, à nous. Et j'apprends aussi à apprécier ce que nous faisons. Beaucoup.

— Bravo, ma belle.

Il était maintenant en elle jusqu'à la garde, la remplissait complètement, et pourtant ses hanches demeuraient immobiles. Sans doute avait-il deviné qu'elle avait besoin de temps.

— Dieu que tu es bonne ! ne put-il s'empêcher de grommeler.

— Tu l'es tout autant.

Comme sur un signal, son corps se détendit, acceptant sa présence en elle. Elle se risqua à remuer légèrement les hanches, si bien qu'il s'enfonça plus profondément.

— Nom de Dieu ! s'écria-t-il.

— Oh, oui ! haleta-t-elle.

Il se retira avant de revenir à l'assaut et elle gémit de bonheur. Alors il recommença, avec plus de vigueur cette fois. Encore et encore.

— Tu aimes ça, mon ange, murmura-t-il d'une voix rauque sans cesser de la pilonner. C'est comme ça que tu veux que je te prenne.

Ses mots crus associés à ses coups de reins excitaient follement Tabitha, qui se cambra à sa rencontre, réclamant davantage.

Il ne se fit pas prier et continua à aller et venir en elle en rythme jusqu'à ce qu'elle vole en éclats. Il la suivit de près, et, le corps secoué de spasmes, cria son nom d'une voix éraillée.

Il se tint au-dessus d'elle tandis que, en nage, ils reprenaient laborieusement leur souffle, puis il se retira lentement et bascula à ses côtés. Les échos du plaisir résonnaient encore en elle, pendant que son cœur s'efforçait de réapprendre à battre à un rythme régulier. Elle n'avait cependant guère d'espoir que cela arrive après ce qu'elle venait de vivre.

Finn écarta une mèche humide de son front avant de déposer un baiser entre ses sourcils. Puis il se leva et s'approcha de la table de toilette. Seule une idiote n'en aurait pas profité pour le reluquer, et elle n'était pas une idiote. Elle ne se priva donc pas d'admirer le jeu fascinant de ses muscles sous sa peau lisse tandis qu'il remplissait la bassine, puis humectait une serviette.

Il revint près d'elle et entreprit de nettoyer avec des gestes doux sa semence qui lui maculait les cuisses. Apparemment satisfait, il se débarrassa de la serviette et la rejoignit sur le lit. Après s'être adossé au chevet, il la prit dans ses bras. Elle sentait son cœur battre sous sa paume et sourit, flattée, en constatant qu'il n'avait pas retrouvé un rythme normal.

— Tu veux du vin ? demanda Finn. Je pourrais aussi nous faire monter un en-cas.

— C'est parfait ainsi, souffla-t-elle.

Et c'était vrai, elle était si bien, pelotonnée entre ses bras, le corps tout alangui de volupté.

— Le bruit que nous avons fait… J'espère que nous n'avons pas empêché nos voisins de dormir.

— Je suis convaincu que nous avons réveillé toute l'auberge. Comme il sied à une nuit de noces digne de ce nom.

Il lui caressa la joue.

— Ça va ?

— Très bien, répondit-elle, sincère. Et toi ?

Il eut un rire bas qui fit vibrer sa poitrine.

— C'est la première fois qu'on me pose cette question. Et pour être franc, je ne me suis jamais senti aussi bien.

— Pas même lorsque tu as gagné un tas d'argent à une table de jeu ? s'enquit-elle en relevant la tête pour le regarder.

— Je pourrais faire sauter la banque d'un tripot que je ne me sentirais pas aussi bien que maintenant.

Il frotta sa joue contre la chevelure de Tabitha.

— C'est la première fois que je suis la première fois de quelqu'un, et je te remercie pour cette expérience merveilleuse.

Merveilleuse, oui, c'était le mot. Depuis l'instant où elle s'était assise sur ses genoux jusqu'à maintenant, chaque seconde avait été extraordinaire. Le plaisir charnel avait surpassé tout ce qu'elle aurait pu imaginer, mais surtout, la gentillesse et la sollicitude de Finn l'avaient bouleversée.

Rien dans sa vie ne l'avait préparée à cela. À lui.

Il serait facile de s'attacher à lui, et d'outrepasser ainsi les limites fixées par leur accord. Elle avait envie de profiter de cette sensation de bien-être si réconfortante, de cette chaleur qui l'enveloppait comme un cocon. Finn s'était montré d'une générosité sans nom avec elle. Cela ne signifiait pas pour autant qu'il éprouve des sentiments profonds à son égard. C'était juste un homme bien qui s'était efforcé de rendre les débuts de leur vie conjugale les plus agréables possibles.

Si elle commettait l'erreur de lui attribuer d'autres intentions, elle courrait au-devant de souffrances qui, elle le savait d'expérience, pouvaient être dévastatrices.

— Tu es sûre de ne pas vouloir un peu de vin ? insista Finn en lui frottant le bras. Tu as la chair de poule, ça te réchaufferait.

— Je suis juste fatiguée.

— Alors au lit, madame, ordonna-t-il en souriant.

— Nous sommes *déjà* au lit, lui rappela-t-elle en s'efforçant de ne pas apparaître trop crispée.

— Dans ce cas, dodo.

Après avoir soufflé la chandelle, tous deux se glissèrent entre les draps.

Comme elle roulait sur le flanc, loin de lui, il se plaqua contre son dos, un bras protecteur passé en travers de sa taille.

Elle ferma les yeux. Elle avait la gorge nouée et ne désirait rien d'autre que se blottir contre lui. Mais ce n'était pas possible, pas si elle voulait éviter de lui donner son cœur.

Un cœur qui, l'avait-il prévenue, n'avait pas sa place dans leur mariage.

Avec Charles, elle avait cru avoir trouvé l'âme sœur, mais quand il l'avait rejetée si froidement, elle avait compris qu'elle ne le connaissait pas vraiment et qu'elle s'était éprise d'un idéal qui n'existait pas. Finn, lui, était on ne peut plus réel. Elle en apprenait davantage sur lui jour après jour, minute après minute, et ce qu'elle découvrait commençait à prendre pour elle une importance effrayante.

Comment pourrait-elle s'empêcher de s'attacher à lui ? De se laisser aller à des sentiments qui, comme le lui avait fait remarquer Charles, brouillaient son jugement et la détournaient du droit chemin ?

— Bonne nuit, murmura Finn dans son dos d'une voix assoupie. Madame Ransome.

— Bonne nuit, réussit-elle à articuler. Monsieur Ransome.

Elle demeura immobile, à l'écoute de sa respiration, jusqu'à ce que celle-ci devienne lente et régulière. Il arrivait à trouver le sommeil, au moins.

Elle attendit encore dix minutes. Quand elle fut certaine qu'il s'était endormi, elle se coula hors du lit. Se rhabiller à la lueur mourante du feu n'était pas une tâche facile, mais elle parvint plus ou moins à enfiler sa chemise, à attacher son corset et à remettre sa robe. Elle laissa les bas de côté. Le plancher grinçait à chacun de ses mouvements et elle ne cessait de jeter des regards inquiets vers le lit.

Elle se figea un instant pour observer Finn dans son sommeil. Dieu qu'il était beau ! Au repos, son visage ordinairement affûté par une attention constante s'adoucissait. Elle aurait volontiers passé des heures à l'admirer pendant qu'il rêvait. De quoi rêvait-il, d'ailleurs ? Si seulement elle pouvait se glisser dans son esprit et connaître ses pensées, si seulement elle pouvait sonder son cœur…

Elle s'ébroua. Ils avaient passé un accord, et elle ne reviendrait pas dessus. Elle ne laisserait pas les sentiments et les émotions lui obscurcir l'esprit, au risque de se retrouver vulnérable et sans défense lorsqu'il la repousserait.

Elle ne se priva toutefois pas de lui jeter un dernier regard avant de se faufiler hors de la chambre et de refermer sans bruit la porte derrière elle.

13

Elle était partie.

Finn se réveilla abruptement quand, tendant la main vers Tabitha, il ne rencontra que le vide. Habitué à dormir seul, il n'aurait pas dû s'attendre à trouver quelqu'un à ses côtés. Et pourtant, il balaya le lit de sa paume. Comme ses doigts ne rencontraient pas le corps tiède de la jeune femme, il ouvrit les yeux et se redressa vivement.

S'asseyant au bord du lit, il sentit sous ses pieds le tissu léger de son peignoir et de sa chemise de nuit.

Il scruta la pénombre, mais ne vit aucun signe de la jeune femme.

La peur le cravacha et il se hâta de ramasser ses vêtements sur le sol. Après avoir allumé la chandelle, il enfila chemise et culottes à la hâte. Les bagages de Tabitha étaient toujours là, mais pas la robe qu'elle portait la veille.

Nom de nom ! Avait-elle été enlevée ? Ou s'étaitelle rendu compte qu'elle avait commis une erreur en l'épousant et avait-elle préféré prendre la fuite ?

Un grand froid l'envahit lorsqu'il imagina Tabitha en train d'errer dans la campagne, seule et sans défense au milieu des ténèbres. Toutes sortes de dangers la menaçaient là, dehors.

S'emparant de la bougie, il sortit dans le couloir avec la ferme intention de sortir M. Kemp de son lit pour qu'il l'aide à organiser une battue. Et si, grâce à Dieu, ils retrouvaient Tabitha, si elle avait bien cherché à lui fausser compagnie, alors il était prêt à céder à toutes ses exigences, pourvu qu'elle soit saine et sauve.

Restait à savoir où diable se trouvait la chambre des aubergistes. Certainement pas au même étage que celles de leurs clients. Sans doute dormaient-ils au rez-de-chaussée, non loin des cuisines.

Finn dévala l'escalier sans se préoccuper du bruit. L'auberge était sombre et silencieuse, mis à part une pendule qui sonna 3 heures au moment où il passait devant la porte de la salle commune.

Alors qu'il remontait vers les cuisines, il avisa de la lumière qui filtrait sous la porte de la bibliothèque. Il jeta un coup d'œil à l'intérieur, n'osant trop espérer.

Son cœur manqua un battement.

Tabitha était assise dans l'un des fauteuils, un volume ouvert sur les genoux, dans le halo d'une lampe posée sur un guéridon près d'elle.

Les poumons de Finn se vidèrent d'un coup, comme s'il avait reçu un direct à l'estomac. Le soulagement l'avait submergé si brutalement qu'il en avait presque la nausée.

La dernière fois qu'il avait éprouvé ce genre de terreur, c'était lorsque Kieran, qui n'était encore qu'un enfant, était tombé du toit d'une dépendance du domaine familial et gisait dans l'herbe. Finn avait couru comme un fou jusqu'à la maison pour chercher de l'aide, certain que son frère était mort. Quand il était revenu avec le majordome et plusieurs valets, Kieran était assis sur le sol et s'était plaint d'avoir perdu la part de flan qu'il avait emportée sur le toit.

Finn avait été tellement soulagé qu'il était allé se cacher dans l'écurie pour pleurer.

Tabitha était là, saine et sauve elle aussi. *Dieu merci.*

Elle était si absorbée par sa lecture qu'elle ne le vit pas s'affaisser contre le chambranle. Elle tourna une page et hocha la tête comme si elle approuvait ce qu'elle lisait.

— Tabitha, murmura-t-il en se redressant.

Le volume échappa à la jeune femme et tomba sur le plancher avec un bruit mat.

— Finn, doux Jésus !

Elle porta la main à son cœur.

— Tu m'as fait peur.

Il pénétra dans la pièce, puis s'arrêta à mi-chemin du fauteuil de Tabitha, comme retenu par une main invisible.

— Je me suis réveillé et tu n'étais plus là.

— Cette bibliothèque est trop incroyable pour que je n'en profite pas.

Elle se pencha pour ramasser l'ouvrage et en lissa une page en fronçant légèrement les sourcils.

— Ah, fit-il.

Le soulagement le laissait presque tremblant. Pourquoi diable s'était-il inquiété à ce point ? L'explication de l'absence de Tabitha était pourtant évidente. Il était maintenant gêné de ne pas y avoir pensé plus tôt.

Elle l'observait avec un sourire hésitant, une légère tension marquant la commissure de ses lèvres.

Son épouse avait quitté le lit conjugal… pour aller lire.

En être heurté était ridicule. C'était une érudite, après tout. Et ce n'étaient pas des sentiments partagés, mais les circonstances qui avaient motivé leur union. Il n'avait donc aucune raison d'être blessé par cette escapade nocturne dans la bibliothèque de l'auberge… Et pourtant il l'était.

— Tu veux de la compagnie ? demanda-t-il.

— Je t'en prie, ne te prive pas de sommeil pour moi, répondit-elle aussitôt.

La promptitude de sa repartie lui fit mal, mais il n'en hocha pas moins la tête.

— Bonne lecture alors.

Elle parut sur le point de dire quelque chose, se ravisa et lui souhaita bonne nuit.

Il gagna la porte et marqua un temps d'arrêt, s'en voulant d'espérer qu'elle le retiendrait. Comme elle demeurait silencieuse, il se résigna à quitter la bibliothèque.

Leur accord n'envisageait pas la possibilité qu'ils puissent concevoir des sentiments l'un pour l'autre. La seule obligation qu'ils s'étaient imposée était celle d'une fidélité réciproque. Hormis le tromper, elle pouvait agir comme bon lui semblait, et il n'avait pas à attendre davantage de sa part. Qu'espérait-il au juste, de toute façon ? Qu'elle s'éprendrait passionnément de lui en l'espace de quelques semaines ? Il n'était pas le genre d'homme à susciter un tel attachement, et certainement pas aussi rapidement. Cet incident, qui, à tout prendre, n'en était pas un, confirmait juste l'opinion qu'il avait toujours eue de lui-même.

Une fois dans la chambre, il se déshabilla, souffla la chandelle et se recoucha. Le lit était plus froid maintenant qu'il était seul.

Il se redressa en position assise et ralluma la bougie pour aller fouiller dans ses bagages. Il finit par dénicher un coffret qu'il emporta sur le lit.

Assis en tailleur, il en sortit un paquet de cartes. Battre des cartes lui était aussi naturel que se raser pour d'autres. Une fois qu'il les eut mélangées à sa convenance, il les disposa sur le matelas pour faire une réussite. Puis il en fit une autre, et une autre encore.

Les rares fois où, jadis, il lui était arrivé d'imaginer sa nuit de noces, jamais il ne s'était vu avec un paquet de cartes pour seule compagnie.

Mais bon, au moins, les cartes ne le rejetaient jamais.

Le lendemain matin, Finn se réveilla pour trouver Tabitha déjà debout, en train d'enfiler sa tenue de voyage. Elle lui tournait le dos, mais paraissait avoir du mal à la boutonner.

Il se hissa sur le coude et s'efforça d'ignorer l'accablement qu'il éprouvait à la voir se comporter comme s'il n'était pas présent dans la pièce et que leur merveilleuse étreinte n'avait jamais eu lieu.

— Je peux t'aider, lança-t-il d'une voix râpeuse.

Elle fit volte-face, l'air un peu coupable, comme s'il l'avait surprise en train de commettre un acte répréhensible.

— Ce serait gentil, acquiesça-t-elle. Le personnel de l'auberge semble très occupé et je n'ai pas osé détourner Mme Kemp de ses tâches pour lui demander de m'aider.

— Je suis toujours à ta disposition, dit-il en sortant du lit.

Sa femme écarquilla les yeux. Il ne portait qu'un caleçon de lin qui couvrait à peine ses parties intimes.

Tabitha le regardait fixement, les joues en feu, les lèvres entrouvertes. Elle n'était pas insensible à son physique, au moins, ce qui ne le consolait guère vu la tension qui semblait s'être installée entre eux.

— Je suis prêt à jouer les femmes de chambre, déclara-t-il froidement.

Elle parut se ressaisir et lui tourna le dos pour lui présenter la longue colonne de boutons qui fermaient sa robe. Il se mit au travail.

Son ventre se noua : c'était une activité empreinte de tendresse conjugale, mais il ne devait pas oublier d'y mettre aussi peu de sentiments que possible.

— Tu es très doué pour ça, remarqua-t-elle.

— J'ai beaucoup d'expérience…

— Oh, souffla-t-elle d'un ton presque déçu.

— … dans le maniement des dés, des cartes et des jetons, acheva-t-il.

Il lui avait pourtant dit qu'il n'était pas un viveur. L'avait-elle déjà oublié et s'était-elle imaginé qu'avant de la connaître il passait son temps à déshabiller et rhabiller ses conquêtes ? Si seulement ç'avait été le cas, peut-être aurait-il trouvé cet instant moins poignant.

— Mes mains sont habituées à manipuler des objets délicats.

Il tressaillit au souvenir du contact de la peau de Tabitha sous ses doigts, de ses gémissements de plaisir. Et sans doute y repensait-elle, elle aussi, à en juger par la rougeur qui se déployait sur son cou.

— J'espère que je ne t'ai pas dérangé quand je suis remontée.

Le ton avait beau être impersonnel, un léger essoufflement altérait sa voix.

— Tu ne t'es pas réveillé quand je me suis recouchée.

— Je ne me suis pas aperçu que tu étais revenue.

Il termina de boutonner sa robe d'une main sûre et se félicita d'avoir su résister à la tentation de déposer un baiser sur la nuque de Tabitha. C'était le genre de cajoleries qu'affectionnaient les jeunes mariés épris l'un de l'autre, ce qu'ils n'étaient pas.

Elle lui fit face, mais garda les yeux obstinément rivés sur son épaule.

— Tu as quand même dû t'en rendre compte dans ton sommeil car tu m'as attirée contre toi.

— Ah.

Bonté divine. Même inconscient, il continuait à la désirer !

— Et je..., commença-t-elle en croisant enfin son regard, j'ai bien aimé ça.

Seigneur, quand elle lui disait ce genre de choses, il se sentait désarmé, désorienté.

Le besoin de l'étreindre le submergea. Et, en même temps, plus il avait envie d'elle, plus il souffrait en se rappelant que leur union était juste un arrangement.

— Si nous voulons rentrer à Londres avant midi, dit-il en la contournant pour aller récupérer ses vêtements, nous ferions bien de descendre prendre notre petit déjeuner sans tarder.

— Bien sûr, acquiesça-t-elle avec un bref hochement de tête. Je vais écrire à sir William Marcroft dès notre retour pour l'informer que je suis désormais mariée.

Oui, c'était le but de ce mariage, il ne devait pas l'oublier. Elle allait obtenir ce qu'elle désirait et lui-même avait cédé à l'ultimatum de sa famille. Tout le monde ne pouvait qu'être content.

Sauf que, tandis qu'il s'habillait et qu'elle-même bouclait ses bagages, il ne ressentait qu'un grand vide au fond de lui.

Le trajet du retour vers la capitale se déroula dans un silence presque total. Chaque kilomètre parcouru était une épreuve pour les nerfs de Tabitha, qui s'efforçait de garder les yeux fixés sur le paysage plutôt que de se perdre dans l'examen du profil de son mari.

« J'aurais aimé rester là-bas, faillit-elle lui avouer. J'avais peur, et quand tu m'as serrée contre toi dans ton sommeil, j'ai compris pourquoi j'avais peur. »

Mais elle ne dit rien. Il paraissait se satisfaire de la nature impersonnelle de leurs rapports conjugaux et elle se voyait mal exiger davantage de lui. Elle n'en était pas moins blessée par la froideur de son regard.

La nuit dernière pourtant… ses caresses… ce qu'il lui avait fait ressentir… pas seulement physiquement, c'était quelque chose qu'elle chérirait. Elle peinait à croire que Finn soit uniquement motivé par ses obligations familiales ou par l'orgueil masculin. Mais peut-être se trompait-elle. Après tout, que connaissait-elle de la vie en dehors des livres ?

Enfin, l'attelage s'arrêta à Chelsea, devant une respectable maison de ville à deux étages. Tabitha ne put s'empêcher d'éprouver une certaine appréhension quand Finn l'aida à descendre de voiture pour lui montrer leur nouveau foyer. C'était l'endroit où ils allaient passer le reste de leur vie.

— J'espère que cela te conviendra, dit-il comme ils gravissaient le perron.

Un valet s'inclina quand ils franchirent le seuil de la demeure. Une gouvernante et deux bonnes les attendaient dans le vestibule et les saluèrent à leur tour.

— Il y a un toit et mes parents ne vivent pas dessous, répondit-elle. Donc, oui, cela me convient parfaitement.

La gouvernante s'appelait Mme Stilton – « comme le fromage », précisa-t-elle –, le valet Edgar et les bonnes Cora et Dilly.

— Tout est vraiment joli, murmura Tabitha après que la gouvernante leur eut montré la salle à manger meublée d'une longue et belle table en acajou que flanquaient huit chaises assorties. Mais avons-nous vraiment les moyens ?

— Je gagne confortablement ma vie au jeu, lui rappela Finn. Mais les frais de location et d'ameublement sont un cadeau de mariage de mes parents. Ils n'ont jamais été pingres avec leurs enfants, au moins.

Au lieu d'admirer les appliques en argent fixées au mur, Tabitha le regarda, lui. Ce n'était pas la première fois qu'il sous-entendait que ses rapports avec ses parents étaient plutôt froids. Le ton désinvolte, presque badin sur lequel il en parlait l'incitait à s'interroger sur l'origine et la nature du problème. Elle avait à peine vu ses parents au mariage et n'avait en fait échangé que quelques mots avec eux.

Elle hésitait à lui demander des explications – il lui semblait qu'elle n'avait pas le droit de lui extorquer des renseignements aussi intimes.

Mais s'il avait insisté pour que leur vie conjugale soit dénuée de sentiments… cela venait-il de son passé ? De quelque problème remontant à son enfance ?

— Quelle est cette pièce ? s'enquit-elle alors qu'ils approchaient de la partie de la demeure donnant sur le petit jardin.

Parler de la maison plutôt que de la montagne d'interrogations et de doutes qui les séparaient était plus sûr.

— Ah, ça, dit-il, indécis, avant de reprendre son expression policée. C'est l'une des raisons qui m'ont poussé à choisir cette location.

Il l'invita d'un geste à pénétrer dans la pièce.

Tabitha retint son souffle. Elle était entourée d'étagères qui montaient jusqu'au plafond, certaines étaient déjà garnies de livres, d'autres étaient vides. De petites caisses occupaient le centre de la pièce.

— Tu ne cesses de me surprendre avec des bibliothèques, murmura-t-elle.

Seigneur, elle était en très grand danger ! Elle ravala la boule qui lui obstruait la gorge.

— Tu aimes cela, déclara-t-il simplement, comme si sa prévenance ne lui allait pas droit au cœur.

Pour s'empêcher de se jeter à son cou et de le couvrir de baisers reconnaissants, elle s'approcha de l'un des rayonnages pour en examiner le contenu.

— D'où viennent tous ces livres ?

— C'était un lot en provenance d'une succession. Il a été racheté chez un bouquiniste par la personne qui a décoré la maison.

— Leur précédent propriétaire avait des goûts pour le moins éclectiques, mais une prédilection quand même assez marquée pour les romans gothiques et la littérature à sensation.

— Des contes licencieux ? s'enquit-il, plein d'espoir. Bourrés de scènes scabreuses ?

— N'en ayant jamais lu, répondit-elle à regret, je ne saurais dire. Mais la beauté des livres qu'on n'a pas lus, c'est qu'on est libres d'en imaginer le contenu. Et c'est encore mieux quand on les lit enfin et qu'ils dépassent toutes nos attentes.

Elle se tut sous l'intensité de son regard.

— Désolé, articula-t-elle avec raideur, j'ai tendance à m'oublier quand je parle de livres.

— Je... C'est..., bredouilla-t-il en la couvant d'un regard chaleureux, merveilleux.

Incapable de rester loin de lui, elle se hâta de franchir la distance qui les séparait.

— Tu as déjà fait tellement pour moi, Finn. Je t'en suis reconnaissante. Sincèrement. Je crois que personne n'a jamais été aussi généreux avec moi.

Il leva le menton, sans réussir à cacher le petit sourire qui flottait au coin de ses lèvres – un sourire de plaisir presque enfantin.

— Je suis heureux que cette bibliothèque te plaise.

Ils se dévisagèrent en silence. Tabitha sentait un élan se lever en elle – une envie, un besoin qu'elle n'aurait pas dû éprouver.

Finn se racla la gorge et détourna les yeux.

— J'ai des affaires à régler. Mme Stilton peut te montrer le reste de la maison. Nous nous retrouverons au dîner.

Elle opina et il se dirigea vers la porte. Elle ne pouvait cependant le laisser partir sans lui dire le fond de sa pensée.

— Finn ?

Quand il se retourna vers elle, elle lui adressa un sourire prudent.

— Merci, vraiment. Pour la maison, pour cette bibliothèque rien qu'à moi. Pour... pour tout.

— Je t'en prie.

Il inspira comme s'il voulait ajouter quelque chose, puis secoua la tête.

— Amuse-toi bien.

Par chance, il sortit avant qu'elle ait le temps de faire une bêtise ; comme le supplier d'annuler ses rendez-vous pour qu'ils passent un peu plus de temps ensemble, et commencent à rêver à un avenir qui leur était interdit.

Tabitha passa le reste de l'après-midi à explorer la maison, laquelle lui parut tout à la fois plus petite et bien plus confortable que celle de ses parents. Son nouveau foyer comportait trois chambres. Dans l'une des penderies de la plus grande, elle découvrit les affaires de Finn. Elle effleura ses chemises du bout des doigts et caressa ses cravates empesées, réprimant l'envie d'y enfouir le visage pour y retrouver son odeur.

Il y avait une deuxième penderie dans la pièce. Elle se demanda si son mari ne cherchait pas à rivaliser avec Brummell par l'étendue de sa garde-robe. Tout en se reprochant une curiosité qui ressemblait un peu trop à celle d'une gamine énamourée, elle ouvrit cette deuxième penderie. Juste pour y jeter un coup d'œil.

Elle reconnut aussitôt la couleur rousse caractéristique de sa pelisse préférée. Pivotant, elle avisa sa brosse à cheveux et quelques flacons sur une coiffeuse… à côté d'un coffret en acajou dont le couvercle était gravé des initiales F.A.R.

Ainsi, ils allaient partager la même chambre.

Elle pressa la main sur son cœur qui s'était mis à battre à grands coups. Elle pouvait certes déménager ses affaires dans une autre pièce. Après tout, beaucoup de couples mariés faisaient chambre à part. Mais peut-être... peut-être que partager la chambre de Finn serait vivable et qu'elle ne prendrait pas trop goût à le regarder se raser chaque matin ou à discuter de leur journée tandis qu'ils se déshabilleraient avant d'aller se coucher.

Peut-être aussi parviendrait-elle à ne pas éprouver de sentiments en dormant dans le même lit que lui et à ne pas trop s'attacher à lui après qu'ils auraient fait l'amour.

Elle referma la porte de la penderie et prit une profonde inspiration. Tout allait bien se passer. Il n'y avait aucune raison d'avoir peur – et si elle avait hâte de sentir ses bras autour d'elle toute la nuit, elle ne s'appesantirait pas sur le sujet.

Ce qu'elle devait faire en revanche, c'était écrire à sir William Marcroft pour l'informer qu'elle était mariée et le presser d'arrêter une date pour son audition par la Sterling Society.

Elle gagna la bibliothèque – non sans éprouver un pincement au cœur à l'idée que Finn avait tenu à ce qu'elle ait cette pièce dont elle rêvait – et y repéra un bureau. Il lui fallut une bonne demi-heure pour rédiger une lettre suffisamment convaincante sans être suppliante, qu'elle se hâta de confier au valet pour qu'il la porte sans attendre à son destinataire. Avec un peu de chance, sir William lui répondrait immédiatement.

Une fois le valet parti, elle n'eut rien d'autre à faire qu'attendre patiemment la réponse de sir William. Et essayer de ne pas trop guetter le retour de Finn.

Elle échoua piteusement dans ces deux tâches.

La brume s'était levée et le soleil était déjà couché quand Finn rentra chez lui. Le vestibule bien éclairé où le valet de pied prit son chapeau et sa canne était fort accueillant.

— Où est Mme Ransome ? ne put-il s'empêcher de demander.

Bon sang. Il avait le plus grand mal à se retenir de partir immédiatement à la recherche de sa femme. Il avait pourtant choisi de s'attarder dehors pour se prouver à lui-même qu'il n'était pas et ne serait jamais exagérément attaché à Tabitha.

Lors de son rendez-vous avec Joaquim Mendoza, son homme d'affaires, il s'était renseigné sur les fonds nécessaires pour ouvrir un cercle de jeu. Il avait appris sans surprise qu'il s'était jusqu'ici montré prudent dans ses dépenses et disposait de la somme requise.

Le doute le tenaillait néanmoins. Était-il capable de mener à bien un projet aussi conséquent ? Un projet qui exigeait d'énormes capacités intellectuelles ?

Tabitha le croyait. Mais elle ignorait ses difficultés en matière de lecture, ce qui était quand même un problème pour se lancer dans les affaires. La perspective d'avouer un jour à son épouse qu'il n'était et ne pourrait être un érudit lui donnait des sueurs froides. Elle n'était jamais aussi heureuse que dans une bibliothèque, alors que lui-même évitait d'y mettre les pieds.

Sauf qu'il s'y était trouvé bien trop souvent depuis que la jeune femme était entrée dans sa vie.

Après son entretien avec Mendoza, il s'était rendu à son club et avait délibérément disputé une longue partie de billard avec Dom. Il avait proposé une deuxième manche à son ami, mais celui-ci avait décliné, si bien qu'il s'était retrouvé seul à siroter un whisky en songeant combien Dom était devenu taciturne et renfermé depuis sa rupture avec Willa – et sans doute à cause d'elle.

Car ils s'étaient aimés. Et Dom aimait peut-être *encore* sa sœur. Si son ami n'avait été dans un aussi piteux état, il l'aurait presque envié d'éprouver ce genre de sentiments, et d'avoir un jour connu quelqu'un qui les partageait.

Plutôt que de penser à Tabitha, il avait préféré se concentrer sur le fond de son verre, ce qui s'était avéré une piètre stratégie. Le whisky lui avait laissé un goût si amer qu'il s'abstint d'en commander un autre. À contrecœur, il avait fini par quitter le club pour rentrer à Chelsea.

Ses réticences s'étaient dissipées à mesure qu'il se rapprochait de sa demeure, tant et si bien qu'il en était venu à se percher au bord de la banquette de la voiture, comme pour en accélérer le mouvement par la seule force de sa volonté.

Et voilà qu'il devait maintenant faire appel à ses capacités de dissimulation perfectionnées aux tables de jeu tandis qu'il attendait la réponse de son valet.

— Madame est dans la bibliothèque.

— Je vois.

Très calmement, il ôta ses gants et les tendit à Edgar.

— J'y serai moi-même, le prévint-il.

Il vérifia dans un miroir que les plis de sa cravate étaient toujours impeccables et que ses cheveux n'étaient pas trop en bataille. Par chance, il les avait fait couper la veille de ses noces, sachant qu'ils avaient tendance à friser quand ils étaient trop longs.

Cela étant, Tabitha aurait peut-être aimé passer la main dans ses boucles, surtout quand ils s'embrassaient.

Il ferma les yeux au souvenir de leurs baisers. Faire irruption dans la bibliothèque et prendre Tabitha dans ses bras pour l'embrasser fougueusement serait malvenu. Il inspira donc à plusieurs reprises pour se calmer et, quand il estima avoir repris le contrôle de lui-même, il remonta le couloir qui menait à la bibliothèque. Il réussit même à ne pas courir.

Il s'immobilisa sur le seuil de la pièce, remarquant à peine les étagères chargées de livres, les deux fauteuils à oreillettes près d'une petite table et l'élégant secrétaire en merisier. Il n'avait d'yeux que pour Tabitha, qui se tenait devant la cheminée, un livre à la main, le regard perdu dans les flammes qui dansaient dans l'âtre. La lumière lui adoucissait les traits et vernissait ses pommettes. Pourquoi diable personne ne lui avait jamais demandé sa main ? Il n'avait pas beaucoup fréquenté la bonne société, mais elle devait compter un beau ramassis d'imbéciles pour que la jeune femme n'ait pas eu une cohorte d'admirateurs faisant le pied de grue dans la rue.

Elle avait troqué sa tenue de voyage contre une robe en soie bleu barbeau.

Bien qu'il n'ait fait aucun bruit, elle dut sentir sa présence, car elle se tourna vers lui avec un sourire. C'était un cadeau inattendu, ce sourire. Les heures passées loin d'elle cessèrent aussitôt d'exister.

Elle le rejoignit et, au lieu de l'embrasser, elle lui caressa les épaules. Il retint brièvement son souffle.

— Je commençais à désespérer de te revoir avant le dîner, avoua-t-elle.

— J'ai beau ne pas être domestiqué, je ne suis pas grossier au point de laisser mon épouse dîner seule le lendemain de nos noces.

— Tu avais des rendez-vous ?

— Avec mon homme d'affaires.

Devait-il lui répéter ce que Mendoza lui avait dit ? Elle risquait de se rétracter et de déclarer qu'elle s'était trompée, qu'en fait elle ne l'estimait pas capable de créer ni de gérer un cercle de jeu, même s'il en avait les moyens financiers.

Mais autant affronter sa déception tout de suite.

Malgré tout, il se tourna vers la cheminée pour ne pas voir l'expression sceptique qu'elle ne manquerait pas d'afficher.

— Mendoza pense que j'ai de quoi ouvrir un cercle de jeu si je le souhaite, lâcha-t-il d'un ton faussement désinvolte.

— C'est…

Il se raidit, s'attendant à l'entendre ajouter « malavisé », voire « insensé ».

— Merveilleux ! s'écria-t-elle avec enthousiasme.

Il sursauta, n'en croyant pas ses oreilles.

— Vraiment ? ne put-il s'empêcher de demander.

Il coula un regard à son épouse. Ses yeux brillaient d'excitation et cela lui réchauffa le cœur.

— Si quelqu'un est qualifié pour diriger un établissement de jeu, c'est bien toi, répondit-elle avec un vigoureux hochement de tête. Je suis sûre que si tu te lances dans cette aventure, ce sera un énorme succès.

— Tu ne me trouves pas trop…

Il se racla la gorge.

— Écervelé ? Irresponsable ? Voire… stupide ?

Il dut aller chercher tout au fond de lui ce dernier mot.

Elle le considéra d'un air incrédule.

— Aucun de ces qualificatifs ne s'applique à toi, assura-t-elle. Qui t'a appelé ainsi ?

Il eut un geste négligent de la main. Inutile d'entrer dans les détails ; il lui en avait déjà trop dit.

— Si tu penses sincèrement que je suis capable de mener à bien ce projet…

— Je le pense, oui.

— Alors peut-être… peut-être devrais-je me lancer dans cette entreprise.

Il pouvait presque l'imaginer, il commençait presque à se voir à la tête de son propre cercle de jeu. Mais c'était encore une hypothèse trop extravagante pour qu'il l'appréhende pleinement – lui, l'homme qui s'était surtout distingué par ses carences intellectuelles –, et pourtant il osait nourrir un début d'espoir et se dire que, peut-être, il arriverait à faire quelque chose de lui-même.

Ce qui n'aurait jamais été possible sans la confiance et le soutien de Tabitha.

14

— Nous pourrions commencer par chercher un local, suggéra Finn à la table du dîner.

— Je vais acheter un plan un peu précis de la ville, déclara Tabitha, afin de restreindre ces recherches aux quartiers qui te sembleront les plus appropriés pour ce genre d'établissement.

— Londres est vaste, remarqua-t-il, et certains quartiers sont déjà abondamment pourvus. D'un autre côté, si nous choisissons un endroit où il n'y en a guère, personne ne viendra.

Tabitha se mit à jouer avec la grappe de raisin sur son assiette. Le repas avait été excellent et ils s'étaient attardés à table.

Tabitha but une gorgée de vin et observa son mari. Durant l'heure qui venait de s'écouler, alors qu'ils discutaient de son projet de cercle de jeu, elle avait assisté chez lui à une transformation stupéfiante – et merveilleuse. Un peu plus tôt, sur le seuil de la bibliothèque, il lui était apparu extrêmement réservé, soucieux, plein de doutes. Les termes dont il s'était servi pour se décrire lui avaient semblé aberrants, en décalage total avec ce qu'elle savait de lui, et pourtant ils paraissaient comme ancrés au plus intime de son être.

Il y avait une histoire derrière tout cela, une histoire douloureuse, et elle mourait d'envie de le rassurer, de lui dire qu'il pouvait s'ouvrir à elle, qu'il n'avait rien à craindre d'elle. À défaut de mériter sa confiance, peut-être pourrait-elle la gagner.

Quand elle lui avait accordé la sienne… ç'avait été comme si elle avait allumé un brasier en lui, un grand feu de joie qui avait consumé les vieux doutes. Et maintenant il brûlait d'un enthousiasme qui l'avait débarrassé de son vernis de froideur, révélant un caractère passionné qu'elle adorait. Il n'était plus seulement beau, il rayonnait d'assurance et d'énergie.

Elle sentit la petite flamme du désir s'allumer au creux de son ventre. De la nuit passée, son corps gardait le souvenir de la présence de Finn autour d'elle, *en* elle.

Ignorant des pensées lascives qui agitaient sa femme, il s'adossa à sa chaise avec une grâce animale qui fit saliver Tabitha.

— Ce qu'il faudrait, c'est trouver quelque chose qui distinguerait mon établissement des autres. Ça pourrait être un détail fantaisiste – comme, par exemple, des ânes couronnés de fleurs, avec des plateaux sur le dos, en guise de serveurs, dit-il avec un regard malicieux.

— Ou des stands de pêche aux pommes et de lancer d'anneaux, renchérit-elle en riant. Un cercle de jeu sur le thème de la fête foraine, voilà qui serait chic ! Et c'est une experte en fête foraine qui le dit, puisque j'y suis allée au moins une fois.

— Ce qui a suffi pour te faire couronner femme la plus instruite de Grande-Bretagne !

Une petite fossette apparaissait au coin des lèvres de Finn quand il souriait – fossette qui appelait les baisers.

— Cela dit, ajouta-t-il, les joueurs invétérés utilisent leur cerveau pour spéculer et calculer les probabilités. En dehors de cela, ce sont des crétins finis.

— Exception faite de toi, répliqua-t-elle.

Il se contenta de sourire.

— Il y a un aspect des cercles de jeu qui y attirera toujours des clients : les émotions fortes.

Elle haussa les sourcils.

— La recherche du plaisir est donc un trait commun à tous les Londoniens ?

— C'est en tout cas une tendance qu'on retrouve chez tous les gens fortunés.

Il émit un ricanement narquois.

— En cela, ma propre famille n'est guère différente des autres. Tu ne trouveras jamais un groupe de personnes aussi peu capables de réfréner leurs élans que les Ransome. Simon, mon frère aîné, mis à part, bien sûr. C'est un modèle de vertu.

— Et exception faite de toi, répéta-t-elle.

— Privilège durement gagné de la maturité, rétorqua-t-il, railleur. Ou quelque chose d'approchant.

Elle fronça les sourcils, perplexe.

— Kieran n'a rien d'un débauché, me semble-t-il.

— Avant que Mlle Kilburn déboule dans sa vie, il était l'incarnation du libertin.

Tabitha essaya de faire coïncider cet homme, qui adulait visiblement sa fiancée, avec le libertin voué au plaisir qu'évoquait son frère. En vain. Mais naturellement, Finn connaissait mieux Kieran que quiconque.

— Et ta sœur, Willa ? Je sais qu'elle est à l'étranger, mais j'espère la rencontrer un jour et vérifier si ta théorie sur les excès des Ransome s'applique aussi à elle.

Finn se rembrunit.

— Willa a ses raisons de garder ses distances. Je ne m'attends pas à ce qu'elle revienne avant d'être prête.

Dans le silence qui suivit, Tabitha se maudit d'avoir évoqué par mégarde un sujet qui lui était manifestement douloureux. Mais comment aurait-elle pu deviner que l'absence de sa sœur le tourmentait autant ? Peut-être étaient-ils proches l'un de l'autre. Même si ses propres frères lui avaient toujours témoigné certains égards, ils n'en étaient pas moins décontenancés par son intérêt pour la culture et préféraient garder leurs distances. Elle avait cru que Charles l'acceptait telle qu'elle était, et elle s'était horriblement trompée. Seuls ses amis de la Benezra appréciaient sa personnalité singulière.

Et, désormais, Finn.

Ce n'était pas prévu dans leur accord, mais ces moments de partage avec son mari la réchauffaient d'autant plus qu'elle se sentait acceptée. Quand bien même elle avait en permanence la conscience aiguë de sa présence physique. La façon dont il l'avait touchée, la nuit dernière, le plaisir qu'il lui avait donné…

Elle sentit ses joues la brûler et une onde de chaleur l'envahit.

Histoire de se redonner une contenance, et de ramener un sourire sur le visage de son mari, elle déclara :

— Si tu es, comme tu le prétends, un débauché, alors tu es l'un des débauchés les plus tempérés que je connaisse.

— Cela dépend de l'objet de mon désir, répliqua-t-il sans sourire, son regard s'attardant sur son décolleté. Mets-moi devant un bas-bleu qui m'encourage à ouvrir un cercle de jeu mâtiné de fête foraine, et je me retrouve à devoir réprimer les envies les plus choquantes.

Le pouls de Tabitha s'emballa. Les propos qu'il lui tenait la désarçonnaient de la manière la plus grisante qui soit... si bien qu'elle en oublia la raison pour laquelle elle devait garder ses distances avec lui.

— Si mes idées pour ton activité te séduisent autant, répondit-elle en s'efforçant d'adopter un ton badin, imagine quel profit tu pourrais retirer d'une conversation avec quelqu'un qui s'y connaît vraiment en affaires.

— Tu te sous-estimes, répliqua-t-il d'une voix rauque. Je pourrais effectivement consulter des douzaines d'experts, mais c'est *ton* opinion qui m'importe le plus.

— Je ne suis quand même pas avisée à ce point, lâcha-t-elle dans un souffle.

— Je me fie à ta sagacité, dit-il en soutenant son regard. D'autant que tu n'es absolument pas obligée de m'écouter ni même de te soucier de moi, pourtant tu le fais. Et je ne suis pas habitué à cela, avoua-t-il.

La vulnérabilité dans son regard sombre incita Tabitha à se lever de sa chaise. Puis, comme poussée par une force d'attraction primitive, elle contourna la table pour le rejoindre.

Son cœur battait la chamade. Elle sentit sous ses doigts son chaume de barbe quand elle lui caressa la joue. Il était si puissamment viril que son souffle se fit haletant.

Comme elle passait le pouce sur sa lèvre inférieure, il entrouvrit la bouche pour le mordiller. Elle avala sa salive.

La flamme du désir qui les unissait venait de s'enflammer de nouveau et brûlait haute et claire. Elle en avait la tête qui tournait.

— Laissez-nous, Edgar, dit Finn sans la quitter des yeux.

Elle prit une courte inspiration.

Le valet sortit aussitôt de la pièce, les laissant seuls.

Finn écarta son couvert d'un revers du bras. Argenterie et porcelaine tintèrent sur le sol sans qu'il paraisse s'en soucier. Les pupilles dilatées, il saisit Tabitha par la taille, la souleva et l'assit sur la table devant lui. L'attrapant par la nuque, il captura ses lèvres pour la gratifier d'un baiser vorace qui fleurait bon le vin et le raisin sucré. Elle s'accrocha à lui. Seigneur, cet homme savait embrasser ! Sa langue se mêlait à la sienne en un ballet d'une sensualité époustouflante. Elle le suivit sans hésiter sur ce chemin de pure volupté, et peu importait que les domestiques risquent de les entendre. Seule comptait la maestria avec laquelle Finn attisait le feu d'une passion qui n'avait cessé de couver en elle toute la journée.

Il fit courir sa bouche le long de son cou, prit un sein en coupe et le fit remonter vers son décolleté. Ses dents frôlèrent la peau sensible de sa gorge, lui arrachant des frissons.

— Toute la journée, grommela-t-il. De Blackheath à Londres, puis de Chelsea à la City et retour, je n'ai pensé à rien d'autre qu'à ce moment. J'étais à demi dur rien qu'en pensant à toi.

— Et maintenant ? souffla-t-elle.

— Maintenant, je suis complètement dur.

Elle retint son souffle. C'était *elle* qui lui faisait cet effet-là. Cet homme prudent et toujours maître de lui perdait toute mesure et toute retenue à cause d'*elle*.

Elle risqua un coup d'œil vers son entrejambe. Une imposante érection tendait le devant de ses culottes et cela suffit à embraser le désir qui lui fouaillait déjà le ventre.

— Hier soir, avant de te faire l'amour, je pensais que je n'avais jamais eu autant envie de quelqu'un, gronda-t-il en lui caressant la poitrine. J'avais tort. Maintenant que j'ai eu le privilège de te sentir autour de mes doigts et de mon sexe, j'ai encore plus envie de toi.

— Finn..., gémit-elle, le cœur lui martelant les côtes.

— Ce que j'ignore en revanche, reprit-il en lui retroussant les jupes, c'est quel goût tu as...

Elle écarquilla les yeux, incrédule.

— Cela se... se fait ? balbutia-t-elle.

— Moi, je le fais. Et je veux que nous le fassions. J'ai beau avoir dîné, je rêve de te dévorer.

Elle se souvenait d'avoir lu des allusions à ce sujet dans les œuvres licencieuses qu'elle avait consultées, mais il n'y avait aucune illustration dans l'ouvrage de l'Arétin. Quoi qu'il en soit, elle aurait dû être choquée, or, elle ne se rappelait pas avoir jamais été aussi trempée de désir.

En dépit du feu qui brûlait au fond de ses prunelles, Finn demeura immobile, attendant sa réponse.

— Je veux bien essayer, dit-elle d'une voix mal assurée.

Il hocha la tête, et s'empara de sa bouche pour la gratifier d'un baiser torride. Puis il s'écarta, remonta ses jupes jusqu'à la taille. Tabitha avait du mal à croire qu'elle se retrouvait les jambes à l'air dans une salle à manger, mais sa stupeur céda la place au désir quand Finn entreprit de tracer un chemin de baisers le long de son mollet recouvert de soie, puis plus haut, au-delà de sa jarretière, sur sa cuisse nue.

Il marqua une pause et… contempla son intimité.

— Regarde-toi, murmura-t-il, la voix enrouée. Regarde comme tu es belle !

— Ce n'est pas… le terme… que j'emploierais, répliqua-t-elle d'une voix haletante.

Elle se sentait bien trop exposée – et cependant elle avait confiance en lui.

— Mais si, tu es belle, insista-t-il en frôlant les boucles serrées au creux de ses cuisses. Ici.

Elle sentit son souffle sur les pétales de son sexe.

— Et là, ajouta-t-il avant de donner un coup de langue le long de sa fente.

Elle gémit voluptueusement.

— Dieu tout-puissant, grommela-t-il. Tu es *délicieuse*.

Il la lécha de nouveau, s'attardant cette fois sur son clitoris, et lui arracha un miaulement extatique. Sans cesser de la solliciter de la langue et des lèvres, il observait son visage. À chacun de ses gémissements, il s'enfonçait plus avant, se repaissant de son corps comme si elle était le plus savoureux des desserts. Déjà, la vague de la jouissance se ramassait, prenait de l'ampleur.

Elle cria quand il inséra deux doigts en elle, et bascula en arrière sous ce tendre assaut. Le dos pressé contre le plateau de bois verni, elle creusa les reins pour mieux s'offrir. Le plaisir déferla, violent, mais les doigts de Finn continuèrent d'aller et venir impitoyablement tandis qu'il suçait la petite crête entre les replis de son sexe. L'extase la foudroya une deuxième fois et elle agrippa la tête de son mari pour la maintenir contre son intimité.

Épuisée, comblée, elle laissa retomber ses mains.

— Il faut que je te baise, mon ange, articula Finn, le regard farouche.

Lorsqu'elle hocha la tête, il se positionna entre ses cuisses et déboutonna sa braguette. Son sexe jaillit librement, une petite goutte brillante en ornant déjà l'extrémité.

Les paupières mi-closes, il referma sa grande main sur sa virilité et la fit glisser le long de sa fente trempée, puis, d'une poussée vigoureuse, il plongea en elle. Le plaisir fusa de nouveau, se déployant dans son corps entier. Spontanément, elle enroula les jambes autour de la taille de Finn.

— C'est bien, ma douce, gronda-t-il en lui empoignant les cuisses. Prends-moi bien en toi.

La table tremblait sous ses coups de reins, mais elle n'en avait cure. Seuls comptaient Finn et la rage avec laquelle il la possédait. Elle les voulait unis dans tous les sens du terme.

Elle s'arc-bouta contre lui dans une requête silencieuse.

— Tu en veux plus ? haleta-t-il. Tu veux que je te baise plus fort. C'est ça, mon cœur ?

Elle émit une sorte de cri inarticulé, mi-supplique, mi-commandement. Elle devait ressembler à une bête en rut et elle s'en moquait. Elle n'était plus elle-même, et en même temps, elle l'était plus qu'elle ne l'avait jamais été.

— Dis-le, Tabitha, ordonna-t-il.

— S'il te plaît, Finn…

Elle avait beau être en proie aux affres d'un désir forcené, elle ne pouvait se résoudre à dire les mots. Se dévergonder à ce point… c'était trop lui demander.

— Dis-moi ce que tu veux, ma chérie, ou je te fais l'amour lentement, jusqu'à la fin de la nuit.

La menace était alléchante, mais pas maintenant. Parce que là, tout de suite, elle ne voulait qu'une seule chose : jouir – et vite !

— Baise-moi ! geignit-elle. Aussi fort que possible.

— Accroche-toi à moi.

Il empoigna les bords de la table et lui infligea alors une série de poussées d'une férocité si exquise qu'elle n'eut d'autre choix que de s'abandonner au plaisir. Le regard trouble, elle fixait le plafond tandis que son mari s'enfonçait en elle avec frénésie. Le bruit de la chair frappant la chair, à la fois obscène et délectable, emplissait l'élégante salle à manger.

Glissant la main entre eux, Finn caressa son clitoris.

— Jouis, Tabitha, siffla-t-il. Jouis sur mon sexe !

Ces paroles libérèrent la tempête. La force de sa jouissance lui fit arquer le dos, et les flammes du lustre explosèrent en un millier d'étincelles.

Finn continua pourtant de la pilonner et ne tarda pas à provoquer un deuxième orgasme. Puis il se raidit et gronda en jouissant à son tour.

Elle l'entoura de ses bras quand il posa la tête sur sa poitrine.

Bonté divine. Rien dans son existence ne l'avait préparée à cela, à Finn.

— Tu es la personne la plus magnifique que j'ai jamais connue, murmura-t-il, exténué.

Pour sa part, elle avait surtout l'impression qu'un ouragan l'avait anéantie, mais comme elle était bien incapable d'articuler un mot, elle se contenta de resserrer son étreinte – le corps aussi pouvait parler.

Il déposa un baiser sur ses lèvres, puis se retira. Tabitha eut l'impression d'être abandonnée, mais elle ne put s'empêcher de ronronner quand il passa doucement son mouchoir entre ses cuisses.

— Tu t'occupes si bien de moi, chuchota-t-elle. Encore mieux qu'Olive.

— J'espère bien que les services que je te rends ne font pas doublon avec ceux de ta femme de chambre, répliqua-t-il en se rajustant.

— Oh, tu es unique en ton genre ! le rassura-t-elle.

Elle repoussa une mèche sombre de son front. Ses cheveux se dressaient en épis adorables aux endroits où elle les avait saisis.

Il l'embrassa de nouveau, puis la contempla d'un regard empreint d'une telle tendresse que le cœur de Tabitha se serra.

— Je reviens, murmura-t-il.

Il s'approcha du buffet pour y prendre la carafe de vin et revint remplir leurs verres.

— Mieux vaut prendre des forces, la nuit n'est pas finie.

— Tu en veux *plus* ? Après... après...

Elle considéra la table dévastée.

— Apparemment, avec toi, mon appétit est sans limites.

— Je croyais que tu n'étais pas un jouisseur, murmura-t-elle.

— Je ne l'étais pas, confirma-t-il avant de secouer la tête d'un air incrédule. Mais, à l'évidence, on peut le devenir en rencontrant la personne adéquate.

— N'y a-t-il pas un proverbe qui dit : « Les débauchés repentis font les meilleurs maris » ?

— En l'occurrence, ce serait plutôt : « Les meilleurs maris peuvent devenir des débauchés. »

Elle but une longue gorgée de vin. Comment elle, Tabitha Seaton, avait-elle pu transformer un homme en débauché, surtout cet homme-là, qui exerçait un contrôle aussi strict sur ses émotions ?

Chacun d'eux semblait se révéler face à l'autre. Finn ne l'aidait pas seulement à comprendre de mieux en mieux qui elle était, mais aussi qui elle *pouvait* être.

Une fois qu'ils eurent vidé leurs verres, il l'aida à descendre de la table et noua ses doigts aux siens.

— Je peux te porter à l'étage, offrit-il avec un sourire canaille.

— Cela scandaliserait les domestiques.

Il eut un sourire carnassier.

— Ma douce, si cela les scandalise alors que nous venons d'ébranler les murs il n'y a pas deux minutes, ils feraient peut-être mieux de se chercher une place ailleurs. Du reste, ajouta-t-il comme elle arrondissait les yeux, ils n'ont pas fini d'être choqués. La nuit ne fait que commencer.

Son mari tint parole.

Dès qu'ils eurent rejoint leur chambre, il ôta ses vêtements, lui offrant une fois de plus le spectacle de sa somptueuse anatomie, avant de la déshabiller à son tour. Il lui fit ensuite l'amour avec lenteur, attentif à faire monter son plaisir graduellement, jusqu'à ce qu'elle soit de nouveau terrassée par un orgasme si puissant qu'elle en pleura de bonheur.

Ils étaient à présent étendus côte à côte dans l'obscurité, mais tandis que la respiration de Finn s'apaisait et que son corps se détendait, son propre cœur s'emballa et des nœuds invisibles lui nouèrent le ventre avant de lui étreindre la gorge.

Le sexe était une chose – elle pouvait le considérer comme un simple acte physique, un impératif biologique. Cependant, une fois allongée près de Finn, dans cette profonde intimité du sommeil partagé, il lui fallait regarder les choses en face : son mari ne s'était pas seulement introduit dans son corps, mais aussi dans son cœur.

Son cœur, sentait-elle, s'ouvrait de plus en plus à lui. Si elle continuait dans cette voie, elle courait au-devant d'un immense danger, un danger qui jetait une ombre effrayante sur son avenir.

Il fallait absolument étouffer dans l'œuf ces sentiments naissants. C'était la seule façon de se préserver, d'échapper à l'humiliation et aux souffrances d'un nouveau rejet.

Finn finit par s'endormir, un bras en travers de la poitrine de Tabitha. Osant à peine respirer, elle se dégagea doucement. Il ne restait plus que des braises dans la cheminée, et elle eut la chair de poule en allant chercher une chemise de nuit et un peignoir dans sa penderie. Elle enfila une paire de mules et, en prenant soin de ne pas allumer de bougie, sortit dans le couloir sans bruit.

Tâtonnant dans l'obscurité, elle gagna l'escalier. Un silence profond régnait, seulement troublé par les battements furieux de son cœur. Si Finn se réveillait et constatait qu'elle n'était plus là, comment pourrait-elle justifier son absence ? Elle savait juste qu'elle devait prendre ses distances pour se protéger.

Et voilà où elle en était : à errer comme une voleuse dans sa propre maison.

Connaissant encore mal les lieux, elle s'immobilisa un instant dans le vestibule pour permettre à ses yeux de s'accoutumer à la lueur qui filtrait depuis la rue par l'imposte de la porte d'entrée.

Après quoi elle remonta le couloir pour gagner la bibliothèque.

Elle alluma une chandelle dans un bougeoir en argent et l'emporta près des rayonnages. Son cœur s'apaisa tandis qu'elle embrassait du regard les rangées de livres, en particulier sa collection personnelle rassemblée au fil des ans : elle avait l'impression de revoir de vieux amis, des amis qui ne la rejetteraient jamais.

Elle fut de nouveau reconnaissante à Finn de lui avoir offert cette bibliothèque, c'était un geste délicat et empreint d'une telle sollicitude. Se pouvait-il qu'il soit plus attaché à elle que ne le permettaient les termes de leur accord ? Ou veillait-il simplement à ce qu'elle soit heureuse parce qu'il savait qu'il avait tout à y gagner ?

Bon sang, elle n'aurait su le dire, et l'idée de le lui demander lui nouait l'estomac.

Elle n'en trouvait pas moins du réconfort dans la présence de ses livres et s'approcha de l'une des étagères pour en étudier le contenu. Elle fit courir ses doigts sur le dos des volumes, jusqu'à ce qu'elle repère *The Principles of the Most Ancient and Modern Philosophy* d'Anne Conway. Elle s'en empara, puis alla se pelotonner dans l'un des fauteuils. Elle avait lu cet ouvrage de nombreuses fois, mais les mots familiers avaient le don de la calmer. Avec un soupir de soulagement, elle se plongea dans sa lecture.

La chandelle était à moitié consumée quand elle entendit le parquet du couloir grincer. Elle leva la tête et sa poitrine se contracta quand Finn s'encadra sur le seuil. Il portait juste une chemise et des culottes, et passa la main dans ses cheveux déjà emmêlés en la considérant d'un air perplexe.

— Tu peux lire dans la chambre, lui dit-il en entrant. Pas besoin de risquer une mauvaise chute en venant ici la nuit.

— Je ne voulais pas te réveiller avec la lumière, expliqua-t-elle.

— Depuis une dizaine d'années, je dors plutôt dans la journée. Si le soleil ne m'a jamais dérangé, ce n'est pas la flamme d'une bougie qui y parviendra.

— Je te suis déjà très reconnaissante d'avoir pensé à m'aménager une bibliothèque, dit-elle en s'efforçant d'afficher un sourire poli pour cacher le trouble qui ne manquait jamais de la saisir en sa présence. Descendre ici ne me coûte pas.

Il hocha la tête et ébaucha un sourire.

— Tu remontes te coucher ?

— Je viens juste d'arriver à un passage très intéressant, répondit-elle en montrant le volume qu'elle tenait à la main. Je risque d'en avoir pour encore un peu de temps.

Son sourire s'évanouit et son regard perdit de sa chaleur.

— Alors je te laisse tranquille, dit-il en lui caressant brièvement les cheveux.

Elle faillit fermer les yeux de plaisir, mais se retint.

Quand Finn eut quitté la pièce, elle ne se remit pas aussitôt à sa lecture, mais prêta l'oreille à ses pas qui s'éloignaient. Même ensuite, alors qu'elle était certaine qu'il avait regagné leur chambre, elle continua à regarder dans le vide.

Finalement, elle se replongea dans son livre, quoique difficilement. Les lettres formaient sous ses yeux des assemblages confus et il lui fallut dix bonnes minutes pour se rendre compte qu'elle n'avait cessé de relire le même paragraphe.

Elle leva les yeux comme des bruits de pas résonnaient de nouveau dans le couloir. Pensant qu'il s'agissait d'un domestique, elle s'apprêtait à lui répondre qu'elle n'avait besoin de rien, mais ce fut Finn qui réapparut à la porte.

Cette fois, il était habillé de pied en cap et tout de noir vêtu, bottes comprises. Seul l'or de sa chaîne de montre et de son épingle de cravate apportait une note de couleur dans sa tenue. Ses cheveux coiffés en arrière semblaient lustrés. Austère et séduisant, il la contemplait d'un regard sombre et distant.

Finn était toujours superbe, et pourtant, en cet instant, il était d'une beauté si renversante qu'elle en eut les larmes aux yeux.

— Cela ne ressemble guère à une tenue pour aller se coucher, plaisanta-t-elle.

Elle avait essayé de prendre un ton léger, mais sa voix était crispée.

— Comme je te le disais, cela fait une dizaine d'années que je vis la nuit, répondit-il avec une nonchalance à laquelle elle ne crut pas. Dormir à cette heure ne m'est pas habituel.

— J'ignorais qu'il y avait des lieux ouverts à cette heure-ci.

— Tu serais étonnée de voir combien la capitale peut s'animer à la faveur des ténèbres.

Elle hocha la tête avec raideur. C'était elle qui avait déserté le lit conjugal la première, elle n'aurait donc pas dû se sentir blessée par son départ. Il n'empêche qu'elle l'était, preuve qu'elle n'était déjà que trop attachée à lui.

— Je ne te conseille pas de m'attendre.

— Je te verrai au petit déjeuner ?

— C'est possible.

Elle faillit lui demander où il allait, mais elle n'en avait pas le droit. Elle n'avait pas non plus le droit de le prier de rester, même si elle brûlait d'envie d'aller l'embrasser. Ç'aurait été trop dangereux.

— À demain matin, donc, dit-elle. Ou non.

Il s'attarda un instant sur le seuil, puis s'inclina et disparut dans le couloir obscur. Un moment plus tard, la porte d'entrée s'ouvrait et se refermait, et la clé tournait dans la serrure.

Où se rendait-il ? Même si elle n'avait pas le droit de s'en enquérir, elle mourait d'envie de le savoir. Il était fort possible qu'elle ait poussé son mari dans les bras d'une maîtresse.

Essayer de lire était inutile à présent. Le refuge qu'elle avait cru trouver dans la lecture s'était révélé illusoire. Ses chers livres ne pouvaient rien changer au fait qu'elle était déjà à demi éprise de Finn. Le maintenir à distance de son cœur s'imposait plus que jamais.

15

Finn s'assit à la table du petit déjeuner, au milieu des domestiques qui dressaient le couvert et disposaient sur la desserte œufs brouillés et poissons grillés. Edgar lui versa une tasse de café sans paraître remarquer l'odeur qui émanait de ses habits, mélange de tabac, de whisky et d'un brouillard qui persistait à stagner dans les rues alors que le soleil était déjà levé.

Tabitha et lui étaient mariés depuis une semaine et cette période, pour brève qu'elle soit, avait été plus perturbante qu'il n'aurait pu l'imaginer. Dans la journée, sa femme restait étudier à la maison ou se rendait à la Benezra tandis qu'il s'occupait de ses propres affaires. Il était plutôt content que chacun laisse ainsi le champ libre à l'autre. Parfois ils déjeunaient ensemble, d'autres fois non, mais les repas pris en commun étaient toujours animés et les conversations intéressantes.

Les soirées étaient à la fois délicieuses et horribles. Il ne connaissait pas de plus grand plaisir que celui procuré par leurs étreintes. Ni de plus grande déception que celle qu'il éprouvait quand, se réveillant au milieu de la nuit, il découvrait que Tabitha avait de nouveau quitté ses bras pour descendre dans la bibliothèque.

Plutôt que de se morfondre dans le grand lit vide, il préférait alors se rendre dans ses cercles de jeu habituels et ne rentrer à la maison qu'aux premières lueurs de l'aube. Comme aujourd'hui.

Il but une gorgée de café et se frotta le visage. Il était affreusement las. Il avait gagné une jolie somme cette nuit, pourtant il ne ressentait pas l'excitation et l'ivresse qui suivaient d'ordinaire ses succès aux cartes.

Il avait essayé par ailleurs de travailler sur son projet de cercle de jeu et de réfléchir aux raisons du succès de ce genre d'établissements ainsi qu'à la touche d'originalité qu'il pouvait apporter au sien, mais son esprit, qui avait déjà peiné aux tables de jeu, avait encore plus de mal à tirer des plans sur la comète – des plans qu'*elle* avait encouragés.

Il était à deux doigts de s'endormir à la table du petit déjeuner, alors même que les domestiques continuaient à s'agiter autour de lui. Quand, cédant à la fatigue, il ferma enfin les paupières, ce fut pour revoir Tabitha assise dans la bibliothèque et repenser à l'acharnement avec lequel il s'était attardé plus longtemps que d'habitude au tripot, rechignant à retrouver un lit vide.

Son épouse avait beau adorer leurs parties de jambes en l'air, elle ne souhaitait manifestement pas partager son lit. Le plus sage serait encore de dormir dans l'une des autres chambres. Bien des couples nobles faisaient chambre à part ; Tabitha et lui n'avaient qu'à se conformer à cette tradition.

Quand bien même il s'était attendu à son rejet, cela ne le rendait pas moins difficile à affronter.

— Ah, tu es rentré pour le petit déjeuner ! dit Tabitha en pénétrant dans la pièce.

Il rouvrit les yeux et se redressa pour lui adresser un hochement de tête poli, alors qu'il mourait d'envie de la prendre dans ses bras.

— Oui, répondit-il.

Il contempla la ligne gracieuse de son dos tandis qu'elle se penchait sur la desserte et eut un pincement au cœur.

— Tu veux que je te prépare une assiette ? lança-t-elle par-dessus son épaule.

— Je préfère juste du café à cette heure.

— Je meurs toujours de faim au réveil. Comme tu peux le constater, ajouta-t-elle en lui montrant son assiette pleine.

La table de la salle du petit déjeuner étant plus petite que celle de la salle à manger, elle se retrouva plus près de lui quand elle y prit place. Elle remercia d'un hochement de tête Edgar qui lui servait du thé et, après avoir adressé un petit sourire crispé à Finn, commença à manger avec l'appétit d'un cantonnier.

— Tu viens de rentrer, remarqua-t-elle en avisant sa tenue.

Il but son café au lieu de lui répondre. En quittant le cercle de jeu, il ne s'était pas senti d'humeur à terminer la nuit à la taverne, contrairement à son habitude. Il avait préféré marcher le long des quais et regarder les bateaux qui remontaient les eaux grasses et noires du fleuve ainsi que les petits écumeurs des berges qui fouillaient la vase à la recherche du moindre déchet négociable.

— La nuit a été bonne ? s'enquit-elle prudemment.

— Ni meilleure ni pire qu'une autre.

— Où que tu ailles, ce doit être épuisant, observa-t-elle d'un ton léger.

— Qu'est-ce qui te fait croire ça ?

Elle désigna la tasse qu'il tenait à la main.

— Chaque fois que tu rentres, tu avales des litres de café, comme si c'était le seul moyen de tenir debout.

— Je n'ai jamais apprécié le thé, se contenta-t-il de répondre.

Elle marqua une pause, puis demanda :

— Et où vas-tu au juste ?

Il hésita.

— Ici et là.

Comment lui avouer qu'il courait se réfugier dans les seuls endroits où il s'était jamais senti à l'aise, à savoir les cercles de jeu ? Que cela comblait le vide qu'elle laissait derrière elle lorsqu'elle l'abandonnait pour aller lire ? Ce n'était pas vraiment facile à admettre.

Elle prit une énorme bouchée de toast. La quantité de nourriture qu'elle pouvait ingurgiter, et de manière méthodique, était impressionnante. Nul doute que ses prodigieuses capacités intellectuelles avaient besoin de combustible pour opérer de façon optimale. Il esquissa un sourire en songeant que les harengs qu'elle mâchait pourraient aboutir à une théorie philosophique révolutionnaire.

Elle lui était, à tous égards, infiniment supérieure. Il avait fait de son mieux pour lui cacher ses carences et ses manques ; un homme qui évoluait en marge de la respectabilité et dont les parents toléraient à peine la vue. Et voilà que sa femme faisait de même.

Il reposa sa tasse à moitié pleine. Le café semblait tourner à l'aigre dans son estomac. Mieux valait qu'il arrête d'en boire.

On frappa à la porte. Edgar alla répondre. Une minute plus tard, il revenait avec une lettre pour Tabitha.

— Cela vient de sir William Marcroft, de la Sterling Society, annonça-t-elle avec enthousiasme en brisant le cachet.

Finn la regarda lire la missive. Sur son visage se succédèrent en l'espace de quelques secondes curiosité, excitation et inquiétude. Se mordillant la lèvre, elle reposa la lettre et se mit à regarder dans le vide.

— Que dit-il ? demanda-t-il finalement.

— La Sterling Society me convoque, répondit-elle d'un air préoccupé. Dans cinq jours.

— Parfait, comme ça tu n'auras pas à attendre longtemps pour les convaincre de t'admettre parmi eux.

— Sauf que… il va falloir que je travaille pour préparer cet entretien.

Il comprenait son anxiété. Après tout, l'enjeu était de taille.

— Même si je ne doute pas un instant que tu sauras les impressionner, je te rappelle que tu disposes d'une bibliothèque à domicile. Et s'il te manque des ouvrages, nous pouvons soit les acheter, soit envoyer le valet à la Benezra pour les y emprunter.

Elle hocha la tête, mais semblait un peu ailleurs.

— Il y a autre chose ? s'enquit-il, inquiet.

— Ils insistent pour que mon mari soit présent, répondit-elle en plongeant son regard dans le sien.

D'une main mal assurée, il reprit sa tasse de café et la vida, certain de ne pas être assez bien réveillé pour vraiment comprendre ce qu'elle venait de lui dire. Mais le café eut pour seul résultat d'accroître son angoisse.

— C'est *toi* qui postules pour ton entrée dans cette société savante, lui rappela-t-il en s'efforçant de ne pas trahir sa panique.

— Étant donné que je serais la première femme à être admise en leur sein, ils estiment…

Elle reprit la lettre.

— … qu'« il serait inconvenant que vous vous présentiez seule à ce rendez-vous ».

— Ta femme de chambre devrait suffire, non ? objecta-t-il. Ou le valet.

— À les entendre, répliqua-t-elle en reprenant sa lecture : « Un mari serait une autorité appropriée. »

Finn sentit son estomac se retourner.

— Je vois.

Son inquiétude dut se lire sur son visage, malgré ses efforts pour demeurer placide, car Tabitha s'empressa de déclarer :

— Ta présence n'est qu'une formalité censée compenser mon manque de diplôme universitaire.

Il aurait tant aimé la croire…

— Dans ce cas, dit-il, résigné, peut-être serait-il bon que je prépare également cet entretien.

— Finn, murmura-t-elle, entrer à la Sterling Society est *mon* ambition, pas la tienne. Je ne peux te demander cela. Tu n'as même pas pris le temps de te reposer.

— C'est bien parce que c'est ton ambition qu'il faut je t'aide à la réaliser, rétorqua-t-il.

Le dos mouillé d'une sueur froide, il se leva.

— Allons sans plus tarder dans la bibliothèque.

Il allait devoir trouver en lui la force de se plonger dans une pile de bouquins. Il avait mal au crâne et ressentait un mélange de panique et de frustration comme chaque fois qu'il devait ouvrir un livre. Mais il y survivrait. Comme il avait survécu à son passage à Eton. Sauf que là, l'enjeu était autrement plus important puisque c'était du rêve de Tabitha qu'il s'agissait.

Finn était si pâle que les cernes sous ses yeux étaient encore plus visibles. Il suivit Tabitha jusqu'à la bibliothèque dans un silence tendu.

— Tu es sûr de ne pas vouloir te reposer un peu ? demanda-t-elle avec inquiétude.

Il secoua la tête.

— Je n'arriverai pas à dormir, alors autant s'y mettre tout de suite. Indique-moi les ouvrages avec lesquels tu estimes que je devrais me familiariser.

Elle allait protester, mais il affichait une expression si déterminée qu'elle obtempéra. Elle se dirigea vers l'une des étagères et commença à sélectionner plusieurs textes qui risquaient d'être évoqués à l'entretien. Elle veilla toutefois à ne pas l'accabler de références. Vu le peu de temps dont ils disposaient, mieux valait se concentrer sur l'essentiel.

Son choix fait, elle revint vers lui. Il semblait affreusement mal à l'aise.

— Voici quelques classiques de la philosophie, dit-elle en lui tendant les volumes. Saint Augustin, Thomas d'Aquin, Avicenne et Descartes – tous traduits en anglais.

Il prit les ouvrages l'un après l'autre. À mesure que la pile grandissait, il devenait de plus en plus blême. Une goutte de sueur roula le long de sa tempe.

— Finn, murmura-t-elle, si tu ne te sens pas bien…

— Bon pied, bon œil, comme disent les marins !

Il donnait pourtant l'impression d'avoir le mal de mer. En même temps, il paraissait résolu à naviguer.

Ouvrant un premier volume, il parcourut la page des yeux, s'y attarda, les sourcils froncés. Il ne tourna pas la page, mais resta concentré dessus de longues minutes, le front de plus en plus plissé.

— Il paraît, déclara-t-elle, que la meilleure façon d'apprendre quelque chose est encore de l'enseigner à quelqu'un d'autre.

Le regard tourmenté de Finn quitta la page où il semblait enlisé pour se lever vers elle.

— Écoute, ajouta-t-elle avec douceur en lui reprenant les livres des mains, tu me rendrais un fier service si tu me permettais de te faire la lecture à voix haute. C'est le meilleur moyen pour moi de réviser mes connaissances.

Il la considéra d'un air dubitatif.

— Tu crois ?

— Absolument, répondit-elle avec conviction.

Elle lui indiqua un fauteuil. Il y prit place en traînant les pieds, sans la quitter des yeux. Elle s'assit dans l'autre fauteuil, après avoir déposé les livres sur le guéridon, et s'empara du premier sur la pile.

— La *Métaphysique* d'Aristote, lut-elle. « Tous les hommes ont un désir naturel de savoir… »

Finn se pencha en avant, les coudes sur les genoux, son expression passant de la réserve à la curiosité, puis à un intérêt grandissant. C'était fascinant à regarder, mais elle devait rester concentrée sur sa lecture.

Ils naviguèrent ainsi d'un texte à l'autre, couvrant des siècles de philosophie en quelques heures.

La lassitude de Finn semblait s'être dissipée. Il lui posa même plusieurs questions fort pertinentes, et formula des idées dont chacune aurait mérité à elle seule une monographie.

— Le libre arbitre est donc essentiel pour déterminer la portée de nos actes, dit-il après qu'elle lui eut résumé les grandes lignes de la pensée augustinienne.

— La prédestination nous spolie de notre capacité à choisir la voie de la vertu, acquiesça-t-elle. Quelle valeur peuvent avoir nos choix s'ils nous sont imposés ?

Il hocha pensivement la tête, comme s'il rangeait ce raisonnement dans quelque recoin d'une vaste bibliothèque mentale. Et celle-ci *était* vaste, elle n'en doutait pas.

Ils ne s'interrompirent que pour déjeuner et se remirent aussitôt après au travail. Ce qu'elle avait dit à Finn était vrai : plus elle lui lisait des textes et en discutait avec lui, plus sa compréhension de ces textes en était enrichie.

Il lui était arrivé d'étudier avec ses amis de la Benezra, mais qu'il se soit spontanément proposé de l'aider lui réchauffait le cœur. Non seulement Finn était un amant talentueux et un esprit singulièrement affûté, mais il possédait une qualité suprême : la générosité.

Elle referma l'exemplaire des œuvres principales d'Avicenne qu'ils étaient en train de consulter et observa son mari. L'après-midi tirait à sa fin. Bien que le déjeuner les ait remis d'aplomb, Finn était à moitié affalé dans son fauteuil, ses longues jambes étendues devant lui, les mains croisées sur son abdomen et les yeux clos tandis que sa poitrine se soulevait lentement et régulièrement.

— Tu dors ? chuchota-t-elle.

— Seulement si être éveillé avec les paupières fermées peut être considéré comme du sommeil, répondit-il.

— Je n'ai pas envie d'interrompre notre séance, dit-elle, soucieuse, mais tu pourrais peut-être aller dormir dans notre lit afin que nous puissions nous y remettre après le dîner.

Il entrouvrit les yeux.

— Serait-ce une tentative de séduction de votre part, madame ? Parce qu'en ce cas ce genre de subterfuges est inutile, puisque je suis déjà séduit.

— La suggestion est tentante, admit-elle, mais il faut que je reste concentrée au moins jusqu'à mon audition à la Sterling Society. J'ai tendance à me déconcentrer complètement chaque fois que nous…

Après tout ce qu'ils avaient fait ensemble dans leur chambre à coucher, qu'elle puisse encore rougir était incroyable, et pourtant elle sentit bel et bien ses joues s'embraser.

Le regard de Finn s'assombrit.

— C'est là une bizarrerie dont je suis également affecté, avoua-t-il.

Le désir fusa sans ses veines, mais y céder ne ferait que lui embrouiller l'esprit autant que le cœur.

— Je pensais plutôt à une vraie sieste.

— Ah, dit-il d'un air déçu, avant d'afficher promptement un sourire ironique. Je n'ai jamais aimé la sieste. Chaque fois qu'il m'arrive d'en faire une, je me réveille avec la langue pâteuse et le cerveau embrumé.

— Très bien, dit-elle en se levant et en s'étirant, sous l'œil très intéressé de son mari. Il n'empêche que nous avons besoin de distraction.

Elle se dirigea vers l'une des étagères et en sortit un ouvrage.

— *Encore* de la philosophie ? s'enquit-il en arquant un sourcil.

— Non : un roman bourré de scènes scabreuses et choquantes. Je l'ai feuilleté en classant mes livres et je pense qu'il pourrait beaucoup nous plaire. Je n'ai aucun talent de comédienne, mais je vais faire de mon mieux. Essaie juste de ne pas rire quand je changerai de voix en fonction des personnages. Je te préviens, tu pourrais ne pas trouver cela aussi palpitant qu'une pièce de théâtre, ajouta-t-elle en fronçant le nez. Il se peut même que cela t'ennuie.

Elle retint son souffle dans l'attente de sa réponse, craignant qu'il ne rejette sa proposition.

Après tout, elle n'avait rien à gagner à lui faire la lecture d'un roman à sensation. Sauf... qu'elle en avait envie. Étudier en sa compagnie les textes universitaires était important pour elle, mais elle souhaitait aussi qu'ils partagent quelque chose juste pour le plaisir.

— J'en doute fort, dit-il, sincère.

Elle soupira, soulagée.

— Et si nous allions dans le salon ? Histoire de changer de décor... et de profiter de sièges plus confortables.

Il bondit sur ses pieds.

— Je salue avec enthousiasme cette suggestion. De même que mes fesses.

Comme elle laissait échapper un rire scandalisé, il lui décocha une œillade canaille qui lui fit battre le cœur.

Ils montèrent à l'étage, où se trouvait le salon. Elle prit place sur le sofa et il s'assit près d'elle, les jambes croisées, le bras étendu sur le dossier du canapé. Elle garda le dos droit, mais ne s'écarta pas quand il lui effleura la nuque de ses doigts.

— Je commence ? s'enquit-elle.

— Je suis d'ores et déjà suspendu à tes lèvres.

Elle lui coula un regard sceptique.

— Métaphoriquement parlant, précisa-t-il.

Elle s'éclaircit la voix, puis se mit à lire :

— *Le Moine* par Matthew Gregory Lewis. « Il y avait à peine cinq minutes que la cloche du couvent sonnait, et déjà la foule se pressait dans l'église des Capucins... »

Tout en poursuivant sa lecture, elle jeta un coup d'œil à Finn et faillit s'étrangler : il semblait littéralement *captivé* et la fixait comme si elle était un phare brillant dans un monde de ténèbres.

16

Cinq jours passèrent, cinq jours de travail acharné. Finn peinait parfois à comprendre les ouvrages qu'ils étudiaient ensemble, même si Tabitha ne lui imposait jamais un rythme qui aurait pu le mettre mal à l'aise. Il appréciait néanmoins ce temps passé avec elle, en particulier les discussions qui suivaient leur lecture, car elle semblait réellement se soucier de son opinion.

Ils faisaient une pause avant le dîner, pour se consacrer à des lectures moins académiques comme celle du *Moine*. Même s'il appréciait cette histoire palpitante, il aimait surtout la partager avec elle. Ils en parlaient au cours du repas, spéculant sur le destin des personnages.

Et leurs soirées étaient toujours torrides, même si sa femme regagnait ensuite la bibliothèque tandis qu'il ressortait pour aller jouer.

Ces cinq jours auraient sans doute été les plus heureux de sa vie s'ils n'avaient été émaillés par ces séparations régulières. Finn avait l'impression d'être un navigateur égaré qui ne cesserait de voir la côte se rapprocher pour être ensuite repoussé vers le large, encore et encore.

Au terme des cinq jours vint le moment de se rendre à la Sterling Society.

Tabitha et lui se retrouvèrent devant un bâtiment élégant, niché au milieu d'autres bâtiments élégants, dans une rue non moins élégante du quartier de Mayfair. Rien ne le distinguait de ses voisins, à part une petite plaque de cuivre fixée sur la porte laquée de rouge ; le mot « Privé » était écrit en lettres si petites qu'il fallait une loupe pour le déchiffrer.

Il allait faire une plaisanterie à ce sujet, mais se retint en sentant Tabitha trembler. Elle était pâle et tendue, et son visage était crispé. Il en eut un pincement au cœur.

— Ils vont tous t'adorer, lui promit-il.

— Plutôt que de m'adorer, je préférerais qu'ils m'admettent dans leurs rangs, répliqua-t-elle d'une voix faible.

Il couvrit sa main de la sienne et la serra.

— Ils vont t'admettre parmi eux, c'est évident. Ce seraient de fieffés crétins s'ils rejetaient ta candidature.

Elle le gratifia d'un regard reconnaissant, mais n'en poussa pas moins un soupir si tremblant que Finn en tressaillit intérieurement.

— Tu vas les bluffer avec ta culture et ta capacité de réflexion, insista-t-il. À la fin, tu pourras te vanter de les avoir réduits au silence.

— Merci. Mais ce n'est pas par orgueil que je fais cela, lui rappela-t-elle. C'est pour tous les sans-voix qui méritent d'être entendus.

Elle inspira et redressa l'échine.

— Entrons, dit-elle.

Les jours qui venaient de s'écouler avaient été extraordinaires. Même maintenant, Finn ne cessait d'être impressionné par sa femme. Il nourrissait pour elle un respect empreint de gratitude. Sans doute avait-elle deviné qu'il avait des problèmes de lecture – Dieu sait qu'il n'avait pas vraiment tenté de les lui cacher. Pourtant, elle ne lui avait fait aucun reproche. Et lorsqu'elle lui avait proposé de lui lire les textes qu'elle devait réviser, il avait eu envie de la serrer dans ses bras en pleurant de reconnaissance.

Échanger des idées avec elle avait été une expérience incroyable. Affranchi de la barrière des mots imprimés, son monde s'était approfondi, enrichi et son esprit s'était ouvert telle une porte menant à un palais.

Et il avait adoré l'écouter lire *Le Moine*. L'histoire était salace à souhait – mais le plus précieux à ses yeux, c'était que Tabitha avait pris sur son temps d'étude pour lui offrir ce cadeau.

Au fond, se prenait-il à penser, peut-être, *peut-être*... pourraient-ils outrepasser les limites qu'ils s'étaient imposées dans leur mariage. Peut-être Tabitha en viendrait-elle à s'attacher à lui. Comme il s'était attaché à elle.

Seigneur, elle comptait tellement pour lui désormais. Il sursauta, comprenant tout à coup qu'il ne vivait plus que pour ses rares sourires, ses traits d'humour, les prouesses de son intelligence remarquable et sa passion folle.

Mais ce n'était pas le moment de lui parler de cela. Pas quand son rêve le plus cher était à portée de main.

Il frappa à la porte. Un instant plus tard, un homme en uniforme austère de majordome leur ouvrit. Il les fixa sans mot dire, et Finn eut le plus grand mal à ne pas se tortiller sous son regard scrutateur.

— Mme Tabitha Ransome et M. Finn Ransome, annonça sa femme avec un sang-froid d'autant plus admirable qu'elle tremblait toujours. Nous sommes attendus par sir William et les autres membres de la Society.

Finn tendit au domestique une carte de visite, que le bonhomme examina un instant avant de s'effacer pour les laisser entrer. Un valet s'approcha pour prendre le chapeau et la canne de Finn, et parut éberlué quand Tabitha lui tendit son chapeau. Il jeta un regard indécis au majordome.

Visiblement, on n'était pas habitué à accueillir des femmes dans cette maison.

— Rangez-le avec les affaires de ces messieurs, ordonna le majordome à voix basse.

Tenant le chapeau à bout de bras comme si c'était un pudding flambé, le valet quitta le vestibule d'un pas rapide. Le majordome se tourna vers le couple.

— Suivez-moi, dit-il d'une voix monocorde.

Il les précéda dans un couloir où s'alignaient des portraits d'hommes dont certains portaient perruques longues et cols en dentelle. Finn sentit Tabitha se raidir sous le regard réprobateur de ces augustes personnages.

Il n'osait imaginer ce qu'elle devait ressentir à l'idée d'être la seule femme à oser défier ces décennies d'hommes influents. Et pourtant, elle continuait à avancer.

Bon sang, quelle personnalité !

Sa peur n'en était pas moins palpable et il désespérait de trouver un moyen de l'aider, d'alléger un peu son trac.

— Les cartouches de ces portraits omettent de mentionner un détail très important, lui chuchota-t-il à l'oreille.

— Lequel ? murmura-t-elle d'une voix un peu chevrotante qui lui serra le cœur.

— Tous ces messieurs sont en fait les gagnants du concours annuel du plus gros mangeur de saucisses. Tu vois ce type avec la moumoute grise ? Il a réussi à avaler cinquante-sept saucisses en cinq minutes. Jamais on n'a vu d'homme aussi guilleret avant qu'il succombe à une occlusion intestinale.

Tabitha s'esclaffa.

Finn sourit. Au moins avait-il réussi à la distraire un peu de son appréhension.

Ils franchirent le seuil d'un vaste salon où les attendaient une douzaine d'individus à l'expression grave dont les âges allaient de la maturité à la vieillesse. Tous portaient des vêtements de qualité, et même si certaines de ces tenues étaient d'une simplicité presque austère, aucun de ces messieurs ne paraissait avoir la moindre difficulté financière.

Certains étaient debout, d'autres assis. Beaucoup étaient en train de consulter des volumes si épais que Finn en eut des sueurs froides. Si aucun n'avait l'air particulièrement ravi de les voir, personne ne les gratifia d'un regard ouvertement hostile. Ce qui était un bon début. Finn n'en repéra pas moins une tête blanche qui regardait Tabitha comme si elle avait proposé de manger son chien de chasse préféré.

— J'ai connu des tripots moins accueillants, murmura-t-il à son épouse. Un brin d'assurance devrait suffire à les gagner à ta cause.

Elle opina avant de sourire à leurs hôtes. Comme sur un signal, un individu pourvu d'une impressionnante crinière poivre et sel s'approcha. Il affichait l'expression blasée d'un homme accablé de connaissances et entouré d'imbéciles.

— Mademoiselle Seaton, la salua-t-il en s'inclinant.

— Sir William, répondit-elle avec une révérence. Je suis Mme Ransome, désormais. Ce qui rend possible notre rencontre d'aujourd'hui.

Sir William hocha la tête, comme s'il ne pouvait faire davantage pour reconnaître son erreur.

— Permettez-moi de vous présenter mon mari, M. Finn Ransome.

Sir William parut moyennement intéressé, avant que l'un de ses collègues précise :

— C'est le fils du comte de Wingrave.

Qu'on lui rappelle qui était son père n'était pas idéal selon Finn, mais cela eut le mérite de lui valoir davantage d'attention de la part de sir William.

— Vous étiez à Oxford ? s'enquit ce dernier.

— Non, monsieur, répondit Finn d'une voix égale.

— Cambridge ?

— Non plus, dit-il en s'efforçant d'afficher un air assuré, ainsi qu'il venait de le conseiller à sa femme.

— St Andrews, alors ? Ou Édimbourg ?

Il n'eut d'autre choix que d'avouer la vérité.

— Je ne suis pas allé à l'université, monsieur.

Une exclamation collective accueillit cette nouvelle. Finn ne tiqua ni ne cilla. Pas question de leur donner l'impression que leur opinion lui importait – c'était là le plus sûr moyen d'aboutir à un échec. D'autant qu'il se contrefichait bel et bien de ce que ces messieurs pensaient de lui.

Il observa Tabitha du coin de l'œil, et se détendit en voyant qu'elle ne paraissait ni choquée ni accablée par son aveu. Il en remercia le ciel, même si en l'occurrence ce n'étaient pas ses références à *lui* qui comptaient.

— Je ne pense pas que des études universitaires soient un critère suffisant pour décider que quelqu'un a ou n'a pas de contributions d'une valeur intellectuelle à apporter, continua-t-il posément. L'étendue des connaissances de mon épouse est considérable et ses idées d'une intelligence rare, quand bien même elle n'a pas davantage fréquenté d'université que moi.

Il regarda Tabitha, qui lui adressa un petit sourire de gratitude – il n'en demandait pas plus.

Elle reporta son attention sur sir William.

— J'ai déjà eu l'occasion de vous parler des sujets sur lesquels j'ai longuement travaillé et il est un domaine en particulier que je creuse depuis la moitié d'une décennie.

— Et quel est ce domaine, madame Ransome ? s'enquit sir William, acerbe.

— Le développement de la pensée académique, répondit-elle du tac au tac. Ses origines, les forces qui la façonnent et la pédagogie de sa transmission.

Dieu qu'il aimait l'entendre discourir avec cette autorité ! Chacune de ses paroles l'échauffait. Jamais il n'aurait cru ressentir une telle excitation dans ce temple de l'érudition austère.

Bien qu'à regret, et alors qu'il affichait un regard soupçonneux quelques secondes plus tôt, William parut impressionné.

— Venez, je vais vous présenter, dit-il.

— Avec plaisir, répondit Tabitha en esquissant un sourire satisfait.

Ils passèrent le quart d'heure suivant à saluer des hommes qui, aux yeux de Finn, semblaient interchangeables. Tabitha avait, de son côté, un mot à dire sur chacune de leurs productions, montrant ainsi qu'elle avait non seulement lu *tous* leurs livres, monographies et articles, mais qu'elle y avait réfléchi.

Au terme de ces présentations, elle avait suffisamment gagné en confiance pour faire sur les philosophes allemands des plaisanteries fines qui lui valurent des gloussements entendus de la part de ces messieurs. Finn partagea leur amusement, même s'il ne connaissait strictement rien à Hegel et que Kant sonnait plutôt comme un gros mot à ses oreilles.

Regarder Tabitha s'affirmer, c'était comme assister à la floraison de tout un jardin. Elle rayonnait d'énergie, de vie, et il ne pouvait s'empêcher d'être émerveillé. Émerveillé par *elle*.

— J'aurais aimé vous recevoir plus longtemps, déclara sir William au bout d'un moment, mais il se trouve que la Society doit discuter cet après-midi même avec un personnage important du Parlement.

— Je comprends, répondit Tabitha. Cela fait partie du travail estimable qui a fait la réputation de ce comité.

— Quand nous reverrons-nous ? intervint Finn, sachant que le meilleur moment pour exercer une pression sur un adversaire était celui où il se sentait à l'aise et confiant.

Sir William se tourna vers l'un des plus jeunes membres de la Society – qui devait avoir une bonne cinquantaine d'années. Ce dernier sortit un registre relié de cuir.

— Notre agenda indique une conférence de groupe vendredi prochain, dans l'après-midi, annonça-t-il en les regardant par-dessus ses bésicles.

— Ce sera l'occasion idéale de vous joindre à nous, déclara sir William. *Tous les deux*, précisa-t-il en regardant Finn.

— Ma contribution à vos débats sera forcément minimale, objecta poliment ce dernier. C'est celle de Mme Ransome qui enrichira surtout vos réflexions.

— Sa présence en ces murs est déjà en soi un accroc à notre protocole, répliqua sir William avec un reniflement. Si intéressante que soit la participation de Mme Ransome à nos travaux, le respect de nos règles lui impose d'y assister avec son époux.

« Même si c'est vous, cet époux », comprit Finn sans qu'il ait besoin de le préciser.

Il ouvrait la bouche pour objecter, mais Tabitha secoua imperceptiblement la tête, si bien qu'il répondit :

— Je me plierai aux exigences de votre organisation.

— Vendredi sera parfait, ajouta-t-elle.

— Si vous voulez bien..., murmura sir William avec un coup d'œil appuyé en direction de la porte où les attendait le majordome.

Finn s'inclina, Tabitha fit une révérence, puis tous deux battirent en retraite. Alors qu'ils rejoignaient le vestibule, ils croisèrent une silhouette familière.

— Est-ce... ? chuchota Tabitha.

— Lord Sidmouth, confirma Finn sur le même ton, ancien Premier ministre et actuel ministre de l'Intérieur.

Elle écarquilla les yeux et, quoiqu'il s'intéresse assez peu à la politique, Finn fut impressionné par la qualité des personnes venant consulter la Sterling Society.

Le majordome les escorta jusqu'à leur voiture qui attendait devant la porte.

— Prenez votre temps pour rentrer, lança Finn au cocher avant de monter dans le véhicule.

— Bien, monsieur.

Tabitha attendit que l'attelage se soit ébranlé pour lui demander la raison de cette consigne.

— Parce qu'il va me falloir beaucoup de temps pour t'exprimer mon admiration, répondit-il en lui caressant la joue.

Elle couvrit sa main de la sienne.

— Je suppose que je devrais me montrer modeste et dire que ce n'était rien, sauf que... c'était quelque chose !

— Et comment ! s'exclama-t-il.

Il appuya son propos d'un baiser sur le front de Tabitha et ne se sentit plus de joie quand elle ne s'écarta pas.

— À la fin, ils te mangeaient tous dans la main !

Elle eut un petit rire.

— Tu exagères. Tu n'as pas vu ce gentleman, M. Everett, qui n'a cessé de me regarder comme si j'étais un rat égaré sur sa table de salle à manger.

— Il faudrait qu'il ait une cervelle de rat pour ne pas voir tout ce que tu pourrais apporter à leur comité.

Elle le gratifia d'un regard affectueux.

— Tu as été brillant.

— Moi ? Quelle étrange idée ! J'étais juste un ornement.

— Loin de là, rétorqua-t-elle. Tu as réfuté fort astucieusement la question du cursus universitaire dont ils font si grand cas. Et surtout, tu m'as soutenue de bout en bout. Tu n'as pas idée de ce que cela signifie pour moi.

— Il aurait fallu que je sois un imbécile pour ne pas soutenir l'esprit le plus brillant d'Angleterre.

— Pas l'esprit le plus brillant, murmura-t-elle. Moi. Ta femme.

— Tu es l'un et l'autre. Je ne doute pas un instant que ces messieurs te supplient de rejoindre leurs rangs.

— Mon Dieu, je l'espère !

Finn s'écarta un peu pour la dévisager.

— C'est vraiment important pour toi, n'est-ce pas ?

— En effet, acquiesça-t-elle.

— Pourquoi ? Excuse-moi de te poser la question, mais je suis vraiment curieux de connaître la réponse. J'ai toujours été tristement dépourvu d'ambition et de projets, et te voir aussi passionnée… Ma foi, j'ai très envie de savoir ce qui te motive.

Elle fixa sur lui un regard empreint d'une détermination si farouche qu'il en eut le souffle coupé.

— Tu as dû remarquer que tous les hommes présents étaient la copie conforme des autres : même milieu social, même sexe, même couleur de peau.

— Et tu veux rompre avec ce conformisme, hasarda-t-il.

— Il faut que ça change, oui, décréta-t-elle. Parler au nom des exclus ne suffit pas. Ils devraient pouvoir s'exprimer *eux-mêmes*. Tout ce que je souhaite, c'est leur faciliter l'accès aux lieux de décision.

— D'où ton désir d'intégrer la Sterling Society, afin de modifier le système de l'intérieur.

Elle le dévisagea d'un air soucieux.

— Sauf que ce système garantit la place des gens comme nous dans la société. Tu ne m'en veux pas d'essayer quand même de le démanteler ?

Il réfléchit à ce qu'elle venait de lui dire – ses intentions, ses objectifs –, et prit conscience de réalités qui lui avaient jusqu'alors échappé.

Considérer le coût social de ses propres privilèges était douloureux, mais rien ne s'améliorerait jamais si on n'affrontait pas ces pénibles vérités en face.

— Oui, je profite bel et bien de ce système, reconnut-il. Et je pense que c'est une sacrément bonne idée de faire table rase pour repartir sur des bases plus justes. Si ton admission à la Sterling Society est le moyen d'atteindre ce but, alors je ferai tout pour que ça arrive. Nous étudierons nuit et jour. Tiens, je vais même m'installer devant la porte du comité avec un brasero et refuser de décamper tant que ces messieurs ne t'auront pas acceptée parmi eux.

— Oh, Finn ! murmura-t-elle, les yeux étincelants de gratitude. Merci.

— Ne me remercie pas. N'importe qui ferait de même, rétorqua-t-il d'un ton bourru, alors même que ces paroles lui réchauffaient le cœur.

— J'aimerais que tu te rendes compte à quel point tu es extraordinaire, dit-elle. Mais je peux te le montrer.

Il se tint immobile tandis qu'elle se penchait vers lui pour l'embrasser. Ses lèvres étaient douces sur les siennes, et ce simple contact suffit à lui échauffer les sens, pourtant il choisit de la laisser aller à son rythme et les emmener là où elle le souhaitait. Quand sa langue se glissa dans sa bouche, un éclair de pure volupté le traversa. Il répondit à son baiser avec fièvre.

Elle se plaqua contre lui, et soudain ses mains furent partout sur elle, visage, dos, seins, fesses, caressant, pétrissant. Peu lui importaient le comment et le pourquoi, seule comptait la frénésie qui s'était emparée de lui en écho à la sienne.

Bon sang, il était dur comme de la pierre et ils n'avaient pas de lit à portée de main. La prendre dans la voiture risquait de la choquer – par bien des côtés, elle était encore innocente en amour –, même s'il en mourait d'envie. Il était vraiment fou d'elle et n'aspirait qu'à une chose : plonger dans sa chaleur et se perdre en elle.

Elle quitta soudain ses bras et il tressaillit, perdu. Il brûlait certes d'un désir féroce, mais si elle préférait s'en tenir là, il se soumettrait à sa volonté, bien sûr.

À son grand étonnement, il la vit tirer les rideaux, plongeant ainsi l'habitacle dans la pénombre.

— Que fais-tu ? demanda-t-il d'une voix sourde, n'osant nourrir trop d'espoirs.

— Je ne peux pas attendre que nous soyons rentrés, répondit-elle avant de poser les mains sur son torse. J'ai besoin de toi *maintenant*.

Il laissa échapper un gloussement incrédule.

— Je remercie la providence de m'avoir donné l'idée de te demander ta main.

— Et tu ne connais pas encore ta chance, murmura-t-elle.

Refermant la main sur son érection, elle le caressa jusqu'à ce qu'il ondule du bassin. Puis, Dieu lui vienne en aide, elle déboutonna sa braguette et, enroulant les doigts autour de son sexe, elle les fit coulisser en rythme.

Il allait adresser une prière d'action de grâce à toutes les divinités du ciel et de la terre, quand elle s'agenouilla devant lui.

— Je ne sais pas trop comment m'y prendre, avoua-t-elle.

Les yeux rivés sur sa virilité, elle s'humecta les lèvres avant d'ajouter :

— Mais je ne demande qu'à apprendre.

Qu'elle soit prête à s'essayer à une nouvelle expérience l'excitait tout en lui inspirant la plus grande humilité. Mais il cessa complètement de penser quand elle entreprit de lécher l'extrémité de son sexe. Et lorsqu'elle prit ce dernier dans sa bouche, il s'accrocha à la banquette pour se retenir de lui agripper la tête à deux mains.

Au bout d'un moment qui lui parut durer une éternité, elle leva les yeux vers lui et il eut un coup au cœur en réalisant qu'elle guettait ses réactions pour vérifier qu'elle lui donnait bien du plaisir.

— Dieu que c'est bon, gronda-t-il. Continue comme ça, mon ange.

Elle rougit et ferma les yeux pour mieux se concentrer sur sa tâche, le suçant et le léchant avec un abandon incroyable.

— Seigneur, tu aimes ça, m'avaler jusqu'à la garde, grommela-t-il. Tu aimes bien me pomper, pas vrai ?

Ses mots crus eurent l'effet escompté : elle gémit et redoubla d'efforts.

— Personne ne te verra jamais ainsi, ma douce, continua-t-il. Sauf moi. Je suis le seul à connaître ce talent caché de ma Tabitha, érudite le jour et délicieusement dévergondée la nuit.

Quand elle glissa la main sous ses jupes pour se caresser en même temps, il dut fermer les yeux de crainte d'exploser dans sa bouche.

Sauf qu'il avait envie de la voir se toucher, de voir la façade studieuse se consumer sous le feu de la passion. Il la regarda gémir de volupté tandis que sa main s'agitait de plus en plus frénétiquement entre ses cuisses, jusqu'à ce qu'elle jouisse dans un long sanglot de bonheur qui se réverbéra le long de son sexe et l'ébranla au plus intime.

— Arrête, mon ange, lui dit-il lorsqu'elle se remit à le sucer.

Quand elle releva la tête, les lèvres gonflées et luisantes, il se pencha vers elle et la gratifia d'un baiser torride.

— J'ai envie d'être en toi.

— Mais tu *étais* en moi, fit-elle remarquer avec malice, la voix encore éraillée par la violence de son orgasme.

— Je veux dire, dans ta chatte.

Elle sursauta, et son souffle s'accéléra. Puis elle promena son regard autour d'elle.

— On ne peut pas s'allonger ici.

— Tu te rappelles les illustrations du livre de l'Arétin ? Celle montrant Mars et Vénus ? J'ai réussi à m'en procurer un exemplaire. Fort édifiant, je dois dire. Limité, certes, mais instructif.

— Je me souviens de cette illustration, admit-elle en s'empourprant. Et j'avoue qu'elle m'a toujours donné envie de me coucher plus tôt que d'habitude.

Avec un grognement, Finn la souleva pour l'asseoir à califourchon sur lui. Empoignant son sexe, il le guida à l'orée de sa féminité. Elle prit appui sur ses épaules et leurs yeux s'aimantèrent.

D'un coup de reins il fut en elle. Un mélange d'avidité et de tendresse emplit son regard tandis qu'il l'empalait. Un espoir fou s'empara de lui : peut-être éprouvait-elle pour lui plus que du désir… Seigneur, il l'espérait de tout son cœur.

Ils demeurèrent un instant immobiles et Finn sut qu'il était définitivement, irrémédiablement perdu. Rien dans sa vie sur cette fichue terre ne l'avait préparé à ce qu'il ressentait en cet instant, à cette monstrueuse, cette bouleversante vénération qu'il éprouvait pour Tabitha Ransome.

La voiture bringuebala en heurtant un pavé inégal. La secousse leur arracha un gémissement de volupté. Le mouvement rompit le charme qui les avait momentanément figés et Tabitha commença à le chevaucher avec ardeur.

— Sers-toi de moi comme tu l'entends, articula-t-il. Pense d'abord à ton plaisir. Où que tu ailles, je te suis.

Elle se servit de lui, prit toutes les libertés. Il ne la quitta pas des yeux et la regarda entrer en éruption tel un volcan, le corps agité de tremblements.

Deux coups de reins lui suffirent pour la rejoindre dans l'extase.

Tandis que la tempête s'éloignait, ils s'étreignirent, blottis l'un contre l'autre dans le cocon de la voiture plongée dans la pénombre. Tabitha déposa de doux baisers sur sa mâchoire avant d'enfouir le visage au creux de son cou tout en soupirant de contentement.

Il était en nage, ses vêtements lui collaient à la peau, mais il s'en moquait. Il n'entendait plus le bruit de la circulation. Et que certains, dehors, aient deviné ce qu'ils venaient de faire lui était indifférent. Tout ce qui lui importait, c'était elle, avec lui désormais.

L'espoir déroulait ses spires dans sa poitrine, se déployant timidement, et il le redoutait autant qu'il aspirait à s'en saisir.

Il avait misé sur le mariage et y avait perdu son cœur.

17

Tabitha n'aurait su dire ce qu'il se passa ensuite – elle avait l'esprit trop embrumé –, quoi qu'il en soit, Finn et elle se retrouvèrent dans le vestibule de leur maison et montèrent dans leur chambre.

C'était encore l'après-midi, le soleil commençait tout juste à décliner, la demeure bruissait d'activité et le trafic était encore dense dans la rue. Le monde autour d'eux vaquait consciencieusement à ses occupations. Ce qui n'empêcha pas son mari de l'emmener directement au lit.

Elle n'émit aucune protestation, ne lui fit pas non plus remarquer que les gens ordinaires ne faisaient pas l'amour dans la journée. Parce qu'elle commençait à s'apercevoir qu'il n'y avait pas grand-chose d'important en dehors du monde que Finn et elle bâtissaient ensemble.

Au fil des heures qui suivirent, alors que chacun continuait à explorer le corps de l'autre et à découvrir ce qui lui donnait du plaisir, son cœur se gonfla de bonheur. Elle se rappela avec quelle gentillesse et quelle sollicitude, alors qu'elle tremblait de peur à l'idée de rencontrer les membres de la Sterling Society, son mari l'avait fait rire pour la détendre. Il avait aussi attiré l'attention des éminences grises du comité sur ses travaux. Elle n'avait pas aimé que sir William affiche sa consternation quand Finn avait avoué ne pas être allé à l'université, mais avant qu'elle puisse le défendre, il avait adroitement ramené la conversation sur elle. Et tandis qu'on lui présentait les autres membres de la société savante, elle avait été sans cesse consciente de la présence de l'homme à ses côtés, son mari.

Il n'avait vraiment pas idée de ce que son soutien signifiait pour elle. Sans parler de cette façon qu'il avait eue de l'écouter, attentif et bienveillant, quand elle lui avait expliqué pourquoi il était tellement crucial pour elle d'intégrer la Sterling Society.

Il avait été constamment à ses côtés, lui insufflant de la force. Elle brûlait d'un tel désir pour lui qu'elle s'était comportée comme la dernière des dévergondées dans la voiture. Et ici même, à la maison.

Ils dînaient à présent dans leur chambre, une modeste collation composée de pigeonneau rôti, de pommes de terre et d'un cake à l'orange, son gâteau préféré, avait avoué Finn, qu'il avait commandé le matin même à la cuisinière.

— Inutile de feindre la surprise, dit-il, puisque je me la suis faite à moi-même !

— Ce qui lui enlève tout de même une bonne dose d'imprévu, répliqua Tabitha.

Tous deux avaient revêtu des tenues d'intérieur simples et légères, et le regard de Tabitha ne cessait de s'égarer vers le V de sa chemise entrouverte sur son torse.

— Madame, dit-il, amusé, ramenant l'attention de sa femme sur son visage, prenez garde à la façon dont vous me reluquez. J'ai beau apprécier ce dîner, il ne me faudrait pas grand-chose pour l'oublier et vous plaquer de nouveau sur ce lit.

En dépit de tout ce qu'ils avaient déjà fait – y compris dans un véhicule *en mouvement* –, elle sentit le rouge lui monter aux joues.

— Tu es insatiable, commenta-t-elle en secouant la tête d'un air de feinte réprobation. Si j'avais su que mon époux était doté d'un aussi prodigieux appétit sexuel, j'aurais passé les semaines précédant notre mariage à soigner ma condition physique pour être aussi endurante que lui.

— Cela n'aurait pas été nécessaire, répliqua-t-il en s'étirant.

Il était à la fois si viril et si sensuel que Tabitha ne put s'empêcher de lorgner ses cuisses moulées dans ses culottes de daim.

— Pourquoi ? s'enquit-elle en prenant une bouchée de dessert.

Finn avait raison, ce cake à l'orange moelleux faisait un dessert parfait.

— Ta condition physique est déjà remarquable, vu que tu as réussi à m'égaler dans notre marathon amoureux. Je dirais même, ajouta-t-il d'une voix traînante, que tu as plus d'énergie que moi, vu que je m'endors toujours le premier alors que tu trouves la force de descendre étudier dans la bibliothèque.

Elle détourna les yeux, rongée par la culpabilité. Lui expliquer ce qui la poussait ainsi vers ses livres lui semblait impossible. Comment pourrait-elle évoquer un épisode de sa vie particulièrement douloureux et humiliant sans révéler sa vulnérabilité ?

Pour autant, même si la force du lien qui se tissait entre eux lui faisait peur, elle en avait besoin. Elle avait besoin de Finn, et l'idée qu'elle ne puisse plus le toucher ni l'embrasser, qu'elle soit privée de cette extraordinaire intimité qu'elle découvrait l'affolait.

Dans ce vaste monde si dangereux, où rien n'était certain, elle avait le sentiment que chacun avait enfin trouvé quelqu'un qui le voyait et l'acceptait tel qu'il était. Du moins voulait-elle le croire, car chaque fois qu'elle demandait à Finn où il se rendait la nuit, il tergiversait. Et cela l'inquiétait. Que lui cachait-il ? Elle craignait de le découvrir, car… elle avait commencé à lui donner son cœur.

Cette prise de conscience jaillit en elle tel un fleuve rompant ses digues et faillit l'engloutir.

Elle avait besoin de la présence de Finn, de ses sourires, de sa sagacité, de son humour et de sa gentillesse. Quoique prudent et maître de lui, il se montrait ouvert et spontané avec elle. Jamais elle ne se sentait davantage elle-même que lorsqu'ils étaient ensemble.

Était-il possible que ses sentiments soient partagés ? Pouvait-elle lui accorder sa confiance s'il persistait à refuser de répondre à ses questions sur ses escapades nocturnes ?

Que lui cachait-il ?

Il avait déclaré n'avoir rien d'un libertin et lui avait promis d'être fidèle. Mais quel homme admettrait devant sa femme avoir de nombreuses amantes et ne pas respecter ses vœux de mariage ? Il se pouvait même qu'il entretienne une maîtresse.

Tabitha eut un haut-le-corps à l'idée de le partager avec une autre. Elle le voulait pour elle seule et espérait qu'il en allait de même pour lui.

Il lui fallait en avoir le cœur net et abattre cette dernière barrière entre eux.

Cette nuit-là, elle attendit que Finn se soit endormi pour se glisser hors du lit. Elle avait craint qu'il ne trouve pas le sommeil tant il semblait lutter pour ne pas s'endormir. La fatigue avait toutefois eu raison de lui, et lorsqu'elle l'avait senti glisser dans les bras de Morphée, elle s'était empressée de se rhabiller. Elle avait enfilé un peignoir par-dessus sa robe et était descendue au rez-de-chaussée.

Une fois dans la bibliothèque, elle prit un livre au hasard et alla s'installer dans l'un des fauteuils. Si Finn descendait à son tour, mieux valait qu'il ignore ses intentions.

À la pendule qui égrenait les minutes répondaient les battements erratiques de son cœur. Même si elle avait voulu lire, elle en aurait été incapable. Elle continua néanmoins à demeurer la tête penchée sur son ouvrage jusqu'à ce qu'elle entende des pas dans le couloir.

Finn apparut sur le seuil, revêtu de sa tenue noire. Elle retint son souffle en voyant sa silhouette ténébreuse émerger de l'ombre.

— Je devrais être rentré pour le petit déjeuner, annonça-t-il sur un ton détaché.

— Entendu, répondit-elle. À plus tard.

Il pivota, marqua un temps d'arrêt comme s'il souhaitait ajouter quelque chose, puis repartit vers le vestibule. Dès qu'elle entendit la porte d'entrée se refermer, Tabitha se débarrassa de son peignoir et courut dans le vestibule. Elle ouvrait la porte d'entrée quand elle vit son mari monter dans un fiacre. Elle sortit dès que le véhicule s'ébranla. Bien que nerveuse à l'idée d'emprunter seule une voiture de louage à cette heure de la nuit, elle en héla une qui passait.

— Suivez ce fiacre ! lança-t-elle au cocher avant d'y grimper.

— C'est parti ! s'exclama le conducteur en faisant claquer son fouet.

L'attelage bondit en avant. Tabitha s'accrocha à la banquette élimée, le cœur battant la chamade, tandis que les façades obscures de la capitale commençaient à défiler derrière les vitres des portières. De loin en loin, la lumière d'un réverbère révélait des fêtards richement vêtus ou un ouvrier rentrant chez lui après une journée de travail qui, à en juger par son pas traînant, avait été particulièrement longue.

N'étant pas habituée à parcourir Londres la nuit, elle avait du mal à déterminer la direction prise par le fiacre de Finn. Ce ne fut qu'en traversant Grosvenor Square qu'elle sut qu'ils se trouvaient dans Mayfair. Quelle que soit la destination de son mari, celle-ci était située dans le quartier le plus huppé de la capitale. Où diable se rendait-il ? À une soirée ? Chez une femme ?

Le véhicule s'arrêta si abruptement qu'elle dut se retenir aux parois de l'habitacle pour ne pas chuter sur le plancher crasseux.

— Mon collègue vient de larguer son client, lui lança le cocher du haut de son siège.

— Quoi ?

Le bonhomme claqua de la langue.

— Le fiacre que vous m'avez demandé de suivre vient de déposer son passager. Il est entré là.

Il désigna l'une des luxueuses résidences qui bordaient la rue.

Les jambes flageolantes, Tabitha descendit de voiture et tendit une pièce au cocher.

— Vous voulez que je vous attende ? s'enquit-il.

— Je ne sais pas combien de temps je vais rester.

D'autant qu'elle ignorait ce qui l'attendait à l'intérieur.

Le cocher haussa les épaules avant de secouer les rênes pour mettre l'attelage en branle. Le fiacre s'éloigna, la laissant seule dans la nuit, son haleine s'échappant en petits nuages anxieux. Bon sang, dans sa hâte, elle avait omis de prendre un manteau, un châle ou même des gants et l'air frais lui mordait déjà la peau.

Elle pouvait encore rentrer à la maison pour y retrouver la chaleur de son lit, mais si elle renonçait et rebroussait chemin, elle ne cesserait d'être tourmentée à l'idée que Finn avait peut-être trouvé l'affection dans les bras d'une autre.

Refusant de se laisser abattre, elle pivota vers la maison et alla frapper à la porte.

À sa grande surprise, elle fut accueillie par un valet en livrée qui afficha une indifférence toute professionnelle tandis qu'elle entrait. Elle frissonnait – de froid ou d'angoisse, elle n'aurait su le dire – et se frotta les bras. Le domestique feignit de ne pas le remarquer.

— Les tables sont par ici, madame, dit-il poliment en indiquant une grande pièce au bout d'un couloir.

— Oui, bien sûr, répondit-elle alors même qu'elle ignorait à quoi il faisait allusion.

Elle emprunta ledit couloir, le brouhaha devenant de plus en plus sonore à chacun de ses pas. Où qu'elle soit, c'était un endroit plus animé que tous les bals et les soirées auxquels elle avait assisté. Ses paumes étaient moites et sa gorge aussi sèche que le sable du désert. Elle continua néanmoins à avancer, poussée par le besoin irrépressible de savoir si elle avait commis une terrible erreur en donnant son cœur à Finn.

Le couloir débouchait sur une vaste salle où étaient disposées une multitude de tables proposant des jeux de hasard. Des serveurs munis de plateaux chargés de verres déambulaient au milieu de la foule. À un bout de la pièce, une femme noire très élégante parcourait l'assistance du regard, telle une impératrice surveillant ses sujets. Tout autour des tables se pressaient des hommes et des femmes revêtus de tenues de soirée autrement plus fastueuses que sa petite robe passe-partout.

Mais peu lui importait. Elle venait de repérer Finn. Bien qu'il lui tourne le dos, elle aurait reconnu ses larges épaules n'importe où, et plus encore dans cette tenue entièrement noire qui attirait l'attention. Il se déplaçait avec aisance, circulant au milieu de la foule avec l'assurance que confère l'expérience. Et les gens s'écartaient spontanément devant lui, comme si une autorité naturelle exsudait de sa personne, des représentants des deux sexes le suivant des yeux avec intérêt tandis qu'il se frayait un chemin vers une table en particulier.

Cet endroit était un établissement de jeu. Il était venu dans un cercle de jeu – pas chez une maîtresse.

Dieu merci ! Toutes ses craintes étaient infondées et elle se sentait un peu bête d'avoir eu si peur.

Elle devrait rentrer à la maison, maintenant qu'elle était rassurée, et pourtant elle ne pouvait détacher les yeux de son mari.

Ici, il était dans son élément. Bien plus que dans une salle de bal, ou dans le salon de la Sterling Society, ou dans n'importe quel autre endroit où ils s'étaient trouvés ensemble. Le voir si totalement à l'aise et si sûr de lui la fascinait.

Une femme couverte de diamants, en robe bleu canard, s'approcha de lui avec un sourire aguicheur et l'angoisse de Tabitha revint en force.

Finn adressa quelques mots polis à la belle inconnue avant de poursuivre son chemin sans lui accorder plus d'attention.

Tabitha expira lentement, heureuse d'avoir la preuve indiscutable que son mari n'était pas venu ici pour se distraire en galante compagnie.

Il prit place à une table où un donneur distribuait des cartes à une demi-douzaine de clients. Tabitha s'avança dans la salle, histoire de suivre la partie. On plaça de l'argent au milieu de la table, puis le donneur lança deux cartes à chaque joueur, Finn compris. Il déposa ensuite une carte, face cachée, devant lui. Certains joueurs firent signe qu'ils désiraient une carte supplémentaire, d'autres non. Finn demanda une carte de plus.

Puis le donneur se servit une autre carte, et des gémissements déçus, accompagnés d'un cri de joie, s'élevèrent autour de la table quand il retourna la première carte.

Finn était trop loin pour qu'elle distingue son expression, mais il ne pipa mot. Il demeura stoïque et détendu, même quand il reçut une partie du pot. Ainsi, il avait gagné.

Il inclina soudain la tête, comme s'il tentait d'entendre quelque chose, alors que personne ne semblait lui adresser la parole.

La foule l'enveloppa, le dissimulant au regard de Tabitha. Quand elle s'écarta, il n'était plus à sa place.

Étrange. Elle ne l'avait pas vu se lever et il n'était visible nulle part dans la cohue. Où diable était-il passé ?

Elle ferait mieux de partir. Non seulement elle n'avait plus de raison de s'attarder ici, ayant eu la preuve que son mari lui était fidèle, mais elle voulait rentrer pour réfléchir au calme à la façon dont elle pourrait lui faire comprendre qu'elle éprouvait pour lui un attachement qui contrevenait à leur accord. Elle ignorait comment il accueillerait cet aveu, mais elle ne pouvait taire ses sentiments plus longtemps.

Elle tournait les talons quand elle heurta un large torse. Une grande main masculine se referma sur son bras et le tint fermement.

Son estomac tangua. *Oh, Seigneur !*

— Tabitha ?

Elle leva les yeux. Finn la fixait d'un regard aussi sombre qu'indéchiffrable. Elle le gratifia d'un grand sourire pour masquer sa panique.

— Bonsoir, Finn.

— Jésus, murmura-t-il.

Sans lui laisser le temps de répliquer, il raffermit sa prise sur son bras et l'entraîna à l'écart.

— Comment es-tu venue ici ? demanda-t-il à voix basse. Tout va bien ? Que fais-tu là ?

— Cela fait beaucoup de questions et je ne sais à laquelle répondre en premier, répondit-elle dans une piètre tentative d'humour qui sonna terriblement faux.

En dépit du charivari qui régnait autour d'eux, Finn gardait les yeux rivés sur elle. Bien qu'elle apprécie d'ordinaire cette attention exclusive de sa part, elle fut décontenancée par ce regard qui la scrutait sans ciller. Elle se retint à grand-peine de se tortiller tel un voleur pris la main dans le sac.

— Commençons par le commencement, dit-il. Tu vas bien ?

— Oui, très bien, assura-t-elle en essayant de nouveau de sourire.

Il inspira profondément, comme s'il s'autorisait enfin à reprendre son souffle.

— Comment as-tu découvert cet endroit ? l'interrogea-t-il sans se départir de son calme.

— J'ai hélé un fiacre et je t'ai suivi, reconnut-elle. Il a dû rouler *très* vite pour ne pas te perdre, mais j'ai réussi à ne pas être éjectée de la voiture dans les virages.

— Dieu soit loué. Je ne me vois pas repêcher ma femme dans le caniveau.

Ne sachant trop s'il plaisantait ou non, elle continua à sourire absurdement.

— Pourquoi es-tu là ? demanda-t-il, les dents serrées. Tu n'as pas confiance en moi ? Tu as cru que j'allais jouer les libertins ?

— Je...

Elle pressa la main à la base de son cou, là où son pouls palpitait follement. Elle avait envie de se cacher dans un trou de souris – sauf qu'elle n'était pas une souris, et qu'elle lui devait la vérité, estimait-elle.

— Pardonne-moi. Tu mérites mieux que cela. C'est juste que... j'étais jalouse.

Il la dévisagea en fronçant les sourcils.

— Je n'ai aucune excuse, continua-t-elle. Tu ne m'as jamais donné de raisons de douter de toi, mais c'était plus fort que moi.

Comme il gardait le silence, elle éprouva un profond sentiment d'accablement.

— Je n'aurais pas dû te suivre à ton insu. Je suis désolée, Finn.

Silence, toujours.

— Je crois que c'est moi qui t'ai incité à venir ici, reprit-elle. Si je quittais notre lit, c'était parce que... juste après que nous avions fait l'amour, je sentais grandir quelque chose en moi. Quelque chose de tellement gros que je n'arrivais plus à respirer. Et cela m'effrayait.

— Et qu'est-ce qui t'effrayait ? demanda-t-il doucement.

Elle déglutit avec difficulté.

— Tu en es venu à compter tellement pour moi, Finn. Or j'ai été… blessée autrefois. Terriblement, par quelqu'un à qui je pensais être très attachée. Je ne voulais pas ressentir de nouveau une telle souffrance. Et j'ai tenté de m'en protéger en me cachant derrière les livres.

— Et quand tu as commencé à éprouver quelque chose pour moi…

— J'ai eu ce même réflexe de fuite, avoua-t-elle. J'ai gardé mes distances avec toi. Alors si quelqu'un est à blâmer pour tes escapades nocturnes, comme pour ta réticence à en parler, c'est moi et moi seule.

Ses traits se durcirent.

— J'aurais très bien pu t'en parler, mais j'ai pensé… que tu aurais une mauvaise opinion de moi.

— Pourquoi cela ?

— Les endroits comme celui-ci, répondit-il au bout d'un long moment, sont un refuge pour moi, à l'instar des bibliothèques pour toi. Or je ne voulais pas admettre que j'avais besoin de me sentir en sécurité. J'avais peur que tu voies cela comme une faiblesse.

Il avait prononcé ces mots dans un chuchotement rauque, comme s'il avait honte. Tabitha en eut le cœur serré.

— Si tu ne te sentais pas en sécurité avec moi, s'empressa-t-elle d'assurer, c'était *ma* faute. Et c'est encore moi qui t'ai poussé à me dissimuler la vérité et à m'opposer un silence qui a fini par me rendre absurdement suspicieuse et inquiète.

C'était dur, si dur de lui confesser tout cela, et pourtant elle n'avait pas le choix si elle voulait qu'ils aient la possibilité d'aller de l'avant.

Cependant il restait muet, et cela la dévastait. Elle était allée trop loin et devait maintenant affronter les conséquences de son attitude.

— Si tu es en colère contre moi, murmura-t-elle d'une voix étranglée, je le comprendrai. Je vais m'en aller.

Comme elle faisait mine de le contourner, il tendit vivement la main et lui agrippa le poignet. Elle leva les yeux, redoutant de lire dans son regard ce qu'elle avait lu dans celui de Charles Stokely huit ans auparavant : fureur, dégoût, mépris.

Mais Finn la considérait au contraire avec tendresse et ses lèvres s'incurvèrent sur le plus adorable des sourires.

— Reste, chuchota-t-il. Je t'en prie, reste.

Elle eut l'impression que son cœur s'était logé dans sa gorge. Elle battit des paupières, scruta Finn, cherchant sur ses traits le moindre signe de colère ou de dégoût, mais elle ne trouva que gratitude et affection. Il lâcha son poignet pour nouer ses doigts aux siens. Lui non plus ne portait pas de gants et le contact de sa peau lui monta à la tête plus sûrement que n'importe quel alcool.

— Tu en es sûr ? souffla-t-elle.

— Il te suffisait de me demander ce que je faisais de mes nuits, mon ange, et je te l'aurais dit. Parce que…

Il prit une longue inspiration, comme pour se donner du courage.

— Moi aussi, j'éprouve des sentiments pour toi.

— Vraiment ?

Saisie d'un regain d'espoir, elle sentit sa poitrine se contracter.

— Tu n'étais pas la seule à avoir peur d'avouer la vérité, admit-il. Je ne voulais pas outrepasser les termes de notre accord. Je craignais que mes sentiments ne soient pas partagés.

— Ils le sont !

Heureuse, elle se hissa sur la pointe des pieds pour l'embrasser. Les lèvres de son mari étaient d'une douceur de soie et son baiser était la réponse à la question qu'elle n'avait osé lui poser. Elle se sentit fondre entre ses bras.

Quelle idiote de l'avoir comparé à Charles ! Ils n'avaient rien de commun, et en s'accrochant à son passé, elle avait tenu Finn à distance. Mais cela venait de changer.

— Nous rentrons à la maison ? demanda-t-elle, le souffle court.

— Je te veux dans notre lit, murmura-t-il contre ses lèvres. Mais avant de partir, j'aimerais te montrer cet endroit. Te faire découvrir mon univers. Tu veux bien rester ici encore un peu ? Avec moi ?

Qu'il veuille partager avec elle ce qui était si important pour lui la transporta de joie.

— Avec plaisir.

— Dans ce cas, dit-il en lui prenant la main pour la glisser au creux de son bras, partons ensemble à la découverte.

18

— Par où commencer ?

La présence de Tabitha à ses côtés donnait à Finn un regain d'énergie, comme s'il escortait un rayon de lune.

La nuit lui paraissait soudain riche de possibilités, alors qu'un peu plus tôt dans la soirée, il n'était concentré que sur son objectif du moment, à savoir gagner assez pour ne pas trop regretter d'avoir délaissé sa femme. À présent, cependant, tandis qu'il balayait du regard la vaste salle au plafond voûté et aux innombrables lustres, il ne voyait plus une obligation mais un potentiel.

— Je pourrais essayer quelques jeux, suggéra-t-elle tout en détaillant son environnement d'un regard vif et pénétrant.

Il adorait la voir si attentive, tellement ouverte au monde qui l'entourait.

— Ainsi je pourrais partager un peu de ton expérience.

— La pratique sans la théorie conduit inévitablement au désastre, répliqua-t-il avant de faire signe à un serveur. Whisky pour moi, et pour madame…

Il adressa un regard interrogateur à sa femme.

— Whisky pour moi aussi, répondit-elle, avant d'ajouter avec un sourire : Je n'y ai goûté qu'une seule fois, mais je suis prête à recommencer !

Le serveur s'inclina avant d'aller chercher leur commande.

— Mieux vaut d'abord tout essayer, déclara Finn en l'entraînant vers une table de roulette. La plupart des gens qui viennent ici tentent leur chance à plein de jeux, histoire de varier les plaisirs.

— Mais ce n'est pas ce que tu fais, toi, remarqua-t-elle.

— Je prends du plaisir à jouer, bien sûr, mais ce qui m'incite à venir dans ce genre d'endroits soir après soir, c'est l'appât du gain, je le reconnais humblement.

— Il doit pourtant exister des façons moins risquées de gagner sa vie.

Elle inclina la tête à l'adresse du serveur qui revenait avec leurs consommations. Elle prit son whisky et Finn le sien. Il leva son verre dès que le serveur eut tourné les talons.

— Aux revirements inattendus.

— Où qu'ils nous entraînent, renchérit-elle en trinquant avec lui.

Ils goûtèrent leur boisson en se dévisageant par-dessus le bord de leur verre.

Qu'elle se soit méfiée de lui au point de le suivre était vexant. Il est vrai qu'il n'avait pas non plus été complètement franc avec elle quand elle avait voulu savoir où il passait ses nuits.

Pour autant, il ne pouvait s'empêcher de se réjouir à l'idée qu'elle se soit montrée aussi possessive à son égard. Inspirer de la jalousie offrait une forme de satisfaction primaire.

Elle était *attachée* à lui, bon sang ! *Elle* était attachée à *lui*. Il ne cessait d'en être abasourdi, d'en être émerveillé.

Les paroles de Tabitha l'avaient littéralement transformé. Il se sentait brûlant, vivant, scintillant, telle une braise prête à se muer en flamme.

Il ne devait toutefois pas oublier qu'elle ne savait pas *tout* de lui. Ses sentiments pourraient changer quand elle découvrirait que son mari avait des difficultés à lire.

Sa joie s'atténua, comme si on avait posé une cloche de verre sur les braises de ses espoirs.

Pour l'heure, il allait prendre ce qui lui était offert. Cela lui ferait des souvenirs heureux pour après, quand les choses prendraient inévitablement fin.

Après avoir vidé son verre, il le tendit à un serveur avant de conduire sa femme près d'une table de jeu de dés. Voilà quelque chose qu'il pouvait partager avec elle sans craindre de rejet.

— J'aime le cliquetis des dés, murmura-t-il. Je l'entends de loin malgré le brouhaha. Il me donne le sentiment rassurant que tout est à sa place en ce bas monde.

Elle tendit l'oreille et sourit en entendant les cubes d'ivoire rouler sur le tapis vert.

— Plutôt accueillant comme bruit, non ? Comme le tintement de la vaisselle dans une cuisine, un son réconfortant.

— Je n'avais pas vu les choses sous cet angle, mais tu as raison.

Il sourit à sa si merveilleuse épouse. Mais il ne pouvait passer le reste de la soirée à lui faire les yeux doux, si tentante que soit cette perspective. Il se concentra donc sur la partie en cours.

— Comment peut-on gagner à ce genre de jeu ? demanda-t-elle.

— Les amateurs qui débarquent dans les cercles de jeu ont tendance à croire qu'on y remporte des victoires à coups de bluff et de grosses mises, répondit-il, mais ce n'est pas comme cela que ça marche. Sang-froid, prudence et humilité sont les clés de la victoire, et c'est ce qui m'a toujours attiré dans le jeu. Élaborer des stratégies, réfléchir à chacun de ses coups, comprendre les mathématiques et les probabilités. C'est ainsi qu'on gagne et pas autrement.

— Cela ressemble à ta façon de te comporter en dehors des tripots, dit-elle d'un air songeur. Tu ne te précipites jamais et tu envisages toutes les possibilités, y compris dans tes rapports avec les gens.

Il tressaillit. Bon sang… avait-elle raison ?

— Bien vu, admit-il, un tantinet sidéré.

La perspicacité avec laquelle elle venait de le percer à jour lui fit battre le cœur. Il la regarda observer la partie, fasciné par son profil et l'intensité de sa concentration.

Une exclamation dépitée à la table voisine ramena l'attention de Finn sur la salle.

Tabitha désigna l'un des joueurs du menton.

— Qu'en est-il de cet homme-là, celui qui transpire à chaque lancer ?

— Il joue trop vite, répondit Finn avec assurance. Faute de réflexion ou de confiance en soi. Plus il accumule les déboires, plus il se tend et moins il s'applique à ce qu'il fait.

Il avait pitié de ce pauvre gars, sachant qu'on ne se sortait de cette spirale désastreuse qu'en gagnant, mais qu'on ne pouvait gagner qu'en recouvrant son sang-froid.

Le bonhomme ne cessait de s'éponger le front avec sa manche et de s'essuyer les paumes sur ses culottes.

— « Aucune passion ne prive aussi efficacement l'esprit de toutes ses facultés de raisonnement et d'action que la peur », cita Tabitha. Edmund Burke.

— Je n'aurais pas mieux dit, approuva Finn. L'approche de ce type est complètement faussée. Or la beauté de cette activité réside dans l'alchimie entre précision et finesse. Il faut savoir lire le jeu, mais aussi les gens, et prêter attention à ce qui est dit comme à ce qui est tu. Cela suppose une bonne capacité d'analyse en même temps que de l'intuition. De la patience également, ainsi qu'un gros travail de mémoire.

Tabitha cessa de s'intéresser à la partie pour le scruter avec une attention qui était à la fois inquiétante et excitante. Les cartes et les jeux de hasard ne représentaient guère de danger pour lui, car il savait rester placide et calme, sans jamais laisser rien ni personne troubler sa sérénité. Mais sous ce regard grave qui semblait voir jusqu'au centre de son être, il se retenait à grand-peine de se frotter la nuque ou de serrer les poings – signes éminemment révélateurs aux cartes.

Si l'attention de sa femme le flattait et le touchait, il craignait cependant qu'elle ne finisse par le percer à jour. Pourquoi fallait-il que ce qu'il désirait le plus soit aussi ce qu'il redoutait le plus ?

— Cette façon que certains ont de te sous-estimer est *criminelle*, lâcha-t-elle.

Il avait vingt-neuf ans et avait vu et fait des choses qui auraient scandalisé les trois quarts de la bonne société. Il n'en rougit pas moins sous le compliment et préféra détourner les yeux pour ne pas se laisser aller à quelque comportement ridicule – comme fondre en larmes au beau milieu d'un tripot.

Certes, il ne serait pas le premier à sangloter dans ce genre d'endroit, mais cela ne lui était encore jamais arrivé et il n'allait pas s'y mettre ce soir.

Il lui fallut malgré tout inspirer à plusieurs reprises avant de pouvoir regarder de nouveau Tabitha dans les yeux. Des yeux qui exprimaient non seulement de la compréhension mais du *respect*.

Le respect était une denrée rare dans sa vie. Et d'avoir su gagner celui de Tabitha…

Il risquait cependant de le perdre si elle apprenait la vérité.

Il déglutit avec peine, s'efforçant de ravaler la peur qui menaçait de gâcher la joie de cet instant.

— Assez de théorie, décida-t-il. Passons à la pratique.

Il lui désigna une table où l'on jouait au *loo*.

— Je ne connais rien aux cartes, le prévint-elle en plissant le front d'un air inquiet.

— Je vais te guider pendant la partie.

— Tu ne joueras pas toi-même ? s'étonna-t-elle.

— Je te serai de meilleur conseil si je ne suis pas distrait par mon propre jeu.

Il remercia silencieusement le ciel tout en la guidant vers la table de *loo*. À son arrivée au *Jenkins's* ce soir, son moral était au plus bas – Tabitha avait une nouvelle fois déserté le lit conjugal et il commençait sérieusement à craindre que sa femme lui reste à tout jamais inaccessible – et voilà que sa présence à ses côtés l'emplissait d'une allégresse qu'il n'avait pas ressentie depuis longtemps, sinon jamais. Même faire sauter la banque du cercle de jeu n'aurait pu lui procurer une émotion comparable.

Or, tant que cette émotion durait, il était résolu à s'y accrocher. Le temps du chagrin et des regrets, si inévitable soit-il, viendrait plus tard.

Finn lui expliqua aussi succinctement que possible les règles du *loo*. Tabitha l'écouta avec attention, ne lui posant que les questions indispensables.

— Je suis prête à tenter le coup, déclara-t-elle enfin.

C'était un *loo* à trois cartes, et après que le donneur eut misé au pot, on distribua des cartes aux autres joueurs, puis la couleur d'atout fut définie. Tabitha comprenait vite. Quand vint son tour, elle annonça qu'elle jouerait sa main et chacun autour de la table essaya de ramasser le pli.

Elle gagna plusieurs manches d'affilée, adressant chaque fois un regard surpris mais ravi à Finn, qui se tenait derrière elle. Il adorait la voir appliquer son intelligence à un domaine nouveau, et elle-même semblait avide de saisir la moindre occasion non seulement d'élargir sa culture déjà vaste, mais d'en apprendre davantage sur *lui*.

— Le plus avisé, lui chuchota-t-il à l'oreille quand sa chance sembla tourner, est de quitter le jeu à l'apogée de ta réussite. La cupidité est souvent mauvaise conseillère.

— Stratégie judicieuse, approuva-t-elle avant de ramasser ses jetons pour aller les monnayer.

Quand elle eut récupéré ses gains, ils décidèrent de rentrer à la maison. Tous deux gardèrent le silence dans le fiacre.

Tabitha se blottit contre Finn, qui lui entoura les épaules du bras avec le plus parfait naturel, comme s'il avait fait cela toute sa vie.

— Tu comptes passer par la bibliothèque avant de te coucher ? s'enquit-il du ton le plus léger possible, alors qu'il retenait son souffle dans l'attente de sa réponse.

— Non, j'irai directement au lit, murmura-t-elle.

Respirant plus librement, il resserra son étreinte, ses dernières craintes envolées. Il n'y avait désormais plus qu'eux au monde tandis que, l'excitation de la soirée refluant, Tabitha bâillait délicatement sur son épaule.

Jamais il n'avait éprouvé de plus grand soulagement que lorsque, de retour chez eux, sa femme noua ses doigts aux siens pour gagner l'étage. Lorsqu'ils arrivèrent dans leur chambre, elle tenait à peine debout. Tandis qu'il l'aidait à se déshabiller, elle n'arrivait même pas à garder les yeux ouverts. Sitôt qu'il l'eut couchée, il se dévêtit à son tour et prit le temps de faire un brin de toilette avant de la rejoindre.

Elle se tourna aussitôt vers lui avec un soupir ensommeillé et se réfugia dans ses bras. Elle était douce et chaude, et le cœur de Finn se gonfla de tendresse tandis qu'elle se pelotonnait contre lui. Quelques instants plus tard, elle sombrait dans le sommeil.

Comblé jusqu'au tréfonds de son être, il contempla le baldaquin. L'aube commençait à poindre et le motif du ciel de lit, un entrelacs de feuillages parsemés de petites fleurs, était de plus en plus net. Ce n'étaient pas eux qui avaient choisi la décoration ni ce tissu en particulier, mais Finn n'en avait cure du moment que cela plaisait à Tabitha.

Profondément endormie, celle-ci ronflotait doucement et ce bruit le fit sourire car, dès qu'il s'agissait d'elle, il était charmé.

Ses paupières se fermaient d'elles-mêmes, pourtant il se força à les garder ouvertes. Il voulait savourer encore un peu cette incroyable soirée avec Tabitha et craignait trop de découvrir à son réveil qu'elle avait de nouveau déserté le lit conjugal pour aller ailleurs – ailleurs qu'ici, avec lui. Certes, elle ne s'était pas réfugiée dans la bibliothèque à leur arrivée, mais elle pouvait changer d'avis.

Le lit était si confortable, la présence de sa femme dans ses bras si apaisante qu'il finit par s'assoupir.

Il se réveilla en sursaut. Il n'aurait su dire combien de temps il avait dormi car les rideaux étaient toujours tirés et la pièce plongée dans la pénombre. Il roula sur le flanc, se préparant à affronter le vide à côté de lui dans le lit.

Sauf que Tabitha était là.

Elle l'observait, l'air amusée, les cheveux en désordre.

— Bonjour, ma belle, murmura-t-il.

— Belle ? Je dois plutôt ressembler à un livre de bibliothèque trop emprunté, répliqua-t-elle en riant.

— Tu es ravissante.

L'oreiller avait laissé des marques sur son visage, qui paraissait chiffonné, et pourtant jamais elle ne lui avait paru aussi jolie.

— Et je suis affamée, avoua-t-elle.

— Alors il faut vous nourrir sans délai, madame.

— Tu crois qu'il reste du cake à l'orange ? demanda-t-elle en se hissant sur un coude.

— S'il n'en reste pas, je t'en préparerai un moi-même. En vérité, je n'y connais rien en pâtisserie, avoua-t-il, mais je suis prêt à harceler sans pitié la cuisinière jusqu'à ce qu'elle t'en fasse un.

Il sortit du lit et enfila une robe de chambre avant de tirer sur le cordon. Comme Tabitha se redressait, il leva la main pour l'arrêter.

— Ne bouge pas – sauf, éventuellement, pour rabattre la couverture et te montrer sans pudeur à mes yeux éblouis.

— Comme ceci ? s'enquit-elle en repoussant ladite couverture.

Il n'eut guère le loisir de se repaître de sa délicieuse nudité, car un coup frappé à la porte l'incita à remonter la couverture jusqu'au menton.

Il alla entrouvrir la porte et pria la bonne de leur monter un plateau, avant de retourner auprès de son épouse rougissante.

— Au temps pour ma première tentative d'exhibition, maugréa-t-elle.

— Nous aurons un tas d'autres occasions de répéter ce numéro, avec jeté de couverture et tout, promit-il en s'asseyant à côté d'elle pour s'emparer de ses lèvres. Maintenant que tu es de retour dans mon lit, je ne suis pas près de te laisser repartir.

19

— Ah, monsieur Ransome, madame Ransome, les salua sir William quand ils pénétrèrent dans le salon d'attente de la Sterling Society, deux jours plus tard. Venez vous joindre à nous.

Dans la salle de réunion, les fauteuils avaient été disposés en cercle. Tous étaient occupés, à l'exception des deux réservés aux nouveaux venus.

Les membres du comité se levèrent lorsque Tabitha et son mari entrèrent dans la pièce, certains s'empressant de se rasseoir dès que Tabitha eut pris place. Elle ne s'en formalisa pas : elle savait que la tâche s'annonçait difficile, et ce n'étaient pas quelques messieurs à peine polis qui la dissuaderaient d'aller jusqu'au bout.

Pas plus tard que la veille, elle avait retrouvé Diana, Iris, Arjun et Chima à la Benezra. La réunion, pour brève qu'elle soit, était indispensable, le projet de loi sur l'éducation devant être présenté prochainement au Parlement. Elle avait discuté avec ses amis de la position à prendre quand la Sterling Society serait consultée à ce sujet et leur avait réaffirmé son intention de les faire entrer le plus tôt possible dans ce comité.

Elle avait les nerfs en pelote quand elle s'installa dans le fauteuil, tant l'enjeu était élevé, mais il suffit d'un clin d'œil et d'un sourire rassurant de Finn pour que sa peur reflue.

Après qu'un domestique eut apporté le thé – Finn contempla sa tasse d'un air dépité, regrettant sans doute que celle-ci ne contienne pas du café, sinon du whisky –, sir William s'éclaircit la voix.

— La semaine dernière, M. Dunne a soulevé un point des plus pertinents quant à la comparaison entre empirisme et rationalisme.

— L'homme sage adapte ses croyances à la réalité, à en croire Hume, déclara l'un de ses collègues.

— Mais cela suppose que nos sens soient eux-mêmes parfaits, répliqua calmement Tabitha, or la machine humaine est déficiente, au mieux.

Son intervention déclencha un débat véhément. Elle se lança dans la mêlée, proposant sa propre interprétation de divers textes et courants philosophiques. Finn, lui, gardait le silence, les yeux rivés sur elle. Elle aurait juré distinguer une lueur lubrique dans le regard dont il la couvait, quand bien même les sujets qu'elle abordait avec la Sterling Society n'avaient vraiment rien d'égrillard.

Elle se concentra sur la discussion en cours.

— « Tout ce qu'on reçoit ne se mesure pas à sa taille réelle, mais à celle de son réceptacle », d'après sœur Jeanne-Agnès de la Croix.

— Vous citez une *femme* ? s'enquit sir William en se renfrognant. Et une papiste de l'autre bout de la terre qui plus est ?

Tabitha inspira profondément pour se calmer.

— Femme ou non, ses idées sont exceptionnelles, et je peine à concevoir en quoi son pays d'origine pourrait discréditer ses pensées.

Ces messieurs s'agitèrent dans leur fauteuil en échangeant des regards éloquents.

— À la Sterling Society, déclara sir William avec hauteur, nos propos sont fondés sur les bases les plus solides. J'entends par là les œuvres que nous ont léguées les plus grands esprits de notre civilisation : Socrate, Boèce, Guillaume d'Ockham, Hegel.

— Assurément, les travaux de ces penseurs sont admirables, acquiesça Tabitha en s'efforçant d'adopter un ton aussi posé et froid que possible, histoire de ne pas être soupçonnée de se laisser emporter par ses émotions, mais en ne vous référant qu'à eux, vous excluez plus de la moitié de l'humanité à cause de son sexe. En outre, l'Occident n'est qu'une partie assez modeste d'un monde beaucoup plus vaste. Comme l'a dit Shakespeare : « Il y a plus de choses dans le ciel et sur la terre que n'en rêve votre philosophie. »

Plusieurs de ces messieurs s'exclamèrent, l'un d'eux bafouillant même d'indignation.

— Vous devez lire Wollstonecraft, intervint M. Dunne d'un ton crispé.

— Absolument, admit-elle sur un ton égal, alors même que la moutarde lui montait au nez. Et aussi Hypatie d'Alexandrie, Maitreyī et Rabia Basri.

Finn lui adressa un grand sourire, tandis que les autres hommes grommelaient à qui mieux mieux.

— Madame Ransome, rétorqua sir William, la Sterling Society se refuse à prendre en compte les opinions subalternes.

— Subalternes en raison de leur valeur intrinsèque, répliqua-t-elle entre ses dents, ou de l'identité de la personne qui les émet ? Si c'est cette dernière hypothèse qui est la bonne, alors votre méthodologie est pour le moins douteuse dans la mesure où vous vous laissez aveugler par votre manque de courage et par votre étroitesse d'esprit.

Là, je vous renvoie de nouveau à l'observation de sœur Jeanne-Agnès de la Croix à propos de la taille du « réceptacle ».

Des cris outrés accueillirent ce réquisitoire prononcé sur le ton du constat. Comme Finn la consultait du regard, elle secoua légèrement la tête ; il resta donc assis, mais prêt à entrer en action si elle le lui demandait. Dieu qu'elle aurait aimé le lâcher, et elle avec, sur ces fourbes pontifiants. Mais, même si ça lui coûtait, elle devait impérativement se contrôler, le moindre changement de ton de sa part risquant d'être accueilli par une fin de non-recevoir.

Quelques-uns s'étaient mis à tousser dans leur poing, ce qui devait être une sorte de signal car sir William noua les mains dans son giron avec une lenteur délibérée, réduisant l'assistance au silence.

— Madame Ransome, commença-t-il, avant votre arrivée, votre future présence parmi nous a fait l'objet d'un âpre débat. Et je dois avouer qu'il n'est pas un membre de cette assemblée – moi inclus – qui ait émis le souhait de vous voir intégrer nos rangs.

Finn se rembrunit, le regard si meurtrier que plusieurs des érudits le considérèrent avec inquiétude.

— Je vois, dit Tabitha sans se départir de son calme, alors même que son ventre se crispait de rage. Y a-t-il un seul moment où vous avez envisagé vraiment la possibilité de m'accueillir dans ce comité ? Ou tout cela n'était-il qu'une farce, sir William ?

— Vous inviter ici était un exercice purement intellectuel, reconnut-il avec un reniflement dédaigneux, histoire de voir si des femmes pouvaient ou non nous rejoindre. Les propos que vous venez de tenir ont confirmé l'hypothèse qui a toujours été la nôtre, à savoir que le sexe opposé n'a rien à faire dans la Sterling Society. Votre candidature était vouée d'avance à l'échec.

Tabitha le dévisagea. C'était pourtant le baronnet lui-même qui lui avait suggéré de se marier pour parvenir à ses fins, or il lui avait menti. Ce n'était qu'une farce condescendante. Ses espoirs, ses buts, rien de tout cela ne comptait pour sir William et ses bigots de collègues.

Elle vit rouge tout à coup et la colère fusa dans ses veines. Ils leur avaient fait perdre leur temps, à Finn et à elle, les manipulant comme des satanées marionnettes tout en sachant qu'ils ne l'accepteraient pas dans leurs rangs, ni elle, ni aucune autre personne qui ne soit pas leur copie conforme. Et voilà que Diana, Iris, Chima et Arjun allaient être condamnés au silence par ces… ces… *pitres*.

Elle se leva d'un bond, heureuse que la fureur ne lui ait pas coupé les jambes. Finn l'imita aussitôt, présence rassurante à ses côtés. Elle nota toutefois que leurs hôtes demeuraient assis et, même si elle n'avait cure de leur absence de galanterie, elle ne manqua pas de prendre cette muflerie pour ce qu'elle était : un affront.

— Si tout ce dont vous êtes capables, déclara-t-elle d'un ton glacial, c'est de régurgiter les pensées de gens qui vous ressemblent et qui habitent le même minuscule espace terrestre que vous, je me réjouis à l'avance de votre disparition – laquelle ne devrait pas tarder.

Finn lui offrit son bras, qu'elle prit. Ils gagnèrent la porte d'un pas digne au milieu des cris scandalisés des membres de la Sterling Society.

— Juste un instant, ma chérie, chuchota Finn sur le seuil.

Il fit face aux visages congestionnés de l'érudite assemblée.

— Au cas où vous n'auriez pas bien saisi le message de mon épouse, messieurs, allez tous vous faire foutre.

Il se tourna vers sa femme.

— Nous y allons, très chère ?

Elle réussit à hocher la tête et ils quittèrent les lieux. Une fois dehors, elle reprit son souffle à grandes inspirations rageuses.

— Comment osent-ils ? gronda-t-elle, libérant enfin la fureur qui l'embrasait. Comment *osent*-ils ?

Finn la lâcha un instant pour aller prévenir le cocher qu'ils rentraient à pied, puis lui présenta de nouveau son bras.

Ils se mirent en route. Elle marchait d'un pas rapide, furieux, ne prêtant attention ni aux voitures qui encombraient les rues de Mayfair ni aux immeubles qu'ils longeaient. La rage qui l'avait envahie était monstrueuse, elle ressemblait à l'hydre de la mythologie grecque dardant ses multiples têtes et crachant le feu sur quiconque aurait la bêtise de croiser son chemin.

Finn ne disait rien, il se contentait de marcher à son rythme. Elle finit par s'apercevoir qu'il ne la ramenait pas chez eux, mais semblait malgré tout suivre un trajet précis.

— Où va-t-on ? demanda-t-elle.

— Là où tu pourras te soulager, répondit-il, énigmatique.

Elle était trop hors d'elle pour exiger plus de précisions, mais après une bonne demi-heure de marche, alors que sa colère n'était toujours pas retombée, elle se rendit compte qu'ils déambulaient dans un quartier un peu louche de la capitale. Les façades de brique des bâtiments étaient maculées de suie et l'un d'eux exhibait des fenêtres dépourvues de carreaux.

Finn s'arrêta devant un grand édifice muni d'une porte en bois massif aux vantaux légèrement voilés. Elle était entrouverte. Aucune enseigne n'indiquait ce qui se trouvait à l'intérieur, mais son mari poussa sans hésiter l'un des battants d'un coup d'épaule. Il invita Tabitha à le suivre le long d'un corridor plongé dans la pénombre.

Sitôt le seuil franchi, elle fut accueillie par des remugles un peu rances, moites, *humains*. Ce n'était pas une odeur désagréable, mais elle était lourde, aigre et devenait plus entêtante à mesure qu'ils remontaient le couloir. Elle perçut bientôt des grognements masculins entrecoupés de quelques cris et d'une profusion de jurons.

Le corridor débouchait sur une vaste salle haute de plafond, et Tabitha marqua un temps d'arrêt en découvrant les deux rings en son centre. Entre les cordes, des hommes s'entraînaient en échangeant des coups de poing. Certains avaient la chemise qui sortait de leurs culottes, alors que d'autres étaient torse nu. Tous étaient luisants de sueur, d'où l'odeur. Autour des rings, d'autres hommes faisaient des exercices de gymnastique ou frappaient dans des sacs de cuir accrochés à la charpente.

Quelques boxeurs lui lancèrent des coups d'œil curieux, mais si certains furent surpris de voir une femme dans ce temple de l'agressivité masculine, leurs visages cabossés – souvent agrémentés d'un nez cassé – n'en laissèrent rien paraître.

Finn leva la main pour saluer un grand roux aux cheveux hirsutes qui entraînait un Noir dans le fond de la salle. Il regarda Tabitha en arquant les sourcils, puis haussa les épaules et reprit son travail.

Finn n'avait toujours rien dit à sa femme, mais elle le suivit quand il lui indiqua du menton un coin de la pièce. Il s'arrêta devant un gros sac en cuir, presque aussi haut qu'elle, suspendu à une chaîne. Après avoir ôté sa veste et l'avoir déposée sur le sol, il se plaça de l'autre côté du sac, qu'il cala contre son épaule en le tenant en place.

— Vas-y, l'encouragea-t-il.

— Tu veux que je frappe cette chose ? s'enquit-elle en détaillant le sac qui, vu de près, avait une allure plutôt menaçante.

— Vu qu'en coller une à sir William est impossible, t'emmener ici pour que tu t'en prennes à un sac de frappe m'a paru la meilleure alternative. Allez, vas-y. File-lui une raclée.

Elle dévisagea son époux, s'efforçant de se libérer de la fureur qui l'enveloppait encore.

— Je n'ai jamais donné le moindre coup de toute ma vie.

— Ça peut faire beaucoup de bien. Veille juste à ne pas rentrer le pouce dans ton poing ou tu risques de te blesser. Et pense à utiliser le poids de ton corps pour donner plus de force à ton coup et préserver ton bras. Sinon, ajouta-t-il avec un sourire complice, fais comme tu veux.

Même au comble de la colère, elle lui était reconnaissante de se montrer aussi perspicace.

Elle regarda tour à tour son poing fermé – pouce à *l'extérieur* – et le sac. Il n'était pas banal pour une femme de pratiquer le pugilat, et certains estimeraient cela d'une vulgarité indigne du beau sexe. Mais ces censeurs étaient les mêmes qui, à la Sterling Society et ailleurs, professaient que les femmes n'avaient pas leur place dans le monde des idées.

Après avoir ôté son chapeau et l'avoir mis de côté, Tabitha déboutonna sa pelisse et la posa sur la veste de Finn. Puis elle s'approcha du sac et l'évalua du regard. Comment procéder ? Comment compenser au mieux sa piètre force physique ?

— Il ne s'agit pas de penser, lui lança son mari de l'autre côté du sac. Tout doit venir des émotions, du corps. Quels que soient tes sentiments, investis-les dans tes coups.

Elle laissa partir son poing, qui heurta le côté du sac. Bien que ce dernier ait été à peine ébranlé par cette première frappe, la sensation de sa main heurtant *quelque chose* et la secousse qui en résulta dans son bras et dans son corps tout entier la remplirent d'une joie féroce.

— Imagine la figure de sir William, suggéra Finn. Rappelle-toi les sourires hautains et suffisants de tous ces salopards qui se moquent de toi.

Elle recommença à cogner le sac, encore et encore, jusqu'à imaginer le bruit des cartilages broyés et le sang qui giclait. C'était violent, c'était barbare, c'était *merveilleux*.

— *Ça*, c'est pour m'avoir donné de faux espoirs, gronda-t-elle. *Ça*, c'est pour votre mesquinerie. Et *ça*, c'est pour être une bande de. Fichus. Crétins. Arrogants.

Elle ponctuait chaque insulte d'un nouveau coup, frappant le sac jusqu'à en perdre le souffle. Elle était en nage, son bras et son poing étaient douloureux. Mais curieusement, loin d'être attisée par ce déchaînement d'agressivité, sa colère s'était quelque peu apaisée.

Essoufflée, épuisée, elle recula et se pencha en avant, les mains sur les genoux. Finn alla récupérer sa flasque dans sa veste, puis la déboucha avant de la lui tendre.

— Tu ne t'en sépares jamais ? demanda-t-elle en reniflant le contenu du flacon.

La fragrance tourbeuse lui monta aux narines. Elle avala une gorgée de whisky entre deux halètements.

— Je suis habitué à prendre soin de moi.

Elle lui rendit la flasque et le regarda boire une longue rasade. Il la dévisagea un instant, attrapa un tabouret en bois qui traînait à proximité et le posa près d'elle. Elle s'y laissa choir avec reconnaissance. Elle devait être affreuse à voir. Olive serait sans doute horrifiée de l'état de sa coiffure qu'elle avait si soigneusement arrangée, mais peu lui importait.

— Je n'ai jamais… rien *frappé*, avoua-t-elle, pantelante.

— Et ça t'a fait quoi ?

— Du bien. Beaucoup, beaucoup de bien.

Elle balaya la salle de boxe du regard mais voyait encore le salon de la Sterling Society et le cercle de visages masculins à l'expression suffisante qui l'examinaient comme si elle était un monstre de foire.

— Mais ça ne suffira pas. Rien ne suffira. Maudits mâles arrogants !

Finn lâcha un juron.

— Tu n'as qu'un mot à dire et je retourne là-bas leur faire avaler leurs dents. J'en suis capable, tu sais. Je viens m'entraîner ici trois à quatre fois par semaine.

Elle réussit à ébaucher un semblant de sourire.

— Ce côté méchant chez toi est aussi délicieux qu'inattendu. Mais non, ajouta-t-elle en secouant la tête. Cela aurait pour seul effet de les conforter dans leur décision de rejeter ma candidature et je ne veux pas apporter de l'eau au moulin de leur mépris. N'empêche, je ne digère toujours pas qu'ils se soient joués de moi. D'emblée, ils m'ont vue comme une espèce de papillon qu'ils voulaient épingler sur un panneau de liège pour l'étudier à loisir. Tout ce que j'ai fait pour tenter de m'attirer leurs faveurs s'est révélé un marché de dupes.

Finn garda le silence un long moment. Les seuls bruits venaient des boxeurs qui s'entraînaient, ponctués de cris et de jurons.

Tabitha leva les yeux vers lui. Les bras croisés, il avait l'air sombre et distrait.

— Un marché de dupes, répéta-t-il. Y compris notre mariage ? Après ce que tu m'as dit au cercle de jeu ?

Elle écarquilla les yeux et bondit sur ses pieds pour lui prendre les mains.

— Non, Finn. Non. L'une des raisons pour lesquelles nous nous sommes mariés était peut-être illusoire, mais je ne le regrette pas. Je ne l'ai jamais regretté.

Elle s'interrompit pour reprendre son souffle.

— J'espère que toi non plus tu ne le regrettes pas.

Son cœur, dont les battements s'étaient un peu ralentis ces dernières minutes, repartit de plus belle, sous le regard intense de son mari.

Je t'aime.

Ces mots lui brûlaient la langue. Et pourtant… elle ne pouvait les prononcer. Et même si elle avait avoué à Finn qu'elle lui était attachée, dire ces mots-là lui semblait impossible. Une peur insidieuse lui chuchotait qu'elle ne serait jamais en sécurité nulle part, pas même avec l'homme qu'elle en était venue à aimer au-delà de toute raison.

20

Ce soir-là, à la table du dîner, Finn observait avec inquiétude Tabitha qui semblait apathique. Malgré la séance à la salle de boxe, qui l'avait soulagée, elle paraissait en proie à un abattement profond.

Elle jouait avec le contenu de son assiette, déplaçant les aliments d'un bord à l'autre sans y toucher.

— Si ça ne te dit rien, je peux demander à la cuisinière de te préparer autre chose, proposa Finn, soucieux.

— Je crains que cela ne serve pas à grand-chose, répondit-elle avec une pauvre esquisse de sourire. L'appétit ne vient pas. Je n'arrête pas de me dire que j'ai fait défaut à mes amis et à moi-même. Dorénavant, je n'ai plus aucun espoir de participer à la réflexion sur le projet de loi sur l'éducation. La Sterling Society va continuer à conseiller les autorités avec son habituel conservatisme étriqué et rien ne changera.

Ces paroles firent mal à Finn. Il détestait la voir aussi affectée par le comportement de quelques vieillards arrogants.

— Premièrement, dit-il en se penchant pour lui prendre la main, tu n'as fait défaut à personne.

Ce sont ces crétins qui ne se sont pas montrés à la hauteur de ce que *tu* leur proposais et qui, par pur entêtement, n'ont pas saisi la chance que *tu* représentais pour la nation. S'il y en a qui mériteraient de se lamenter ce soir dans leur salle à manger, ce seraient plutôt sir William Marcroft et toute sa bande de berniques accrochées au rocher de leurs certitudes moisies.

Elle gloussa, sans toutefois se départir de son expression accablée.

— Et deuxièmement ?

— Deuxièmement, répondit-il en lui pressant les doigts, la mission que tes amis et toi vous êtes donnée est importante. Et nous trouverons un moyen de la faire aboutir.

Elle le gratifia d'un regard chaleureux et il fut heureux qu'elle puisse au moins lui offrir cela. Mais ce n'était pas assez.

— Ce moyen existe peut-être, articula-t-elle lentement. Mais j'ai le cerveau chamboulé et rien ne me vient ce soir.

Son propre cerveau ne fonctionnait guère mieux, mais avant qu'il puisse le lui avouer, on frappa à la porte d'entrée. Tabitha et lui échangèrent un regard perplexe : qui pouvait bien leur rendre visite à une heure pareille ?

Une voix familière résonna dans le vestibule.

— M. Kieran Ransome, annonça Edgar, mais le frère de Finn franchissait déjà le seuil de la salle à manger.

Il y avait du brouillard et son manteau était humide ainsi que sa chevelure ondulée, qu'il portait longue parce que Céleste trouvait que cela lui donnait une allure de poète romantique.

Il fila droit vers le buffet pour se servir un verre de vin.

— Ne vous dérangez pas pour moi, lança-t-il par-dessus son épaule.

— Ne t'inquiète pas, repartit Finn, ce n'est pas le cas.

— Tout va bien ? s'enquit Tabitha en plissant le front.

— Ça dépend pour qui, répondit Kieran en revenant vers eux avec son verre plein.

Il tira l'une des chaises et s'y laissa tomber avant d'étendre les jambes devant lui, une posture que Finn connaissait bien pour l'avoir adoptée sa vie durant. Tout bien réfléchi, c'était aussi le cas de Willa, au grand agacement de leur mère. Raison pour laquelle Willa persistait à s'asseoir ainsi.

— Du point de vue de nos parents, enchaîna Kieran en cueillant dans la coupe de fruits un grain de raisin qu'il goba sans attendre, c'est une pagaille dont le monde ne se remettra jamais.

— Et de *ton* point de vue ? s'enquit Finn.

Kieran eut un grand sourire.

— Tout est merveilleux ! Félicite-moi, car je vais me marier !

— Félicitations, dit Tabitha docilement, mais n'êtes-vous pas déjà fiancé ? À moins que ce ne soit pas Mlle Kilburn que vous allez épouser finalement, ajouta-t-elle, alarmée.

Kieran afficha une expression horrifiée.

— Seigneur Dieu, ne dites jamais une chose pareille !

— Toutes mes excuses, murmura-t-elle, à la fois contrite et perplexe.

— Cesse de tourmenter mon épouse et dis-nous ce qu'il en est, bon sang, grommela Finn.

— Céleste et moi avons décidé que nous n'avions pas envie d'attendre plus longtemps, déclara Kieran en plantant les coudes sur la table. Et vu que nos bans ont d'ores et déjà été publiés, nous avons décidé d'avancer notre mariage à dimanche prochain.

Finn s'adossa à sa chaise et but une gorgée de vin. Ce changement de date était une surprise sans en être une, tant Céleste et Kieran brûlaient de passion. Tout délai devait leur paraître insupportable, même s'ils ne se privaient pas, de temps à autre, de contourner les règles de la bienséance.

— D'où l'effroi de nos parents, je suppose ?

— Exactement. Les voilà privés d'une occasion de faire étalage de leurs richesses et de leurs privilèges devant leurs pairs puisque nous avons finalement opté pour une petite cérémonie sans chichi, suivie d'un repas entre intimes. Après quoi nous irons passer notre lune de miel en Écosse.

— Seigneur, ils doivent être verts de rage, gloussa Finn.

— Ils seraient plutôt apoplectiques, répliqua Kieran. Pour une fois qu'ils étaient d'accord sur quelque chose...

— Il ne faut jamais laisser la famille gâcher notre bonheur, intervint Tabitha en souriant.

Ce sourire bouleversa Finn. Peut-être que ce mariage lui permettrait d'oublier provisoirement ce qu'elle considérait comme un échec. Il était prêt à tout pour chasser les ombres qui voilaient son regard.

— Veux-tu que nous apportions quelque chose dimanche ? demanda-t-il. Des feux d'artifice ? Une troupe d'acrobates ?

— Des sels pour votre mère ? suggéra Tabitha.

— Seulement vous-mêmes, répondit Kieran en recouvrant son sérieux. Je peux compter sur toi pour la cérémonie, mon frère, n'est-ce pas ? Je n'imagine personne d'autre que toi comme témoin de mon bonheur quand je passerai la bague au doigt de Céleste.

Finn reprit une gorgée de vin dans l'espoir que l'alcool desserrerait le nœud qui lui obstruait la gorge.

— Rien ne m'honorerait davantage, répondit-il dès qu'il se sentit capable de parler.

Les yeux de son frère lui semblaient anormalement humides. Mais celui-ci vida promptement son verre et se leva, un grand sourire aux lèvres.

— Parfait ! À dimanche donc, jour où je m'élèverai au rang fort clairsemé des hommes ayant réalisé leurs plus chers désirs.

Finn se leva à son tour et serra la main de son frère, sincèrement heureux pour lui. Il ne put toutefois s'empêcher de couler un regard à Tabitha. Elle considérait Kieran avec affection. Quand elle tourna les yeux vers Finn, cette affection se mua en quelque chose de nettement plus ardent.

Il espérait qu'elle passerait un bon moment au mariage de Kieran et de Céleste. Il détestait cette impression d'impuissance qui semblait l'accabler depuis le rejet de la Sterling Society, mais il priait pour que ce soit temporaire. Il comptait en tout cas se battre pour elle et tout faire pour assurer son bonheur.

Finn ne s'attendait pas que le mariage de son frère le touche à ce point. Or voilà que dans le salon de ses parents, où avait lieu le repas de mariage et où les invités portaient des toasts à un Kieran rayonnant et à une Céleste rougissante, il s'efforçait de retenir ses larmes. Il dut même tourner le dos à l'assistance le temps de se ressaisir.

— Tiens, murmura Tabitha en lui tendant un mouchoir.

— Je ne sais pas ce que j'ai aux yeux, maugréa-t-il en se tamponnant les paupières.

— Le lien qui vous unit, ton frère et toi, est un trésor précieux, dit-elle doucement. Tu n'as pas à avoir honte d'être heureux pour lui.

— Mais de là à *pleurer* comme un gamin…

Écœuré par son manque de sang-froid, il se hâta de s'essuyer les joues avant de rendre le carré de batiste à sa femme.

— Il y a peu des larmes au rire et nous ne saurions prévoir sur quelle rive nous allons échouer avant de l'avoir atteinte, énonça-t-elle en glissant le mouchoir dans son réticule.

— Qui a dit ça ? voulut-il savoir. Eschyle ? Montaigne ?

— Tabitha Ransome, répondit-elle avec un petit sourire.

Il lui prit la main et la serra brièvement ; il lui était si reconnaissant qu'il faillit se remettre à pleurer.

Les jeunes mariés fendirent le groupe qui les entourait pour les rejoindre. Ils marchaient au même rythme et leur félicité était presque palpable.

— Félicitations, dit Tabitha avec chaleur.

— Bien joué, renchérit Finn d'une voix que l'émotion rendait bourrue.

Sans s'embarrasser de formalités, son frère l'attira à lui pour lui donner une brève accolade.

— Le garçon qui écrivait des élégies au fromage fondu s'est finalement marié, commenta Finn d'une voix étranglée en tapotant le dos de son frère.

— J'aime toujours le fromage fondu, répliqua ce dernier d'une voix un peu trop rauque. Mais je préfère Céleste.

— Quelle épouse pourrait rêver plus beau compliment ? pouffa Finn.

— Dans la mesure où il adore le fromage fondu, intervint Céleste, le regard brillant, je ne demande rien de plus. Cela dit, ajouta-t-elle en tournant les yeux vers le coin du salon où Dom se tenait seul, un verre de vin pétillant à la main, si je pouvais profiter de mes noces pour émettre un autre vœu, ce serait celui de revoir mon frère heureux.

Finn sentit son cœur se serrer en voyant Dom si mélancolique. Personne ne devrait être seul à un mariage.

Il fit signe à son ami, qui vida son verre et les rejoignit d'un pas pesant.

Dom s'efforçait de paraître partager l'allégresse générale, mais un pli lugubre persistait à encadrer sa bouche.

— Je suis content pour toi, petite étoile, dit-il en embrassant Céleste sur la joue. Tu ne la mérites pas, ajouta-t-il à l'adresse de Kieran, et si jamais tu la rends malheureuse, je remettrai au goût du jour la tradition de l'écartèlement – à mains nues.

Kieran grimaça.

— Pas besoin de me menacer. Rendre ma femme heureuse sera désormais l'unique but de mon existence.

Dom opina sèchement, mais ne put s'empêcher d'esquisser un petit sourire, apparemment satisfait par la promesse de son ami. Il regarda les jeunes mariés, puis Finn et Tabitha.

— Et il n'en resta plus qu'un seul, murmura-t-il.

Finn et Kieran échangèrent un regard. Comme souvent, il y eut entre eux un entretien sans mots qui se conclut par un accord tacite : pas question de forcer Dom à convoler avec qui que ce soit.

— Ah, vous deux et vos conversations silencieuses, grommela ce dernier. Je parie que vous complotez pour me traîner devant l'autel. Eh bien, sachez une chose : cela n'arrivera pas.

— Nous en sommes bien conscients, Dom, répliqua Finn.

Leur ami les regarda tour à tour.

— Vous ne projetez pas de me mettre la corde au cou pour que tout le monde puisse garder ses revenus ?

— Et pourquoi ferions-nous cela alors qu'il est évident que, pour toi, ce sera Willa ou personne ? rétorqua Kieran.

La mine sombre, Dom fit signe à un serveur. Il prit un autre verre de vin, qu'il vida d'un trait.

— Nous vous avons lésés tous les deux, ajouta Finn, bourrelé de remords.

Dom eut un sourire triste.

— Vous lui avez épargné le sort peu enviable d'être enchaînée à un misérable rustre pour le restant de ses jours. Elle vous en a sans doute voulu sur le coup, et vous en veut peut-être encore, mais elle finira par comprendre que ses frères lui ont évité de commettre une erreur abyssale. Et un jour, conclut-il d'une voix rauque, elle trouvera quelqu'un de bien, quelqu'un qui la mérite vraiment. Et je serai le premier à l'en féliciter.

Sa résignation fut comme un coup de poignard dans le cœur de Finn. Tabitha lui pressa la main, compatissante.

— Et toi ? s'enquit-il.

— Moi ? répéta Dom en haussant ses épaules massives. J'aurai le sort que je mérite, à savoir toute une vie de solitude. Désolé pour votre pension, cela dit.

— Au diable l'argent ! s'agaça Finn.

Kieran l'approuva d'un hochement de tête.

— Nos pensions ne sont rien comparées à ton bonheur.

Dom se renfrogna de plus belle, l'air de plus en plus abattu. Comme Finn et Kieran s'approchaient pour le consoler, il leva la main pour les arrêter.

— Pardonnez-moi, dit-il, contrit. C'est une journée de célébration et je ne voudrais pas gâcher la fête avec mes lamentations. Félicitations aux mariés et longue vie.

Sur ce, il tourna les talons.

Il n'y avait aucun moyen de défaire ce qui avait été fait, songea Finn, mais peut-être était-il possible de réparer les torts qu'ils avaient causés.

— Je crois que vos invités voudraient vous porter d'autres toasts, dit Tabitha aux jeunes mariés en désignant un groupe qui les invitait d'un geste à les rejoindre.

— Je ne manquerais jamais une occasion de boire le vin d'autrui, déclara Kieran, avant d'adresser un grand sourire à Céleste. Ni de célébrer mon épouse, bien sûr.

— Bien sûr, acquiesça Céleste en riant.

Comme ils se dirigeaient vers les amis qui les appelaient, Finn échangea un sourire avec Tabitha, heureux de voir son frère et sa femme si joyeux.

Son plaisir fut mouché comme la flamme d'une chandelle quand, après la séance de toasts, son père marcha droit sur lui. Finn jeta un rapide coup d'œil alentour, supputant ses chances de s'échapper avec Tabitha avant que le comte lui tombe dessus. Jusqu'ici, il avait plus ou moins réussi à tenir son épouse à l'écart de ses parents et espérait bien prolonger cette situation… indéfiniment.

Malheureusement, le salon était bondé et toutes les issues bloquées par les invités.

Malédiction.

Le comte s'immobilisa devant lui et le balaya du regard avec sa morgue habituelle. Finn s'efforça de garder le dos droit et de le regarder sans ciller. Il s'était livré à cet exercice bien trop souvent pour donner la moindre émotion en pâture à son géniteur.

Il ne put toutefois s'empêcher de serrer la main de Tabitha un peu plus fort. Elle les considéra tour à tour.

— Charmante cérémonie, dit-elle pour briser le silence. Les jeunes mariés rayonnent de bonheur.

Le comte jeta un bref coup d'œil auxdits jeunes mariés par-dessus son épaule.

— Il a réussi à ne pas nous décevoir, déclara-t-il finalement. Ce qui est une performance en soi.

Ce fut plus fort que lui, Finn lâcha :

— Nous y avons tous deux réussi.

— Sans doute, concéda le comte. Néanmoins, aucun de vous trois n'est censé continuer à recevoir le moindre sou tant que votre roturier d'ami n'aura pas trouvé chaussure à son pied. Garde-toi de l'oublier, mon garçon.

En dépit de la colère suscitée par le ton dédaigneux de son père, Finn n'ouvrit pas la bouche. La bataille pour obtenir le respect de son géniteur était perdue d'avance, et il n'avait certes pas envie de la livrer en présence de son épouse.

— Je fais entièrement confiance à Finn pour réussir tout ce qu'il entreprend, déclara Tabitha avec conviction. C'est un stratège-né. J'ai eu l'occasion de rencontrer beaucoup d'érudits à la bibliothèque Benezra où je suis inscrite, et je peux vous assurer que les esprits de son calibre sont une denrée rare.

Avant que Finn puisse se réjouir des paroles de sa femme, son père afficha une expression belliqueuse.

Il avait l'impression de se tenir sur un rivage battu par la tempête et d'assister, impuissant, au naufrage d'un vaisseau et de tout son équipage.

— Nous ne devons pas parler de la même personne, madame, rétorqua le comte avec flegme.

Finn sentit ses entrailles se contracter. *Non, par pitié. Plus un mot, père.*

— Il s'agit bien de Finn Ransome, répondit-elle. Votre deuxième fils.

— L'individu dont vous parlez est tout juste parvenu à terminer ses études secondaires à Eton, et uniquement grâce à ma générosité financière, rétorqua le comte avec une moue ironique. Vous ne le croiserez jamais à votre bibliothèque, c'est certain, ni ne le verrez en compagnie d'aucun des érudits qui la fréquentent.

Finn ne tiqua, ni ne cilla, ni ne broncha, ni ne se laissa aller à aucune des multiples réactions qu'il avait appris à réprimer au cours de ses vingt-neuf années d'existence. Il se contenta de garder un sourire aimable pendant que son propre père le dénigrait auprès de son épouse – tout en se préparant mentalement à endurer la déception de cette dernière.

— La beauté du mariage, répliqua Tabitha froidement, c'est d'affranchir notre conjoint de l'obligation d'être tout pour nous. Il peut se contenter d'être notre compagnon et ami, et nous laisser chercher ailleurs de quoi satisfaire nos autres aspirations. Exactement comme la famille : il ne faut pas toujours compter sur elle pour s'épanouir pleinement.

Le comte la considéra avec stupéfaction tandis qu'elle soutenait sereinement son regard.

Quant à Finn, il avait le plus grand mal à se retenir d'attraper sa femme par la taille pour l'embrasser au beau milieu du salon. Elle venait, en un tournemain, de le tirer de l'humiliation la plus abjecte pour le propulser vers les sommets de la félicité.

Sauf qu'à présent elle savait la vérité sur lui et ses déficiences intellectuelles. Et cela à cause de son père.

— Mon cher, reprit-elle en se tournant vers lui, l'atmosphère ici est assez suffocante. J'ai besoin de prendre l'air.

Il lui présenta son bras sans mot dire et ils quittèrent la pièce.

Finn s'engagea dans un couloir, puis emprunta l'escalier. Ils montèrent, étage après étage, jusqu'à un local exigu occupé par quatre petites tables d'écolier qui faisaient face à un bureau.

Finn sursauta. Il avait emmené spontanément Tabitha dans la salle de classe où il avait connu tant d'avanies durant l'enfance. Cela étant, la faire venir ici, la confronter à ce qu'il était vraiment, n'était pas dépourvu de sens – même si la vue de cette pièce aggravait sa détresse.

Il prit une profonde inspiration, puis une autre, l'odeur du bois et des vieux papiers le ramenant des années en arrière, à l'époque où son précepteur, M. Bowles, lui avait fait vivre un enfer.

Il voulut parler, mais un flot de souvenirs l'assaillit, le réduisant au silence : Bowles refusant de le laisser manger tant qu'il n'aurait pas lu à haute voix tout un chapitre d'un abécédaire ; Bowles le frappant à l'arrière du crâne quand il butait sur un mot ; et, le pire, Bowles expliquant à son père renfrogné que son cadet était un crétin irrécupérable.

— Nos parents ne nous voient jamais tels que nous sommes, murmura Tabitha. Nous restons toujours des enfants à leurs yeux et notre vraie personnalité leur échappe, aujourd'hui comme hier.

Finn soupira, mais le poids qui lui écrasait la poitrine demeura. Il s'approcha du bureau du précepteur et le contempla fixement. Le plateau de bois était pour lui un paysage familier. Il en avait si longuement contemplé la surface éraflée tandis que Bowles le tançait pour sa « paresse », son « manque d'application », sa « mauvaise volonté ».

— Mon père a raison, parvint-il enfin à articuler.

— Bien des gens ont des problèmes de lecture, Finn, dit-elle doucement.

Seules ses années d'entraînement à l'impassibilité l'empêchèrent de sursauter en se découvrant ainsi percé à jour. Il n'en fut pas moins ébranlé.

Il se retourna vers Tabitha.

— Depuis quand t'en doutes-tu ?

— J'ai noté de petits signes ici et là, répondit-elle, prudente, en le rejoignant à pas comptés. Tu ne voulais pas lire le catalogue de citations de M. Smythe à la foire, ni les ouvrages de référence que nous avons révisés ensemble en prévision de mon entretien à la Sterling Society. Mais, je te le répète, c'est plus courant que tu ne le crois et il n'y a pas de quoi en avoir honte.

— J'en ai eu honte, pourtant, des années durant, avoua-t-il dans un souffle. Et je crois qu'en un sens j'en ai encore honte. Il m'a fallu tellement plus de temps que mon frère et ma sœur pour apprendre à lire, et ensuite pour m'adapter à l'école. C'est surtout quand je prends la plume que je ne peux plus cacher mes… problèmes avec les mots.

Il serra les dents. Dieu que cet aveu lui coûtait !

— J'ai eu droit à tout un tas d'épithètes infamantes, de la part de mes parents et de mes professeurs. On m'a traité de paresseux, d'idiot, d'attardé.

— Tu n'es rien de tout cela, déclara-t-elle d'un ton farouche.

Il aurait voulu la croire, mais la peur et le doute le taraudaient toujours, telles des créatures ténébreuses hantant les soubassements d'un édifice, les spectres d'une enfance malheureuse.

Il haussa les épaules.

— Seuls Kieran et Willa avaient foi en moi, en mes capacités. Ils n'ont cessé de me répéter que j'avais de la valeur, alors que les autres faisaient tout pour que je me déteste moi-même. Comme l'a révélé mon père tout à l'heure, c'est uniquement grâce à ses dons généreux que j'ai pu finir Eton, mais il a été décidé ensuite que poursuivre mes études à l'université serait une perte de temps et d'argent. J'en ai pleuré de soulagement.

Tabitha se rapprocha de lui avec précaution, comme s'il était un loup pris au piège. Puis elle lui prit la main et entremêla ses doigts aux siens.

L'espoir... Un espoir timide se mit à luire au fond de lui, chassant ses peurs, les repoussant dans les ténèbres. Mais le doute, lui, ne voulait pas lâcher prise.

— C'est par le plus heureux des hasards que j'ai découvert mes talents de joueur, reprit-il.

— Ce genre d'activités exige de savoir calculer des probabilités, énonça-t-elle posément, et de mettre au point des stratégies. Je me rappelle tout ce que tu m'as expliqué l'autre soir. Pas étonnant que tu excelles au jeu. Mais, Finn, toutes les choses horribles que tu as pu me dire sur toi sont fausses.

Le poids qui l'oppressait s'allégea quelque peu.

— C'est la force de l'habitude, je suppose. Je préfère me dénigrer moi-même avant que d'autres s'en chargent, pour désamorcer leurs insultes.

— Et ton armure te cause finalement plus de dommages que les attaques dont elle est censée te protéger, remarqua-t-elle tristement.

— Tu sais tout à présent, conclut-il.

Il gardait les yeux rivés sur les particules de poussière qui s'accrochaient aux fenêtres parce qu'il n'osait croiser le regard de Tabitha.

— Je comprendrais que tu sois déçue d'apprendre que l'homme que tu as épousé a besoin d'une heure pour lire une simple page. Et que tu préfères… te séparer de lui.

Elle se rapprocha, si bien qu'il n'eut d'autre choix que de la regarder dans les yeux.

— Finn Ransome, déclara-t-elle, les sourcils froncés, as-tu une aussi piètre opinion de moi, pour en venir à croire que je pourrais te quitter à cause de *cela* ?

— Les livres sont tellement importants pour toi.

Parler lui coûtait, mais il venait forcément un moment où il fallait abattre ses cartes. Il ignorait s'il pourrait survivre à un rejet de sa part, mais s'il ne mourait pas, il en garderait les cicatrices jusqu'à la fin de ses jours.

— Mon Dieu, Finn, murmura-t-elle, les yeux brillants de larmes, le *mal* qu'ils t'ont fait…

Il baissa la tête, bouleversé par la compréhension qu'il lisait dans le regard de Tabitha. Personne ne savait à quelles souffrances il avait survécu ni quelles séquelles il en avait gardé dans sa mémoire, tel le souvenir des larmes qu'il avait dû refouler à Eton quand l'un de ses professeurs l'avait forcé à lire face à toute la classe ou les sermons que lui avait infligés son père, qui lui reprochait de déshonorer leur nom.

« Soit tu es un irrécupérable fainéant, soit un benêt, avait lancé sèchement le comte. Dans tous les cas, tu es une tache sur le nom des Ransome, sur le titre et sur ma propre réputation. »

— Écoute-moi, Finn, reprit Tabitha en se courbant pour le regarder dans les yeux. Je suis *fière* d'être ta femme, et quiconque oserait insinuer que tu m'es inférieur de quelque façon, je le… je le… Eh bien, je ne suis pas très costaude, mais ce sinistre individu aura droit à un argumentaire fourni et détaillé prouvant, de manière aussi rationnelle que définitive, qu'il n'est rien d'autre qu'un tas de moisissure collée sous une bûche pourrie.

Les lourdes portes en lui s'ouvrirent d'un coup. Il s'étonna de ne pas entendre le grincement de leurs gonds rouillés. Un verrou avait sauté, il sentait en lui la possibilité d'un nouveau départ, une ouverture vers un monde bien plus vaste, un monde où, sans être totalement libéré des souffrances du passé, il pourrait marcher plus librement, plus sereinement – surtout avec Tabitha à ses côtés.

Elle savait désormais tout de lui, et elle était encore là. Elle ne lui avait pas tourné le dos, elle ne l'avait pas toisé ni rejeté, et *cela* était déjà en soi un miracle.

Un gloussement lui échappa.

— J'aimerais beaucoup t'entendre traiter le comte de moisissure.

— Vu à quel point je tiens mal l'alcool, si tu me fais boire suffisamment, tu risques fort de voir ton vœu exaucé.

Il promena son regard sur la salle de classe ; c'était juste une pièce comme une autre désormais, vide et poussiéreuse, que la présence de Tabitha et sa tendresse illuminaient jusque dans ses plus obscurs recoins.

— Merci, dit-il d'une voix enrouée. Je… je n'ai pas vraiment l'habitude qu'on me défende.

— Ce monde est vraiment cruel, en particulier pour les plus jeunes.

Comme elle encadrait son visage de ses mains, il déposa un baiser dans le creux de sa paume. Il était infiniment reconnaissant à Dom de n'avoir pas su la courtiser quand il avait voulu la jeter dans ses bras.

Déjouant tous les pronostics, lui, Finn Ransome, avait finalement réussi à se trouver une épouse.

21

De retour chez eux, après le déjeuner de mariage, Finn l'avait emmenée directement dans leur chambre, sans se soucier de l'heure. Elle ne songea cependant pas à s'en plaindre, tant il sut la satisfaire avec sa bouche, ses mains et... sa queue.

Oh, mazette ! Son langage était devenu plutôt coloré ces derniers temps, surtout celui se référant au lit conjugal. Ou à la table conjugale. Ou à la voiture conjugale.

— Serait-ce la studieuse Mme Tabitha Ransome que je viens d'entendre pouffer ? s'enquit-il en caressant ses cheveux déployés sur son torse.

— Mon vocabulaire s'est considérablement enrichi ces derniers mois, dit-elle en levant la tête pour le regarder.

Il avait les paupières lourdes et l'air repu. Ce qui n'avait rien d'étonnant...

— C'est vrai, confirma-t-il. Il me semble t'avoir entendue, il n'y a pas trente minutes, me prier de – je te cite – te bai...

Elle lui donna une tape sur le nez pour l'empêcher d'aller plus loin.

— Un gentleman digne de ce nom ne saurait rappeler à une dame ses éventuels manquements à la bienséance.

— C'est une chance que, malgré nos nobles origines, nous soyons résolus à mettre à bas les conventions sociales.

Elle se hissa sur un coude pour l'observer. Les derniers feux du couchant filtraient à travers les rideaux, auréolant son visage d'un éclat doré. Comme toujours, la beauté quasi irréelle de son mari lui coupa le souffle.

Mais c'était son *cœur,* plus que son visage ou son corps, qui était beau, et c'était sa personnalité qui la bouleversait.

— J'ai une idée qui pourrait servir à renverser toutes les barrières qui se dressent entre les humains, lui confia-t-elle.

Il s'adossa au chevet et l'attira dans ses bras.

— Tu m'intrigues, et le mot est faible. À quoi songes-tu exactement, mon ange ?

— La Sterling Society vient de me claquer la porte au nez, mais cela ne signifie pas que je n'ai plus aucun moyen de défendre la cause qui me tient tant à cœur.

— Dis-m'en davantage, la pressa-t-il.

— Le Platinum Collective, répondit-elle, contenant à grand-peine son excitation. Tu comprends ? À la livre *sterling*, j'oppose le platine ; au papier-monnaie, le métal précieux et inaltérable.

Devant sa perplexité, elle expliqua :

— Il s'agira d'une société savante ouverte à *tous*. Y entrera qui voudra, sans avoir besoin de passer un examen humiliant ni de répondre à des critères spécifiques. Nous nous réunirons pour parler de tous les sujets importants du moment, pour étudier les problèmes dont le public n'a pas encore connaissance. Nous discuterons de questions relatives aux femmes, aux races, à ceux qui ne détiennent ni richesses ni pouvoir. Et nous présenterons ensuite le fruit de nos délibérations aux responsables qui ont les moyens de changer la donne.

Ses mains tremblaient légèrement sur le torse de Finn, dont elle guettait la réaction.

Elle eut le souffle coupé quand, après l'avoir gratifiée d'un long baiser, il déclara :

— Ma douce, c'est une idée *magnifique*.

— Briguer un siège à la Sterling Society était en soi un défi, dit-elle, indécise, mais fonder mon *propre* cercle de réflexion est encore plus ambitieux, un pari qui n'a rien de facile.

Finn lui adressa un sourire qui lui chavira le cœur.

— À vaincre sans péril, on triomphe sans gloire. Et tu pourras compter sur moi pour t'épauler à chaque étape.

— Oh, Finn !

Elle l'embrassa avec une ardeur à laquelle il répondit fougueusement. Pour l'instant, hélas, il lui fallait mettre cette flamme sous le boisseau.

Non sans regret, elle détacha ses lèvres des siennes.

— Il y a tant à faire, dit-elle. Des plans à dresser.

— Fort heureusement, deux des esprits les plus brillants de Grande-Bretagne vont se pencher sur la question.

L'entendre parler de lui-même aussi positivement, sans plus chercher à se déprécier, réchauffa le cœur de Tabitha. Si elle était peut-être en partie responsable de cette transformation, il en était le principal auteur pour avoir osé affronter son passé et continué à aller courageusement de l'avant.

— Dès demain, dit-il en lui caressant le dos, nous chercherons des locaux pour le Platinum Collective. J'ai plus que les moyens pour en assumer le loyer pendant plusieurs années.

— Nous l'assumerons *ensemble*, répliqua-t-elle. J'ai de l'argent en propre et si ce projet doit me permettre de réaliser mes rêves, je tiens à y contribuer financièrement.

Elle s'était plus ou moins attendue qu'il regimbe, mais il se contenta de répondre :

— C'est compréhensible. Et tant que nous n'aurons pas trouvé les locaux adéquats, ton comité peut se réunir ici. Vous risquez certes de vous sentir un peu à l'étroit dans notre petit salon, mais c'est un début.

Éperdue de reconnaissance, elle lui effleura la joue du bout des doigts.

— Tu es merveilleux, le sais-tu ?

Il s'empara de sa main et déposa un baiser au creux de sa paume.

— Ce n'est pas difficile quand on a un aussi bon modèle.

Ils visitèrent plusieurs locaux le lendemain. Finn se montra aussi compétent que prévu pour l'aider à coordonner les efforts requis par la création du Platinum Collective et, notamment, pour trouver un agent immobilier à même de comprendre les besoins spécifiques de ce genre d'organisation.

Cet agent, M. Tahiri, leur montra plusieurs résidences, dont une, située près de Covent Garden, répondait à leurs exigences. À 17 heures, cet après-midi-là, Tabitha avait entre les mains le bail annuel du siège du Platinum Collective. Pour fêter cela, ils invitèrent à dîner chez eux Diana, Iris, Arjun et Chima.

Ils décidèrent d'écumer des quartiers comme ceux de Spitalfields et de Cheapside afin d'y recruter de nouveaux membres. Finn continuerait de son côté à les soutenir en assumant la gestion matérielle et logistique.

Ce soir-là, assise à sa coiffeuse pour se brosser les cheveux, Tabitha déclara :

— Je ne voudrais pas que le comité te détourne de ton propre projet. La création d'un cercle de jeu doit demander beaucoup de temps et d'énergie.

— Ce qui est fascinant, répondit-il en lui prenant la brosse des mains pour la coiffer lui-même – lui tirant presque des ronronnements de plaisir –, c'est que plus je t'entends parler des objectifs du comité, et plus je me rends compte que les Londoniens n'ont *pas* besoin d'un énième endroit où dilapider leur argent. Ce qu'il faut à cette ville, en revanche – comme à tout le pays, bon sang –, c'est un Platinum Collective. Une entreprise d'une telle envergure requiert toutefois une administration importante.

Il fit une pause et croisa son regard dans le miroir.

— Si tu es d'accord, j'aimerais vous offrir mes services en tant que directeur financier du comité.

— Oh, Finn.

Se levant d'un bond, elle pivota vers lui et l'étreignit.

— Ce serait une bénédiction de t'avoir parmi nous !

— Tu es sûre ? C'est le projet de ta vie et je ne voudrais pas débouler dedans comme un chien fou dans un jeu de quilles.

— Tu n'as rien d'un chien fou, s'empressa-t-elle de lui assurer. Mais je ne voudrais pas que tu regrettes un jour d'avoir sacrifié tes propres rêves pour moi.

— Tes rêves sont aussi les miens, dit-il en souriant. Rien ne me plairait plus que d'ébranler les remparts derrière lesquels se retranche l'aristocratie. Et au lieu de m'attaquer au portefeuille de mes pairs, je m'en prendrai à leur conscience. Du moins si tu veux bien de moi dans cette aventure.

En réponse, elle captura ses lèvres.

Plus tard, alors qu'ils reposaient dans les bras l'un de l'autre, Tabitha peinait à croire à sa bonne fortune. Ses amis, son mari, tous avaient foi en elle et en sa folle ambition. Et avec leur soutien, et compte tenu de sa propre détermination, la possibilité qu'ils aient raison de croire en elle se profilait devant elle.

Une bonne quinzaine de jours s'écoula avant que le Platinum Collective tienne sa première réunion. Entre l'ameublement du siège, le recrutement tous azimuts de nouveaux membres, l'approvisionnement de la bibliothèque du comité – sous la supervision experte de Chima – et la douzaine d'autres tâches exigées par la mise en place d'un cercle de réflexion, ces deux semaines furent parmi les plus chargées mais aussi les plus satisfaisantes que Tabitha ait jamais vécues.

Pendant ce temps, Finn travaillait avec son homme d'affaires, M. Mendoza, pour organiser la gestion financière du comité. Finn et Tabitha se levaient aux aurores et s'effondraient dans leur lit peu après minuit, toujours enlacés. Elle n'avait plus envie de déserter la couche conjugale au beau milieu de la nuit, trouvant dans les bras de Finn tout le réconfort et la sécurité dont elle avait besoin.

Son mari se révéla d'une aide précieuse durant tout le processus. Sa connaissance approfondie des mouvements de fonds et de la gestion du risque lui permettait de régler la majorité des problèmes financiers rencontrés par le Platinum Collective et de prendre les décisions qui s'imposaient – après avoir consulté sa femme, bien sûr. Il l'accompagna aussi dans les nombreuses expéditions à travers la capitale pour rassembler des esprits avides de faire entendre leur voix. Et quand il lui arrivait d'être si complètement immergée dans la réalisation de son projet qu'elle en oubliait de manger, il apparaissait toujours, comme par magie, dans la bibliothèque avec un plateau qui lui permettait de restaurer ses forces avant de se remettre au travail.

Un soir, peu avant la première assemblée du Platinum Collective, elle était penchée sur son bureau pour mettre au point un protocole de réunion égalitaire qui ne verse pas dans l'anarchie. Son dos la lançait et ses yeux la brûlaient, et lorsqu'elle s'étira, elle ne put retenir un gémissement en sentant ses muscles ankylosés.

— J'ai le remède qu'il te faut, déclara Finn du seuil.

En bras de chemise, il s'appuyait nonchalamment au chambranle. En dépit de sa fatigue, Tabitha prit le temps de le contempler.

— Ce remède consiste-t-il à ingérer de grandes quantités de whisky ? s'enquit-elle. Parce que, si efficace que ce soit sur le moment, ma tête ne manquerait pas de protester demain matin.

— Le traitement auquel je pense ne te causera pas de migraine, promit-il.

Se détachant du chambranle, il traversa la pièce et lui tendit la main.

— Venez, madame, ou je serai contraint de vous jeter par-dessus mon épaule de la manière la plus inconvenante qui soit.

— Je ne serais pas contre, à vrai dire…

Si actives et satisfaisantes qu'aient été ces dernières semaines, elles avaient eu un effet secondaire des plus déplaisants : Finn et elle n'avaient pratiquement pas eu le temps ni l'énergie de faire l'amour.

Un sourire canaille incurva les lèvres de son mari.

— Chaque chose en son temps. L'heure est venue de quitter ton bureau pour un environnement plus apaisant.

— Vas-tu au moins me dire ce qui m'attend ? demanda-t-elle en se levant pour prendre sa main.

— Et me priver du plaisir de te faire une surprise ?

Il secoua la tête.

— Un peu de patience et tu sauras tout.

Le sourire aux lèvres, elle se laissa entraîner hors de la bibliothèque, puis dans l'escalier. Tandis qu'ils approchaient de leur chambre, elle fit remarquer :

— M'emmener au lit ne nécessite aucun subterfuge. Il te suffit de demander.

Il posa sur elle un regard lascif.

— Ne brûlons pas les étapes, mon ange.

— Je… Oh !

Sa réplique mourut sur ses lèvres quand ils atteignirent le seuil de la pièce.

La chambre n'était éclairée que par le feu dans la cheminée, qui jetait des reflets dorés sur la baignoire emplie d'une eau fumante. Les herbes qui flottaient à la surface déployaient leurs effluves odorants. À côté du tub se dressait une petite table sur laquelle étaient posés une tasse et deux biscuits glacés sur une petite assiette en porcelaine peinte.

— Finn… C'est merveilleux, murmura-t-elle en s'avançant dans la chambre.

Son mari lui sourit.

— Il n'y a pas de temps à perdre, dit-il. Déshabille-toi vite. Et inutile d'appeler Olive. Je serai trop heureux de t'aider.

Il lui fit signe de se tourner et elle s'exécuta obligeamment. Habile et efficace, il lui ôta ses vêtements en moins de temps qu'il n'en faut pour le dire. Elle n'en frissonna pas moins lorsqu'il déposa une traînée de baisers le long de sa colonne vertébrale.

Il s'écarta en étouffant un juron.

— Allons, ne nous laissons pas distraire, se tança-t-il.

— Oh, si, je t'en prie ! l'adjura-t-elle.

Le moindre frôlement avait le don de l'embraser, d'autant qu'elle était en manque de caresses après cette abstinence forcée.

À son grand regret, il ne se permit aucun autre écart. En quelques instants, elle se retrouva nue. Entre la chaleur du feu et le regard encore plus brûlant de Finn, elle ne risquait pas d'avoir froid.

— Au bain, coquine ! ordonna-t-il.

Son ton sans appel fit durcir la pointe de ses seins. Que pouvait-il lui ordonner d'autre ? Se soumettrait-elle docilement ou l'obligerait-elle à se battre ?

— Je ne te savais pas si… autoritaire.

— J'ai de multiples facettes, ma douce, lâcha-t-il d'une voix rauque. Tout comme toi. Mais nous les explorerons plus tard. En attendant, il y a juste la baigneuse et celui qui la baigne.

Il déballa un pain de savon qui embaumait le miel.

— À l'eau !

— Je peux me laver toute seule, se sentit-elle obligée de répliquer.

— Ta capacité à effectuer cette tâche n'est pas en cause, rétorqua-t-il en lui indiquant le tub. Accorde-moi juste le plaisir de te rendre ce service.

Le ventre de Tabitha se contracta de désir.

— Vois comme je suis complaisante, dit-elle en enjambant le rebord de la baignoire.

Elle s'enfonça avec délice dans l'eau parfumée et ses muscles commencèrent à se détendre. Jetant un coup d'œil à la tasse posée sur le guéridon, elle découvrit qu'elle contenait du chocolat chaud. Elle s'en empara, en but une gorgée et soupira de bonheur avant de goûter aux biscuits glacés.

Finn avait vraiment pensé à tout.

Il s'agenouilla près du tub et retroussa ses manches encore plus haut. Son sourire tendre lui fit tourner la tête.

— Je ne me lasserai jamais de te voir à genoux devant moi, le taquina-t-elle.

— N'est-ce pas la façon habituelle de vénérer les déesses ?

Il plongea le pain de savon dans l'eau, puis le fit mousser entre ses grandes mains. L'odeur de miel s'intensifia.

— Moi ? Une déesse ? répéta-t-elle avec un reniflement incrédule. Je ne connais pas beaucoup de déesses qui gardent le nez fourré dans les livres.

— On a toujours besoin de divinités instruites, contra-t-il.

Après avoir posé le savon, il fit courir ses mains couvertes de mousse le long des bras de Tabitha tout en les pétrissant.

Elle ferma les yeux tandis que ses doigts attentifs dénouaient un à un tous ses muscles.

— Et puis, ajouta-t-il, tu es tellement plus que ta seule passion pour les livres. Tu es curieuse, ouverte sur le monde et tu as une âme de guerrière. Bref, tu es une nouvelle Athéna. La déesse de la sagesse aux yeux gris.

— Sauf que je ne suis pas aussi chaste qu'elle, lui rappela-t-elle.

— Zeus soit loué !

Il se mit à lui mordiller le cou, attisant son désir à chaque frôlement de ses dents. Puis, à son grand regret, il s'interrompit pour continuer à la laver.

Il lui prodigua de longues caresses aussi langoureuses qu'habiles et, bientôt, elle se sentit devenir complètement molle, adossée à la paroi du tub, la détente se mêlant à l'excitation. Sans un mot, il l'incita à se pencher en avant et entreprit de lui masser le dos avec douceur et fermeté.

— Tu ferais un serviteur préposé au bain idéal, commenta-t-elle dans un soupir.

— Je suis né pour servir.

— Es-tu certain que seul l'altruisme te motive ?

Elle entrouvrit les paupières et découvrit la bosse qui tendait le devant de son pantalon. Ses doigts la démangeaient de le toucher, de mettre son sang-froid à l'épreuve en l'amenant au bord du plaisir.

— L'altruisme se rencontre rarement à l'état pur. Il est souvent mélangé à de la... convoitise, chuchota-t-il, délaissant un instant son dos pour lui caresser les seins.

Un long gémissement s'échappa des lèvres de Tabitha quand il pinça délicatement un téton. Elle creusa les reins pour mieux s'offrir à lui.

— Beaucoup moins chaste, en effet, constata-t-il d'une voix rauque de désir.

Sans cesser de lui pétrir un sein, il glissa la main le long de son ventre, jusqu'à sa toison. Toute frémissante, elle écarta les jambes autant que le lui permettait la largeur de la baignoire.

— La déesse réclame des offrandes, à ce que je vois, gronda-t-il.

En réponse, elle souleva le bassin pour inciter sa main à descendre là où elle en avait le plus besoin.

Il parut comprendre sa supplique muette. Se penchant sur elle, il recommença à lui mordiller le cou tout en insinuant les doigts entre les replis de sa féminité. Elle laissa échapper un cri de volupté lorsqu'il taquina du pouce le petit bouton charnu.

Le plaisir l'envahit et elle se laissa submerger, se perdant dans les sensations que lui procurait Finn. Pourtant, elle continuait à vouloir plus et s'appuya contre sa main.

— Cela ne te suffit pas, hein ? murmura-t-il.

— Finn, je t'en prie, s'entendit-elle le supplier.

— Je m'en occupe, ma douce, ne t'inquiète pas, promit-il d'une voix haletante.

Elle gémit quand il plongea deux doigts en elle.

— C'est ce que tu voulais, ma déesse, n'est-ce pas ? dit-il d'une voix à la fois âpre et suave.

Commc cllc rcstait muctte, transic dc bonhcur, il cessa de remuer en elle. Elle protesta aussitôt.

— Réponds-moi, exigea-t-il. C'est ça que tu aimes, hein ?

— Oui... j'adore ça, haleta-t-elle en ondulant des hanches. Mais ne t'arrête pas !

Il s'enfonça de nouveau en elle avec force et autorité. Elle arqua le dos sous la tempête de plaisir qui la ravageait.

Il travaillait si fort, si impitoyablement, qu'elle dut agripper le rebord de la baignoire pour encaisser ses poussées.

La jouissance fondit sur elle tel un rapace sur sa proie. Elle lâcha un cri sauvage tandis que son mari lui procurait un premier orgasme, puis un deuxième, et un troisième. Elle était littéralement comblée. Ce ne fut que lorsqu'elle s'affala contre la paroi du tub qu'il retira enfin ses doigts.

Il était impossible d'en vouloir davantage. Et pourtant, quand il se lécha les doigts avec un grognement de satisfaction presque animal, le désir revint en force.

— Puisque je suis une déesse, j'exige une autre offrande, décréta-t-elle en refermant la main sur son sexe à travers le tissu de ses culottes.

— Prends tout, l'encouragea-t-il avant de s'incliner sur elle pour la gratifier d'un baiser torride.

Elle se cramponna à sa chemise, qui fut rapidement mouillée.

— Je suis en train de te tremper, constata-t-elle distraitement.

— M'en fiche, grommela-t-il.

Avec une aisance sidérante, il la remit debout avant de la soulever dans ses bras, se moquant visiblement de mouiller le parquet tandis qu'il la transportait jusqu'au lit.

Il la déposa sur le sol et, avec une autorité délectable, la fit pivoter et s'appuyer des deux mains sur le lit. Elle rougit, cette position exposant totalement son intimité. Puis elle risqua un coup d'œil par-dessus son épaule et perdit tout sens de la retenue…

Finn avait ôté sa chemise et ouvert sa braguette. Il avait empoigné son sexe et se caressait tout en fixant un regard farouche sur Tabitha. Le voir se donner du plaisir tout en la dévorant du regard acheva de la rendre moite de désir.

— Finn, l'appela-t-elle en cambrant les reins.

— Tu veux que je t'empale jusqu'à la garde, hein ? lâcha-t-il dans un grondement. C'est ça que tu veux ?

Il frotta l'extrémité de sa verge contre ses replis humides, taquinant l'entrée de sa féminité sans la pénétrer.

— Oui, gémit-elle, c'est ce que je veux. S'il te plaît...

Elle cessa de parler, de respirer, de penser quand il s'enfonça en elle d'un puissant coup de reins. Elle étouffa un cri en se sentant aussi complètement remplie. Et lorsqu'il commença à aller et venir en elle, elle perdit pied.

Elle jouit de nouveau, avec un cri qui lui écorcha la gorge. Il continua à la pilonner, jusqu'à ce qu'il frissonne et tremble de la tête aux pieds, terrassé à son tour par l'extase.

À bout de souffle, il l'enveloppa de son corps, comme pour les protéger tous deux des séquelles de la tempête qui venait de se déchaîner.

Pantelant, il déposa un baiser entre les omoplates de Tabitha, qui en frémit de plaisir. Puis, avec précaution, il se retira.

— T'ai-je profanée à l'excès, ô déesse ?

— En l'occurrence, réussit-elle à articuler en se retournant pour l'enlacer, vénération et profanation se confondent.

Il saisit ses fesses dans le creux de ses paumes pour la plaquer contre lui. Il y avait dans son regard une adoration qui lui coupa le souffle – elle n'imaginait pas s'en lasser un jour. Ce qu'elle-même ressentait devait se lire dans ses yeux, car il captura sa bouche pour lui donner un long baiser.

Ils se glissèrent ensuite entre les draps et Finn rabattit la courtepointe sur eux avant d'attirer Tabitha contre lui.

— Même les déesses doivent se reposer si elles doivent refaire le monde.

Elle était rassasiée, pleine à ras bord de sentiments si variés qu'elle avait l'impression d'entrer dans un royaume inconnu.

Elle aimait Finn.

Elle ne savait pas vraiment quand c'était arrivé, juste que ç'avait dû être progressif, étape après étape, jusqu'à ce qu'elle en vienne à ne plus concevoir qu'elle puisse *ne pas* l'aimer. Son sourire lui redonnait le sourire, ses réflexions lui apportaient de la joie, et ses souffrances trouvaient un écho en elle comme si c'étaient les siennes. Les instants qu'ils partageaient lui procuraient une joie inédite. C'était comme si elle se découvrait soudain capable de faire apparaître le clair de lune d'un geste de la main, comme si elle était investie d'une sorte de pouvoir magique qui avait toujours été là mais qui attendait juste le bon moment, la bonne personne pour se manifester.

Elle était amoureuse de son mari.

Elle cessa de respirer, sous le choc.

— Ma douce ? murmura-t-il d'une voix ensommeillée.

— Je, euh… je viens de me rappeler quelque chose d'important que je dois faire demain matin, répondit-elle, consternée par la trivialité de sa réponse. Ce n'est rien, rendors-toi.

Elle avait cru jadis être éprise de Charles, mais les sentiments qu'elle ressentait alors semblaient faibles et inconsistants comparés à ceux, intenses et quasi explosifs, qu'elle éprouvait pour Finn. Dieu qu'elle aspirait à les lui avouer et à mettre enfin son cœur à nu.

Les mots de l'ancien précepteur de son frère continuaient cependant de la hanter. « Quoi que vous éprouviez, ce n'est qu'une illusion entretenue par des attentes débridées. Si vous aviez appris à maîtriser vos émotions, peut-être y aurait-il eu une possibilité pour nous deux. En l'occurrence, vous ne m'inspirez que de la pitié. »

Mais Finn n'était pas Charles. Elle *savait* qu'il avait de l'affection pour elle. Mais l'aimait-il ? S'il ne partageait pas ses sentiments, elle ne le supporterait pas. Son *cœur* ne le supporterait pas.

22

Durant les deux jours qui suivirent, Finn se sentit ivre – au meilleur sens du terme.

Tabitha passait chaque nuit dans ses bras et ne le quittait plus pour aller se réfugier dans la bibliothèque. Elle lui faisait confiance pour l'aider à mettre sur pied le Platinum Collective et se montrait spontanée et affectueuse.

C'était tout simplement trop beau pour être vrai et il redoutait le moment où tout cela volerait en éclats. Cela arriverait forcément parce qu'il ne méritait pas Tabitha, se disait-il, passant d'une joie sans mélange à une terreur abjecte.

Pour l'heure, Tabitha et lui se tenaient devant le siège du Platinum Collective, bâtiment d'apparence banale perdu au milieu d'édifices similaires. De simples tentures masquaient les fenêtres et le seul signe distinctif était le panneau peint fixé près de la porte d'entrée. Bien qu'il l'ait vu maintes fois, Finn n'en ressentait pas moins la même fierté chaque fois que ses yeux se posaient sur les lettres dorées sur fond bleu.

PLATINUM COLLECTIVE
ENTRÉE LIBRE

La porte s'ouvrit et la tête de Mlle Goldstein apparut dans l'entrebâillement.

— Tabby, dit-elle, nous sommes prêts à commencer.

Les échos d'une conversation déjà animée s'élevaient derrière elle.

Tabitha adressa un regard anxieux à son mari qui, en réponse, l'embrassa sur la joue.

— Ça va être un triomphe, assura-t-il.

Elle le gratifia d'un petit sourire, inspira à fond, leva le menton et pénétra dans le bâtiment. Il lui emboîta le pas en espérant qu'elle sentirait toute son admiration et y puiserait du courage.

— Notre campagne de recrutement a été couronnée de succès, leur expliqua Mlle Goldstein en les suivant. Et cela, en partie, grâce au soutien de William Rowe, l'écrivain.

— Il est là ? s'enquit Tabitha, tout excitée.

Finn ne connaissait pas ce Rowe mais, à en juger par la réaction de son épouse, c'était quelqu'un d'important.

— Il est en grande conversation avec Arjun, répondit Mlle Goldstein en riant, comme tu le constateras par toi-même.

Ils se dirigeaient vers l'arrière du bâtiment. Certains des murs avaient été récemment replâtrés et il y avait de la sciure sur le plancher, mais ils avaient surtout été très occupés à agrandir les pièces afin de pouvoir accueillir tous les membres du comité.

Et tous semblaient avoir répondu à l'appel, comme ils le découvrirent en entrant dans la vaste pièce qui donnait sur l'arrière-cour. Finn sentit sa gorge se serrer d'émotion.

La pièce était remplie de personnes des deux sexes et de diverses origines. Certains portaient des habits élégants, mais la plupart étaient revêtus de la tenue, plus modeste, de leur profession : bleu d'ouvrier, costume d'employé ou de commerçant. Certains étaient assis dans des fauteuils, d'autres sur des chaises ou des caisses, parfois même sur le plancher – ils manquaient encore de sièges, à l'évidence –, les autres étaient debout et discutaient. Seuls les visages de M. Okafor, de M. Singh et de Mlle Kemble lui étaient familiers. Finn ne connaissait personne d'autre, mais il devina que l'homme aux traits anguleux qui parlait avec M. Singh n'était autre que le fameux M. Rowe.

Tabitha rayonnait d'une joie qui lui alla droit au cœur. Elle avait réussi son pari. Elle était parvenue à faire de son rêve une réalité.

Une blonde au regard pénétrant vint les saluer.

— Je suis Eleanor Balfour, propriétaire et rédactrice en chef du *Hawk's Eye*.

— Lady Ashford ? s'enquit Tabitha, l'air passablement éberlué.

La femme eut un geste désinvolte.

— J'oublie toujours mon titre, mais, oui, en effet, je suis aussi la comtesse d'Ashford.

— Merci d'être venue, milady, lui dit Tabitha avec une révérence tandis que Finn inclinait le buste. J'espère que vous serez objective si vous décidez d'écrire un article sur le Platinum Collective.

Lady Ashford la considéra avec respect.

— Vous pouvez y compter, madame Ransome.

Après que la comtesse les eut quittés pour se trouver un siège, Tabitha glissa de nouveau un coup d'œil inquiet à Finn.

— La barre vient juste d'être relevée d'un cran.

— Certes, mais je parie que tu sauras la franchir.

— Tu mises en aveugle, maintenant ? répliqua-t-elle en arquant un sourcil.

— Que nenni, mon ange, rétorqua-t-il avec assurance. Je connais tes capacités.

Il désigna l'assemblée.

— Prête à entrer en lice ?

Elle prit une profonde inspiration et carra les épaules.

— Il est temps de donner la parole à tout le monde.

Le lendemain après-midi, après la parution du denier numéro du *Hawk's Eye*, Finn emmena Tabitha chez *Catton's* pour lire avec elle le compte rendu de la première réunion du Platinum Collective. Finn avait estimé que les spécialités de la pâtisserie leur serviraient de récompense si l'article de lady Ashford était flatteur, et de consolation si jamais il était critique.

Ils s'installèrent dans le fond de la boutique par souci de discrétion.

Les mains un peu tremblantes, Tabitha ouvrit le magazine et commença à lire le compte rendu à voix haute :

— « Bien que le Platinum Collective soit une toute jeune entreprise, avec toutes les douleurs de croissance qu'implique un âge aussi précoce, nous pensons que si ce comité reste conforme à ses principes fondateurs et garde le cap qu'il s'est fixé, il devrait devenir sous peu l'un des cercles de réflexion les plus importants et les plus éminents de la capitale, voire du pays, car il le mérite amplement. »

Tabitha décocha un sourire enthousiaste à son mari, qui le lui rendit, le cœur bondissant dans sa poitrine tel un acrobate.

— On ne saurait rêver meilleur début, déclara-t-il en jubilant.

— Et ce n'est pas fini. « Nous pensons également, à la rédaction de ce magazine, qu'il est plus que temps que s'affirment dans le débat public des institutions de progrès reflétant enfin la mosaïque qui constitue notre pays, en lieu et place de comités comme la S… S… dont l'esprit rassis et les méthodes d'un autre âge influencent depuis trop longtemps les décideurs de la nation. »

Finn laissa échapper un sifflement.

— Sacré bon sang ! Lady Ashford n'a pas froid aux yeux !

Tabitha replia le magazine avec soin et le posa près de son assiette avant de le lisser du plat de la main. En dépit de son calme de façade, ses lèvres s'incurvaient, comme si elle peinait à contenir sa joie.

— Je sais qu'il n'est pas charitable de se moquer du malheur d'autrui, déclara-t-elle d'un ton posé. Mais quand même…

Elle croisa le regard de Finn, les yeux brillants.

— Au diable la Sterling Society ! acheva-t-il à sa place.

Elle laissa échapper un petit rire qu'elle réprima aussitôt en pinçant les lèvres.

— Je préfère me concentrer sur notre prochaine assemblée et redoubler d'efforts pour essayer de contacter des membres du Parlement avant le vote de la loi sur l'éducation.

— Tu as le droit de prendre un moment pour savourer ta victoire sur ces pitres, ma douce, objecta Finn en déposant sur son assiette un biscuit nappé de sucre et décoré d'une fleur jaune. Croque-moi ceci comme s'il s'agissait du cœur de ce prétentieux de Marcroft !

Elle émit un hoquet scandalisé.

— Finn Ransome, ta soif de vengeance prend des proportions carrément mythologiques !

— Quand il s'agit de détruire les ennemis de ma femme, je suis prêt à choquer jusqu'aux dieux eux-mêmes !

Après avoir reluqué le gâteau, elle s'en empara, l'enfourna et le mâcha avec un plaisir sadique.

À la table voisine, une dame d'un certain âge considéra avec horreur cette démonstration de voracité, puis finit par se lever et, affichant un air indigné, quitta la pâtisserie.

Finn et Tabitha échangèrent un regard avant d'éclater de rire. Une sorte d'allégresse déployait ses ailes dans la poitrine de Finn. Son épouse ne lui avait peut-être pas encore dit qu'elle l'aimait, pourtant, il s'estimait le plus heureux des hommes de la capitale, sinon de la terre entière. Tabitha et lui vivaient leur mariage sur un pied d'égalité, se défendaient mutuellement et partageaient des étreintes passionnées. Franchement, il ne pouvait rêver d'une existence plus désirable.

Des mots lui brûlaient la langue, des mots qu'il mourait d'envie de dire.

Je t'aime.

Même si c'étaient les circonstances qui les avaient poussés l'un vers l'autre, il avait réussi à accomplir une prouesse dont il ne se serait jamais cru capable : s'éprendre de sa propre femme.

Le besoin de lui avouer son amour flambait en lui tel un feu de joie. Et pourtant, il ne parvenait pas à dire les mots. Elle était attachée à lui, il en était certain, mais à l'idée de prononcer la phrase la plus importante au monde, il était soudain indécis. Et si elle s'avérait incapable de répondre à sa déclaration comme il l'espérait ? Ne pouvait-il se contenter de ce qu'elle lui avait *déjà* donné ?

Tant de risques, et un désastre potentiel à la clé.

Il pouvait parier des centaines de livres sur un seul jeu, mais parier son cœur… le courage lui manquait.

23

Dans la salle du petit déjeuner, le lendemain matin, le soleil qui coulait à flots, se reflétant sur les couverts en argent et la vaisselle en porcelaine, donnait à la pièce un air de fête.

Tabitha contempla Finn, assis en face d'elle. Elle le trouvait particulièrement séduisant ce matin, tandis qu'il buvait son café tout en griffonnant dans un calepin, s'interrompant de temps à autre pour froncer les sourcils avant de revenir à ses notes. Il lui avait avoué n'avoir jamais montré son écriture à personne, tant celle-ci était révélatrice de sa relation compliquée et houleuse avec les mots. Tabitha s'abstint donc de le déranger et décida de se plonger dans la lecture des journaux du matin empilés près de son assiette.

Elle aimait ce moment de calme qu'ils partageaient avant d'affronter la journée. Ils avaient beaucoup de travail en perspective après la première réunion du Platinum Collective, mais avant toute chose, elle voulait se tenir au courant de l'actualité.

Elle ouvrit le *Times*, et parcourut plusieurs articles avant qu'un titre en quatrième page retienne son attention.

— Doux Jésus ! s'exclama-t-elle, effarée.

— Quoi ? Qu'est-ce qu'il y a ? demanda Finn, alarmé.

— « Lettre ouverte de la Sterling Society, lut-elle à voix haute, au sujet de la création du Platinum Collective, dangereuse organisation menaçant le bien-être de la nation. »

— Pardon ? s'exclama Finn.

— « Nous, soussignés, enchaîna Tabitha d'une voix frémissante, prenons la plume pour exprimer la profonde préoccupation, voire l'inquiétude que nous inspire le dernier danger en date menaçant la paix et la stabilité de la Grande-Bretagne. Le Platinum Collective s'est récemment constitué dans le seul but de substituer à l'influence de personnages respectables et respectés, issus des plus hautes sphères de la société, celle d'un ramassis d'arrivistes de la plus basse extraction dont l'ambition unique est de saper les fondations de l'Angleterre en y suscitant la même atmosphère d'anarchie sanglante qu'on a pu observer ces derniers temps en France. »

Finn secoua la tête.

— Quelle bande de clowns !

— Et ça continue dans le même registre sur plusieurs lignes, ajouta-t-elle en s'efforçant de garder son calme. Leur argumentaire est si réducteur et caricatural qu'il en serait presque comique. C'est un méli-mélo sans queue ni tête. Que reprochent-ils au juste au Platinum Collective ? D'être une menace pour la sécurité et la prospérité du pays ou une broutille sans conséquence ? À les lire, nous serions les deux.

Elle essaya d'en rire mais ne réussit qu'à émettre une sorte de ricanement grinçant.

— Dieu du ciel, murmura-t-elle, accablée, nous sommes fichus. Sir William et ses amis viennent de nous écraser publiquement.

— Pas vraiment, objecta Finn, qui montrait un sang-froid étonnant au regard des circonstances.

Se levant d'un bond, elle jeta le journal sur le sol dans un accès de rage. La colère qui l'avait saisie à l'issue de son audition par la Sterling Society n'était rien comparée à la fureur qui la secouait maintenant.

— S'ils croient que nous allons nous aplatir et tolérer ce tissu d'inepties sans rien dire, ils se trompent lourdement ! Nous allons répliquer. Je ne sais pas encore comment, mais une contre-attaque s'impose. Je vais organiser une manifestation devant le siège de leur comité et crier sur tous les toits que la Sterling Society n'est qu'un tas de vieux croulants accrochés à leurs privilèges ! Je...

— Tabitha, la coupa Finn en se levant à son tour.

Il s'approcha d'elle, les mains levées en signe d'apaisement.

— Ce ne sera pas nécessaire.

— Mais... mais..., bredouilla-t-elle. Comment peux-tu rester aussi *calme* ? Alors même que sir William nous déclare la *guerre* ?

— Il est train de se détruire lui-même, rétorqua-t-il d'un ton égal. Sans s'en rendre compte, Marcroft vient de franchir la première étape pour saper la réputation de son comité. Cette lettre montre juste que son petit groupe de snobs aussi décatis que prétentieux a peur de toi, peur de ce que tu représentes, peur de ton pouvoir.

Elle le dévisagea fixement, le cœur battant à tout rompre et l'estomac chaviré. Les mots de Finn rebondissaient sur elle tels des clous jetés contre un carreau.

— Ils se ridiculisent, continua Finn, qui la prit par les épaules et plongea son regard dans le sien.

Et si tu maîtrisais tes émotions, tu t'en rendrais compte.

Elle recula, heurtée par ces paroles.

— *Quoi ?*

— C'est de la logique élémentaire, poursuivit-il sur le même ton raisonnable, comme s'il ne venait pas de lui percer le flanc avec une lance chauffée à blanc. Quand tu te seras calmée, tu verras toi-même...

Elle prit une brève inspiration, brusquement ramenée huit ans en arrière, à cette soirée fatale où ses sentiments avaient été impitoyablement piétinés par quelqu'un qui lui était cher. Elle avait l'impression de se noyer, submergée par son passé, étouffée par le flot amer de ses souvenirs.

« Si vous aviez usé de logique et de raison... vous ne vous seriez pas abaissée à un tel débordement... Si vous aviez appris à maîtriser vos émotions... »

Elle revoyait aussi sir William et ses acolytes la toisant, lui lançant avec dédain qu'une femme ne saurait avoir leur hauteur de vue ni prétendre en conséquence à être des *leurs*.

Non. Pas question de se laisser écraser de nouveau. Et trahir.

« Bats-toi, lui souffla son instinct. Fais-lui mal comme il te fait mal ! »

— Nous ne sommes pas dans un tripot, cracha-t-elle. Les stratégies qui s'appliquent aux jeux de hasard n'ont pas leur place dans le monde intellectuel.

Finn sursauta comme si elle l'avait giflé. Il serra les dents et recula d'un pas.

— Je vois, murmura-t-il d'une voix crispée.

Elle s'écarta de lui.

— Je n'en suis pas sûre, rétorqua-t-elle. Le dernier homme à m'avoir conseillé de « maîtriser mes émotions » m'a profondément blessée. Mais cette injonction venant de *toi*… Toi qui m'es si cher, en qui j'ai confiance et qui, pensais-je, m'avais acceptée pour ce que je suis… Cela me brise le cœur.

Elle avait envie d'éclater en sanglots, mais si elle se laissait aller aux larmes, elle craignait de ne plus pouvoir s'arrêter de pleurer. Et la douleur ne cessait de grandir en elle, de la ronger de ses dents acérées.

Malheureuse, meurtrie, elle quitta la pièce en courant, ouvrit la porte d'entrée et se précipita dans la rue.

24

Abasourdi, Finn contempla l'endroit où sa femme se tenait un instant plus tôt, avant que tout s'écroule autour de lui.

Que diable venait-il de se passer ? Il y avait eu beaucoup de paroles prononcées, toutes plus blessantes les unes que les autres.

Et puis cette *expression* qu'elle avait affichée quand il l'avait exhortée à garder son calme et à reprendre le contrôle de ses émotions, la souffrance dans son regard... Seigneur, il ne voulait plus jamais revoir ça, et il ne voulait certainement pas être la cause d'une telle douleur.

Elle l'avait blessé en retour et, l'espace d'un instant, il avait été estomaqué par la rapidité et la précision avec laquelle elle avait visé ses failles.

Et pendant qu'il restait planté là comme un balourd, elle prenait la poudre d'escampette.

Se maudissant, il sortit de la pièce en trombe. Tabitha avait laissé la porte d'entrée ouverte, mais le temps qu'il franchisse le seuil, elle était déjà à mi-chemin du prochain croisement. Il se rua à sa poursuite.

Son attention était tellement rivée sur elle qu'il heurta un vigile en train d'effectuer sa ronde.

— Du diable ? s'exclama l'agent en lui agrippant le bras. Faites donc attention où vous marchez, monsieur !

Finn voulut se libérer de son étreinte, mais le type avait de la poigne.

— Il faut que j'y aille !

— Vous ne pouvez pas cavaler comme ça dans la rue, répliqua l'agent. Ça ne se fait pas.

Sacré bon sang, il n'avait pas de temps à perdre avec ces bêtises. Son épouse s'éloignait rapidement et il allait bientôt la perdre de vue.

— Tabitha ! appela-t-il.

Elle venait d'atteindre le croisement et lui lança un dernier regard torturé avant de disparaître.

— Monsieur, insista le vigile, je dois vous sommer d'adopter une allure plus mesurée.

— Et merde, grommela Finn.

Le bonhomme se renfrogna.

— Vous êtes dans un quartier respectable, monsieur, et un tel langage est déplacé, tout autant que votre précipitation.

Finn fulminait. Il était en colère contre l'agent et plus encore contre lui-même. Il lui fallait s'excuser auprès de Tabitha, du moins si elle acceptait de l'écouter – mais comment lui reprocher de le fuir après qu'il se fut conduit comme un parfait imbécile ?

— Je vous laisse aller, monsieur, reprit l'agent, mais considérez-vous comme prévenu.

— Très bien, très bien, grommela Finn.

Il gagna l'intersection sans plus tarder, mais Tabitha n'était visible nulle part.

Edgar apparut à côté de lui, l'air remarquablement flegmatique pour un domestique qui venait de voir sa maîtresse sortir de la maison en courant et son maître se lancer à ses trousses avant d'être arrêté par un vigile.

— Désirez-vous la voiture, monsieur ? s'enquit-il posément.

— Pas le temps, répondit Finn en hélant un fiacre.

Dès que ce dernier se fut rangé devant lui, il cria une adresse au cocher.

— Un shilling de pourboire si nous y sommes dans moins de dix minutes !

Il grimpa dans l'habitacle et la voiture s'ébranla. Il surveillait attentivement la rue, prêt à bondir dehors si d'aventure il repérait Tabitha. Il ne la vit pas. Lorsque le fiacre s'arrêta devant la maison des parents de sa femme, l'angoisse lui tordait l'estomac et le sang lui cognait aux tempes.

Il jeta au cocher une poignée de pièces avant de se ruer vers la demeure du comte. La somme devait être coquette car le cocher lança dans son dos :

— Mince ! Vous voulez que je vous attende, chef ?

Sans se donner la peine de lui répondre, Finn tambourina au battant jusqu'à ce qu'un valet à l'expression stoïque vienne lui ouvrir.

— Elle est là ? demanda-t-il aussitôt.

— Qui, monsieur ?

Finn contourna le valet et pénétra dans le vestibule.

— Tabitha ! Tabitha ! s'écria-t-il en se précipitant dans un salon.

N'y trouvant pas sa femme, il revint dans le vestibule et commença à gravir l'escalier.

— Tabitha, je t'en prie… Il faut qu'on parle !

— Bonté divine, monsieur Ransome, s'exclama la comtesse en émergeant de ce qui devait être ses appartements, quel tapage, surtout à cette heure de la matinée !

— Elle est là ? interrogea-t-il. Tabitha ?

La comtesse haussa ses élégants sourcils.

— Êtes-vous en train de me dire que vous ignorez où se trouve votre épouse ?

— Est-elle là, oui ou non ? articula-t-il en avançant sur lady Parslow, qui recula dans son boudoir, l'air alarmée. S'il vous plaît, j'ai juste besoin de la voir.

— Quoi que vous lui ayez fait, commenta la comtesse en claquant de la langue, cela devait être affreux pour que vous arpentiez ma maison en criant de la sorte.

— Ça l'était, confirma-t-il sombrement.

Il tressaillit rétrospectivement au souvenir de son ton péremptoire.

— Mais je vous jure de me racheter, quoi qu'il en coûte. Je ferai tout ce qu'elle voudra.

Au lieu de lui répondre, lady Parslow s'approcha d'un guéridon délicatement ouvragé pour y prendre une carafe aux formes tout aussi délicates et remplir un verre d'une liqueur ambrée. Elle en proposa à Finn, qui secoua la tête. Il n'avait ni le temps ni l'envie de boire quoi que ce soit. Il lui fallait à tout prix retrouver Tabitha et obtenir son pardon.

— Ma fille est du genre à penser avant de ressentir, déclara la comtesse après avoir goûté au contenu de son verre. Ce n'est pas vraiment une créature passionnée.

Ce qui prouvait qu'elle connaissait bien mal sa progéniture. Mais comment le lui reprocher, alors qu'il venait de commettre la même erreur – pour ne pas dire la même faute – à l'égard de Tabitha ?

— Je vous en prie, milady, dites-lui que je suis là. Je veux juste lui parler.

— Je n'ai reçu que deux lettres d'elle depuis votre mariage, déclara la comtesse. Et je l'ai vue encore moins. Donc, non, elle n'est pas là.

Finn sentit son cœur sombrer.

— Où a-t-elle pu aller ?

— Nous n'avons jamais été particulièrement proches, ma fille et moi, avoua lady Parslow, le regard voilé par la tristesse. Nous n'avons jamais échangé de confidences non plus, je serais bien en peine de vous renseigner.

Elle marqua une pause et releva soudain la tête.

— À moins, reprit-elle, qu'elle ne soit allée à cette bibliothèque où elle a ses entrées. Il semblerait que ce soit une sorte de refuge pour elle.

— Merci, milady, dit Finn en s'inclinant brièvement avant de repartir vers le vestibule.

— Monsieur Ransome, le héla la comtesse.

Il s'arrêta et se retourna.

— Les raisons pour lesquelles vous vous êtes mariés ne sont pas ce que les jeunes gens d'aujourd'hui pourraient appeler des motifs romantiques. Elles relevaient davantage d'un intérêt bien compris. Il n'empêche que j'ai cru discerner entre vous un… lien, qui allait au-delà des nécessités. J'espère seulement que vous ne l'avez pas détruit.

— Je l'espère aussi, milady.

Une fois dans la rue, il découvrit que le fiacre l'avait attendu.

— On va où, maintenant, chef ?

— À la bibliothèque Benezra.

L'angoisse qui rongeait Finn à son arrivée à la bibliothèque n'était rien comparé au désespoir qui le submergea quand il apprit que Tabitha ne s'y trouvait pas. M. Okafor n'aurait su dire où elle avait pu se rendre.

Alors que Finn se tenait devant le bâtiment, réfléchissant aux endroits où il pourrait la chercher, une fine bruine se mit à tomber, qui se transforma rapidement en averse.

— On rentre, chef ? s'enquit le conducteur du fiacre, plein d'espoir.

Quoique trempé de la tête aux pieds, Finn n'était pas prêt à renoncer. Ni maintenant ni jamais.

Il se rappela alors qu'un jour où Tabitha allait rendre visite à Mlles Goldstein et Kemble, il l'avait entendue donner une adresse à leur cocher. Il remercia le Seigneur de lui avoir donné une aussi bonne mémoire, car cette adresse était demeurée gravée dans son esprit.

— Gordon Street, à Bloomsbury, dit-il au cocher en remontant en voiture.

— C'est parti, chef, répondit ce dernier d'un ton résigné.

La pluie ralentissait malheureusement la circulation et, le temps qu'ils atteignent Gordon Street, l'impatience et l'anxiété avaient creusé des abîmes dans la poitrine de Finn. Sans attendre l'arrêt du véhicule, il bondit dehors dès qu'ils arrivèrent en vue de l'étroite maison de ville où logeaient les dcux amics.

Une fois sur le perron, il s'empara du heurtoir en cuivre et asséna des coups secs et comminatoires sur la porte. Une minute plus tard, Mlle Kemble apparut sur le seuil, un châle drapé sur les épaules. Son expression se refroidit grandement dès qu'elle vit Finn.

— Elle n'est pas là, monsieur Ransome, dit-elle avant même qu'il lui ait posé la question.

Elle cillait tout en parlant, signe révélateur s'il en était.

Il vit soudain une ombre bouger dans le couloir derrière elle et sentit son cœur se loger dans sa gorge.

— Si vous la voyez, dit-il, sachant que Tabitha l'écoutait, si vous pouvez lui parler, lui écrire ou avoir le *moindre* contact avec elle, auriez-vous l'obligeance de lui dire que… je suis désolé ? Terriblement désolé. Je suis dévasté à l'idée de l'avoir blessée. Parce que j'aimerais encore mieux m'éviscérer moi-même que de lui faire le moindre mal. Je croyais l'aider, alors qu'en fait je me suis comporté avec elle comme le dernier des goujats. J'aurais dû mieux l'écouter et, surtout, réfléchir avant de parler.

Le souffle court, il avait du mal à trouver les mots pour se racheter.

Il avait envie de lui crier qu'il l'aimait – mais le moment était mal choisi, ce genre de déclaration ne se faisait pas en utilisant un intermédiaire et parce qu'on se sentait coupable. Quand il dirait ces mots à Tabitha, ce serait face à face, et sans rien attendre en retour.

— Je lui laisse la maison, poursuivit-il. Elle n'a pas besoin de se cacher de moi ni de personne.

— Et où irez-vous, monsieur Ransome ? s'enquit Mlle Kemble. Je veux dire, si par hasard je la croise et qu'elle souhaite vous voir.

— Mon frère a une nouvelle maison dans le quartier de Marylebone, répondit Finn, se décidant dans l'instant. Son épouse et lui sont en voyage de noces…

Il dut déglutir pour réussir à prononcer ces mots qui évoquaient le bonheur bien mérité que Kieran vivait avec Céleste, alors que lui-même avait si abominablement gâché le sien.

— C'est au 38 Weymouth Street. Si Tabitha a besoin de quoi que ce soit, ou si elle désire simplement me parler, je serai là-bas. Quelle que soit l'heure, si elle m'envoie un message, je viendrai.

— *Si* je la vois, dit Mlle Kemble, je le lui dirai.

L'ombre dans le couloir disparut. Ses paroles n'avaient pas convaincu Tabitha.

Il présenta son visage à la pluie, le cœur bourrelé de remords.

— Merci, mademoiselle Kemble, dit-il avant de tourner les talons.

Il se retrouva face au fiacre.

— On rentre, chef ? suggéra le cocher. C'est pas franchement un temps à traîner dehors.

— Merci, répondit Finn, mais je préfère marcher.

Plus de trois kilomètres le séparaient de Marylebone, mais il ne se voyait pas rester assis dans une voiture alors que son univers s'écroulait autour de lui. Il enverrait plus tard quelqu'un récupérer ses affaires.

Le conducteur du fiacre siffla doucement.

— Vous êtes sûr ? Vous risquez de vous noyer avec les rats si vous rentrez à pied !

Mais déjà Finn remontait la rue, sans se soucier de la direction où le portaient ses pas ni du risque d'être balayé dans les eaux de la Tamise avec les autres débris emportés par la pluie.

Comme Iris refermait la porte d'entrée, Tabitha sortit du salon où elle s'était cachée et se frotta les paupières pour refouler ses larmes.

— C'est bon, Tabby, murmura Iris. Il n'y a pas de honte à pleurer.

Tabitha avait entendu tout ce que Finn avait dit – son repentir semblait sincère et il était évident qu'il savait qu'elle l'écoutait –, mais elle avait toujours le cœur à vif à la pensée qu'il ait pu lui adresser le même reproche condescendant que Charles et, tout récemment, sir William. Comment avait-il pu penser qu'il lui suffirait de lui tapoter la tête pour qu'elle ravale son humiliation et sa colère ? Que la traiter ainsi ne la heurterait pas au plus profond de son être ? Elle avait cru qu'il la connaissait et que, surtout, il la *respectait* pour ce qu'elle était, mais peut-être n'était-ce qu'une illusion induite par le plaisir qu'ils tiraient l'un de l'autre dans la chambre à coucher.

Car du plaisir, il savait lui en donner, mais qu'était-ce en regard de ses paroles condescendantes qui prouvaient qu'il n'avait pas foi en elle ?

Elle blêmit en se rappelant les propos horribles qu'elle lui avait tenus en retour. Tous deux s'étaient portés des coups terribles. Le remords la rongeait et elle désespérait de pouvoir jamais se réconcilier avec Finn.

Tout semblait perdu désormais.

Elle s'efforça de refouler ses larmes.

— Si je commence à pleurer, je risque de ne plus pouvoir m'arrêter.

— Fais ce que tu veux. L'important est que tu te sentes mieux, dit Iris avec un sourire doux.

— C'est bien là le problème, murmura Tabitha en se laissant tomber sur le sol, en proie à un chagrin innommable. Tout est allé de travers et jamais plus je ne me sentirai bien.

25

Tabitha resserra son manteau pour empêcher l'air glacial du matin de se glisser dessous. Peine perdue : elle eut beau courir pour franchir la distance séparant sa voiture de l'entrée du Platinum Collective, le vent aigre la fit frissonner.

Cela étant, elle n'avait pas réussi à se réchauffer depuis la veille, depuis cette horrible dispute avec Finn. Une fois revenue à la maison, elle s'était ensevelie sous une pile de châles et de couvertures sans réussir à venir à bout du froid qui l'étreignait. Ç'avait été encore pire dans le lit, qui lui avait paru trop grand et vide. Elle avait essayé de dormir au milieu et Olive avait pris la peine de réchauffer les draps avec une bassinoire.

En vain. Elle avait tremblé toute la nuit et avait à peine dormi. Et quand elle avait rejoint la salle du petit déjeuner d'une démarche de somnambule, la place vide en face d'elle n'avait fait que lui rappeler tout ce qu'elle avait perdu.

Elle avait donc décidé d'aller au Platinum Collective, histoire de donner un but à sa journée.

— Je vois que j'aurais pu me passer d'apporter ma clé aujourd'hui, lança Chima en la rejoignant devant l'entrée.

Il avait une écharpe multicolore autour du cou et plusieurs livres coincés sous le bras.

Tabitha déverrouilla la porte et ils franchirent ensemble le seuil.

Après avoir allumé les lampes, ils se rendirent dans la petite cuisine aménagée au fond du local. Si Tabitha traînait les pieds, Chima se montra efficace. Après avoir posé la bouilloire sur la cuisinière, il sortit deux tasses en faïence du placard.

— La loi sur l'éducation va bientôt être discutée au Parlement, lui rappela-t-il en sortant la boîte à thé.

— Et grâce à la Sterling Society, répliqua-t-elle sombrement, aucun parlementaire ne va venir nous consulter avant le vote.

— Je n'en suis pas aussi certain, rétorqua son ami. En tout cas, ils ne se bousculent pas non plus à la porte du comité de sir William.

Tabitha se redressa.

— Ah bon ? fit-elle.

Chima opina.

— La dénonciation agressive de sir William a été moins bien reçue qu'il ne l'escomptait.

Une note d'espoir résonna dans la poitrine de Tabitha, telles les premières mesures d'une chanson, voire de tout un poème symphonique. Finn avait deviné que c'était une conséquence possible et le lui avait dit, avant de commettre l'insigne maladresse de lui enjoindre de maîtriser ses émotions.

S'enveloppant la main dans un torchon, elle prit la bouilloire brûlante sur la cuisinière.

— Si seulement nous disposions de l'appui de plusieurs nobles, comme notre concurrent.

— Certes, admit Chima. Mais nous trouverons bien un moyen de nous faire entendre quand même.

Elle réfléchit en préparant le thé. C'était curieux qu'une eau aussi chaude permette de produire une boisson aussi délicieuse et revigorante. Un thé digne de ce nom n'était réalisable qu'en exposant son principal ingrédient à des conditions extrêmes, susceptibles de détruire des choses plus fragiles.

Mais les gens – et les mariages – n'étaient pas des feuilles de thé. Et un thé pouvait également être ruiné par une eau *trop* chaude.

Son existence était décidément bien plus simple et plus facile quand elle la passait dans les livres. Se réfugier dans ses textes bien-aimés la tentait toujours, du reste, sauf qu'il était désormais trop tard. À cause de Finn, elle était plongée dans le monde réel, confrontée à toutes les surprises, bonnes ou mauvaises, qu'il recelait.

Plus aucun retour en arrière n'était possible.

— Que diable fais-tu là ? demanda Dom à Finn en se laissant tomber sur le siège en face de Finn.

Le mobilier usagé et à moitié déglingué, à l'image des ivrognes qui les entouraient, ploya sous l'imposante carcasse de son ami. Finn leva le nez de sa chope – la troisième ? la cinquième ? – et considéra Dom d'un regard troublé par l'alcool. Boire autant n'était pas dans ses habitudes, mais un homme pouvait changer et évoluer au cours d'une vie.

— C'est un établissement public, rétorqua-t-il en s'efforçant d'articuler correctement, sans vraiment y parvenir. *Public*, j'insiste. Et en tant que tel, il accueille tous les clients.

— Clients, répéta Dom en jetant un coup d'œil autour de lui. Joli nom pour désigner des piliers de bar.

Finn eut un geste négligent de la main.

— Peu importe. Tu m'as compris.

— Ce que je ne comprends pas, avoua Dom en posant les coudes sur le plateau branlant de la table, c'est comment tu as pu préférer la compagnie de ces « clients » à celle de ta femme.

Finn grimaça avant d'écluser sa chope. Il fit signe au patron, qui vint la lui remplir et en profita pour déposer une chope vide devant Dom.

— Je ne veux rien, Archie, dit ce dernier sèchement.

— Personne t'a forcé à entrer ici, Kilburn, répliqua le tavernier. Soit tu consommes, soit tu pars.

— Juste une pinte, alors, grommela Dom.

Le foudroyant du regard, Archie remplit sa chope – arrosant la table dans la foulée –, et s'en retourna derrière son comptoir au pas de charge sans se soucier d'écrabouiller au passage des habitués effondrés sur le sol. Quelques jurons et grondements outrés s'élevèrent dans son sillage avant qu'un silence morose reprenne possession des lieux.

— Comme c'est ton ancien quartier, je vois d'où tu tiens ton caractère affable, commenta Finn, pince-sans-rire.

Dom se carra dans son siège qui grinça de manière menaçante sous son poids.

— Tu n'avais qu'à aller te soûler dans l'un de tes pubs pour aristos si cette auberge ne te plaît pas.

— Elle convient mieux à mon humeur du moment, repartit Finn.

Il promena son regard sur les murs crasseux, sur le plafond bas et sur la poignée de consommateurs encore assis ou, plutôt, affalés à leur table. Dans un coin de la salle, deux types échangeaient mollement des coups de poing dans l'indifférence générale.

— Quand même, tu dois manquer aux tripots de Londres, dit Dom.

— Je préfère être ici.

Comment était-il censé se concentrer sur son jeu alors qu'il espérerait voir Tabitha chaque fois qu'il lèverait la tête de ses cartes ?

— Peut-être que je m'y réveillerai avec un couteau planté dans le dos.

— L'espoir fait vivre, commenta Dom, philosophe. Personnellement, si j'avais une épouse qui m'attendait à la maison, je ne viendrais certainement pas passer mes nuits dans ce cloaque à ciel ouvert.

— Hé ! cria Archie derrière son comptoir. Parle pas comme ça de mon établissement, Kilburn.

— Cette poubelle ne mérite pas ce nom, Archie, rétorqua Dom d'une voix forte. Ose dire le contraire !

Le tavernier parut réfléchir, puis il haussa les épaules et appuya les coudes sur le comptoir.

— Moi, je n'ai personne qui m'attend à la maison, reprit Dom, lugubre. Contrairement à toi.

— Je ne parierais pas là-dessus, répondit Finn en soupirant.

Dom étrécit les yeux.

— Ça veut dire quoi, au juste, ces foutaises ?

— On peut toujours compter sur toi pour aller droit au but. En fait…

Finn s'interrompit pour prendre une profonde inspiration.

— Je me suis comporté comme un crétin avec Tabitha et je ne sais pas si elle me le pardonnera un jour – ou même si je mérite son pardon.

Dom voulut étendre ses jambes, mais l'exiguïté de l'espace alloué à leur table ne le lui permit pas.

— Vas-y, crache le morceau.

S'il y avait quelqu'un à qui Finn pouvait se confier, quelqu'un qui connaissait tout ce qu'il y avait en lui de ridicule, de terrible, de stupide, mais aussi d'admirable parfois, c'était bien Dom. Ils s'étaient rencontrés des années plus tôt, d'abord par l'entremise de Kieran, qui avait rencontré leur ami à Oxford, puis après que celui-ci les eut surpris, son frère et lui, en train d'essayer de dévaliser la cave d'un marquis lors d'un bal. Apparemment, Dom avait eu la même idée qu'eux. Entre les deux plus jeunes garçons d'un comte et le fils d'un magnat des entrepôts, des liens forts s'étaient noués, d'autant que tous trois aimaient évoluer en marge de la bonne société.

Ils avaient ainsi écumé ensemble tout ce que la capitale comptait d'endroits mal famés, menant l'existence dissolue de ceux qui n'arrivent pas vraiment à trouver leur place en ce bas monde. Cela s'était un peu calmé quand Dom s'était fiancé avec Willa, mais le lien qui les unissait ne s'était pas rompu pour autant.

À part Kieran, Dom était la personne en qui Finn avait le plus confiance.

— Je vais tout te raconter, dit-il à son ami, mais il est probable que tu auras envie de me tabasser avant la fin de l'histoire.

— De toute manière, j'ai toujours eu envie de tabasser ta jolie petite gueule d'aristo, rétorqua Dom après avoir englouti une copieuse lampée du breuvage douteux que lui avait servi Archie. Alors autant me donner une bonne raison de le faire.

Finn lui raconta donc tout depuis le commencement, sans rien omettre hormis certains détails intimes. Mais que ce soient leurs motivations respectives, à Tabitha et à lui, pour convoler, la réserve qui avait marqué le début de leur vie conjugale et leurs démêlés avec la Sterling Society, il ne lui cacha rien.

Il ne lui épargna pas non plus le détail des mots qu'il avait dits à sa femme après qu'elle lui eut lu la lettre ouverte publiée dans le *Times* par sir William Marcroft. Il devait rouvrir cette plaie et la nettoyer.

Son ami demeura muet durant toute sa confession, mais son expression se fit de plus en plus soucieuse. Une ride profonde s'était creusée entre ses sourcils quand Finn conclut son récit.

La gorge en feu et la poitrine oppressée, il regarda Dom, qui lui rendit son regard. Un long silence s'ensuivit, seulement troublé par les échos de la bagarre toujours en cours dans un coin, les deux ivrognes ayant fini par rouler sur le plancher où ils essayaient de s'étrangler mutuellement.

— Vraiment, c'est rassurant, lâcha finalement Dom.

— Quoi ?

— Que l'homme le plus intelligent que je connaisse réussisse à tout foirer à ce point. Si *toi*, tu as pu commettre un impair pareil, alors cela excuse plus ou moins toutes nos propres erreurs.

— Content d'avoir pu te réconforter, maugréa Finn, qui marqua une pause avant de demander : Tu estimes que je suis l'homme le plus intelligent que tu connaisses ?

Dom balaya la question d'un revers de main.

— Il ne te reste plus qu'à utiliser ta cervelle surdimensionnée pour résoudre le problème.

— Sauf que ladite cervelle ne fonctionne pas au maximum de ses capacités, rétorqua Finn d'une voix morne. Et cela depuis longtemps.

Dom se pencha en avant en invitant Finn à l'imiter. Comme ce dernier s'exécutait, il lui tapa le front de sa paume ouverte.

— Bon sang, s'exclama Finn en se frottant le front, c'est pour me punir de ma stupidité ?

— Ta stupidité est déjà un fait établi. Non : c'est juste pour essayer de faire sauter ce qui bloque ta jugeote. Tu n'as donc pas compris que si Tabitha t'en veut autant, c'est parce que tu l'as traitée aussi salement que d'autres par le passé ?

— Elle m'a confié que quelqu'un lui avait tenu le même discours jadis, convint Finn, la gorge nouée. Quelqu'un à qui elle était attachée. Et que je ne valais pas mieux que lui. Je *suis* vraiment un moins-que-rien, comme tout le monde n'a cessé de me le répéter.

Il eut envie de hurler sa peine, mais réprima le cri qui lui montait aux lèvres, de même qu'il avait toujours refoulé ses émotions de crainte que ses parents et ses professeurs ne s'en servent contre lui. « Au lieu de pleurer, tu ferais mieux de te mettre au travail, fainéant. Tes larmes ne me touchent pas. »

Lentement, Dom fit glisser sa grosse pogne vers celle de Finn, qu'il recouvrit.

— J'ai eu une vie plus remplie que la plupart des hommes de mon âge, déclara-t-il d'un ton bourru. J'ai rencontré bien des gens, des bons comme des méchants, et j'ai fini par me convaincre que tous les rupins n'étaient que de sales égoïstes qui ne voyaient pas plus loin que leurs coffres ou que le bout de leur queue. Chaque fois que j'en croisais, ils me tournaient le dos ou se moquaient de ma personne et de ma carrure de docker. Et puis, ajouta-t-il avec un sourire en coin, je suis tombé sur les frères Ransome.

— Deux sales égoïstes de plus, lâcha Finn avec un rire amer.

— Ah ça, vous étiez de beaux fils à papa ! concéda Dom. Mais vous me considériez comme une *personne*. Tu ne peux pas savoir le cadeau que ça représente pour quelqu'un à qui on a toujours dénié son humanité.

Finn dévisagea son ami.

— Peut-être que mes parents et mes professeurs avaient raison. Peut-être que je suis juste un bon à rien, un sale type.

— Ne parle pas comme ça, répliqua Dom. Les sales types, je connais, j'en suis un.

Finn sentit le nœud dans sa gorge grossir, mais il ne voulait pas le ravaler, pas quand son ami s'ouvrait à lui comme un boucher éventre une carcasse.

— Dom...

— Tu sais comment l'aider à surmonter ça, n'est-ce pas ? s'enquit ce dernier en retirant sa main.

— Oui, mais...

Finn serra les dents.

— Je me sens incapable de la revoir. Incapable de regarder en face ce que je lui ai fait. Incapable d'affronter le regard qu'elle posera sur moi. Je l'ai vu si souvent au cours de ma vie. La déception de mes parents à mon sujet, j'ai fini par m'y habituer, mais lire cette même déception sur son visage à elle... c'est plus que je ne pourrai en supporter, acheva-t-il d'un ton pitoyable en étreignant sa chope.

— Crois-moi, mon vieux, déclara Dom avec emportement, il n'y a rien, *rien* que je ne serais prêt à faire pour avoir une chance de réparer le tort que j'ai causé à Willa. Mais je l'ai perdue pour de bon, et c'est comme ça que ça devait finir, je suppose. N'empêche que si je pouvais effacer la souffrance que je lui ai causée, si j'avais, comme toi, la possibilité de racheter ma faute...

Il baissa des yeux furibonds sur ses mains, comme si elles étaient souillées.

— ... je n'hésiterais pas une seconde. Alors va *l'affronter*, sacré bon sang de bois !

Finn considéra son ami et vit la peine qui altérait son visage buriné. Le chagrin de Dom l'affectait d'autant plus qu'il ne pouvait rien faire pour l'alléger. Ou bien si ? Il allait devoir réfléchir à cela plus tard.

Il y voyait plus clair tout à coup, et la détermination lui redressa l'échine et lui fouetta les sangs. En retournant auprès de Tabitha, il pourrait au moins réparer une partie du tort qu'il lui avait causé. Et peu importait qu'il lise dans ses yeux qu'elle s'était sentie trahie, du moment qu'il contribue à lui offrir le bonheur qu'elle méritait.

26

Tabitha s'attarda sur le seuil de la bibliothèque. Elle avait beau faire, ses pieds refusaient d'avancer. Pénétrer et s'installer dans cette pièce que Finn avait tout spécialement aménagée pour elle, c'était comme tenter de se frayer un chemin à travers un mur de ronces. Plutôt que de se faire déchiqueter, elle préféra tourner les talons. Peut-être pourrait-elle aller étudier dans le salon...

Non ! C'était là qu'elle faisait la lecture à son mari, naguère.

La chambre à coucher était elle aussi remplie de sa présence, quant à la salle à manger, elle gardait un souvenir vivace de ce qu'ils avaient fait sur la table.

Au vrai, il n'y avait pas une seule pièce de la maison qui ne lui rappelle pas Finn.

Il était parti depuis trois jours – les trois jours les plus longs de l'histoire de l'humanité. Chaque matin, elle se rendait au siège du Platinum Collective et y demeurait jusqu'à la tombée de la nuit, ce qui lui laissait quand même toute la soirée pour errer comme une âme en peine dans sa propre demeure. Elle aurait pu s'inviter chez Diana et Iris, mais passer son temps libre en compagnie d'un couple si visiblement uni et heureux n'aurait fait que renforcer son sentiment d'abandon. Et puis, elle n'allait pas imposer la grisaille de sa morosité dans le ciel radieux de leur intimité.

— Madame ? s'enquit le valet en la croisant dans le couloir. Dînerez-vous ?

Question judicieuse : elle ne mangeait plus beaucoup une fois le soleil couché et avait même fini par sauter le dîner, la veille. En y repensant, d'ailleurs, il lui semblait avoir également fait l'impasse sur le petit déjeuner. Et elle ne se souvenait même plus de ce qu'elle avait pris au déjeuner – peut-être rien non plus.

— Non, Edgar. En fait, vous pouvez prendre votre soirée. Dites aux autres membres du personnel que je n'aurai plus besoin d'eux d'ici demain.

— Comme il vous plaira, madame.

Si le domestique avait hâte de profiter de sa liberté, il n'en laissa rien voir. Il se contenta de s'incliner et se retira.

Elle ferait mieux d'aller se coucher, décida-t-elle. Dans la chambre d'amis. Elle doutait de trouver le sommeil, mais c'était cela ou passer d'une pièce à l'autre toute la nuit.

Elle posait le pied sur la première marche de l'escalier quand on frappa à la porte. Comme elle venait de congédier Edgar, c'était à elle qu'il revenait d'ouvrir à l'insensé qui avait eu la hardiesse de braver le brouillard glacial pour lui rendre visite.

Elle tourna la clé, ouvrit la porte, et son cœur se logea dans sa gorge lorsqu'elle découvrit Finn sur le perron.

Une joie sauvage et débridée jaillit en elle tel un fauve libéré de sa cage. Mais elle l'y fit promptement rentrer de peur d'être débordée par sa fougue.

Un plaisir identique éclaira le visage de Finn, qui le réprima aussi dans l'instant.

Ils se dévisagèrent longuement, le regard de Tabitha passant d'un détail à un autre : la brume qui perlait sur le tissu de son épais manteau, l'expression affligée dans ses yeux sombres…

Ces trois jours sans pouvoir plonger son regard dans le sien lui parurent soudain une éternité. Le chagrin qu'elle lut dans ses yeux lui fut une douleur à laquelle elle ne s'attendait pas. Lui aussi souffrait. Et autant qu'elle.

Sauf que c'était *lui* qui avait creusé le gouffre qui existait désormais entre eux.

— Où est Edgar ? demanda-t-il d'une voix enrouée dont elle avait éprouvé le manque jusque dans la moelle de ses os.

— Je lui ai donné sa soirée, ainsi qu'au reste du personnel.

— Je vois.

Un nouveau silence s'ensuivit.

Elle se tenait fermement campée devant lui pour ne pas se jeter à son cou dans l'espoir qu'il la serrerait dans ses bras en lui disant qu'il avait foi en elle, qu'il l'acceptait telle qu'elle était et que tout redeviendrait comme avant – avant qu'il lui brise le cœur.

Mais revenir en arrière, à l'époque où elle ne l'aimait pas encore, était impossible. Car en dépit de tout, elle l'aimait toujours. Cet amour ferait partie d'elle jusqu'à ce qu'elle desserre sa prise sur ce monde-ci et glisse dans l'infini et l'inconnu.

Elle parvint à se ressaisir suffisamment pour lui faire signe d'entrer.

— Il fait un temps affreux, dit-elle en guise d'invitation.

Il hésita un instant avant d'entrer. Et une fois à l'intérieur, s'il ôta son chapeau, il garda son manteau.

— Je suis venu te proposer mes services, annonça-t-il avec raideur. Comme stratège. Ou à tout poste où tu auras besoin de moi pour assurer le succès du Platinum Collective.

— C'est le sort du comité qui t'inquiète, dit-elle.

— Oui… enfin, non, corrigea-t-il. Il faut que le monde voie ce que tu as fait et en comprenne l'importance. Et je veux m'en assurer.

Elle inspira à fond, s'efforçant de reprendre contenance.

— Merci. Je…

C'était horrible de lui parler ainsi, avec cette courtoisie guindée, et cependant, il lui semblait impossible de retrouver leur complicité d'avant, quand ils se faisaient mutuellement confiance.

— J'ai songé, reprit-elle, à publier dans le *Hawk's Eye* une réfutation pondérée mais explicite à la lettre ouverte de la Sterling Society.

Il hocha lentement la tête.

— Puis-je te faire une suggestion ?

— Je t'en prie, dit-elle, appréciant qu'il lui demande la permission de lui donner son avis au lieu de le lui imposer.

— Un débat public, expliqua-t-il. Dans un endroit pouvant accueillir suffisamment de monde afin qu'un maximum de gens ait l'opportunité d'entendre le Platinum Collective. Ce ne sera pas une attaque contre la Sterling Society, mais l'occasion de montrer ce que ton groupe a dans le ventre. Attirer l'attention sur ce dont le Platinum Collective est capable sera plus utile que d'apparaître sur la défensive.

Elle réfléchit à sa proposition, en soupesa soigneusement le pour et le contre.

— Ce sera aussi et surtout un moyen d'amener la controverse à hauteur du peuple et de prouver que le Platinum Collective est non seulement ouvert à tous mais qu'il œuvre pour tous.

— Tout le monde te verra en action et aura ainsi l'occasion de mesurer concrètement ta détermination, ton intelligence et ton dévouement à cette cause d'une importance cruciale.

— La Sterling Society n'a jamais ouvert ses débats au public, lâcha-t-elle, soudain frappée par ce fait.

— Et c'est pourquoi le Platinum Collective représente un progrès formidable, renchérit Finn. Un symposium ouvert à tous serait une façon de marquer votre différence et de vous imposer comme une alternative nécessaire.

— Je pense que c'est une bonne idée, admit-elle.

Elle n'osait y croire, mais ce pourrait vraiment être la meilleure des réponses pour assurer au Platinum Collective la place qu'il méritait dans la société, et ce, en dépit des efforts de sir William pour saper sa réputation.

— Si les autres membres sont d'accord, je vais placer un encart dans le *Hawk's Eye* pour annoncer l'événement.

Elle prit une profonde inspiration.

— Merci pour ta suggestion.

Ils se dévisagèrent de nouveau, et c'était comme s'ils étaient séparés par un océan rempli de monstres et de courants dangereux.

Tabitha n'en était pas moins profondément reconnaissance à Finn d'avoir eu le courage de venir lui soumettre son idée.

— Quand je t'ai dit ces horribles choses, la dernière fois...

Il déglutit, les yeux humides.

— ... je me suis montré d'une stupidité sans nom.

— Sauf que tu n'es *pas* stupide, répliqua-t-elle avec force. Au contraire, tu es d'une intelligence extraordinaire – même si, en effet, ce que tu m'as dit m'a fait très mal.

— Je le regretterai jusqu'à la fin de mes jours, assura-t-il d'une voix vibrante de remords, de n'avoir su, à cet instant, te considérer pour ce que tu étais.

La douleur qu'exprimaient ces mots et son regard prirent Tabitha à la gorge.

— J'ai conscience d'avoir commis une faute terrible, reprit Finn. Une faute pour laquelle toutes les excuses du monde ne suffiront jamais et pour laquelle je n'attends ni ne demande aucun pardon.

— Je suis fautive moi aussi, admit-elle d'une voix tremblante. Je t'ai tenu des propos aussi cruels qu'injustifiés. J'en suis affreusement désolée.

Il opina sans mot dire. Chacun d'eux demeurait là où il était, trop meurtri pour faire un pas vers l'autre. Un long silence douloureux suivit.

Tabitha était enfermée dans sa peur tel un fossile dans l'ambre, une sorte de papillon préhistorique figé pour l'éternité juste avant son envol. Finn lui avait présenté ses excuses et elle lui avait présenté les siennes en retour, et pourtant la douleur persistait. Ils savaient désormais tout le mal qu'ils pouvaient se faire l'un à l'autre et en étaient transis de frayeur.

Ils ne pouvaient pas revenir en arrière et, en même temps, aller de l'avant semblait impossible.

— J'étais venu t'offrir mon aide, reprit-il d'une voix rocailleuse. Voilà qui est fait. Je ne vais pas te déranger plus longtemps. Bonne nuit, Tabitha. Nous nous verrons au symposium, après quoi tu n'auras plus à craindre de me recroiser.

Il pivota, ouvrit la porte d'entrée et disparut dans le brouillard.

Tabitha contempla l'espace qu'il avait occupé dans le vestibule et qui semblait encore rempli par sa présence. Elle tendit la main, ne rencontra que le vide.

D'instinct, elle se lança à sa poursuite, sans avoir la moindre idée de ce qu'elle dirait ou ferait si elle le rattrapait. Cela ne pouvait pas se terminer ainsi… Si ?

Elle s'arrêta au milieu de la chaussée et demeura un long moment à fouiller les ténèbres du regard. Mais Finn ne revint pas.

27

Fébrile, Tabitha parcourut du regard la salle du Théâtre Impérial dont le parterre et les loges ne cessaient de se remplir. Tout le monde avait l'air excité dans l'attente de l'événement, et était très certainement intrigué par la rivalité entre la Sterling Society et le Platinum Collective.

— Un coup de génie, cette idée d'un symposium public, murmura Diana, qui se tenait à côté d'elle dans les coulisses.

— Une idée que nous devons à Finn, répondit Tabitha sans cesser d'observer la salle.

Jamais elle n'aurait soupçonné qu'autant de citoyens londoniens puissent s'intéresser à une controverse intellectuelle, mais il est vrai que sa vie était depuis quelque temps riche en surprises et rebondissements variés.

Elle espérait juste que cette journée se solderait par un succès.

— M. Ransome est arrivé ? demanda Chima en les rejoignant.

— Je ne l'ai pas vu, répondit Tabitha.

Elle continua d'inspecter la salle dans l'espoir de repérer sa haute silhouette ténébreuse. Deux jours seulement avaient passé depuis sa visite nocturne impromptue et depuis, elle avait imaginé mille et une façons de formuler ce qu'elle souhaitait pour leur avenir commun… sans jamais avoir le courage d'aller le lui dire de vive voix. Même si elle voulait donner une deuxième chance à leur couple, la crainte qu'ils se fassent de nouveau du mal l'avait retenue.

Malgré tout, elle avait besoin de le voir et de puiser du courage en lui. Il avait voulu ce symposium, non seulement pour montrer au monde de quoi le Platinum était capable, mais parce qu'elle avait travaillé à réaliser un rêve. Quoi qu'il arrive, elle trouverait la force d'aller de l'avant.

Tandis que le théâtre continuait de se remplir, elle jeta un coup d'œil sur la scène. Deux rangées de chaises y avaient été disposées, celle du fond reposant sur une estrade afin que le public voie tout le monde. Un bureau réservé au modérateur flanquait cette installation. Les membres du comité s'étaient réunis deux fois pour discuter de l'organisation du symposium. Ils avaient convenu que le modérateur présenterait le Platinum Collective, sa ligne et ses objectifs, avant de recueillir les questions de l'auditoire.

Le groupe avait aussi élu la personne qui remplirait cette fonction, et choisi Tabitha. Elle avait d'abord décliné cet honneur, préférant laisser ce rôle à quelqu'un d'autre, mais le comité avait fait valoir qu'en tant que membre fondateur du Platinum Collective elle avait l'autorité requise pour ouvrir les débats et veiller ensuite à ce que chacun puisse prendre la parole.

Ses dix-huit camarades du comité l'avaient à présent rejointe derrière le rideau et la regardaient d'un air interrogateur.

— Tout le monde est là ? s'enquit-elle. Vous êtes prêts ?

Il y eut des hochements de tête et des murmures d'acquiescement. Certains semblaient aussi nerveux qu'elle, nota-t-elle.

— Merci d'avoir bien voulu participer à cette aventure, leur dit-elle, profondément touchée que ces personnalités extraordinaires croient autant qu'elle au Platinum Collective. Allons-y.

Ils sortirent des coulisses en file indienne. Leur entrée en scène fut saluée par quelques applaudissements épars et beaucoup de chuchotements intrigués.

Tabitha se sentait à la fois très présente et en même temps curieusement détachée d'elle-même alors qu'elle rejoignait le bureau. Elle n'était pas assise que les murmures s'amplifièrent dans le public. Des doigts se tendirent, indiquant une loge qui se remplissait d'hommes.

Tabitha tressaillit en reconnaissant des membres de la Sterling Society. Elle ne put retenir un sourire ironique en remarquant qu'ils avaient choisi l'une des loges que la haute société prisait lors des représentations théâtrales. Le message était clair : ils appartenaient à une élite qui se considérait comme supérieure au public de l'orchestre et du parterre.

Elle reconnut sir William alors qu'il s'asseyait près de la rambarde. Il lui adressa le genre de regard dédaigneux dont on gratifierait le contenu d'un pot de chambre.

Ma foi, songea-t-elle, si sir William était venu pour humilier le Platinum Collective, il allait avoir affaire à forte partie. Ne l'avait-elle pas déjà rossé en pensée à la salle de boxe de Finn ?

En réponse à son mépris, elle leva le menton. Le baronnet se renfrogna, sans doute déçu de ne pas lui inspirer plus de crainte.

Il n'était pas au bout de ses déceptions. La peur n'était plus de mise. L'enjeu de ce symposium était trop important.

— Tabitha, souffla Diana depuis son siège, regarde !

Son amie désigna du menton le fond de la salle. Le cœur de Tabitha manqua un battement quand elle vit son mari remonter l'allée centrale. Il était d'une taille au-dessus de la moyenne, si bien qu'elle n'avait aucun mal à suivre sa progression en direction de la scène. Elle ne voyait du reste plus que lui parmi la foule, ainsi que l'admiration sans fard qui se lisait dans le regard qu'il lui adressa.

Son petit sourire d'encouragement la galvanisa.

L'un des membres de la Sterling Society glapit soudain :

— Seigneur Dieu… le duc de Northfield ! Et la duchesse.

Des exclamations s'élevèrent un peu partout dans la salle tandis qu'un brun aux allures de forban remontait à son tour l'allée centrale. Une femme de type méditerranéen paradait fièrement à son bras tout en distribuant des sourires cordiaux alentour. Le duc et la duchesse rejoignirent Finn, qu'ils saluèrent chaleureusement.

Quand ce dernier croisa de nouveau le regard de Tabitha, elle désigna discrètement le duc et sa femme en haussant les sourcils. : « C'est toi qui les as invités ? »

Il lui adressa un petit hochement de tête presque timide.

Son cœur s'emballa. Dieu du ciel, Finn avait fait venir un *duc* à leur symposium ! Le duc et la duchesse de Northfield étaient connus pour leurs idées progressistes, le duc étant un partisan notoire d'une plus grande tolérance en matière de politique migratoire, cependant que la duchesse avait fondé plusieurs écoles pour filles dans la capitale.

Finn ne l'avait à aucun moment prévenue de cette initiative. Et elle ne s'attendait certes pas que des personnalités aussi influentes soient présentes aujourd'hui.

Ce fut alors qu'à son plus grand étonnement un *deuxième* duc fit son entrée.

L'imposant duc de Greyland s'avança d'une démarche décidée en compagnie de son élégante épouse. Ils allèrent retrouver le duc et la duchesse de Northfield, ces messieurs se serrant la main pendant que ces dames se saluaient gracieusement.

Le public était en transe. Non seulement deux ducs allaient assister au débat, mais ils avaient décidé de le suivre dans le parterre plutôt que dans les loges.

Tabitha n'en croyait pas ses yeux. Elle considéra Finn avec stupéfaction et gratitude. Il eut un petit sourire satisfait. Elle articula un « merci » silencieux, mais il leva le doigt, comme pour lui dire que ce n'était pas fini.

Elle étouffa une exclamation quand le duc et la duchesse de Rotherby se présentèrent à leur tour, suivis du duc de Tarrington, du comte et de la comtesse d'Ashford, du comte et de la comtesse de Blakemere, et du vicomte et de la vicomtesse de Marwood. La vicomtesse paraissait plutôt contente de se retrouver au théâtre en tant que simple spectatrice et non comme dramaturge.

La dernière fois que Tabitha avait eu l'occasion de voir autant de personnages éminents rassemblés en un même lieu, c'était à un bal. Et voici qu'ils étaient tous là à son symposium, au plus près de la scène, comme s'ils souhaitaient participer au débat. Et tout cela grâce à Finn, qui avait dû aller les voir les uns après les autres pour les inviter.

Tabitha en avait le tournis. Elle regarda de nouveau Finn qui, avec un sourire entendu, indiqua du menton la loge où s'agitaient nerveusement les membres de la Sterling Society, visiblement contrariés par le nombre hallucinant d'aristocrates présents au symposium de leurs adversaires.

Lady Ashford avait sorti un carnet dans lequel elle griffonnait déjà. D'autres personnes dans l'assistance l'avaient imitée – sans doute des journalistes venus couvrir les débats.

Tabitha s'ébroua. Elle ne pouvait faire attendre l'audience plus longtemps.

Elle se leva, les jambes tremblant à peine, et s'approcha du bord de la scène.

Elle leva les mains pour réclamer le silence, qu'elle obtint aussitôt, et déglutit en se retrouvant au centre de l'attention – il devait y avoir des centaines de personnes. Quand elle prit la parole, ce fut avec un filet de voix.

— Merci à tous de…

Elle tiqua, navrée d'avoir la gorge aussi serrée. Elle coula un regard à Finn, qui lui adressa un sourire avant d'articuler en silence : « La femme la plus instruite de Grande-Bretagne. »

Elle lui rendit son sourire et sa peur reflua.

— Merci à tous, recommença-t-elle d'une voix plus ferme, de vous être joints à nous aujourd'hui. Comme vous l'avez lu dans le *Hawk's Eye*, nous sommes les membres du Platinum Collective, une association qui, nous l'espérons, est représentative de l'Angleterre dans sa diversité ethnique et sociale.

S'ensuivirent quelques applaudissements ponctués de grommellements en provenance de la Sterling Society.

— Ayant à cœur d'écouter vos voix et de connaître vos besoins, continua-t-elle, nous avons décidé d'ouvrir nos portes à tous ceux qui voudront se faire entendre.

De nouveaux applaudissements retentirent, plus nourris.

— Je suis Mme Tabitha Ransome, dit-elle avec fierté, et je serai la modératrice de cette discussion. Après ce préambule, commençons sans plus tarder.

Elle regagna son bureau d'un pas plus assuré qu'un instant plus tôt, et s'assit dans l'attente des questions du public.

Un silence s'abattit sur la salle.

Un silence qui se prolongea.

Quelqu'un toussa. Quelques fauteuils grincèrent. Mais personne ne prit la parole.

Elle jeta un regard inquiet à Iris, Diana, Arjun et Chima. Avaient-ils déjà échoué ? Cette journée allait-elle voir l'humiliation totale et définitive du Platinum Collective ?

Cette éventualité sembla se concrétiser quand sir William lâcha un rire moqueur qui résonna dans le théâtre et s'enfonça comme un poing dans le ventre de Tabitha.

— J'ai une question, déclara alors une voix masculine – celle du duc de Rotherby.

— Oui, Votre Grâce ? dit-elle.

Dieu merci, sa voix ne trahit pas son soulagement à l'idée qu'enfin quelqu'un s'exprime, même si ce quelqu'un était cet aristocrate particulièrement intimidant.

— Un projet de loi sur l'éducation va être présenté devant le Parlement sous peu, dit-il. Ma décision le concernant est déjà arrêtée, mais j'aimerais connaître l'opinion du Platinum Collective sur les implications à long terme de cette loi si elle venait à être votée.

Tabitha se redressa et répondit d'une voix haute et claire :

— Instruire le plus grand nombre, plutôt qu'une élite, bénéficie *in fine* à tout le monde en prévenant l'extension d'une misère autrement endémique. Cependant, ajouta-t-elle au milieu des murmures intéressés du public, d'autres membres du comité sont plus compétents que moi sur ces questions. Mademoiselle Goldstein, auriez-vous l'amabilité de répondre à Sa Grâce de manière plus détaillée ?

Diana hocha la tête, avant de prendre la parole à son tour.

— Pour commencer, Votre Grâce, si garçons *et* filles reçoivent la même éducation, le niveau de vie de *tous* s'en trouvera amélioré...

Tandis que Diana s'exprimait et que les autres membres du comité enrichissaient son propos de leurs remarques, un silence attentif était retombé dans le théâtre. Tous, aristocrates compris, semblaient captivés par l'argumentaire déployé.

Tous, sauf les membres de la Sterling Society.

— Quel tissu d'inepties ! vociféra sir William, interrompant Diana qui citait des statistiques rapportant l'espérance de vie des différentes couches de la société à leur taux d'alphabétisation. L'étude de questions aussi importantes pour l'avenir du pays ne peut être confiée à des personnes qui ne possèdent même pas de diplôme universitaire. C'est...

— Oh, la barbe ! s'exclama quelqu'un dans le public.

— Vous avez déjà eu l'occasion de vous exprimer, intervint une autre personne alors que sir

William tentait encore de faire valoir son point de vue. Et on ne vous a que trop bien compris !

Sir William s'empourpra.

— Comment osez-vous... ?

— Silence ! lança une femme. Ce n'est pas *vous* qu'on est venu entendre. Ni aucun de vos comparses, ajouta-t-elle avec un geste irrité en direction de la loge où s'agitaient les membres de la Sterling Society.

— Un peu de silence vous siérait mieux, sir William, déclara froidement le duc de Rotherby. Mes yeux viennent d'être dessillés par ce comité qui m'en a appris davantage en quelques minutes que tout *autre* cercle de réflexion de ce pays. Ils ont raison : il est temps que le peuple fasse entendre sa voix.

Tabitha, qui avait retenu son souffle durant cet échange, ne put s'empêcher de triompher quand ceux-là mêmes qui l'avaient ridiculisée et rejetée se levèrent illico et quittèrent leur loge au pas de charge, laissant dans leur sillage une traînée de grommellements ulcérés.

Se retenant à grand-peine d'applaudir cette sortie peu glorieuse, elle reporta son attention sur Finn, dont le regard brillait de joie et de fierté. Elle lui adressa des mercis silencieux, mais il secoua la tête et la désigna du doigt, comme pour lui signifier que ce succès était entièrement de son fait.

— Poursuivez, madame, reprit le duc à l'adresse de Diana.

Celle-ci reprit donc son exposé que vinrent compléter M. Rowe et d'autres membres du comité. Et quand ils eurent conclu leur présentation, un silence s'ensuivit, bientôt rompu par un tonnerre d'applaudissements. Même la partie du public qui se trouvait à l'orchestre se leva pour se joindre à l'ovation, tandis que les représentants de la presse écrivaient furieusement dans leur calepin.

Un élan d'allégresse souleva Tabitha, aussi ardent et vivifiant que l'éclat du soleil. Peu importait ce qui arriverait ensuite, Finn, elle-même et le reste du Platinum Collective avaient fait de leur mieux. Et à en juger par les vivats de l'assistance, ce mieux avait été plus que suffisant. Ils avaient gagné !

La discussion se poursuivit pendant une bonne heure. À la fin, lorsque les membres du comité saluèrent le public, les acclamations se firent délirantes. Désireuse de partager cette victoire avec l'une des personnes qui y avaient le plus contribué, Tabitha chercha son mari des yeux.

Son cœur se serra quand elle le vit se diriger vers la sortie, comme s'il estimait que sa présence n'était plus requise.

Elle gagna le devant de la scène et leva les mains pour demander le silence. Le public s'assagit et, dans le calme qui suivit, elle déclara :

— Vous connaissez maintenant la plupart des membres du Platinum Collective. Mais il est une personne dont la participation à cette entreprise a été inestimable.

Finn se figea, avant de se tourner lentement vers la scène. Il était trop loin pour qu'elle distingue son expression, mais il semblait sur le qui-vive.

— Non seulement cet homme a contribué à la création de notre comité, enchaîna-t-elle, ainsi qu'à l'organisation complexe requise par la mise en place d'un tel cercle de réflexion, mais c'est lui qui a eu l'idée de ce symposium. Il s'est dévoué à notre cause et le Platinum Collective lui doit énormément. Mes amis, conclut-elle d'un ton vibrant, j'aimerais vous présenter l'un des esprits les plus brillants d'Angleterre : M. Finn Ransome.

28

Debout au fond du théâtre, Finn sursauta. Il venait de connaître un moment de satisfaction doux-amer parce que Tabitha avait obtenu tout ce qu'elle voulait – comme il le souhaitait –, cela signifiait qu'il n'avait plus aucune raison de s'attarder ici ni d'être le témoin de sa joie ainsi que des applaudissements mérités que continuait à recevoir le Platinum Collective.

Or voilà qu'au milieu de ce triomphe elle annonçait aux centaines de personnes rassemblées ici qu'*il* était important, et intelligent, et que sa participation avait été inestimable.

Son cœur bondit lorsque le public se tourna vers lui. Il n'avait quant à lui d'yeux que pour Tabitha qui lui souriait, l'air heureuse et reconnaissante.

Sans réfléchir, il fendit la foule en direction de la scène sous l'impulsion d'une force irrépressible : il *fallait* qu'il soit à ses côtés. Il était à peine conscient des applaudissements : seule comptait Tabitha.

Il sentit vaguement des mains lui taper dans le dos pour le féliciter. Quelqu'un le guida vers les marches menant à la scène et, quelques instants plus tard, il se retrouva à côté de Tabitha, qui semblait littéralement rayonner de bonheur.

Elle lui prit la main et le contact de sa peau lui fit l'effet d'une coulée d'or pur en plein cœur.

Elle nomma alors chacun des membres du comité, qui saluèrent tour à tour le public.

— Et, bien sûr, conclut-elle, M. Finn Ransome.

L'ovation repartit de plus belle. Comme dans un rêve, Finn s'inclina.

— Mme Tabitha Ransome, ajouta-t-il en la désignant.

Elle fit la révérence, les yeux brillants. Puis, sous les acclamations, le Platinum Collective quitta la scène.

Sans lui lâcher la main, Tabitha le conduisit dans un coin tranquille, à l'écart des autres membres du comité qui discutaient avec animation.

Finn et Tabitha se dévisagèrent un long moment, la rumeur du monde autour d'eux s'effaçant peu à peu. Finn la dévorait des yeux. Elle semblait à la fois lasse et alerte, tel un joueur après une longue série de coups gagnants. Il y avait toutefois de l'incertitude dans son regard gris.

Son estomac se serra. Et si le faire monter sur scène avait été une forme d'adieu ? Vivre sans elle serait un enfer, mais si tel était son désir, il s'y soumettrait.

— Me faire monter sur scène n'était pas nécessaire, lui dit-il tout à trac. Mais j'ai été sensible à ce geste.

— Bien sûr que c'était nécessaire ! répliqua-t-elle avec force. Comme je l'ai dit, rien de tout cela n'aurait été possible sans toi.

Il inclina la tête pour la remercier. Il emporterait sa gratitude avec lui et elle lui tiendrait chaud durant les jours et les nuits froids qui l'attendaient.

— Et puis, je ne pouvais pas te laisser partir sans te dire ce que j'avais sur le cœur, et que je voulais te dire depuis longtemps.

Il se prépara au pire. Elle allait à coup sûr ajouter que, ses objectifs étant atteints, elle n'avait désormais plus besoin de lui.

Elle prit une profonde inspiration, puis déclara d'une voix vibrante d'émotion :

— Je t'aime.

Il en demeura bouche bée, tel un malchanceux recevant inopinément une main de rêve aux cartes.

— Je sais que je suis plutôt obtus, mais je ne suis pas sûr d'avoir bien compris.

— Encore une fois, Finn Ransome, le tança-t-elle, tu n'es *pas* stupide. Tu es avisé, intelligent et, par-dessus le marché, d'une sensibilité exquise. Compte sur moi pour te le rappeler jusqu'à mon dernier souffle, mais pas avant de t'avoir répété que je t'aime !

Il se figea, ayant du mal à en croire ses oreilles.

— Vraiment ?

— Oui, Finn.

Elle franchit la distance qui les séparait, prit son visage entre ses mains. Il ferma les yeux et se laissa aller contre elle, grisé.

— Je n'ai pas de mots pour décrire la profondeur de l'amour que j'éprouve pour toi, reprit-elle doucement. Et tu sais combien cela m'arrive rarement ! Je t'adore, voilà tout.

— Tabitha…

Il appuya son front contre le sien. Son cœur cognait si fort dans sa poitrine que c'était un miracle que l'immeuble soit encore debout.

— Et je ne te dis pas ça à cause de tout ce que tu as fait et peux encore faire pour moi, précisa-t-elle. C'est ce que tu *es* que j'aime, et ce que tu *me* permets d'être. C'est cela, et bien plus encore. Je t'aime, Finn, et il fallait absolument que tu le saches. J'avais peur que tu ne partes avant et que tu ne veuilles plus me revoir.

— Oh, mon ange, répondit-il d'une voix rauque, j'ai *constamment* envie de te voir. Je vis pour cela. Je pourrais même me contenter de contempler l'endroit où tu as *été*.

Il cilla pour ravaler les larmes qui lui montaient aux yeux.

— Si je partais, c'était parce que j'avais accompli ma tâche et que le reste t'appartenait, à toi et à toi seule.

— Ce succès est le nôtre, Finn, insista-t-elle.

— Je t'aime, Tabitha.

Sa voix tremblait, mais il n'en avait cure. Il n'y avait pas de honte à assumer sa vulnérabilité – sa femme le lui avait montré.

— Cet amour fait partie de moi, il me survivra longtemps après que j'aurai quitté cette terre. Je regrette tellement de t'avoir blessée.

— De même que je regrette ce que je t'ai dit. Mais cela nous aura au moins appris une chose.

— Laquelle ?

— Que c'est un *vrai* mariage que le nôtre, répondit-elle. Ce qui était au départ une alliance de convenance a évolué et mûri. Dans un vrai mariage, on peut commettre des erreurs, et ces erreurs font d'autant plus mal qu'on s'aime. Et parce qu'on s'aime, on apprend à se pardonner et à aller de l'avant, plus unis et plus forts. Ensemble.

Finn referma sa main sur sa nuque et captura ses lèvres. Elle lui répondit avec ardeur. Seigneur, comme il la chérissait… Elle était son alpha et son oméga. Et qu'il puisse jouir de ce trésor jusqu'à la fin de ses jours lui procurait une joie incommensurable – dont il était bien résolu à profiter.

— Je veux que tu reviennes à la maison, dit-elle quand ils se séparèrent enfin. Que tu retrouves ta place auprès de moi. Enfin, ajouta-t-elle, presque timide, si tu le veux.

— C'est *toi*, ma douce, que je veux, répondit-il avec ferveur. Uniquement toi.

Épilogue

Un mois plus tard

Des brassées de verdure attachées par un ruban de velours rouge embaumaient la salle de bal du duc de Northfield. Des serviteurs circulaient parmi les invités avec des plateaux chargés de *struffoli*, beignets au miel servis en hommage aux origines napolitaines de la duchesse. Le couple ducal déambulait parmi les invités dans la vaste salle illuminée, souhaitant à tous un joyeux Noël et les remerciant d'être venus le fêter avec eux. Qu'ils ne soient jamais loin l'un de l'autre et se tiennent souvent la main en public donnait une petite idée de l'amour qu'ils se portaient.

Souriant au tableau charmant qu'ils formaient, Tabitha ne les comprenait que trop. Baissant les yeux sur ses doigts noués à ceux de Finn, elle sentit une douce chaleur se déployer en elle.

Son cœur se gonfla, il était si plein d'amour qu'il semblait sur le point d'éclater. Et pourtant, il y avait toujours de la place pour davantage.

Elle observa son séduisant époux qui discutait avec son frère. Finn était resplendissant dans son habit noir, son gilet d'un blanc de neige et ses culottes moulantes, tant et si bien qu'elle avait du mal à ne pas se hisser sur la pointe des pieds pour l'embrasser devant toute l'assistance. Fort heureusement, il y avait quantité d'alcôves et de coins tranquilles dans l'énorme demeure des Northfield, et elle comptait bien y entraîner son mari le temps de lui montrer comment elle avait l'intention de fêter ce réveillon avec lui.

— Vu la manière dont ton épouse te reluque, glissa Kieran à Finn, notre conversation risque de s'achever prématurément.

— On a bavardé ensemble pendant vingt-huit ans. On a dû se dire l'essentiel, je pense, répliqua Finn avant d'adresser à sa femme un sourire carnassier qui lui chatouilla le ventre d'excitation. Allons-nous chercher un endroit où déballer nos cadeaux, ma chérie ?

— Je m'en voudrais de te gâcher la fête, répondit-elle, alors même que c'était son vœu le plus cher. D'autant que Kieran et toi paraissez avoir encore beaucoup de choses à vous raconter.

Finn eut un geste désinvolte.

— Les arcanes de la gestion financière d'un cercle de réflexion n'ont pas vraiment l'air de l'intéresser.

— Pas plus qu'il ne semble curieux de connaître les démarches que j'ai entreprises pour fonder ma propre maison d'édition, renchérit Kieran.

— Non mais, tu nous entends ? s'exclama Finn en levant les yeux au ciel. Deux gentlemen respectables absorbés par des occupations qui ne le sont pas moins !

— Comme si vous ne veniez pas de parier pour savoir quels invités allaient s'embrasser sous le gui les premiers, s'esclaffa Tabitha.

— Je suis sûr que ce seront le duc et la duchesse de Rotherby, affirma Kieran.

— À ta place, je ne miserais pas là-dessus, mon amour, lança-t-elle à Finn. Car j'ai la ferme intention de *te* traîner sous le gui afin d'avoir un bon prétexte pour t'embrasser devant tout le monde.

— Comme si tu avais besoin d'un prétexte pour ça, rétorqua-t-il en la couvant d'un regard ardent.

Elle se délectait de lui inspirer un désir aussi brut. Sa vie avec Finn était si merveilleuse que c'en était presque effrayant. Tous deux croulaient sous le travail. De fait, le Platinum Collective avait reçu tellement de demandes de rendez-vous de la part de parlementaires et d'autres personnalités influentes qu'ils avaient dû engager la fiancée de Chima pour gérer leur agenda. Ifunaya ayant déjà une solide expérience de ce genre de poste dans l'entreprise familiale de bâtiment, elle avait réussi à leur régler ce problème bien mieux qu'ils n'en auraient été capables eux-mêmes.

Le lendemain du symposium avait été un tournant majeur dans l'histoire du Platinum Collective et le commencement de la fin pour leurs adversaires. Les titres des journaux avaient été explicites : « L'éclat de la Sterling Society terni par la victoire du Platinum Collective », « Le Platinum Collective, étoile montante qui éclipse la Sterling Societty ».

Ils avaient réussi. Elle, Finn et tous les autres membres du comité. Leur voix était désormais entendue.

Depuis, leur succès ne s'était pas démenti, au point que, Finn étant aussi pris qu'elle-même par ses propres responsabilités dans le comité, il leur arrivait de ne pas se voir des heures durant.

Mais leurs retrouvailles à la fin de la journée en valaient la peine. Finn en valait la peine.

Céleste les rejoignit, l'air agitée.

— Qu'y a-t-il, ma chérie ? s'enquit Kieran. Dom se serait-il mis à défier tout le monde en proposant une bagarre à mains nues ?

C'était une éventualité à ne pas négliger. Au cours du mois écoulé, Dom s'était enfermé dans un silence de plus en plus morose et présentait souvent des hématomes et des coupures récoltés dans les recoins les plus sinistres de Londres.

— Il va exploser quand il apprendra ce que je viens de voir. Ou plutôt *qui*, déclara Céleste avant de les regarder l'un après l'autre. Willa est de retour.

— Mon Dieu ! souffla Tabitha en se tournant vers Finn. Tu étais au courant ?

Son mari comme son frère affichèrent un air abattu et embarrassé.

— Personne ne nous en a rien dit, avoua Finn. Et elle n'a jamais répondu à aucune de mes lettres.

Tabitha eut l'impression qu'un étau lui comprimait la poitrine. Son mari, elle le savait, se sentait coupable d'avoir rendu sa sœur malheureuse en apportant le chaos dans sa vie. Willa était partie à l'étranger et ne leur avait plus donné signe de vie, si bien qu'il n'avait pas pu lui demander pardon ni tenter de réparer le tort que Kieran et lui lui avaient causé.

— Comment Dom risque-t-il réagir ? demanda-t-elle anxieusement.

— Les anges du ciel se préparent déjà à la guerre, répondit Finn d'un air crispé. Soit il va raser la ville, soit il va aller se cacher dans la plus profonde des grottes et disparaître à jamais de la surface de la terre.

— Aucune de ces deux hypothèses ne m'enchante, murmura Céleste.

— Tenez, la voici, annonça Kieran en désignant du menton un elfe aux cheveux noirs et aux épais sourcils.

Willa se tenait sur seuil de la salle de bal et promenait le regard alentour comme si elle cherchait quelqu'un.

Si elle repéra ses frères, elle n'en laissa rien paraître. Affichant une expression aussi dure que glaciale, elle se fondit dans la foule.

Les frères Ransome observèrent un silence tendu, avant que Finn s'ébroue.

— Nous irons la voir demain, décréta-t-il. La fête est trop belle pour ruminer les batailles futures. Il y a une chose que je n'ai pas faite avec mon épouse et à laquelle je dois remédier sur-le-champ.

— Si sophistiqués que soient nos hôtes et leurs invités, déclara Kieran, narquois, je doute qu'ils apprécient de vous voir, Tabitha et toi, en train de…

— Nous allons *danser*, crétin, le coupa Finn, avant de se tourner vers sa femme avec un sourire affectueux. Nous y allons, ma chérie ?

Tabitha tressaillit. Quoique plus excitée que jamais, elle éprouvait aussi un brin de nervosité.

— Je n'ai pas eu l'occasion de danser à un bal depuis… ma foi… depuis toujours.

— Eh bien, voilà qui va changer, décida Finn, le regard tendre.

Elle oublia alors son anxiété, sachant que ses bras seraient toujours un refuge et que rien de mal ne pouvait lui arriver.

Elle glissa la main au creux de son coude et ils gagnèrent la piste de danse. La valse commença et ils s'élancèrent.

— J'aurais dû m'en douter, dit-elle en riant. Tu es un merveilleux cavalier.

— Uniquement avec toi, ma douce, assura-t-il.

Tandis qu'ils glissaient sur le parquet ciré, Finn la contemplait avec tant d'amour dans les yeux qu'elle avait l'impression de ne plus toucher terre.

— Qu'est-ce qui te fait sourire ? s'enquit-il sans cesser de tournoyer.

— Naguère, je faisais tapisserie dans les bals, répondit-elle. J'étais en marge et je le suis restée, en un sens. Je ne m'autorisais aucune émotion et ne vivais que par la pensée. Aujourd'hui, je me suis réconciliée avec moi-même. Cœur *et* esprit. Grâce à toi.

— Tu n'as jamais eu besoin de moi pour devenir la personne magnifique que tu es aujourd'hui, assura-t-il. Tu l'étais déjà avant moi. C'est plutôt *toi* qui m'as aidé à comprendre que je n'étais pas le bon à rien que je croyais être.

Il resserra son étreinte, l'enveloppant de sa force et de son amour.

— Nous avions déjà de la valeur séparément, murmura-t-elle, mais ensemble, nous sommes fantastiques. Ce mariage était un vrai pari : quitte ou double.

— C'est vrai, reconnut-il, les yeux rivés sur elle comme si elle était une étoile au centre de l'univers. Et ce pari, nous l'avons gagné tous les deux.

Remerciements

Merci à vous, mes partenaires de course, Jackie Barbosa et Jen DeLuca, qui avez maintenu mon niveau de motivation, de responsabilité et de caféine durant tout ce processus. Ma gratitude va également à Claire Chiaravalle pour sa relecture d'une sensibilité exceptionnelle. D'immenses remerciements aux *Ladies of the Loop* (qui ne seront point nommées ici) pour votre soutien et votre patience quand j'ai eu besoin de décompresser. Merci à Joanna Shupe, à Caroline Linden, à Megan Frampton et à KB Alan pour ces années d'amitié et d'intérêt pour mes idées saugrenues.

Je suis également extrêmement reconnaissante aux bookstragrammeurs, booktokeurs et autres critiques littéraires en ligne qui ont défendu mes livres au fil des ans.

Comme toujours, merci à mon éditrice, Nicole Fischer, et à son empressement à mettre des émoticônes en sueur dans ses commentaires. Merci aussi à mon agente, Kevan Lyon, de s'occuper du sale boulot.

Et merci à tous les lecteurs de par le monde qui lisent dès le petit déjeuner et ne voyagent jamais sans emporter au moins un livre.

AVENTURES & PASSIONS

5 juillet

Betina Krahn

La famille Bumgarten — 3 — Le retour du duc

Inédit

Après une déconvenue lors de sa première saison, Sarah Bumgarten se réfugie à Betancourt, un domaine appartenant au duché de Meridan. Là, elle tente de retrouver la paix en remettant en état la propriété laissée en déshérence depuis longtemps. Un jour, la jeune femme est attaquée par trois inconnus mis en déroute par un certain Michael Grant, nouveau venu dans la région. Les jours suivants, une succession d'événements inquiétants oblige Sarah à faire appel à son mystérieux voisin, dont la séduction la trouble de plus en plus. Ce que Sarah ignore, c'est que Michael n'est autre que le vrai propriétaire de Betancourt, le sixième duc de Meridan, revenu incognito pour reprendre son bien…

✦

Anna Bradley

La société secrète — 4 — Les disparues de King's Place

Inédit

Membre d'une société secrète en quête de justice, Miss Emma Downing se fait engager au domaine de Lymington Court pour enquêter sur la disparition de trois jeunes servantes : Amy, Kitty et Caroline. Immédiatement, les soupçons d'Emma se portent sur lord Lovell. Mais la jeune enquêtrice se heurte aux menaces du marquis de Lymington qui mène secrètement ses propres recherches. Si le marquis ne comprend pas pourquoi la jeune effrontée s'acharne sur son cousin Lovell, il est contraint d'admettre que le joli minois de cette nouvelle recrue le laisse de moins en moins indifférent.

Mia Vincy

Longhope Abbey — 4 — La femme de ma vie

Inédit

Juno Bell est une artiste indépendante. Portraitiste de renom elle s'est installée à Vienne après sa rupture avec Leopold Halton, son premier amour. Lorsque ce dernier débarque avec une demande en mariage, Juno refuse. Dévasté, Leo se jette dans la débauche et, par dépit, épouse une princesse Hongroise avant d'en divorcer. Quatre ans plus tard, les deux jeunes gens se retrouvent à Vienne où ils décident de passer ensemble une seule et unique nuit. Au matin, Juno part définitivement pour Naples et découvre sur le quai… Leo qui lui demande de porter son nom !

✦

Eloisa James

Les plaisirs — 1 — Passion d'une nuit d'été

Sur le point de faire ses débuts dans le monde, Charlotte Calverstill quitte Londres pour un court séjour à la campagne chez son amie Julia. Pour profiter de cette parenthèse, Julia suggère de se rendre au bal masqué de Stuart Hill. Ces réjouissances populaires sont certes inconvenantes pour des jeunes filles de la bonne société mais, sous leurs dominos, personne ne pourra les identifier… Charlotte n'avait certes pas prémédité de perdre son innocence ce soir-là. C'est pourtant ce qui advient dans les jardins où l'entraîne un inconnu. La voilà irrémédiablement compromise… Tant pis, elle restera célibataire ! Or, trois ans plus tard, Charlotte reconnaît en la personne d'Alexander, duc de Sheffield, son amant d'un soir…

Grace Burrowes

Les MacGregor — 1 — Ian et Augusta

Inédit

Ian MacGregor doit épouser une riche héritière et ainsi garantir la sécurité de sa famille. C'est pourquoi il se retrouve à courtiser la jolie Eugenia qui, à tous égards, n'est pas faite pour lui. En revanche, sa jeune chaperonne, la fascinante Mlle Augusta, lui fait beaucoup plus d'effet. Hélas ! Cette demoiselle est pauvre et, malgré l'amour naissant entre eux, il faut que Ian assume ses responsabilités de chef de famille. Mais lorsqu'un complot à l'encontre d'Augusta est découvert, ses résolutions s'en trouvent bien ébranlées...

✦

Renee Ann Miller

Les fripouilles — 5 — Le fantôme des beaux quartiers

Inédit

Olivia Michaels, dame de compagnie d'une effroyable maîtresse, est une jeune fille banale qui passe inaperçue. Or, c'est précisément ce qui lui permet de détrousser les jeunes nobles qui maltraitent les femmes à leur service. Hélas, une malencontreuse erreur impliquant Anthony Trent la laisse sans emploi. Bientôt à la rue, Olivia se présente à sa porte et exige un travail – ce qu'il lui trouve, auprès de sa propre grand-mère. Ainsi plongée au cœur de la famille Trent, Olivia se tait et observe. Et elle sent que, sous ses airs de débauché au sourire ravageur, ce jeune lord avec lequel elle passe de plus en plus de temps cache quelque chose.

Pamela Clare

La famille Blakewell — 1 — L'amour sans entraves

Pour une poignée de livres, Cassie Blakewell achète à un trafiquant d'esclaves Cole Braden, un forçat anglais condamné pour viol, rongé par la fièvre. Émue par sa faiblesse et, peut-être aussi par sa beauté, Cassie le soigne, avant de le faire entrer à son service sur sa plantation de tabac. Sitôt rétabli, Cole veut échapper à sa servitude : il prétend s'appeler en réalité Alec Kenleigh et avoir été sauvagement agressé à Londres, puis s'être réveillé aux colonies, sous une autre identité. Cassie ne sait que croire. Mais si elle écoute son cœur, elle comprend vite que celui-ci bat désormais pour Cole. Et elle ne se doute pas que des ennemis veillent dans l'ombre…

13836

Composition
FACOMPO

Achevé d'imprimer en Italie
par GRAFICA VENETA
le 7 mai 2023

Dépôt légal : juin 2023
EAN 9782290382974
OTP L21EPSN002510-550346

ÉDITIONS J'AI LU
82, rue Saint-Lazare, 75009 Paris

Diffusion France et étranger : Flammarion